KB035891

일러두기

1. 번역에 쓰인 원전은 2013년 중국 장강문예출판사에서 출간한 '얼웨허 문집' 제1판을 사용했다.
2. 맞춤법과 띄어쓰기는 한글 맞춤법과 외래어 표기법에 따랐다.
3. 한자는 우리말로 표기하고, 꼭 필요한 경우에만 괄호 속에 원음을 병기해 이해하기 쉽도록 했다.
   예 : 다이곤多爾滾(도르곤)
4. 인명과 지명은 우리말로 표기했다. 단, 이미 굳어진 표현은 원지음을 존중했다.
   예 : 나찰국羅刹國(러시아). 이후에는 '러시아'로 표기
5. 본문 중의 괄호 안에 뜻을 풀이한 것은 모두 옮긴이의 설명이다.

【전면개정판】

인류 역사상 최대의 제국을 지배한 위대한 황제

# 거륭황제

**10**

얼웨허 **역사소설**

홍순도 옮김

더봄

# 건륭황제 10권

**개정판 1판 1쇄 인쇄**　　2016년 7월 18일
**개정판 1판 1쇄 발행**　　2016년 7월 21일


**지은이**　　얼웨허(二月河)
**옮긴이**　　홍순도
**펴낸이**　　김덕문


**펴낸곳**　　더봄
**등록번호**　　제399-2016-000012호(2015.04.20)
**주소**　　경기도 남양주시 별내면 청학로중앙길 71, 502호(상록수오피스텔)
**대표전화**　　031-848-8007　　**팩스**　031-848-8006
**전자우편**　　thebom21@naver.com
**블로그**　　blog.naver.com/thebom21


ISBN 979-11-86589-62-5 04820
ISBN 979-11-86589-52-6 04820(전18권)


책값은 뒤표지에 있습니다.

### 현대 중국의 진정한 설계자 건륭제乾隆帝

건륭제는 어릴 때부터 제왕의 자질을 보여 강희제에게 인정을 받았다. 아버지 옹정제가 급사하자 황위에 오른 그는 만주족과 한족 대신들의 갈등을 조정하며 내치를 다진 후 대규모 정복 전쟁과 문화 사업을 펼쳤다. 북경에 서양식 궁전인 원명원을 확장하였으며, 고금의 도서를 수집하여 중국 역사상 최대의 편찬사업인《사고전서》를 완성했다. 이는 둘 다 인류 역사상 가장 방대한 규모이다. 또한 10 차례에 걸친 정복 사업을 펼쳐 준갈이와 위구르를 복속시키고 티베트, 미얀마, 베트남, 네팔까지 진출하는 등 그가 이룩한 청 제국의 영토는 지금의 중국 영토와 거의 겹친다. 그런 점에서 현대 중국의 진정한 설계자는 마오쩌둥이 아니라 건륭제라는 평가가 과장은 아닌 듯 보인다.

**건륭제 남순도南巡圖**
강희제처럼 건륭제도 강남 지방 순행을 자주 했다. 1751년(재위 16년)부터 1784년(재위 49년)까지
모두 여섯 차례에 걸쳐 남경, 양주, 항주, 소주 등지의 유명한 유적지를 돌아보며 풍류를 즐기고
시인과 화가를 초청해 이야기를 나누었다. 규모도 엄청나서 황자와 공주, 대신, 환관, 시녀, 요리사,
호위병 등 3000여 명이 움직였다. 때문에 철저하게 예산을 짠 강희제에 비해 백성들의 부담이
극심했다. 이는 결국 청나라 제국 몰락의 원인이 되기도 했다.

**4부 천보간난 天步艱難**

# 1장
# 천하절경 양주揚州

양주揚州는 예로부터 풍요롭기로 널리 알려진 큰 도시였다. 전설에 의하면 황제黃帝(중국 최초의 왕조인 하夏 왕조 이전에 출현한 전설상의 제왕. 삼황오제三皇五帝) 시대에 천하를 기冀, 연兗, 청青, 서徐, 양揚, 형荊, 예豫, 양梁, 옹雍 등 아홉 개의 주州로 나눴는데, 그중 양주에는 오늘날의 강소, 안휘, 절강, 복건 등 무려 네 개 성省이 포함됐다고 한다. 천하의 노른자 땅을 모두 품었던 것이다. 하지만 주周나라를 거쳐 한漢나라로 이어지면서 상황이 많이 달라졌다. 풍요로움은 여전했으나 판도는 갈수록 줄어들었다. 급기야 양주가 삼국 시대 오吳나라의 도읍이 될 무렵에는 옛날 구주九州의 한 부분이었던 '양주'와는 하등 관계가 없는 지역이 되어버렸다. 소위 남조南朝라 일컫는 송·제·양·진·수宋齊梁陳隋 시대를 거치고 나서는 이름조차 강도군江都郡으로 바뀌었다. 당唐나라 때는 '광릉'廣陵으로 불리다가 나중에야 다시 '양주'로 개명되었다. 그러나 위상은 점점 떨어져 나중에는 강소성의 일개 도시로 전락하고 말았다.

그러나 현재의 양주가 예전에 비해 규모가 위축되고 위상이 추락했다 하더라도 그 명성만큼은 여전했다. 또한 남으로 양자강과 접하고 촉부蜀阜 산맥을 통해 사천성 남부와 닿아 있어 경관도 수려했다. 더불어 대운하가 경내를 관통하여 양자강과 합류하면서부터는 수륙 교통의 중추이자 무역 집산지로서의 역할로도 명성을 떨쳤다. 촉강蜀崗(곤륜산)에 올라 아래를 굽어보면 거울처럼 맑은 수서호瘦西湖에 화방畫舫(놀잇배)들이 유유히 노니는 모습을 볼 수 있었다. 그에 더해 점점이 고깃배들이 왕래하는 풍경은 한 폭의 수채화를 보는 듯했다.

도시 안에는 크고 작은 하천이 종횡으로 이어져 있었다. 이십사교二十四橋, 평산당平山堂, 문봉탑文峰塔, 용화정龍華亭, 72개의 사묘寺廟와 36개의 명원名園 등 명승지들이 도처에 즐비했다. 대운하, 호수, 하천이 많았으니 선박들이 꼬리에 꼬리를 물고 대숲 사이를 누비는 것이 별다를 것도 없는 일상적인 풍경이었다. 게다가 평산平山에서 어도御道에 이르는 10리 물길 언덕 위에는 누대樓臺와 정자亭子들이 뭇별처럼 총총히 늘어서 있었으니 발길이 닿는 곳마다 절경이었다. 이런 이유 때문에 양주는 예로부터 시인묵객詩人墨客들의 찬사를 아낌없이 받아왔다.

건륭 을유년乙酉年 정월은 예년과 달리 날씨가 습하고 따뜻했다. 겨우내 부슬부슬 가랑비만 내렸을 뿐 눈다운 눈은 내리지 않았다. 아주 가끔 눈발이 희끗희끗 날리기는 했으나 이내 빗속에 묻혀버리곤 했다. 덕분에 땅은 온통 진흙투성이여서 몇 발자국 못 가서 신발이 진흙덩어리가 되었다. 이런 마당에 늦겨울에만 누릴 수 있는 정취인 매화꽃 구경 같은 것은 엄두도 내지 못했다.

그런데 이처럼 미적지근한 날씨가 이어지다가 9일 밤부터 갑자기 사나운 북풍이 기승을 부리기 시작했다. 귀신의 통곡소리를 방불케 하는 회오리 바람이 밤새도록 이어졌다. 날씨는 완전히 꽁꽁 얼어붙은 한겨울로 돌아갔다. 밤새 추위에 떨던 양주 사람들은 새벽같이 일어나 장롱 깊숙이 넣어뒀던 솜옷을 도로 꺼내 입었다.

이튿날 정오 무렵이 되어서야 바람은 한풀 꺾였다. 대신 자줏빛 구름이 무겁게 몰려들었다. 이어 음침한 하늘에 검붉은 구름이 뭉게뭉게 몰려오는가 싶더니 눈발이 날리기 시작했다. 유서柳絮(버드나무 꽃가루) 같기도 하고 솜털 같기도 한 커다란 눈꽃이 이리저리 염탐하듯이 공중을 천천히 떠돌더니 이내 분분히 휘날리면서 양주의 대지를 하얗게 덮었다.

점점 거세지는 눈발 속에서 스무 살을 갓 넘긴 듯한 젊은 서생이 노새를 타고 관제묘關帝廟 쪽에 나타났다. 젊은이는 영은교迎恩橋를 지나 양주부아문揚州府衙門의 조벽照壁(안을 가리도록 둘러친 벽. 대문 밖에 병풍처럼 설치되어 있음) 앞까지 곧장 가서는 노새 등에서 내렸다. 그리고는 얼굴 가득 들러붙어 녹아내리는 설수雪水를 손바닥으로 문지르면서 우중충한 양주부아문의 대문을 물끄러미 바라봤다. 이어 잠시 망설이는가 싶더니 담장 가까이에 있는 하마석下馬石과 몇 개의 나무기둥을 발견하고는 그쪽으로 노새를 끌고 갔다. 노새를 기둥에 매놓으려고 하는 것 같았다. 대문 안쪽에서 몇몇 아역들이 웃고 떠들면서 수다를 떨고 있다가 그중 한 명이 그런 젊은이를 발견하고는 고함을 질렀다.

"이봐, 노새를 어디다 대는 거야! 눈깔이 삐었어? 자네 말이야! 제기랄, 두리번거리기는…… 거기는 신분 높은 나리들이 말을 대는 곳이란 말이야!"

젊은이가 흠칫 놀라면서 아역 쪽을 향해 말했다.

"그럼 이 노새는 어디에 매어놓으면 되겠소?"

아역이 다시금 거친 욕설을 퍼부으려고 할 때였다. 옆에 있던 다른 아역이 히죽 웃으며 나섰다.

"이봐 하부귀何富貴, 우리까지 싸잡아 욕할 건 뭔가. 저자는 지금 우리를 보고 있잖아. 우리가 '제기랄 것'이라는 말인가?"

그 말에 먼저 소리를 지르던 아역이 어이없다는 듯 피식 헛웃음을 터트렸다. 그리고는 젊은이를 향해 다소 누그러진 목소리로 말했다.

"동쪽 쪽문 옆에 마구간이 있네. 그리로 가보게."

젊은이가 잠시 주저하더니 뭐라고 말하려 했다.

"내가 누구냐 하면……."

"알아, 알아!"

하부귀가 시끄럽다는 듯 손사래를 치면서 젊은이의 말을 싹둑 잘라 버렸다. 그리고는 손가락으로 아문 동쪽을 가리키고는 귀찮다는 듯이 덧붙였다.

"자네 주인 나리가 어가를 영접하는 일 때문에 심부름 보낸 걸 누가 모를까봐? 저리로 가보라니까……. 고씨, 계속해봐. 그 연놈들이 홀딱 벗고 지랄을 하고 있을 때 그년의 서방이 들이닥쳤다 이거지?"

젊은이는 어이가 없다는 듯 고개를 절레절레 저으면서 돌아섰다. 아역의 거친 언동은 그렇다손 치더라도 '자네 주인 나리'가 누구를 가리키는지도 도통 알 수가 없었던 것이다. 아역들은 젊은이의 태도에는 전혀 아랑곳하지 않고 계속해서 고씨의 음담패설에만 귀를 기울였다.

"……그 계집은 전혀 당황하는 기색이 없었다네. 오히려 계집과 운우지정을 나누던 사내가 혼비백산해 식은땀을 줄줄 흘렸지. 계집은 사내에게 몇 마디 귀엣말을 하고는 옷을 입고 태연스럽게 대문께로 다가갔지. 이어 대문 어귀에서 대나무 바구니를 하나 집어 들더니 대문을 열었다네. 그러자 계집의 남편은 '시퍼런 대낮에 대문은 왜 걸어 잠근 거야? 그리고 아까부터 불렀는데, 왜 이제야 나와서 문을 여는 거야?'라고 구시렁거리면서 들어오려고 했어. 그러자 계집은 다짜고짜 대나무 바구니를 남정네의 머리에 덮어씌웠다네. 그리고는 죽어라고 바구니를 두드리면서 온 동네가 떠나갈 듯 째지는 소리로 악다구니를 썼다네. '당신도 사람이야? 사람이냐고! 내가 연극 구경을 그렇게 좋아하는 줄 알면서 혼자만 보러 갔지? 그래, 재미있었어? 재미있었냐고? 재미있었냐고 묻잖아!'라고 말이지. 간부姦夫였던 사내는 그 틈을 타서 슬그머니 도망가 버렸지. 불쌍한 남정네는 계집 앞에서 두 손을 싹싹 비비면서 잘못을 빌어야 했다나……."

고씨의 얘기가 끝나자 아역들의 호탕한 웃음소리가 울려 퍼졌다. 끈적끈적한 분위기는 꽁꽁 얼어붙은 날씨를 녹이고도 남았다.

그런데 겉보기에 문약하고 아녀자처럼 여려 보여 아역들에게서조차 무시당하고 돌아선 이 젊은이는 다름 아닌 두광내竇光鼐였다. 어릴 때부터 '신동'神童으로 불렸을 뿐 아니라 열두 살에 수재秀才, 열다섯 살에 거인擧人, 그 이듬해에 화려한 문장 실력으로 일거에 회시會試에 합격한 천재소년이었다. 시험점수도 공정하게 했다면 다섯 손가락 안에 들 수준이었다. 그러나 당시 주시험관이었던 눌친은 일부러 두광내의 순위를 10등이나 낮게 매겼다. 너무 어린 나이에 주목을 받고 출세를 하게 되면 자만심이 생길 것이라고 생각한 때문이었다. 물론 그렇다고 해서 두광내의 오만한 성격이 수그러든 것은 아니었다. 아무튼 두광내는 그토록 젊은 나이에 진사들이라면 누구나 선망하는 한림원翰林院으로 들어가 편수編修의 직분을 맡게 됐다. 학차學差를 몇 번 다녀오고 별 탈 없이 자리만 잘 지키면 나중에 내각학사內閣學士나 대학사大學士 자리는 떼어놓은 당상이라고 할 수 있었다.

그러나 하룻강아지 범 무서운 줄 모른다고, 두광내의 고집불통 성격은 한림원에서도 꺾이지 않았다. 한번은 예부 시랑 왕문소王文韶가 강학講學을 하던 중 송유도학宋儒道學에 대해 통렬히 비난한 적이 있었다. 그에 대해 반대 의견을 가진 사람들은 적지 않았으나 그 자리에서 감히 입을 뻥끗하는 사람은 아무도 없었다. 그런데 두광내가 갑자기 벌떡 일어나더니 왕문소와 한바탕 설전을 벌였다. 까마득한 대선배이자 선대先代 회시 장원의 체면을 조금도 봐주지 않았을 뿐 아니라 한 치의 양보도 없이 밀어 붙였다. 그런 두 사람의 난상토론을 지켜보는 좌중의 사람들이 오히려 입에 침이 마르고 손에 땀을 쥐었다.

그때 《사고전서》四庫全書 편수작업에 일손이 딸려 한림원으로 인재 사냥을 나왔던 예부상서 겸 군기대신 기윤은 현장을 목격하고 두광내의 해박한 지식에 홀딱 반하고 말았다. 덕분에 두광내는 왕문소에게 미운털이 박혀 신세를 망치기 직전에 한림원에서 나올 수 있었다.

두광내는 눈을 잔뜩 뒤집어쓴 채 돌아섰다. 머리 끝까지 불쾌함이 치밀어 올랐다.

'양주의 임시 지부 어등수魚登水에게 도서수집 용무와 관련해 오늘 방문할 것이라고 미리 기별을 했는데도 이 같은 대접을 받다니!'

두광내는 그렇게 생각하면서 만나면 한바탕 따지리라는 전의를 불태웠다. 아무려나 그는 아문의 남쪽 담벼락을 따라 동쪽으로 수십 걸음 걸어갔다. 그러자 쪽문이 나왔다. 그러나 그것은 사람의 출입구인 '각문'角門이 아니라 노새나 말이 드나들게 만든 좁고 작은 '구멍'이었다. 그랬으니 흰 김이 무럭무럭 나는 가축의 배설물이 여기저기 구역질나게 널려 있었다. 그 위로 내린 눈이 녹으면서 바닥은 온통 배설물들로 질척거렸다. 두광내는 그나마 깨끗한 곳을 골라 겨우 발걸음을 떼어가며 안쪽으로 들어갔다. 과연 말과 노새들을 가둔 마구간이 보였다. 서쪽으로 돌아가니 문이 열린 단칸방이 있었다.

담배연기가 자욱한 방 안에서는 사람들이 옹기종기 모여 앉아 차를 마시면서 한담을 나누고 있었다. 사내들은 모두 종복 차림이었다. 두광내는 이들이 현지의 방직업자, 날염업자, 염상鹽商 등의 가인家人이라는 사실을 알 수 있었다. 그제야 방금 전 아역들이 '주인 나리'라고 운운한 말이 누구를 가리키는지 알게 되었다. 후줄근한 행색의 젊은이가 이들 가인들의 거마車馬보다 훨씬 초라한 검정 노새를 타고 나타났으니 어느 집의 종인 줄 착각할 만도 했던 것이다. 두광내는 자신도 모르게 허탈한 웃음을 지을 수밖에 없었다.

두광내는 가지런히 세워져 있는 커다란 난교暖轎와 타교駄轎를 지나 마구간으로 향했다. 마침 커다란 찻주전자를 들고 아문 뒷문으로 나오는 아역을 발견하고는 조용히 물었다.

"말 좀 물읍시다. 어 이부魚二府는 어디에 계시오?"

"잉孕……부婦라니?"

아역이 잠시 멍한 표정을 지었다. 그러더니 갑자기 어처구니가 없다는 듯 비웃으면서 말을 이었다.

"아니, 멀쩡한 사람이 어찌 아문에 와서 잉부孕婦(임산부. 중국어로 잉부와 어이부는 발음이 비슷함)를 찾는다는 말이오? 접생당接生堂에 가면 가랑이 벌리고 있는 임산부들이 쌔고 쌨을 텐데! 이 고장에는 접생당이 여러 집 있소. 유씨, 마씨, 오씨 등등 말이오. 대체 어느 집을 찾는 거요?"

아역은 오어吳語(강소성 지방의 방언)를 쓰고 있었다. 두광내는 아역이 발음이 비슷한 두 단어를 혼동했다는 사실을 깨닫고는 웃음을 거두고 정색을 한 채 또박또박 힘을 줘 말했다.

"나는 지금 어등수 나리를 만나러 왔소. 지부 배흥인裵興仁이 파직 당한 다음 어등수가 동지同知와 임시 지부를 겸하고 있지 않소? 그래서 이부二府라 불렀던 거요. 이제 무슨 말인지 알겠소?"

"아아, 우리 태존太尊 나리를 만나러 오셨다고요? 진작 그리 말씀하실 일이지."

아역이 다소 누그러든 어조로 호들갑을 떨었다. 그러면서도 두광내를 힐끔 훑어보는 것은 잊지 않았다. 아역의 눈에 비친 그는 정체를 알 수 없는 인물이었다. 도롱이가 눈비에 젖어 후줄근했으나 안에는 꽤 고급스러운 비단 면포棉袍를 입고 있었다. 게다가 관모官帽 대신 쓴 육각형 과피모瓜皮帽에는 콩알만 한 옥구슬이 박혀 있기까지 했다. 그렇게 고귀한 모습은 아니라고 해도 그렇다고 천한 신분도 아닌 것 같았다. 아무튼 내력을 짐작하기가 쉽지 않았다. 아역이 고개를 갸웃거리며 다시 말했다.

"어 태존께서는 출타 중이십니다. 오늘 이곳의 실세들을 불러 어가 영접 건에 관해 상의하기로 하셨으나 아침에 나가셔서 아직 돌아오지 않으셨어요. 저쪽에……."

아역이 손가락으로 내원內院 어딘가를 가리키며 덧붙였다.

"다들 저기서 태존 나리를 기다리고 있습니다. 외람되지만 선생의 존함을 여쭤 봐도 되겠습니까? 공문결재처는 호해 막료가 점심식사를 마친 후에야 문을 열 터이니 괜찮으시다면 먼저 내원으로 들어가서 기다리시죠. 태존께서는 곧 돌아오실 겁니다. 사람들이 기다리고 있는 줄 아시니까요."

두광내는 고개를 끄덕이면서 내원으로 걸어갔다. 곧 내원의 복도에 이르렀다. 그는 도롱이를 벗고 발을 가볍게 굴러 진흙을 털면서 안쪽의 동정에 귀를 기울였다. 방안에서는 두런두런 나누는 말소리, 담배에 사래 걸린 기침소리, 긴 하품 소리 등이 뒤섞여 흘러나왔다. 그가 막 문을 밀고 들어가려고 할 때였다. 갑자기 안에서 누군가의 말소리가 들려왔다.

"두광내, 그놈 참 덜 된 인간이더구먼. 기어코 남의 송장을 딛고 출세하려고 기를 쓰니 말이야!"

두광내는 엉겁결에 뒷덜미를 잡힌 것처럼 흠칫 놀라 그 자리에 멈춰 섰다. 아무리 우연이라고는 하나 이 시각 이런 장소에서 알지도 못하는 사람들로부터 욕을 먹고 있다는 사실이 충격적이었던 것이다. 순간 그는 온몸의 피가 거꾸로 치솟는 것 같았다. 하지만 곧 정신을 가다듬었다. 이어 조금 벌어진 문틈으로 안쪽을 들여다봤다.

바깥의 눈 때문에 방 안의 정경은 잘 보이지 않았다. 그러나 담배연기가 자욱한 가운데 대여섯 개의 팔선탁八仙卓에 흩어져 앉아 해바라기 씨를 퉤퉤 내뱉는 사람들의 모습은 어렴풋이 눈에 들어왔다. 대충 봐도 수십 명은 되는 것 같았다. 그가 잠시 그렇게 안을 들여다보고 있자 구석에 있던 몇 사람이 맞장구를 치는 소리가 들려왔다.

"형刑 나리, 그 말 한번 잘했소."

몸집이 물통처럼 비대한 사내가 길게 하품을 하면서 덧붙였다.

"배 태존(배흥인)께서 이임하실 때 내가 가봤소. 세상에 이렇게 억울한 일이 없다면서 눈물을 흘리시더군. 배 나리 본인은 백성들의 어버이로서 책임을 다한 죄밖에 없는데, 어쩌다 저런 언리지신言利之臣(말만 날카롭게 하는 관리)에게 미운 털이 박혔는지 모르겠다면서 하소연을 하시더군. 아무튼 두아무개 그놈은 천하의 소인배야!"

"자기가 못 팔게 눌러둔 학전澗田을 배 태존이 팔았다 이거겠지. 배 태존이 혼자 꿀꺽한 것도 아닌데……."

형씨라는 사람의 옆에 앉은 깡마른 중년사내가 몇 가닥 안 되는 산양山羊 수염을 쓸어내리면서 말했다. 그러자 곰 같은 머리에 쥐의 눈을 한 왜소한 사내가 사람들이 분개하는 모습이 가소롭다는 듯 웃으면서 입을 열었다.

"툭 까놓고 말해서 여러분도 그러는 게 아니지. 두아무개가 배 태존을 탄핵하는 바람에 여러분의 돈 구멍이 막혔다고 지금 이렇게 이를 가는 것 아니오? 솔직히 비옥한 학전을 그리 똥값에 처리하는 게 아니었지. 형 나리 같으면 청하淸河에 있는 땅을 한 무畝당 은자 스무 냥씩, 아니 서른 냥씩 쳐서 팔라면 팔 거요?"

구레나룻이 덮여 있는 네모진 얼굴의 형씨는 인상이 꽤 심술궂어 보였다. 그는 사내의 말이 못마땅하다는 듯 코웃음을 쳤다.

"그 땅은 우리 조부께서 물려주신 재산인데 만萬씨 자네는 무슨 농담을 그렇게 하오? 어차피 조정에서는 경작도 하지 않고 묵히는 땅을 백성들에게 싼값에 파는데, 뭐가 잘못됐다는 얘기요? 이만한 선정善政이 또 어디 있다고 두광내 그 자식이 멀쩡한 사람을 잡느냐 이 말이오!"

형씨의 말에 옆에 있던 다른 사람들 역시 벌떼처럼 호응하고 나섰다.

"나쁜 놈 같으니라고! 못 먹는 감 찔러나 보자 이건가?"

"남의 피로 자기의 정자頂子를 물들이겠단 얘기인데, 그러고도 재자才子라 할 수 있을까?"

"재자는 무슨 얼어죽을!"

문 밖에서 방 안의 대화를 듣고 있던 두광내의 얼굴은 갈수록 굳어졌다. 배홍인과 근문괴靳文魁는 국구國舅이자 염정사鹽政使인 고항高恒의 비리에 연루된 명실상부한 탐관오리였다. 고항의 등을 긁어 사리사욕을 채우고자 본인들의 첩을 '공납'하는 파렴치한 짓도 서슴지 않은 자들이었다.

'그런 자를 탄핵했는데 뭐가 어쩌고 어쨌다고? 잘 모르면 입이나 나불대지 말 것이지.'

두광내는 그렇게 생각하면서 한소리 하려고 성큼 문지방을 넘어섰다. 그러자 얼굴이 희고 뚱뚱한 중년사내 한 명이 황급히 일어나더니 자리를 안내했다. 이어 심상찮은 기미를 눈치챈 듯 두광내의 소매를 몰래 잡아당기면서 눈짓을 하고는 나직이 말했다.

"난경蘭卿(두광내의 호) 나리, 밖에 한참 서 계셨죠? 진정한 소인小人보다 가짜 군자君子가 더 무섭다고 했습니다. 저자들과 입씨름해봤자 나리의 체신에 먹물을 끼얹을 뿐 아무런 도움이 안 되는 일입니다. 고정하시고 앉아 계십시오. 저리 망발을 일삼다 곧 쥐구멍을 찾게 될 겁니다."

중년사내는 기윤의 집에서 두광내와 몇 번 만난 적이 있는 자였다. 평소 두광내에게 크게 밉보이지도 않았다. 두광내는 잠시 기억을 더듬어봤다. 사내는 내무부를 대신해 공품貢品을 구입하는 마덕옥馬德玉이라는 황상皇商이었다. 두광내는 불을 뿜을 듯한 눈빛으로 모퉁이에 들러붙어 앉아 있는 무리들을 노려보고는 거친 숨을 몰아쉬었다. 그러나 마덕옥의 권유를 듣고는 그의 옆자리에 털썩 주저앉으면서 음울한 표정으로 입을 열었다.

"내가 저자들에게 뭘 그리 잘못했다고 저리 악담을 한다는 말이오. 아주 저주를 퍼붓고 있구면!"

"손이 발이 되게 빌 때가 있을 겁니다."

마덕옥이 긴 머리채를 휘둘러 목에 감고는 찻잔을 들어 한 모금 홀짝이면서 입을 열어 다시 몇 마디를 덧붙였다.

"저 몇몇은 양주에서도 손꼽히는 부호들입니다. 양미糧米로 치부한 무리들이죠. 가진 것들이 더한다고 돈독이 올라 눈앞에 뵈는 게 없거든요! 저것들과 맞붙는 건 현명하지 못한 처사입니다."

두광내는 마덕옥의 말을 듣자 더욱 화가 났다. 마치 생선뼈가 목에 걸린 듯 토해내지 않고서는 답답함이 사라지지 않을 것 같았다. 그러나 애써 참아보기로 했다. 그 사이 창밖의 눈발은 점점더 굵어졌다. 바람은 오히려 멎은 듯했다.

어느새 거위털처럼 변해버린 눈꽃이 소복소복 얌전히 내려앉더니 발목이 덮일 정도로 눈이 쌓였다. 그때 갑자기 누군가가 "어 태존께서 돌아오셨다!"라고 외쳤다. 수선스럽던 실내는 즉각 물 뿌린 듯 조용해졌다.

두광내도 사람들 틈에 끼어 목을 길게 빼들고 밖을 내다봤다. 과연 눈을 잔뜩 뒤집어쓴 4인교四人轎가 마당으로 들어서고 있었다. 이어 눈사람이 살아 움직이는 것 같은 모습의 가마꾼들이 허연 입김을 쏟아내면서 길게 함성을 질렀다. 대교는 그와 동시에 서서히 마당에 내려앉았다. 아역 한 명이 종종걸음으로 달려가 주렴을 걷어 올리면서 배시시 웃었다.

"눈길에 무사히 돌아오셔서 다행입니다, 태존 나리. 안에서 사람들이 기다리고 있습니다."

아역이 굽실거리면서 옆으로 물러섰다. 순간 가마 밖으로 수척하고 왜소한 노인이 모습을 드러냈다. 대충 봐도 나이가 쉰 살이 넘어 보였다. 한 줄기 바람에도 넘어갈 듯 뼈밖에 안 남은 앙상한 몸이 마치 대나무 줄기를 연상케 하는 사람이었다. 어등수였다. 그는 가마에서 내리자마자 두 손을 마주 비비면서 물었다.

"난경 나리께서는 당도하셨는가?"

"아직 안 오셨습니다."

아역이 조심스럽게 어등수를 부축해 계단을 올랐다. 어등수의 보복補服에 내려앉는 눈을 털어내는 손동작이 여간 곰살맞지 않았다. 아역이 다시 눈과 코가 한데 붙을 정도로 헤헤 웃으면서 말을 이었다.

"눈이 이리 엄청나게 내리는데, 난경 나리께서 소홍교小虹橋 쪽에 만발한 매화꽃 구경을 가지 않고 이리로 오시겠습니까?"

어등수가 나타나자 방안에 있던 사람들은 문 앞까지 달려 나가 읍을 하고 절을 하면서 떠들썩하게 문안인사를 올렸다. 그런 번잡한 와중에도 안광이 예리한 어등수는 사람들 틈에서 천천히 일어서는 두광내를 발견했다. 이어 황급히 무리들을 물리치고 빠른 걸음으로 다가가더니 두광내의 손을 맞잡고 흔들면서 반색을 했다.

"벌써 와 계셨군요? 이렇게 기다리게 해서 참으로 결례가 크오! 오셨다는 소식을 접하고 아침 일찍 역관으로 찾아뵈려고 길을 나섰는데 그만 근문괴 가족에게 발목을 잡히고 말았지 뭐요. 이 날씨에 집에서 쫓겨나 이사를 가야 하는데, 도와주는 사람이 하나도 없다고 일가 노소가 울고불고하면서 하소연을 하는데⋯⋯. 어찌 됐든 한때는 고락을 같이 했던 동료였는데 모른 체하기에는 내 양심이 허락하지를 않더군요. 그래서 뭐라도 좀 도울 게 없을까 하고 기웃거리다가 역관으로 가봤더니 벌써 나가고 없는 게 아니겠소!"

어등수는 반색을 하면서 두광내의 근황과 가솔들의 안부까지 세심하게 물었다. 옆에 있던 마덕옥이 입을 열었다.

"근문괴 집안에서 또 두광내를 죽일 놈이라고 이를 갈았겠네요?"

두광내 역시 농담처럼 입을 열었다.

"보아하니 두광내 그자는 십악불사十惡不赦의 몹쓸 인간인 것 같더군요. 여기서도 조금 전에 한바탕 침을 튕기던데. 두아무개는 아무래도 제명에 못 죽을 것 같소."

두광내는 말을 마치고는 입을 길게 찢으면서 웃었다. 자리에 있는 사람들 중에서 '난경'이 두광내의 호라는 것을 아는 사람은 어등수와 마덕옥뿐이었다. 때문에 영문을 모르는 다른 사람들은 두광내에 대한 얘기가 나오자 기다렸다는 듯 불만과 욕설을 쏟아냈다.

"인두겁을 쓰고 어찌 그리 매정할 수 있단 말입니까? 눈이 무릎까지 푹푹 빠지는 날씨에 일가 노소를 집에서 내쫓다니, 두광내 그 인간은 천벌을 받을 겁니다!"

"근문괴 나리가 어떤 분인데⋯⋯. 날개 뽑힌 봉황은 닭보다도 못하다더니, 옛말 그른 것 하나 없네요!"

"두광내 그 독사 같은 놈 만나기만 해봐라. 내가 껍질을 홀랑 벗겨버릴까 보다!"

어등수는 갈수록 수위를 더해가는 독설에 난감해 어찌할 바를 몰랐다. 시퍼렇게 굳어진 얼굴이 자줏빛으로 변하더니 급기야 목에 굵은 핏대를 세우면서 버럭 고함을 질렀다.

"그만 입 다물지 못할까! 명신名臣의 풍골風骨을 지니신 두 나리께서 조야朝野에 돌풍을 일으킬 탄핵안을 올리셨거늘 자네들이 뭔데 그리 악담을 퍼붓는 겐가?"

두광내가 그러자 기다렸다는 듯 한발 앞으로 나섰다. 이어 두 손을 들어 공수하고는 말했다.

"내가 바로 여러분에게 돌팔매를 맞아도 싼 그 두광내요. 본의 아니게 그대들의 공분을 불러일으켜 미안하오!"

"⋯⋯?"

장내에는 순식간에 쥐죽은 듯한 정적이 깃들었다. 모두들 놀라서 벌어진 입을 다물지 못하고 목석처럼 제자리에 굳어져 버렸다. 순간 적막이 감돌았다. 창밖의 눈 내리는 소리만이 크게 들려왔다. 당장이라도 경기를 일으킬 듯 흰 눈자위를 번들거리던 형씨 등은 한참 후에야 자신들이 얼마나 큰 실수를 했는지 실감한 것 같았다.

얼마 후 물통처럼 몸집이 비대한 뚱보가 제일 먼저 무릎을 꿇었다. 이어 자신의 뺨을 철썩철썩 때리면서 두서없이 지껄이기 시작했다.

"이놈이 어젯밤 양동이째 퍼마신 황주黃酒가 아직 덜 깨서⋯⋯, 미친 소리를 하고 말았습니다. 부디 하해와 같은 아량으로 용서하십시오! 이놈의 주둥이⋯⋯."

사내는 뻘겋게 손자국이 난 자신의 얼굴에 연타를 날렸다. 입을 잘못 놀린 다른 부자들 역시 무릎을 꿇고 연신 스스로 따귀를 때리면서 자신들이 알고 있는 최고의 욕설을 자신들에게 퍼부었다. 가관이 따로 없었다. 반면 처음부터 그들 무리에 동조하지 않았던 다른 염상, 도자기상과 방직 업계의 큰손들은 고소하다는 얼굴로 강 건너 불 보듯 지켜보기만 했다. 어등수는 그런 무리들을 말리지도, 욕하지도 않았다. 스스로의 따귀를 때릴 정도면 체면이 구겨질 만큼 구겨졌으니 처벌은 충분한 셈이었다. 게다가 어가 영접 건 때문에 그들의 도움이 필요하기도 했는지라 더 큰 굴욕을 주어서도 안 될 터였다. 그가 애써 담담한 척 두광내의 손을 잡고 위로했다.

"태생이 저리 막돼먹은 인간들이니 그저 미친개들이 짖었다고 생각하시오. 잠깐만 기다리시오. 전해줄 희소식이 있소."

어등수가 말을 마치고는 된서리 맞은 가지처럼 엎드려 있는 부자들을 불러 몇 가지 당부의 말을 전했다. 그 사이 두광내가 쓸쓸한 미소를 지으면서 옆자리의 마덕옥에게 말했다.

"자고로 호인이 되기는 참으로 어렵다고 했소. 나는 결코 분에 넘치는 공이나 복을 위해 누구를 헐뜯는 사람이 아니오. 명색이 국척國戚이라는 자가 직권을 남용해 국가의 금기사항을 범했으니 내가 어찌 그런 쥐새끼들을 두 눈 뻔히 뜨고 간과할 수 있겠소."

마덕옥이 황급히 대답했다.

"참으로 지당하신 말씀입니다. 입장을 바꿔 누군가가 나의 평생 재산을 탕진해버린다면 그가 외삼촌이 아니라 할아비라도 용납할 수 없을 겁니다!"

어등수는 배홍인이 파직당한 뒤 임시로 양주 지부를 맡은 사람이었다. 그런데 지부를 맡자마자 어가를 영접하는 막중한 일을 치르게 됐다. 심지어 어가를 맞이하는 데 필요한 돈이 무려 십 몇 만 냥이나 부족했다. 그로서는 부자들에게 지원을 받는 것 외에는 달리 방법이 없었다.

아무려나 그는 마덕옥의 말에 가볍게 고개를 끄덕이는 두광내를 힐끗 훔쳐보면서 목소리를 가다듬었다.

"폐하께서는 현재 남경 행궁에 머물러 계시오. 폐하께서 양주로 걸음 하신다는 것은 우리 양주 사람들의 무한한 영광이 아닐 수 없소. 가난을 구제하고 약자를 가엾게 여기시는 폐하께서는 이번 남순南巡 길에 오르시면서도 백성들에게 피해를 줘서는 절대 안 된다고 강조하셨소. 한마디로 폐하의 남순을 빌미로 백성들의 혈세를 털어 토목공사를 벌여서는 안 된다는 얘기요. 물론 우리 양주부에서도 이러한 원칙을 칼같이 지킬 것이오. 다만, 귀객貴客을 맞이하는 차원에서 벽지를 새로 바르고 뜰을 비질하는 정도의 인사치레는 있어야 하지 않겠소? 범상치 않은 나날에 너무 범상하게 구는 것도 신하된 예의는 아니라 생각되오. 그래서 말인데, 영가교迎駕橋와 행궁行宮을 짓고 경내의 대표적인 명소들을 새롭게 단장하는 등 큰 준비는 대략 끝났소. 큰돈 들어갈 데는 더 이상 없소. 다만 사소하게 여기저기 손봤으면 금상첨화일 텐데⋯⋯, 하는 유감이 있어 여러분을 부른 거요. 여러 재주財主들께서 십시일반으로 힘을 모아 주시면 큰 도움이 될 거요. 일생에 한 번 올까말까 한 커다란 희사喜事를 치르는데 추호도 방심해서는 안 된다는 게 내 생각이오. 그렇다고 국고의 은자에 손을 댈 수도 없고⋯⋯."

어등수의 연설은 장황했으나 내용은 뻔했다. 한마디로 좌중의 부자들에게 '출혈'을 강요하는 것이었다. 두광내는 순간 아문으로 오면서 구경했던 것들을 머릿속에 떠올렸다. 우선 새로 지었다는 두 행궁이 뇌리를 스쳤다. 그것들은 호화로움을 넘어 장엄하다는 감탄사가 터져 나올 정도였다. 의정儀征에서 양주로 통하는 길가에 원래 있던 오래된 고목들을 전부 뽑아 없애버리고 잎새가 울창한 오구烏相와 송백松柏들을 새로 심은 것을 보면 상황은 짐작하고도 남았다. 틀림없이 입이 다물어지지 않을 정도로 어마어마한 대공사를 했을 터였다. 이보다 더한 사치가 어디 있을까? 아마도 여기서 더 호화로우면 구중궁궐이 무색할 수도 있을 것이다. 그렇게 민력民力과 민재民財를 수없이 쏟아 붓고도 "백성들에게 피해를 주지 않았다"고 당당하게 말하는 저 자신감이라니……. 두광내는 연신 고개를 저었다.

어등수가 좌중 사람들의 속마음 따위에는 아랑곳하지 않은 채 자신의 생각을 계속 늘어놓으며 입에 거품을 물었다.

"북옥황관北玉皇觀에서 과주도瓜洲渡를 거쳐 장강長江 부두에 이르는 구간의 도로도 새로 닦아야 하고……."

어등수는 말을 잠시 끊었다가 천천히 다시 이었다.

"육갑六閘, 금만신곤교金灣新滾橋, 향부사香阜寺, 천녕사天寧寺에서 행궁行宮, 숭가만崇家灣, 요포腰鋪, 죽림사竹林寺, 소관패昭關壩에 이르는 도로는 전에 한번 정비했었소. 그러나 워낙 거마車馬가 많이 다니는 구간이다 보니 군데군데 웅덩이가 패어 비만 오면 흙탕물이 튄다고 하니 이참에 다시 닦아야겠소. 적어도 한 뼘 넘게 황토를 깔아야겠소. 태후마마와 황후마마의 봉가鳳駕는 현재 소오대小五臺 아니면 향부사까지 당도해 있을 거요. 소오대에서 평산당까지, 향부사에서 초관鈔關 부두까지는 한 로旱路이고 노면 상태도 좋은데 채방彩坊이 둘밖에 세워져 있지 않소. 이는 폐하의 적자지심赤子之心(갓난아이와 같은 마음이라는 뜻으로, 세속에 물들지 않은 순결한 마음)과 너무 어울리지 않는다는 생각이 드오. 봉가鳳駕가 경유할 이들 지역의 채방은 북교北橋의 어도御道보다 세 배는 더 촘촘히 세워져야 할 것이오."

두광내는 그의 말을 듣고 있자니 어가와 봉가가 경유할 지역의 도로 상태가 어떤지, 가마나 수레를 대고 쉬어갈 양정涼亭이 몇 개나 부족한지 직접 가보지 않고도 훤히 알 수 있을 것 같았다. 또 어느 곳에 연극

무대를 가설하는 것이 좋을지, 이를 해결하려면 경비가 얼마나 필요할 것인지도 손금 보듯 헤아릴 수 있었다. 장내의 사람들은 속마음을 감춘 채 진지한 표정으로 고개만 끄덕이고 있었다. 어등수가 다시 말미에 몇 마디를 덧붙였다.

"……넉넉하게 은자 십이만 사천 냥 정도면 너끈하겠더군. 우리 양주의 기둥이자 저력인 여러분들이 기꺼이 쾌척해 주시리라 믿어마지 않소."

어등수는 길고 길었던 말을 마치고는 찻잔을 들어 후후 불면서 마시기 시작했다. 자신의 뜻이 잘 전달되었을 것이라고 생각한 듯 자세에 여유가 넘치고 있었다. 그러나 장내의 분위기는 그의 생각과는 달랐다. 마치 결빙이 된 연못처럼 서서히 굳어지고 있었다. 그제야 어등수는 어색하고 난감한 분위기를 알아차린 듯 천천히 찻잔을 내려놓으면서 허허! 하고 억지웃음을 터트렸다.

"나야 '임시 지부'라는 꼬리표를 달고 있으니 국가 대사에 차질이 빚어진다고 해도 전임인 배 지부에게 떠밀어버리면 그만이오. 그러나 어가를 수행하시는 다른 분들의 체면은 뭐가 되겠소. 신하라면 신하 된 도리, 자식이라면 자식 된 도리를 다하는 것이 무엇보다 중요하지 않겠소? 사실이 그렇다는 얘기지 절대 여러분에게 강요하는 건 아니오. 어디까지나 낙수樂輸(즐겁게 기부한다는 의미)에 맡기겠소. 낙수라는 게 뭐요? 내가 원해서 기꺼이 한다는 것 아니겠소? 그렇지 않소, 난경 나리?"

"아……, 물론이죠!"

두서없는 생각에 잠겨 있던 두광내가 어등수의 말에 흠칫 놀라면서 현장의 분위기와는 전혀 관계없는 사색의 실마리를 털어냈다. 이어 그의 말을 곰곰이 되새겼다. 사실 그는 한낱 미신微臣(신분이 낮은 신하)에 불과했다. 황제의 남순 길을 화려하게 장식하려는 지방 관리의 의사에 왈가왈부할 수는 없는 입장이었다. 그저 어등수의 말처럼 '신하 된 도리'를 다하고 본인의 임무만 제대로 완수하면 될 터였다. 그는 그렇게 생각을 굳히고는 바로 입을 열었다.

"어 지부의 말에 공감하오. 나랏일에는 모두가 '기꺼이' 응하는 자세가 필요하다고 생각하오. 나는 도서를 수집하러 내려온 사람이오.《사고전서》는 현재 폐하께서 총재 자리를 직접 맡으신 거국적인 업무요. 네 명의 군기대신과 스무 명도 넘는 대학사, 부원部院 대신들이 부총재 직을 맡고 있소. 그런데도 일부 사람들은 아직도 도서 수집에 '기꺼이' 응하지 않으니 참으로 답답하오. 선뜻 빌려주는 사람에게는 차용증을 주고, 팔겠다는 사람에게는 적당하게 값을 지불해주는데도 말이오!"

두광내가 말을 마치더니 갑자기 예리한 눈빛으로 좌중을 쓸어보았다. 그러나 목소리는 높이지 않았다. 그저 조용히 단숨에 30종도 넘는 판본의 서적들 이름과 그와 관련한 말만 읊조릴 뿐이었다.

"내가 조사한 결과 송판宋版《주희집주》朱熹集注,《이정철영》二程掇瑛, 명판明版《여궐집》餘闕集,《풍우청하》風雨聽荷,《초엽집》蕉葉集,《양명일기》陽明日記…… 이 진귀한 서적들은 모두 양주 여러분의 수중에서 잠자고 있소. 구태여 일일이 누구에게 무슨 책이 있다는 것까지는 까밝히지 않겠소. 도서수집이든 어가 영접이든 본질만 다를 뿐 똑같이 중요한 일이라는 걸 명심했으면 좋겠소! 나라는 사람은 군부君父를 향한 경성지심敬誠之心이 부족한 사람을 필촉筆觸으로 찔러 죽이기 좋아하오. 여러분은 나의 고약한 버릇을 누구보다 잘 알고 계실 것이니 길게 말하지 않겠소!"

두광내의 말이 끝나기 무섭게 눈보라가 거세게 불어 닥쳤다. 방안은 후끈후끈했으나 좌중의 사람들은 마음속까지 얼어붙게 만드는 오싹한 기운을 견딜 수가 없었다. 그때 비수 같은 두광내의 예기에 짓눌린 형씨가 먼저 머뭇거리면서 입을 열었다.

"《주희집주》라면 저희 집에 한 질 있습니다. 그러나 송판宋版이 아닌 노반魯班(춘추전국시대의 뛰어난 장인)입니다. 그래도 필요하시다면 내일 아들놈을 시켜 역관으로 보내드리도록 하겠습니다. 어가를 영접하는 데 필요한 은자도 어 태존께서 원하시는 액수대로 성납誠納토록 하겠습니다."

두광내는 '송판이 아닌 노반'이라는 말은 금시초문이었다. 자세히 캐묻고 싶었으나 미처 그러지를 못했다. 왼쪽 탁자에 둘러앉았던 몇몇 상인들이 너도나도 책을 바치겠다는 의사를 밝힌 탓에 경황이 없었던 것이다.

"그러고 보니 저희 집 창고에 헌 책 상자가 있는데, 그 속에서 《양명일기》라고 한 권 본 것 같습니다."

"《여궐집》은 저에게 있습니다……."

"《초엽집》은 저희 집에서 굴러다니는 걸 봤습니다만 그리 귀한 책인 줄도 몰랐습니다. 무식한 여편네가 몇 장 뜯어 불쏘시개로 하는 것 같았습니다. 하마터면 소중한 서적이 흔적도 없이 사라질 뻔했습니다."

좌중의 부자들은 곧 어가 영접에 필요한 12만 냥의 은자 역시 자기들끼리 상의해 사흘 내에 염상 우두머리 격인 황극경黃克敬을 통해 보내주기로 했다. 그러나 두광내에게 그런 결과는 중요하지 않았다. 그의 뇌리에는 여전히 무엇을 뜻하는지 모를 '노반'이라는 단어만 맴돌고 있었다. 급기야 그는 옆자리의 마덕옥에게 몰래 물었다. 그러나 마덕옥 역시 어리둥절하기는 마찬가지였다. 어쩔 수 없이 두광내는 다시 형아무개에게 물었다.

"자네가 조금 전에 송판이 아닌 노반 《주희집주》가 있다고 했는데, 그게 어떤 책인지 궁금해서 말이네. 지색紙色과 장정裝幀은 어떤 형태인지, 그리고 활자본인지 목각본인지 좀 말해줄 수 없겠나?"

"그러니까 그게……"

형씨는 그러지 않아도 두광내에게 미운 털이 크게 박혔을까봐 가슴을 졸이며 눈치를 보고 있었다. 그런데 두광내가 평온한 어투로 말을 걸어오는 것이 아닌가. 그는 그만 황감한 나머지 자리에서 벌떡 일어났다. 이어 새우처럼 허리를 굽실거리면서 대답했다.

"소인은 나리께서 무엇을 하문하시는지 잘 모르겠습니다. 다만 종이는 싯누렇고 묵색墨色은 칠흑 같았습니다. 글씨 크기는 그다지 고르지 않았고 행간도 일정치 않은 것 같았습니다. 크기는 이 정도이고요. 이렇게 두껍고 넓이는 아마 이 정도는 될 겁니다. 무서재懋書齋의 일꾼들이 그러는데, 종이 재질로 봐서는 후당後唐 연간의 종이가 틀림없을 뿐 아니라 대단한 보배인 것 같다고 했습니다……"

형씨는 마지막에는 손짓까지 곁들여가며 설명하느라 진땀을 뺐다. 두광내는 그의 말을 다 듣지 않고도 이미 그 책이 송판 활자인서본活字印書本이라는 사실을 알 수 있었다. 후당 때의 종이로 인쇄한 이 송판 서적은 송나라 때도 가격을 매길 수 없을 정도로 귀한 것이었다. 두광내는 그렇게 판단을 내리고는 다시 물었다.

"그런데 그 서적이 '노반'이라는 설은 어디에 근거한 말인가?"

"무서재의 일꾼들이 그러는데, 노수부魯秀夫인가 뭔가 하는 재상이 그 책에 평을 달았다고 하더군요. 소인이 그래서 노반이라 이름을 붙였던 것입니다!"

마덕옥이 형씨의 말이 끝나기도 전에 풋! 하고 찻물을 뿜었다. 어등수 역시 기침까지 하면서 얼굴이 벌게지도록 웃었다. 형씨는 육陸을 노魯로 잘못 알고 있었던 것이다. 두광내도 웃음을 금치 못했다. 그러나 이내 한숨을 내쉬었다.

"육수부陸秀夫는 남송南宋 말기의 명신이지. 송나라 말기에 황제가 사면초가의 위기에 처하자 육수부는 가족들을 모두 죽인 뒤 어린 황제를 껴안고 바다에 뛰어들어 자결했지. 실로 천고의 충신으로 역사에 길이 남을 명재상이었네. 그런 명신의 비어批語가 있는 서적을 소장하고 있으면서도 그 진가를 몰랐다니, 참으로 한심하군!"

두광내가 쓴웃음을 지은 채 다시 말을 이었다.

"오늘 자네 때문에 내 귀가 얼마나 간지러웠는지 알지? 아까까지만 해도 자네를 결코 용서치 않으리라 결심했으나 자네의 불학무술不學無術의 꼬라지를 가엽게 여겨 이번만은 봐주겠네. 그러나 앞으로도 그리 입 간수를 잘못하다가는 크게 경을 칠 거라는 것을 명심하게!"

"예, 예⋯⋯. 그럼요, 아무렴요."

형씨는 연신 굽실거리면서 뒷걸음질을 쳤다. 좌중의 사람들은 당초 그가 무사히 집으로 돌아갈 수 있으리라고는 생각지도 않았다. 그러나 형씨가 별일 없이 물러가는 것을 보고는 두광내의 넓은 아량에 적이 감복하는 눈치였다.

# 2장
## 거지 차림의 귀공자

　양주의 토호들은 순순히 '출혈' 의사를 밝히고 돌아갔다. 이로써 남의 호주머니에서 돈을 빼내기가 쉽지 않을 것이라고 골머리를 앓던 어등수의 고민은 시원하게 해결되었다. 손님들을 배웅하고 돌아온 그가 안도의 한숨을 내쉬면서 두광내와 마덕옥 두 사람을 향해 말했다.

　"모든 일이 다 이렇게 술술 풀렸으면 얼마나 좋겠소? 다 두 분의 덕택이오! 자, 우리 지저분한 방에서 이러고 있을 게 아니라 깨끗하고 넓은 서화청으로 가는 것이 어떻겠소. 나한테 사십 년 된 좋은 술이 있는데……. 조천귀趙天貴, 마麻 막료는 돌아왔나?"

　어등수가 두광내와 마덕옥 두 사람에게 일어나자고 청하는데 조천귀라고 불린 아역이 황급히 대답했다.

　"아직 돌아오지 않았습니다. 눈발이 좀체 약해질 기미가 보이지 않습니다. 오는 길에 술 한잔 걸치면서 매화꽃을 감상하고 있는지도 모르겠습니다."

어등수가 뜻밖이라는 듯 미간을 좁혔다. 이어 다소 흥이 깨진 듯 기운 없는 목소리로 말했다.

"벌써 돌아왔을 줄 알았는데……, 무슨 일이 있나 보군. 이거 미안해서 어쩌지? 기다리는 사람이 아직 안 돌아와서 말이오. 아무튼 '사람이 손님을 붙잡지 않아도 하늘이 붙잡는다'人不留客 天留客는 말이 있듯이 이런 날씨에 어디 가느라 할 것 없이 두 분께서 먼저 술잔을 기울이고 있는 게 어떻겠소? 나는 잠깐 나가 한 바퀴 돌아보고 올 테니 말이오. 대신 오늘밤에는 이 사람이 벗들을 불러 거하게 한턱내겠소."

원래 두광내는 술자리는 말할 것도 없고 사람들과 어울리는 것 자체도 별로 좋아하지 않았다. 결국 에둘러 거절의 의사를 표했다.

"오는 길에 홍교령虹橋靈 토지묘 부근에서 춘권春卷(밀가루 피에 만두소를 넣고 기름에 튀긴 음식)을 사먹었더니 아직 배가 고프지 않소. 공무가 급한 것 같은데 우리가 꼭 이런 날에 술자리를 가져야 하는 건 아니잖소? 오늘은 각자 제자리로 돌아가는 게 좋겠소. 남경의 기윤 중당이 나를 보자고 서찰도 보내왔으니 나는 그만 가봐야겠소. 어 지부는 방금 서적 헌납의사를 밝힌 부호들이 책을 가져오면 잘 묶어뒀다가 내가 북경에 갈 때 역관으로 보내주시면 대단히 감사하겠소."

두광내가 말을 마치고는 자리에서 일어났다. 그때 마덕옥이 외출 채비를 하는 어등수를 향해 물었다.

"그런데 어 태존께서는 이런 날씨에 무슨 긴요한 약속이라도 있는 겁니까?"

어등수가 걱정 어린 시선으로 밖을 내다보면서 대답했다.

"지금 내리는 눈이 예사롭지 않아서 말이오. 양주에 십 년 만에 쏟아지는 폭설이오. 안 그래도 근근이 밥을 얻어먹던 절량호絶糧戶(식량이 바닥난 집)들은 대설이 사립문을 봉해버리면 동사凍死하거나 아사餓死하기 일쑤요. 다 허물어져 가는 집들이 폭싹 주저앉지는 않았는지 해서 마 막료에게 몇 사람 딸려 보냈는데 아직 돌아오지 않고 있다니 걱정이 되어서 말이오.”

마덕옥은 어등수의 말에 적이 감동했다.

“어 태존께서는 실로 백성을 자식처럼 아끼는 부모관이십니다. 요즘 같은 세상에 어 태존 같은 분이 있다는 사실이 믿어지지 않네요.”

어등수가 즉각 손사래를 쳤다.

“나를 그리 과대평가하지는 마오. 사심도 섞여 있으니 말이오. 화친왕和親王이 벌써 양주에 와 계시오. 성省의 내로라하는 거물들도 다 내려와 있고. 어가 안전을 지키기 위해 파견된 선발부대도 시위와 태감들을 비롯해 규모가 작지 않을 것이오. 북경 어느 부部의 상서와 시랑들도 끼어 있을지 모르니 추호도 방심할 수 없소!”

두광내도 바로 입을 열었다.

“꼭 누가 와서라기보다 이는 지부로서 마땅히 해야 할 일이라고 생각되오. 지체하지 말고 가 보시오. 우리도 제 갈 길을 갈 터이니.”

어등수는 정청正廳에서 가마에 오른 다음 서둘러 밖으로 나갔다. 마덕옥은 두광내의 소매를 당기며 함께 마구간 쪽으로 향했다. 아역 조천귀가 앞에서 길을 안내했다. 일행이 눈을 피해 뜰을 통과하지 않고 열쇠로 금치당琴治堂 동쪽 별채의 문을 열어 복도를 나오자 마구간이 보였다. 조천귀는 마덕옥의 크고 살찐 노새와 두광내의 검정 노새를 끌고 왔다. 두광내의 노새는 마덕옥의 노새에 비하면 그야말로 한 마리의 강아지처럼 왜소해 보였다. 마덕옥이 기가 막힌 듯 혀를 끌끌 찼다.

“이게 무슨 일입니까? 감찰어사監察御史의 탈것이 이리 부실하다니요! 요즘은 지부들도 문을 나서면 팔인대교八人大轎를 타고 다닙니다. 저의 타교에 동승하시죠. 조천귀, 자네는 어사 나리의 노새를 끌고 따라오게."

눈은 어느새 무릎을 넘고 있었다. 두광내는 잠깐 망설였다. 고집스럽게 강아지 같은 노새를 타고 가다가 설경 감상은 둘째치고 눈밭에서 오도 가도 못하고 크게 봉변을 당할지도 모를 일이었다. 하지만 유리창이 제법 큰 마덕옥의 타교에 앉으면 창문 너머로 눈 구경을 하면서 편히 갈 수 있을 터였다. 그럼에도 그는 순간적으로 망설였다. 지아비도 등쳐먹는다는 장사꾼과 동승한다는 것이 왠지 께름칙했던 것이다.

눈치 빠른 마덕옥이 두광내의 심사를 넘겨짚고는 히죽 웃으면서 입을 열었다.

"나리! 관가官家, 상가商家 더 나아가서는 선비들까지도 명名과 이利를 앞세우지 않는 곳이 없습니다. 탁한 물에 몸을 담가도 뿌리가 깨끗하면 더러워질 수 없어요. 반대로 설사 맑은 물에 있어도 뿌리부터 탁한 자는 좀처럼 깨끗해질 수 없죠. 어사 나리께서도 한림원에서 왕평락王平樂(왕문소의 자字) 대인과 변론을 펼치면서 '군자와 소인의 구분은 오로지 마음에 있다'라고 하시지 않았나요?"

두광내는 몇 마디 대화를 통해 마덕옥이라는 자가 생각보다 인품이 괜찮다는 생각이 들었다. 그는 마덕옥을 제법이라는 듯 바라보고는 빙그레 웃으면서 대답했다.

"내가 알기로 그대는 예사 황상皇商이 아니라 덕주 염도鹽道라는 감투를 쓴 황상이오. 나는 아직 정식으로 발령을 받지는 않았으나 관찰도觀察道라는 명분으로 관풍觀風을 살피러 나온 사람이고. 어디 가서 일없이 소문내고 다닐 건 없지 않겠소."

마덕옥이 두광내의 말에 웃음을 머금었다. 하인이 두툼한 면렴棉簾을 걷어 올리면서 그들이 오르기를 기다렸다. 두광내와 마덕옥은 탁자를 끼고 마주 앉은 뒤 출발을 명했다. 가마는 누군가에게 가볍게 떠밀리듯 조용히 움직이기 시작했다.

마덕옥은 제법 삶을 즐길 줄 아는 사람이었다. 타교 안에는 없는 것이 없었다. 필요한 것은 전부 갖춰져 있었다. 마덕옥은 우선 두광내에게 손난로를 건네줬다. 그리고는 난로의 열기가 새지 못하도록 겉을 감쌌던 수건을 풀어 건넸다.

"난경 나리, 이 더운 수건으로 얼굴부터 좀 닦으시죠."

두광내가 수건을 받아들었다. 그러자 마덕옥이 이번에는 구석에 놓여 있던 두툼한 솜 담요 밑에서 천으로 몇 겹 감은 은병을 꺼냈다. 이어 더운 김이 모락모락 나는 찻물을 한 잔 따라 두광내에게 밀어주더니 유지油紙 꾸러미를 탁자 위에 올려놓고 풀었다. 그 속에는 여러 개의 작은 종이꾸러미가 들어 있었다. 일일이 헤쳐 보니 말린 쇠고기를 비롯해 회향두茴香豆, 절인 고기와 구운 떡 등이 가득했다. 술안주로 더할 나위 없이 훌륭한 것들이었다. 아니나 다를까, 두광내가 적이 놀라는 사이 마덕옥이 어느새 마술처럼 술 한 병을 꺼내들었다. 동시에 술병 마개를 돌려 따면서 멍하게 바라보는 두광내를 향해 헤헤! 하고 웃었다.

"난경 나리는 청고淸高하신 분이죠. 빼앗아 먹기도 하고 얻어먹기도 하는 저와는 격이 다른 부류의 분이라는 걸 잘 압니다. 어사 나리께서는 봉황이시니 오동나무가 아니면 내려앉지 않고, 예천醴泉(감미로운 샘물)이 아니면 마시지 않으실 테죠. 하지만 저는 득이 된다면 똥물도 코를 비틀어 잡고 마시는 족속입니다. '길이 다르면 상종하지 말라'는 옛 말대로라면 우리는 한자리에 앉을 인연이 없는 사람들이겠죠. 아무 말씀하시지 않아도 난경 나리께서 지금 무슨 생각을 하시는지 알 수 있습니다. '지아비도 속여먹는 장사꾼 주제에 돈으로 감투까지 사서 행세하고 다니는군.' 아마도 이런 생각을 하실 테죠? 오늘 뜻밖의 대설 덕택에 나리와 한 지붕 아래에서 잠깐이나마 얼굴을 마주 하게 됐으니 저로서는 영광이 아닐 수 없습니다. 단언컨대 이 술과 고기는 백성들의 피땀이 아닌, 이 사람이 개처럼 힘들게 일해서 번 돈으로 마련한 것이니 안심하고 드십시오. 가마 안에서 술 한 잔 기울이면서 유리창 너머 설경을 감상하는 청복淸福은 아무나 누릴 수 있는 것이 아닙니다. 아마 양주에서 으뜸가는 풍아명사風雅名士들 중에서도 이 같은 호사를 누려본 이는 별로 없을 것입니다! 다른 생각은 다 집어치우고 짧은 시간이지만 먹고 마시면서 설경이나 감상합시다. 목적지에 도착해 가마에서 내려서는 순간부터 우리는 각자의 일상으로 돌아가면 될 테니까요."

"나는 그 무슨 봉황이 아니오."

두광내는 마덕옥의 말을 들으면서 속으로 웃음을 금치 못했다. 그러면서 마덕옥이 따라준 술잔을 들어 조금씩 홀짝거렸다. 그리고는 백설이 지칠 줄 모르고 내리는 창밖을 내다봤다. 그가 다시 말을 이었다.

"워낙 여우나 쥐새끼들이 조정을 어지럽히고 다니는 세월이라 조금만 색다르게 보여도 희귀동물로 치부해서 그런 거요. 솔직히 나를 포함해서 그 누구도 왕년의 명신이었던 곽수郭琇와 어깨를 견줄 수 없소. 나도 《이십사사》二十四史를 두루 독파한 사람이나 사실 지금은 역대의 어느 조대朝代와도 비할 바가 아니오. 경제가 전대미문의 속도로 급성장하고 그만큼 토지겸병 현상도 전무후무할 정도로 악화일로를 치닫고 있소. 영명하신 폐하 주위에 양신良臣들이 포진한 것도 전과 비할 바 못되지만 탐관오리들의 전횡과 타락도 역대 으뜸이라고 할 수 있소! 사실 벼슬길에 올랐다고 하면 당연히 선비 출신이오. 남의 것에 티끌만치도 욕심을 부려서는 안 된다고 배워왔고 또 그것을 최대의 수치로 생각하던 사람들이오. 그런데 그런 이들이 어째서 관직에 오르기만 하면 하나같이 돈이라면 사족을 못 쓰는 괴물로 변해버리는지 그 이유를 모르겠소. 사서四書와 춘추春秋의 가르침도 모두 무용지물이 되어 버리니 참!"

마덕옥은 술잔을 든 채 말이 없었다. 창밖에서는 눈보라가 더욱 기승을 부리고 있었다. 가마 안에서는 유리에 맺힌 물방울이 줄 끊어진 구슬처럼 흘러내리고 있었다. 마덕옥이 물방울이 흘러내리는 모습을 물끄러미 쳐다보더니 한참 후 가볍게 탄식을 했다.

"저도 사서랍시고 몇 권 읽었습니다. 열네 살에 진학進學해 열다섯 살에 거인에 합격했습니다. 《이소》離騷(전국시대 초楚나라 굴원屈原이 쓴 장편 서사시)도 읽고 《역경》易經도 너덜너덜해질 정도로 읽었습니다. 그러나 세상사를 간파하기에는 역부족이더군요. 우리가 소작료니 황무지 개간이니 하면서 땀을 바가지로 쏟고 있을 때 구라파(유럽)라는 곳에서는 철로鐵路니 화차火車(기차)니 화륜火輪(선박)이니 별의별 기괴한 물건들을 다 만들어내고 있다죠. 우리가 사는 세상과는 영 딴판으로 돌아가는 세상이 있다는 걸 성인은 알고 계셨을까요? 만화통萬花筒(요지경 확대경을 장치하여 놓고 그 속의 여러 그림을 돌리면서 구경하는 장난감) 같은 바깥세상을 어떤 안목으로 바라보고 어찌 대처해야 하는지에 대해서는 글 속에서 가르침을 주신 바가 없습니다. 예를 들어 저 지칠 줄 모르는 눈발처럼 무궁무진한 은자銀子가 사방에서 몰려온다고 할 때 그 돈을 돌보듯 할 사람이 과연 몇이나 있을까요? 뱃가죽이 등에 가 붙을 처지가 돼도 여전히 가부좌를 튼 채 두 눈을 질끈 감아버릴 수 있을까요? 이 세상에 정인군자正人君子는 없다고 봅니다. 자, 한잔 하시죠. 그저 생긴 대로 사는 수밖에요……."

갑자기 가마가 크게 휘청거렸다. 무방비 상태에 있던 두광내와 마덕옥의 몸이 앞으로 확 쏠렸다. 동시에 술잔의 술이 사방으로 튀었다. 화가 난 마덕옥이 주렴을 걷더니 마구 욕지거리를 해댔다.

"제기랄, 제대로 못해? 아까운 술을 다 엎질렀잖아!"

두광내는 손바닥으로 뿌연 창문을 닦아내고 밖을 내다봤다. 가마꾼들이 땅바닥을 내려다보면서 서성이고 있는 모습이 눈에 들어왔다. 그때 뒤를 따르던 하인 한 명이 황급히 달려와 아뢰었다.

"주인 나리, 눈이 덮여 잘은 모르겠으나 아마 얼어 죽은 사람이 있는 것 같습니다. 에잇, 하필이면 길 한복판에 엎어져 가지고……."

마덕옥은 하인의 말이 채 끝나기도 전에 가마에서 뛰어내렸다. 두광내도 뒤따라 내렸다.

밖은 가마 안에서는 전혀 느끼지 못했던 강추위가 몰아치고 있었다. 목이 저절로 움츠러들고 숨이 턱하고 멎을 정도였다. 멀고 가깝고를 떠나 시선이 닿는 곳은 온통 눈과 얼음으로 덮여 있었으니 그럴 만도 했다. 촌락들 역시 설막雪幕 속에 갇혀 형체를 알아볼 수가 없었다. 마덕옥은 세 겹 볼 살을 덜덜 떨면서 연신 "엇 추워, 엇 추워!"를 연발했다. 그런데 두광내가 추위도 잊은 듯 언 시체를 들여다보고 있자 팔짱을 낀 채 덜덜 떨면서 말했다.

"볼 것도 없어요. 이런 경우는 하도 많이 봐서……. 뭐, 적어도 대여섯 시간은 지난 것 같네요. 쯧쯧, 가여운 것! 스무 살도 되나마나 하네!"

두광내가 안타까운 듯 시체의 팔을 들었다 놓으면서 한숨을 내쉬었다.

"부근에 사원이라도 있었으면 좋겠는데……. 사원을 찾아 안치해 놓고 어 태존에게 알리시오."

"전에는 몰라도 요즘은 사원마다 어가 맞을 준비에 한껏 들떠 있어 받아줄 곳을 찾기 힘들 겁니다. 토지산신묘土地山神廟나 마왕묘馬王廟, 십왕묘十王廟 같은 잡묘야관雜廟野觀들이라면 모를까……."

마덕옥이 희미하게 한숨을 쉬었다. 옆에 있던 가마꾼도 한마디 했다.

"이런 날에는 시골길에서 이런 시체 대여섯 구는 아무것도 아니에요!

여기서 조금만 더 가면 오통사五通祠라는 폐사廢祠가 있습니다. 두 분 나리께서 여기 잠깐 계시면 소인들이 처리하고 오겠습니다."

마덕옥이 가마꾼의 말에 히죽 웃으면서 한숨을 지었다.

"모처럼 눈다운 눈이 내려 설경을 제대로 감상하는 줄 알았더니 길 나서자마자 이게 뭐야? 흥을 망쳐도 유분수지!"

두광내가 마덕옥의 말에 마음이 상한 듯 언짢은 어조로 입을 열었다.

"이런 호화스러운 가마를 타고 눈밭을 가르면서 설경을 감상한다는 것이 어쩐지 거문고를 태워 학을 삶아먹는 격이 아닌가 싶소. 오통사는 비록 음사淫祠라고는 하나 망자의 명복을 빌어주기에는 괜찮은 곳인 것 같소. 주변 경관도 수려해 날씨가 따뜻한 봄날이면 정취를 한껏 즐길 수도 있고."

두광내가 말을 마치고는 오통사 쪽을 바라봤다. 그러더니 갑자기 무너진 담장 모퉁이를 가리키면서 소리쳤다.

"매화꽃이네, 저기 좀 보오!"

두광내는 마덕옥이 미처 반응을 보이기도 전에 두루마기 자락을 움켜잡고는 푹푹 빠지는 눈밭을 달려갔다. 마덕옥이 뒤뚱거리면서 뒤따라갔다.

오통사는 마당이 대단히 넓은 사원이었다. 그러나 한 차례 화마火魔가 휩쓸고 간 듯 시커먼 정전正殿과 산문山門은 허물어져 있었다. 거의 평지가 됐다고 해도 과언이 아니었다. 칠영전七楹殿 터 밑에 그저 열두 개의 눈더미가 부풀어 오른 만두처럼 나란히 쌓여 있을 뿐이었다. 그나마 온전하게 남아 있는 동벽東壁 역시 연기에 까맣게 그을려 있었다. 금색과 비취색이 섞인 벽화의 형태가 어렴풋하게나마 보이는 것이 오히려 이상할 정도였다.

두 사람은 정전을 통해 사원에 들어섰다. 영벽影壁도 곧 무너질 듯 아슬아슬하게 기울어져 있었다. 휑뎅그렁한 마당에서는 그 흔한 새소리조차 들리지 않았다. 그런 와중에도 양측으로 길게 늘어선 별채에는 화재의 흔적이 없었다. 참으로 기적 같은 일이었다. 또 동쪽 별채 몇 칸은 낡은 건물과 어울리지 않게 창호지가 깨끗했다. 그런 걸로 봐서는 사람이 머물고 있는 것도 같았다. 두광내가 잠시 귀를 기울이자 어디선가 도란도란 말소리도 들리는 듯했다.

시력이 약한 데다 색맹인 마덕옥은 서쪽 담벼락에 무성한 매화꽃을 발견하지 못한 듯 연신 코를 벌름거렸다. 이어 맑고 그윽한 청향淸香을 맡으면서 두광내에게 물었다.

"향은 맡았는데, 매화꽃은 어디 있죠?"

"바로 코앞에 있잖소."

두광내는 눈 뜬 장님 꼴을 하고 있는 마덕옥을 보면서 웃음을 금치 못했다. 그리고는 허리를 굽혀 매화꽃 가지 하나를 꺾어 건네주었다.

"우리 먼 친척 형님도 색깔에 어두워 사과를 먹을 때면 일부러 시퍼렇게 설익은 걸로 골라줘도 모르고는 했소."

마덕옥은 땅바닥에 떨어진 보석이라도 찾듯 주위를 두리번거리며 유심히 살폈다. 그러고 나서야 겨우 소담스레 피어 있는 한 무더기 매화꽃을 발견하고는 웃음을 터트렸다.

"저는 그 정도 색맹은 아닙니다. 매화꽃이 흰 데다 백설이 눈부셔서 그렇지……."

두광내는 마덕옥의 말에 더욱 크게 웃음을 터트리며 발까지 굴렀다. 그리고는 마덕옥의 손에 들려 있는 매화꽃을 빼앗듯 낚아챘다.

"그대가 보기에는 이게 '흰' 매화꽃이오? 서시西施(춘추시대 월越나라의 유명한 미녀)와 무염無鹽(춘추시대의 유명한 추녀)도 가리지 못하다니 상태가 심각하군!"

매화꽃은 연지처럼 새빨간 꽃봉오리에 함초롬히 납상蠟霜(서리)을 머금고 있었다. 그래서일까 풍설 속에서도 싱그러움이 더욱 돋보였다. 두광내는 마치 애인을 바라보듯 샘물 같은 맑은 눈으로 매화꽃을 응시했다. 마덕옥이 그런 두광내를 보면서 웃음 띤 얼굴로 말했다.

"풍아風雅를 논하자면 난경 나리가 으뜸이죠. 즉흥시 한 수 청해도 되겠습니까?"

두광내가 마덕옥의 말에 빙그레 웃으면서 뒷짐을 지고 섰다. 이어 잠시 시상을 가다듬는가 싶더니 이내 시를 읊조리기 시작했다.

　　그윽한 향기 걷어 적막과 벗하고,
　　순결한 지조 지켜 애홍哀紅을 보내네.
　　눈雪에 비굴하지 않고 여전히 당당하니,
　　강개격앙慷慨激昂(의기가 격앙되다)하여 동풍東風을 맞이하네.

마덕옥이 눈을 지그시 감고 귀를 기울이더니 고개를 끄덕였다. 그리고는 한숨을 길게 내쉬었다.

"난경 나리의 풍절風節을 엿볼 수 있는 대목이었습니다. '순결한 지조 지켜 애홍을 보내다!'라니, 참 좋습니다. 다만 '강개격앙'이라는 단어는 지나치게 억센 느낌이 드네요. 매화꽃 하면 아녀자의 정사情絲(남녀 사이의 오랜 사람)를 떠올리게 되는데 외람되나 '우수를 머금고 동풍을 맞이하다'라고 바꿔보는 건 어떻겠습니까?"

두광내가 즉각 입을 열었다.

"일리가 있기는 하나 시어詩語라는 것은 작시作詩하는 사람의 심경의 발로가 아니겠소? 없는 우수를 억지로 지어낼 필요는 없다고 보오. '동풍에 미소 한 가닥을 띄워 보낸다'라고 고치면 모를까!"

마덕옥이 그러자 헤헤 웃었다.

"그럼요, 그럼요! 저야 그냥 지껄여본 소리일 뿐입니다. 제가 시에 대해 뭘 알겠습니까?"

두 사람이 매화꽃을 꺾어들고 주거니 받거니 하고 있을 때였다. 시체를 안치하러 갔던 가마꾼들이 눈을 한 움큼 집어 손을 닦으면서 나타났다. 발자국 방향으로 미뤄 볼 때 서쪽 별채에 시체를 안치한 것 같았다.

두광내가 물었다.

"다른 사람들을 놀라게 하지는 않았겠지?"

가마꾼 한 명이 대답했다.

"어차피 폐사라 아무나 마음대로 출입하는 곳입니다. 이런 곳에서까지 눈치 볼 게 뭐 있겠습니까? 동쪽 별채에서 기웃거리는 머리가 보였으나 이내 문을 닫아버리기에 그냥 왔습니다."

두광내가 다시 물으려고 할 때였다. 갑자기 사원 밖에서 급박한 발자국 소리가 들려왔다. 뒤에서 누군가가 쫓아오는 듯 거친 고함소리도 들려왔다.

"이런 ×같은 년, 거기 서지 못해? 뒈지고 싶어? 네년은 도망가 봤자 벼룩이다, 거기 못 서?"

두광내를 비롯한 몇 사람이 흠칫 놀라며 뒤를 돌아봤다. 그들의 눈에 봉두난발을 한 계집애가 금방이라도 쓰러질 듯 비틀거리면서 달려들어오는 모습이 들어왔다. 열두어 살쯤 돼 보이는 아이였다. 삭신이 오그라드는 추위에도 불구하고 군데군데 맨살이 보이는 홑적삼만을 입고 있었다.

아이는 전족을 한 조막만 한 발을 힘겹게 움직이면서 황급히 계단을 올랐다. 그런 다음 벗겨진 신발을 찾아 신을 엄두도 못 내고 숨을 곳을 찾느라 우왕좌왕하며 정신을 차리지 못했다. 그리고 묘비 옆에서 사방을 두리번거리더니 원래 주지가 머물던 방 옆에서 우물을 발견하고는 주저 없이 그쪽으로 달려갔다. 그러나 어쩌다 띠가 발에 밟히는 바람에 그만 쭉 미끄러지고 말았다.

그 기척에 동쪽 별채에서 놀란 듯 초렴草簾을 걷는 소리가 들려왔다. 두광내와 마덕옥은 황급히 다가가 계집애를 일으켜 세웠다. 그러자 동쪽 별채 끝방에서 거지 행색을 한 소년 두 명이 뛰쳐나오더니 히죽히죽 웃으면서 다짜고짜 계집애를 방 안으로 데리고 들어갔다. 잠시 후 안에서 말소리가 들려왔다.

"옷부터 갈아 입혀. 그래, 이불도 덮어주고. 아이고, 이런 날씨에 홑옷만 입고 어쩌려고……. 얼굴도 씻게 더운 물도 가져 오너라!"

그런데 방 안에서 들려오는 말소리는 완벽한 북경 말투였다. 또한 도련님이 아랫것을 대하듯 하는 어조이기도 했다.

'설마 북경에서 원정 온 거지들은 아니겠지?'

두광내와 마덕옥은 속으로 똑같은 생각을 하면서 동쪽 별채께로 다가가 동정을 살폈다.

그 사이 계집애를 쫓아온 자들이 사원 안으로 들이닥쳤다. 어깨가 떡 벌어진 장정 열댓 명이었다. 하나같이 소매가 짧은 솜옷을 입고 흰 입김을 토해내면서 씩씩거리는 모습이 단단히 화가 난 것 같았다. 그들 중 서른 살쯤 되어 보이는 사내 한 명이 두광내와 마덕옥을 힐끔 쓸어보고는 방 안을 향해 악을 쓰면서 외쳤다.

"이 계집애야, 여러 사람 힘들게 하지 말고 어서 기어 나오지 못해?"

다른 장정들도 한마디씩 거들었다. 마당이 떠나갈 듯 시끄러웠다.

"좋게 말할 때 빨리 나와! 천하의 왕로오王老五를 길길이 뛰게 만들지 말고!"

"어디 가져다 팔아먹겠다는 것도 아니고 빨간 보자기 쓰고 꽃가마에 앉아 시집가라는데 도망은 왜 가는 거야? 이년아, 앞으로 천당 길이 훤한데 하필이면 문도 없는 지옥으로 뛰어 들어가는 미련한 년 같으니라고!"

"그래도 대갓집 물을 먹은 년이 다르군. 부끄러움도 탈 줄 알고!"

좌중에는 듣기에도 거북한 욕설이 분분했다. 결국 왕로오인 듯한 자가 큰 소리로 고함을 질렀다.

"방 안에서는 잘 들어라. 좋게 말할 때 어서 사람을 내놓는 게 좋을 거다. 내가 쳐들어가면 재미없을 줄 알아!"

"어떤 놈들이 이렇게 막무가내로 난동을 부리는 거야?"

장정들의 말이 끝나기 무섭게 거적문이 벌컥 열렸다. 이어 안에서 소년 한 명이 걸어 나왔다. 그 역시 거지 차림에 나이는 열댓 살 가량 되어 보였다. 그러나 키는 웬만한 어른들보다 컸다. 그가 땟물이 번지르르한 소매로 코를 쓱 닦더니 다리를 벌리고 떡하니 버티고 섰다. 소년의 얼굴은 숯검정인지 흙탕물인지가 얼룩덜룩하니 묻어 우스꽝스러웠다. 그럼에도 불구하고 어딘가 예사롭지 않은 기품이 느껴졌다.

두광내는 소년을 보는 순간 어쩐지 낯이 익어 고개를 갸웃했다. 그러나 아무리 생각을 더듬어도 어디서 봤는지 기억이 나지 않았다. 그 사이 안에서 거지 소년 두 명이 더 나왔다. 마덕옥도 말없이 두 눈을 굴리면서 세 소년을 아래위로 부지런히 훑어봤다.

그러나 소년은 모두의 시선이 자기를 향해 쏟아지는데도 전혀 아랑곳하지 않았다. 대신 미간을 한데 모아 세우면서 왕로오를 노려보더니 천천히 입을 열었다.

"계집애는 그쪽과 어떤 사이야?"

"내 마누라야!"

"마누라라고?"

소년이 의외라는 듯 두 눈을 크게 뜨고 재차 물었다.

"그쪽 나이가 얼만데 저 애가 마누라라는 거야?"

"서른다섯이다, 왜!"

"그러면 저 애는?"

"저 계집의 나이는 왜 묻는 거야?"

왕로오는 말은 거칠게 하면서도 잠시 손가락을 꼽는 것은 잊지 않았다. 이어 망설이면서 덧붙였다.

"아마……, 열 네댓 살쯤 됐을 테지!"

소년이 왕로오의 말이 끝나기 무섭게 하하하! 하고 크게 웃었다. 순간 마덕옥은 목젖을 보이면서 앙천대소하는 소년의 모습을 보고 전광석화처럼 뇌리를 스치는 것이 있었다. 이어 재빨리 두광내에게 다가가 귀엣말을 했다

"거지로 변장한 저 소년이 누구인지 아시겠습니까? 제 기억이 틀림없다면 부항 작상爵相(부항은 재상, 즉 재보宰輔인 데다 전공을 세워 작위를 받았기에 '작상'爵相으로 불림) 댁의 셋째도련님입니다. 복강안福康安이라고……."

긴가민가하고 있던 두광내 역시 속으로 무릎을 쳤다. 어쩐지 처음 볼 때부터 얼굴이 낯설지 않았는데 다시 보니 생김새와 언동이 아버지와 흡사한 점이 많았다. 그러나 세상에는 용모가 비슷한 사람이 수도 없이 많은 법 아닌가! 더구나 부항의 아들이 엉뚱한 곳에서 걸인 행색을 하고 있을 까닭이 어디 있겠는가? 두광내는 소년이 복강안이라는 사실이 도무지 믿어지지 않아 가볍게 고개를 저었다. 그때 소년이 말했다.

"세상천지에 어떤 바보가 자기 마누라 나이도 제대로 모른단 말인가! 서른다섯 살에 열세 살이라……. 저 애의 할아버지라면 몰라도 남정네

라는데 누가 믿겠어!"

"내가 할아버지든 남정네든 네놈이 무슨 상관이냐?"

사내는 급기야 성질이 불끈 치밀어 오르는 듯 목에 굵은 핏대를 세우면서 무섭게 발을 굴렀다. 이어 소년을 향해 쏜살같이 달려갔다. 그러나 소년의 앞까지 가지도 못하고 옆에 지켜 서 있던 조금 나이 든 중년의 거지에 의해 제압당하고 말았다. 중년의 거지는 두 손으로 사내의 어깨를 잡아 세우더니 인상을 험악하게 구기면서 목소리를 높였다.

"허락 없이 민가에 뛰어들어 사람을 겁탈하려 들다니, 더 이상 살고 싶지 않은 게로군."

왕로오는 중년의 거지가 그렇게 힘을 준 것도 아닌데 방금 전까지 펄펄 뛰던 사람답지 않게 꼼짝을 못하고 비틀거리더니 뒷걸음질을 쳤다. 그 사이 거적문 입구에 서 있던 다른 소년이 무서운 기세로 돌진하더니 머리로 왕로오의 배를 들이받았다. 쿵! 하는 소리와 함께 왕로오는 사지를 뻗고 눈밭에 나가떨어졌다. 쓰러진 자리에서 눈가루가 뽀얗게 날렸다.

"개새끼들, 감히 누구에게 손을 대!"

왕로오가 당하는 꼴을 지켜보던 무리들이 괴성을 지르면서 우르르 소년에게 달려들었다. 두 소년은 마치 기다리고 있었다는 듯 잽싸게 뒤로 한 발 후퇴했다. 동시에 중년의 거지가 산처럼 그들의 앞을 막고 나섰다. 얼굴은 여전히 실실 웃는 표정이었다. 중년의 거지는 몇 사람이 달려들기를 기다려 맷돌 돌리듯 앉은자리에서 팽그르르 돌았다. 그리고는 무섭게 발길질을 해대기 시작했다. 순간 무리들은 사내의 발길질을 맞고 하나둘씩 나가떨어졌다. 이어 자기들끼리 엎친 데 덮치고 한데 뭉치더니 깨진 엉덩이를 만지면서 아우성을 쳤다.

그러나 그들은 수적인 우세를 믿고 또다시 두어 명씩 한꺼번에 달려

들었다. 그럼에도 중년의 거지는 전혀 당황한 기색을 보이지 않았다. 아니 오히려 홀쭉한 쌀자루를 둘러메듯 둘의 뒷덜미를 한 손에 하나씩 붙잡더니 어깨에 가볍게 얹는 괴력을 보였다. 그리고는 땀에 절고 때에 찌든 구린 양말을 벗어 던지듯 휙 내던졌다. 거지치고는 무예 실력이 범상치 않았다. 장정들은 사내의 서슬에 겁을 집어먹었는지 슬슬 뒷걸음질을 쳤다. 그 틈을 타서 두 소년은 사람들 틈을 이리저리 들쑤시고 다녔다. 달려들까 말까 움찔거리는 자들의 사타구니를 걷어차는가 하면 엉거주춤해서 어찌할 바를 몰라 하는 자들의 뺨을 갈겨주기도 했다. 손에 식은땀을 쥐고 있던 두광내와 마덕옥은 이내 긴장을 풀고 실소를 터트렸다. 왕로오의 무리는 머릿수는 많았으나 그 세 사람을 당해내기에는 역부족이었다.

혼전이 그렇게 끝나갈 무렵이었다. 동쪽 별채 두 번째 방에서도 몇몇 사내들이 모습을 드러냈다. 그들의 건장한 체격과 태연자약한 모습은 거지가 아니라 마치 고관의 수행원들 같았다. 그들은 모두 약속이라도 한 듯 팔짱을 끼고 서서 히죽 웃으면서 동네 조무래기들의 패싸움을 구경하듯 지켜보고 있었다.

대여섯 명의 장정은 모두 중년의 거지에 의해 발뒤꿈치 힘줄을 다쳐 일어서지를 못했다. 무릎을 껴안은 채 눈밭에서 뒹굴기만 했다. 체면이 바닥에 떨어진 왕로오만이 얼굴이 돼지 간처럼 시뻘겋게 상기된 채 황소 같은 숨을 몰아쉬고 있었다.

"다들 그만해. 내가 할 말이 있다!"

소년이 우물가의 커다란 돌 위로 올라서더니 큰 소리로 외쳤다. 그러나 왕로오의 무리들은 여기저기 흩어져 계속 아우성을 쳤다. 그동안 소년의 수행원인 듯한 두 사내는 왕로오를 소년의 앞으로 끌고 가 힘껏 눌러 앉혔다. 그러나 왕로오가 무릎을 꿇지 않자 무릎 뒤를 걷어찼다. 왕로오는 풀썩 무릎을 꿇었다가 황소 눈을 부라리면서 다시 일어서려고 했다. 순간 수행원 한 명이 그의 뺨을 사정없이 갈기면서 욕설을 퍼부었다.

"흙탕물에서 놀다보니 눈깔에 뵈는 게 없냐, 이 새끼야! 뒈지기 전에 꼼짝 말고 이 나리의 말씀을 귀 씻고 잘 들어!"

왕로오는 그럼에도 불구하고 여전히 움찔대면서 반항했다. 소년이 그런 왕로오를 향해 한 걸음 다가서더니 물었다.

"솔직히 말해봐. 저 계집애는 빼앗아온 거지?"

"아니야. 내가 돈 주고 샀어!"

"누구한테서?"

"관가官家에서!"

"그러면……, 저 계집애는 죄노罪奴라는 말이냐?"

왕로오가 말귀를 못 알아들었는지 잠시 멍한 표정을 짓다가 천천히 대꾸했다.

"보다시피 눈, 코, 입이 다 제대로 박혔잖아. 네 눈에는 쟤가 입비뚤이('죄'罪와 입 '취'嘴자는 발음이 비슷함)로 보이냐? 내 마누라 내놔!"

그 말에 소년이 한심하다는 듯 바라보다가 실소를 터트렸다.

"헌데 어쩌지? 세상에 이런 우연이 있나! 쟤는 나를 찾아온 먼 친척 여동생이야. 아무리 어쩌고저쩌고 해도 내 동생이니 내가 보호해야 하지 않겠어? 왕로오, 보아하니 자네는 땅에 코 박고 사는 성실한 농사꾼인 것 같은데 서로가 좋은 게 좋은 거 아니겠어? 평생 돈 모아 계집 하나 사는 것도 쉬운 일은 아닐 테니 내가 그 사정은 익히 헤아려 주지. 얼마면 되겠어? 외모나 나이가 괜찮은 계집으로 살 수 있도록 내가 돈을 줄게. 쟤는 포기하는 게 어때?"

왕로오가 갈수록 언행이 예사롭지 않은 소년을 아래위로 훑어봤다.

그리고는 다소 기가 죽은 목소리로 말했다.

"이봐, 젊은이! 명색이 사내라고 큰소리치는데, 그러다가 뒷감당 못해 벌벌 기지 말고 적당히 하지? 내가 저 계집을 사느라 육십 조用를 썼어. 그 많은 돈을 네가 무엇으로 갚는단 말이야?"

"육십 조?"

소년은 제전制錢과 은자銀子의 환산 방법을 모르는 듯했다. 그는 묻는 듯한 눈길을 일행에게 돌렸다. 그러자 다른 거지 소년이 나섰다.

"엽전의 품질에 따라 일 조가 칠백 문이 되는 경우도 있고, 일천 문이 되는 경우도 있어요. 엽전 일천 문에 은자 한 냥이니, 육십 조라면 육칠이 사십이라……."

거지 소년이 손가락을 꼽으면서 입속으로 부지런히 중얼거렸다. 그러자 짜증이 난 소년이 버럭 고함을 질렀다.

"이봐 길보吉保! 언제부터 그렇게 노파처럼 말이 많아졌어? 간단하게 말해, 간단히!"

길보라 불린 소년이 혀를 내밀고는 우스꽝스러운 표정을 짓더니 대답했다.

"은자로 환산했을 시의 손실까지 계산하면 서른다섯 냥 정도입니다."

"그러면 오십 냥 주면 넉넉하겠네!"

소년이 엷은 미소를 머금고는 수행원에게 고갯짓을 했다. 수행원 한 명이 미리 준비한 은자인 은병銀瓶을 두 손에 받쳐 들고 한 발 앞으로 나왔다. 순간 최상급 품질의 은병이 설광雪光에 눈부신 빛을 발했다. 평생 엽전만 만지고 살아왔던 왕로오의 무리들은 은병을 처음 보고는 모두들 눈이 휘둥그레지고 말았다. 소년이 은병을 받아들더니 왕로오에게 다가가 직접 손에 쥐어주었다.

"차산茶山을 팔아 돈을 장만했다고 했던가? 이 돈으로 차산을 다시

사게. 농사꾼이 땅을 팔아버리면 어쩌겠다는 건가? 좋은 처자를 얻어 떡두꺼비 같은 새끼를 낳아 오순도순 잘 살기를 바라네. 이제 그만 보내주거라!"

소년이 말을 마치더니 한쪽에서 처음부터 쭉 지켜보고 있던 두광내와 마덕옥을 힐끗 바라봤다. 이어 말없이 방 안으로 들어갔다. 길보라 불리는 소년과 수행원들 역시 각자 객방으로 돌아갔다.

두광내는 절룩거리면서 무릎까지 푹푹 빠지는 눈길을 걸어가는 왕로오와 무리들의 뒷모습을 천천히 바라봤다. 동시에 터져나오는 감탄을 금치 못했다.

"나도 이제야 기억이 나오. 한림원에 있을 때 서류를 들고 부상(부항)의 부저府邸를 방문했던 적이 있었소. 그때 분명히 저 공자公子를 본 적이 있소. 부상께서는 자제들에 대한 교육이 유달리 엄격하다고 들었는데, 오늘 보니 과연 명불허전이구먼. 크게 될 것 같소."

마덕옥도 바로 동의했다.

"부상의 정실부인 소생으로, 항렬로 따지면 여섯째라고 들었습니다. 위에 형님들이 있었으나 어릴 때 다 죽는 바람에 부상 내외의 상심이 말도 못하게 컸다고 합니다. 공교롭게도 부상 역시 여섯째여서 가문에서 부를 때는 혼동하지 않도록 '셋째도련님'이라 부르기로 했답니다. 전에 제가 저 도련님의 부탁을 받고 물건을 구입해드린 적이 있어 방금 저를 알아보시는 것 같았습니다. 이만하면 모른 척할 수도 없으니 들어가서 문안인사나 여쭙고 나옵시다."

두광내는 마덕옥의 제안에 잠시 망설였다. 마덕옥이 이내 눈치를 채고는 재촉했다.

"또 그 한림翰林 신분 때문에 그러십니까? 신분을 논할라치면 태어나자마자 삼등하三等蝦(하蝦는 시위를 칭하는 다른 이름)인 복강안 도련님이 우리보다 더 높은 걸요!"

마덕옥은 말을 마치자마자 동쪽 별채로 성큼 걸음을 옮겼다. 두광내는 잠깐 망설이다가 어쩔 수 없이 그의 뒤를 따라 나섰다.

방안은 어두웠다. 바깥의 설광에 익숙해진 두 사람의 눈에는 아무것도 보이지 않았다. 그러나 잠시 후 어둠이 안개처럼 걷히기 시작하더니 방안의 풍경이 보이기 시작했다. 방안에는 모두 네 사람이 있었다. 그중 중년의 거지는 온돌 옆에 허리를 구부정하게 숙이고 서 있었다. 또 길보와 다른 소년은 부엌 아궁이에서 닭을 굽고 있었다. 방안은 화로 위의 찻주전자에서 김이 뿜어져 나온 덕에 훈기가 돌고 습기가 많았다.

위험한 고비를 무사히 넘긴 계집애는 이불을 끌어당겨 덮은 채로 벽에 기대 앉아 있었다. 두 손으로는 커다란 칼국수 그릇을 든 채 국물을 들이마시고 있었다. 이마에는 땀이 흥건히 배어 있었다. 아직 배가 고픈 듯 혀끝으로 그릇 언저리를 핥는 모습이 무척이나 귀여웠다.

소년, 아니 복강안이 미소를 짓고 계집애의 행동을 조용히 지켜보고 있다가 안으로 들어서는 두 사람을 향해 말했다.

"됐네, 마덕옥. 인사는 무슨……. 내가 저런 무리들과 한판 붙는 걸 보면서도 수수방관하고서는 뭘!"

복강안이 짐짓 화난 척한 표정을 짓고는 바로 두광내에게 물었다.

"헌데 이분은 존함을 어떻게 쓰시오?"

"셋째도련님."

마덕옥이 속 없는 사람처럼 헤헤거리면서 한쪽 무릎을 꿇고 인사를 올리고는 말을 이었다.

"그런 자들이 백 명 넘게 달려든들 도련님의 상대가 되겠습니까? 이 어르신도……."

마덕옥이 중년의 거지를 가리키면서 덧붙였다.

"소인은 알고 있습니다. 폐하께서 부상의 수행원으로 특별히 붙여주신 철두교鐵頭蛟라는 분이 아니십니까? 대내大內의 시위이시기도 하고요! 소인이 주책없이 나섰다가는 오히려 방해가 될 게 뻔한데 어찌 아무 데나 가리지 않고 나서겠습니까? 저의 몸을 보십시오. 얼마나 허약한지 한 주먹이나 제대로 받아내겠습니까!"

마덕옥의 넉살에 좌중의 사람들은 모두 웃음을 터트리고 말았다. 그러자 마덕옥이 환한 얼굴로 두광내를 소개했다.

"이분은 두광내, 난경 나리십니다. 십년에 한 번 만날까 말까 한 설경을 감상하러 나섰다가 우연히 셋째도련님 일행을 만나 평생에 두 번 다시 볼 수 없는 재미있는 구경을 했습니다."

복강안은 상대가 두광내라는 말을 듣더니 곧바로 표정을 진지하고 엄숙하게 바꿨다. 이어 가부좌를 틀고 앉아 있던 온돌에서 천천히 내려와 두광내를 향해 허리를 굽히고 읍을 했다. 그리고는 공경하는 말투로 인사를 건넸다.

"난경 대인인 줄도 모르고 결례를 범했습니다. 성도成都에 계시는 가부家父께서 가서家書를 보내실 때면 특별히 난경 대인의 인품에 대해 언급하시고는 합니다. 근래에 보기 드물게 심지가 곧은 사람이라면서 극찬을 아끼지 않으셨습니다."

복강안은 어느새 얼굴의 숯검정을 지워놓아 말쑥한 피부가 두드러졌다. 얼굴은 아직 어린티를 완전히 벗지 못했으나 소년답지 않은 온유함과 우아함, 그리고 귀족적인 기질이 돋보였다. 그가 두광내에게 자리를 내주면서 말을 이었다.

"미복으로 나섰는지라 달리 예를 갖출 수 없었습니다. 누추하지만 앉으세요. 길보, 저기 저 걸상을 가져오너라. 마씨, 그대도 앉으시게!"

복강안이 의외로 편안하게 대해주자 두광내 역시 마음이 한결 편해졌다. 그도 정식으로 인사를 건넸다.

"저는 복 도련님과 한 번 만난 인연이 있습니다. 작년에 예부를 대신해 사은표<sup>謝恩表</sup>를 드리러 귀부<sup>貴府</sup>를 방문했던 적이 있습니다. 그때 우연히 아름드리나무 밑에서 시를 읊고 계시는 복 도련님을 뵈었었죠. 지금 다시 뵈니 그때의 기억이 되살아나는 것 같습니다. 오늘 도련님의 의롭고 강개<sup>慷慨</sup>하신 모습을 지켜보면서 소인은 경배<sup>敬拜</sup>를 금할 수 없었습니다!"

두광내의 겸손한 태도에 복강안이 빙그레 미소를 지어보였다.

"응당 해야 할 일을 했을 뿐입니다. 금수보다 못한 인간들과 맞닥뜨리면 난경 대인도 그리 했을 겁니다."

마덕옥은 두 사람 모두 존댓말을 쓰면서 서로를 극진히 예우하는 모습이 이상한지 신기한 표정으로 지켜봤다. 그러다 궁금했던 점을 물었다.

"복 도련님께서는 언제 북경을 떠나오셨습니까? 마님께서 금쪽같은 자식을 먼 길에 내보내시고 마음고생이 얼마나 심하시겠습니까? 하온데 어찌 이런 차림을 하고 계신 겁니까?"

복강안이 대답했다.

"집을 떠난 지는 한 달쯤 됐네요. 모친의 분부만 듣다보면 나는 늙어죽을 때까지 집에서 한발짝도 나올 수 없을 거요. 서재 아니면 윗방, 이마당에서 저 뜰로 시시각각 내 모습이 당신의 시야에 들어있어야 마음을 놓으셨으니까요. 모친께서는 내가 서재에서 글을 읽고 있어도 몇 분 간격으로 찾아와 창문 너머로 지켜보시는 분이세요. 관심과 애정이 지나치게 극진하시니 나는 집이 새 조롱처럼 느껴졌죠……."

복강안이 말을 마치고는 자신도 모르게 피식 웃었다. 사사건건 간섭하던 모친의 얼굴이 떠오르자 웃음을 참지 못하는 것 같았다. 그가 다시 덧붙였다.

"이번에는 밖에 나와 독수리를 조련하고 잠깐 사냥을 즐기던 기회를 틈타서 그대로 도망쳐 나왔어요."

두광내와 마덕옥 두 사람은 복강안의 말에 깜짝 놀라고 말았다. 둘은 똑같이 아연한 표정을 지은 채 복강안을 쳐다보면서 무슨 말을 해야 할지 몰랐다. 복강안이 그러자 재미있다는 듯 웃음을 터트렸다.

"염려하지 말아요. 보다시피 멀쩡하게 잘 있잖아요! 모친도 내 고집을 꺾을 수 없고, 나도 결국은 모친의 손바닥을 빠져나갈 수 없다는 걸 이번에 알았지 뭡니까? 통주通州까지 와서 순천부順天府에 발목을 잡히고 말았다는 거 아니에요."

복강안이 그때를 떠올린 듯 시무룩한 얼굴로 아궁이에 장작을 밀어넣는 길보를 가리켰다. 동시에 투덜거리는 말투로 다시 말을 이었다.

"알고 보니 내가 첩자를 곁에 두고 있었어요. 저 놈이 나 몰래 모친에게 기별을 넣었던 거였어요. 덕분에 모친께서 몸소 통주까지 달려오시어 간곡히 말리시고 눈물로 호소하셨어요. 그래도 내가 결심을 바꾸지 않자 성도에 계시는 부친께 서찰을 보내고 기윤 대인에게도 육백리 긴급 서한을 보냈죠. 그러나 부친과 기윤 공 모두 큰 인물로 거듭나려면 바깥세상도 구경해야 한다면서 나의 선택에 손을 들어주셨어요. 부친께서는 부단히 거듭나기 위해서는 우리를 과감히 뛰쳐나올 줄도 알아야 한다면서 잘했다고 격려까지 해주셨지 뭐예요. 결국 모친께서는 울며 겨자 먹기로 허락하셨죠. 대신 일곱 명의 호위를 딸려 보내셨어요."

복강안이 말을 마치고는 손가락으로 옆방을 가리켰다. 이어 고개를 절레절레 저었다.

"어쩌면 하나같이 저렇게 질긴지 몰라. 고약이 따로 없다니까. 한번 붙었다 하면 죽을힘을 다해도 떼어낼 수 없어요. 우리 모친도 보통 분이 아니에요!"

두광내는 복강안의 말이 끝나기 무섭게 그의 어설픈 거지 차림을 살펴봤다. 언뜻 보기에도 고급 천으로 만든 비단 두루마기에 천 조각을 군데군데 갖다 붙인 어색한 복색이었다. 눈썰미가 조금이라도 있는 사람이라면 쉽게 간파할 수 있는 수준이었다. 그러나 한편으로는 대단하다고 생각하지 않을 수 없었다. 말이 쉬워 '걸인'이지 웬만한 대갓집도 아니고 황가皇家의 내질內姪, 재상의 아들이자 대내시위인 소년이 동냥을 하면서 여기까지 왔다는 것은 쉬운 일이 아니기 때문이었다.

아무려나 방 한쪽에서는 더운 국수를 먹고 마른 옷으로 갈아입은 계집애가 기운을 차린 듯 눈을 크게 뜨고는 이 사람 저 사람 번갈아 보고 있었다. 무엇 때문에 자기보다 별반 대단해 보이지도 않는 거지 소년에게 이렇게 많은 사람들이 굽실거리는지 영문을 모르겠다는 표정이었다. 급기야 계집애는 조용히 신발을 끌고 온돌을 내려서더니 더운 물수건을 몇 개 가져다 복강안, 두광내와 마덕옥에게 받쳐 올렸다. 그리고는 다시 조심스레 온돌로 올라가 이불을 개기 시작했다.

"듣자 하니 난경 대인은 《사고전서》 편찬사업에서 손을 떼게 됐다고요? 이부吏部에서 정식으로 발령이 났나요?"

복강안이 계집애를 힐끗 쳐다보더니 두광내에게 관심을 보였다.

두광내는 복강안의 말을 듣고 놀라지 않을 수 없었다. 복강안이 자신에 대해서 그렇듯 소상히 알고 있으리라고는 상상도 못했었다. 과거 그는 복강안이 황실과 재상 아버지의 후광을 입고 낄 데 못 낄 데를 모르고 우쭐대는 '속빈 강정'일 수도 있다는 생각을 한 적이 있었다. 그러나 오늘 본 복강안은 절대 그런 사람이 아니었다. 두광내의 근황까지 알고 있다는 것은 밖에 나와 있으면서도 수시로 육부와 연락을 취하고 있다는 증거였다. 그러나 아무리 봐도 복강안은 아직 치기를 완전히 벗지 못한 소년일 뿐이었다.

'이렇게 어린 애가 어떻게 정무에 대해서 그렇게 잘 알 수가 있을까?'

두광내는 잠시 그렇게 생각하고는 복강안의 물음에 대답했다.

"저도 단지 풍문으로 들었을 따름입니다. 정식으로 발령이 나지 않아 확실한 건 잘 모르겠습니다. 지금은 도서 수집에만 매달리고 있을 뿐입니다."

복강안이 고개를 끄덕였다.

"그것도 쉬운 일은 아닐 겁니다. 폐하께서 주삼태자 행세를 하고 다닌 가짜 '주삼태자' 장아무개를 처형하신 뒤 간담이 서늘해진 사람들은 책이 있어도 감히 헌납할 엄두를 못 내고 음지로 숨어들고 있어요. 강요와 협박만으로 되는 일이 아닙니다. 도서 수집에 열성을 보이는 지방관들에게 물질적인 지원을 하는 동시에 도서 소장자들을 교화시켜 자발적으로 책을 바치도록 유도해야 할 거예요. 또 책 속에 다소 거슬리는 구절이 있더라도 성조聖朝에 대한 악의적인 비방 내용만 아니라면 그리 민감하게 반응해서는 안 된다고 생각해요."

두광내는 다시 한 번 놀랐다. 처음에는 어린 애가 귀동냥한 말들을 짜깁기해 어른 티를 낸다면서 속으로 웃었으나 그게 아니었던 것이다. 오히려 복강안은 두광내 본인이 속에 담고 있으면서 강하게 밀어붙이지 못했던 얘기까지 거침없이 역설하고 있었다. 실로 그 비상한 예지에 감복하지 않을 수 없었다. 두광내는 자신도 모르게 고개를 끄덕였다.

"지당한 말씀이십니다! 복 도련님께서 기윤 중당을 만날 기회가 계시면 그리 말씀해 주십시오."

"그보다 더 요긴한 일도 있어요. 오는 길에 비록 이 자식과……."

복강안이 다시 입을 열었다가 잠깐 말을 멈추더니 길보와 옆방을 번갈아 가리켰다.

"저놈들이 지키는 바람에 꼼짝달싹 못했지만 그래도 북경에 갇혀 있을 때보다 훨씬 더 많은 걸 보고 들었습니다. 폐하의 남순행의 목적은 민간의 질고疾苦를 헤아리시고 백성들을 근본적으로 구휼하시고자 함이니 실로 요순堯舜의 성려聖慮에 비견되지 않을 수 없습니다. 허나 제가 본 바로는 폐하의 뜻에 위배되는 현상이 비일비재했어요. 우선 어가 영접을 빌미로 방방곡곡에서 모여든 기민饑民들을 강제로 내몰고 있었어요. 여기에서 쫓겨난 백성들은 어쩔 수 없이 가까운 산동 남부와 하남 서부로 흘러갈 수밖에 없습니다. 거기가 어떤 곳입니까? 알다시피 비적들의 오랜 터전이었던 포독고抱犢崮를 비롯해 맹량고孟良崮, 복우산伏牛山, 동백산桐柏山 등이 줄지어 있지 않습니까? 다 망가진 배에도 못이 삼천 개라고 했거늘 두목이 사라졌다고 해서 비적들이 다 없어졌다는 법은 없습니다. 헐벗고 굶주린 사람들은 누구나 살인, 방화, 약탈 등 범죄에서 자유로울 수 없는 법이에요. 난亂을 주창하는 자가 있으면 그에 추종하는 만부萬夫가 있기 마련이니 추호도 방심할 수 없습니다."

복강안의 분석은 날카로웠고 태도는 의젓하고 늠름했다. 두광내와 마덕옥 두 사람은 그가 아직 소년이라는 사실조차 깜빡 잊을 정도로 그에게 완전히 매료됐다. 아직 부모의 그늘에서 벗어나지 못한 하룻강아지라고 치부해버리기에는 언행과 생각의 깊이가 어중간한 조정의 대신을 뺨칠 정도였던 것이다. 두광내는 잠시 오만해지려던 마음을 고쳐먹으면서 깊이 허리를 숙였다.

"실로 뛰어난 치국治國의 고언입니다. 고견을 폐하께 상주하시지 그랬습니까?"

"명색만 시위이지 사실은 정식으로 발령 난 게 아니거든요."

복강안이 고개를 저으면서 입 끝을 살짝 올린 채 웃음을 머금었다. 그럴 때면 감출 수 없는 소년티가 여실히 드러났다.

"아마阿瑪(만주어로 부친이라는 뜻)께서는 내가 국사에 대해 입만 뻥긋해도 호되게 훈계하신답니다. 하룻강아지가 알면 뭘 얼마나 안다고 떠드느냐는 식이죠. 폐하께서 소견召見해 주시면 그때 아뢸 겁니다."

마덕옥도 물었다.

"복 도련님께서는 언제쯤 남경으로 출발하실 예정이신지요?"

복강안이 길게 기지개를 켜면서 대답했다.

"내일……, 타교를 몇 대 대절해 의정儀征으로 출발할까 하네. 폐하께서 당분간 의정에 머물러 계실 거라는 범시첩의 서찰을 받았어."

마덕옥이 다시 입을 열었다.

"그 손바닥만 한 곳에 의외로 볼거리가 많은가 보네요?"

"나도 들은 소리인데, 서로 맞붙어 자라는 늙은 홰나무에서 개나리한 무더기가 소담스레 피어났다고 해. 이 얼마나 기이한 현상인가? 때맞춰 폐하의 남순 길에 이렇게 상서로운 광경이 펼쳐졌으니 의정儀征현에서 가만히 있겠어? 속 보이는 짓이지만 당장에 폐하께 보고를 올렸겠지. 의정현에서 사십 리 정도 떨어진 곳이라고 하더군!"

두광내와 마덕옥은 복강안의 말에 고개를 끄덕여 보이고는 자리에서 일어섰다. 사실 여부를 떠나 그런 일로 황제의 발목을 잡았다는 의정현 관리들에 대해 왈가왈부할 수가 없다고 생각한 모양이었다. 그러자 이번에는 복강안이 마덕옥에게 물었다.

"회양淮陽 염도鹽道아문 창고에 아직 은자가 십삼만 냥 남아있다더군. 그대의 지시가 없이는 한 푼도 지출할 수 없다던데, 용도가 따로 있는 것인가?"

마덕옥이 즉각 대답했다.

"그 은자는 호부에서 결재권을 갖고 있습니다. 고항이 착복하려던 은 자인데, 원명원 공사에 필요한 목재를 구입할 예정이라고 들었습니다."

복강안이 마덕오의 말에 갑자기 목소리를 높였다.

"그 돈을 목재 구입비로 써서는 안 돼. 그건 전부 볍씨를 사서 종자가 없어 올해 농사를 지을 수 없는 안휘安徽 지역으로 보내주는 게 좋겠어. 이 눈이……."

복강안이 샘물처럼 맑은 눈빛으로 창밖을 바라보면서 천천히 말을 이었다.

"이 눈이 멎으면 날씨가 다시 따뜻해질 거야. 농사철이 가까워오니 서둘러야겠어. 내가 폐하를 알현해 가장 먼저 아뢸 내용이 바로 이것이었어. 주저하지 말고 내 의사에 따라줘. 모든 책임은 내가 떠안을 테니!"

"예, 그리 하겠습니다!"

복강안이 다시 덧붙였다.

"그리고 어떻게든 방책을 강구해 주게. 솜옷 천 벌을…… 그래, 천 벌이면 되겠네. 솜옷 천 벌을 마련해 이곳의 헐벗은 백성들에게 나눠주도록 해. 이곳 지부를 시켜 끼니를 잇기 어려운 집들에는 식량도 배급하는 것이 좋겠어."

마덕옥이 복강안의 말을 듣고는 두광내를 힐끗 쳐다보고는 대답했다.

"과연 복 도련님다운 처사이십니다! 분부하신 솜옷 천 벌은 소인이 만들어 돌리겠으나 식량은 솔직히 장담할 수 없을 것 같습니다."

마덕옥은 본인의 어려운 처지를 하소연하고는 다시 양주의 부자들이 십시일반으로 은자를 조달하기로 약조한 사실도 간단히 아뢰었다. 그리고는 한마디 덧붙이는 것을 잊지 않았다.

"복 도련님은 어명을 받드신 관풍사이시오니 그 은자에서 일이만 냥을 변통해 식량을 구입하시는 것이 어떨까 합니다."

복강안이 마덕옥의 제안에 호쾌하게 대답했다.

"그러지! 난경 대인도 어가를 영접하러 의정까지 나갈 터이니 이 일은 마씨 그대가 신경을 써줘야겠어. 폐하의 남순 길에 오늘처럼 얼어 죽은 시체가 길바닥에 널브러져 있는 불미스러운 일은 없어야 하지 않겠는가. 이 일만 잘 처리되면 그대와 나는 앞으로도 벗으로 인연을 계속 맺을 것이네. 그렇지 않고 차질을 빚을 경우에는 그대가 여태 쌓아놓은 모든 것이 와르르 무너질 수도 있다는 걸 내가 여실히 보여줄 것이니 그리 알게!"

마덕옥이 알겠노라면서 연신 굽실거렸다. 이어 두광내와 함께 작별인사를 고했다.

"심려 놓으십시오, 복 도련님! 믿기지 않으시겠지만 저 마아무개도 선비 출신입니다. 척하면 삼천리까지는 몰라도 중간까지는 무난히 갈 수 있습니다. 어등수, 즉 어 태존께서는 절대 은자를 내놓을 사람이 아니니 소인이 먼저 돈을 내겠습니다. 음덕陰德 쌓는 셈 치죠."

"그 사람이 감히 돈을 내놓지 않는다고? '어등수'라……? 이름이 참 묘하군! '물고기는 물이 없으면 말라 죽는다'는 도리를 내가 깨우쳐드리지!"

복강안이 장난스러운 미소를 지어보였다. 이어 벌써 생각을 끝낸 듯 천천히 고개를 끄덕였다.

# 3장
# 역졸들의 패악질

복강안이 두광내와 마덕옥을 배웅하고 돌아오는 사이 방안에 있던 계집애는 부지런히 움직였다. 땟물이 줄줄 흐르는 이부자리를 네모반듯하게 정리하고는 복강안이 거지 행세를 하느라 입었던 지저분한 옷가지들을 대야에 담가 놓았다. 복강안이 들어왔을 때는 빨래를 하기 위해 물을 데울 요량으로 부엌에 내려앉아 아궁이에 장작을 넣고 있었다. 복강안은 나이에 비해 솜씨가 재빠른 계집애를 놀란 눈으로 바라보았다. 계집애는 쑥스러운지 얼굴이 발갛게 상기되더니 엉거주춤 일어나 시위들에게 얻어 입은 두툼한 면포棉袍를 내려다보면서 기어 들어가는 목소리로 말했다.

"복 도련님, 제가 제대로 시중들 줄을 모릅니다. 널리 양지해 주십시오."

"아니야, 잘하고 있어."

복강안이 계집애의 말에 고개를 끄덕이면서 환하게 미소를 지었다. 그리고는 온돌에 앉아 두 손으로 찻잔을 받쳐 든 채 온화한 표정으로 말을 이었다.

"북경 집에도 시중을 드는 하녀들이 수도 없이 많지만 너처럼 눈치 빠르고 손이 빠른 애는 없느니라. 이름이 뭐라고 했지?"

"나수영羅秀英이라 합니다."

계집애가 수줍게 대답했다.

"흔한 이름이군."

"부모님께서 지어주신 이름입니다. 여태껏 이리저리 팔려 다니기만 했습니다. 마지막에는 고은대高銀臺 대인에게 팔려가서 씻고 닦고 쓸고 손에 물마를 새 없이 일했습니다. 천한 년이 이름이야 대충 있으면 됐지……."

'고은대'는 다름 사람이 아닌 고항이었다. 후궁전의 귀비인 유호록씨의 아우로 한때 호부 시랑을 맡으면서 천하의 염무鹽務까지 통괄한 막강한 권력가였던 사람이었다. 유능하고 인맥도 든든해 얼마 전까지만 해도 장래가 촉망받는 국구로 인정받았다. 하지만 주색에 빠져 풍류 빚을 지면서부터 헤어날 수 없는 수렁으로 빠져들었다. 형명 막료 출신으로 재무에 능한 전도와 결탁해 공금을 횡령하고 구리와 소금을 사사로이 매매하는 등 용서받지 못할 죄를 저지른 것이다. 결국 고항과 전도는 둘 다 군부君父의 기대를 저버리고 패덕敗德을 일삼은 죄수로 전락하고 말았다.

복강안은 계집애가 고항의 집에서 하녀로 있었다는 말을 듣는 순간 떠오르는 것이 있었다. 고항이 실각하자 관부에서 마구잡이로 가노들을 팔아버린 것이 틀림없다는 생각이었다. 그랬으니 왕로오가 그 기회를 틈타 나수영을 사가려고 했던 것이 분명했다.

'둥지가 거꾸로 뒤집히는데 멀쩡한 알이 어디 있겠는가!'

복강안은 그렇게 생각하고는 속으로 한숨을 지으면서 입을 열었다.

"너도 팔자가 꽤나 드센 계집애구나. 이제 앞으로 어떻게 살아갈 작정이냐? 가난하기는 했어도 정직한 가문의 여식이니 고향집으로 돌아가겠다면 내가 노자를 준비해주겠다. 아니면 약삭빠르고 영리하니 내곁에서 시중을 들어도 좋을 것이고. 아무튼 네 선택에 맡길 테니 잘 생각해 보거라."

나수영은 어려서부터 수도 없이 팔려 다녔다. 그렇게 주인이 바뀌고 또 바뀌었어도 언제 한번 사람 대접을 받아본 적이 없었다. 그런데 처음 만난 복강안은 자신을 위험에서 구해주고 인정을 베풀어주었다. 그녀는 목구멍에서 뜨거운 무엇이 솟구치는 것을 느꼈다. 마음속의 두꺼운 얼음이 모두 녹아 눈물이 되어 흘러내렸다. 그녀가 얼굴에 눈물을 대롱대롱 달고는 동그랗게 움츠린 몸을 가볍게 떨면서 울먹였다.

"복 도련님은……, 실로 공후만대公侯萬代하실 분이십니다! 관세음보살께서 계신다면 반드시 도련님이 백년을 장수하도록 보살펴드릴 것입니다! 고향집으로 돌아간다고 해도 또다시 팔려가지 말라는 법이 어디 있겠습니까……?"

나수영이 흑흑 흐느끼면서 말을 잇지 못했다. 그 모습을 지켜보는 복강안 역시 가슴이 뭉클해졌다. 그때 옆방의 수행원들이 이상한 기척을 느끼고는 초렴草簾을 걷었다. 그러자 복강안이 버럭 고함을 질렀다.

"썩 꺼지지 못해? 누가 들어오라고 했어!"

복강안이 벽력같은 고함을 지르고는 이내 말투를 부드럽게 바꿔 나수영을 위로했다.

"너에게 소리친 게 아니니 두려워하지 말거라."

나수영은 눈물을 닦고 머리를 조아렸다.

"소녀는 이대로 도련님을 정성껏 시중들고 싶습니다. 일이 서툴거나 시중을 잘못 들면 때리든 벌하든 마음대로 하셔도 기꺼이 받아들이겠습니다."

복강안이 잠깐 침묵하는가 싶더니 천천히 입을 열었다.

"됐어, 그러면 그렇게 하거라. 우리 집은 잠영세족簪纓世族이니라. 아바께서는 국사에 전념하시고 모친께서 가무家務를 전담하고 계신다. 모친께서는 독실한 불교신자로 심성이 선하고 여리신 분이야. 먼저 의정으로 가서 어가를 알현한 뒤 너를 배편으로 북경에 보내줄 테니 내 서재로 가서 기다리고 있거라. 이 정도는 나의 뜻대로 할 수 있으니 걱정하지 말거라."

"망극하옵니다! 그래도 제가 전생에 악업은 짓지 않았나 봅니다."

"그런데 아무래도 이름이 마음에 들지 않는구나."

복강안이 고개를 들어 눈을 깜빡거리면서 잠시 생각하더니 다시 입을 열었다.

"음……, 리아鸝兒라 부르는 게 어떨까? 너의 음색이 꾀꼬리처럼 아름다우니 어울릴 것 같다."

나수영은 뛸 듯이 좋아하며 쿵쿵 머리까지 찧었다.

"리아……. 이름이 너무 아름답습니다! 노비 리아는 죽을 때까지 도련님의 높고 크신 은혜를 잊지 않을 것입니다!"

복강안이 그러자 어서 일어나라는 손짓을 했다.

"더 이상 이 노릇도 못하겠어. 행색이 너무 어설퍼서 눈 밝은 사람이라면 한눈에 알아챌 수 있으니 말이야. 소호자小猢子! 과주도 역관으로 가서 오늘밤부터는 내가 거기서 머무를 거라고 전하고 오너라. 그리고 마님 곁에서 시중드는 운아처럼 리아에게도 똑같은 의상을 맞춰 입히도록 하거라!"

소호자가 대답하고는 물러갔다. 그러자 리아가 대야에 담가 놓은 퀴퀴한 냄새가 나는 지저분한 옷가지들을 빨려고 했다. 그러자 철두교가 말렸다.

"복 도련님께서는 더 이상 그런 옷을 입지 않으실 것이니 힘들게 빨 것 없다. 복 도련님, 저는 유연청 군기대신으로부터 도련님을 모셔오라는 명을 받고 왔습니다. 그리고 신분이 없는 소호자는 역관에서 푸대접을 받을지도 모르니 소인이 직접 다녀오는 것이 나을 듯합니다."

복강안은 원래 수행원들을 거리낌 없이 부렸다. 그러나 유독 철두교에게는 공경하는 자세로 일관했다. 그는 부항의 가노가 아닌 데다 건륭이 아끼는 시위인 탓이었다. 복강안은 그가 유통훈이 보냈다고는 하나 건륭의 뜻에 따라 움직이는 것이라고 짐작하고는 순순히 대답했다.

"자네는 내가 마음대로 부릴 수 있는 가노도 아니고 균명鈞命(대신이 내린 명령)을 받고 오지 않았는가. 그러니 이 일은 그대의 뜻에 따르도록 하겠네."

길보는 철두교가 나가자마자 다가와 아뢰었다.

"날짜를 꼽아보니 도련님께서 목욕을 안 하신 지가 벌써 이십 일도 넘었습니다. 몸에서 먼지가 부슬부슬 떨어지고 손으로 밀면 그대로 국수가 말릴 지경인데 새 옷으로 갈아입으면 뭘 합니까? 제가 물을 따끈하게 데워놓을 테니 시원하게 목욕을 하시고 역관으로 가셔서 주무십시오. 그러면 잠이 절로 오지 않겠습니까? 말끔하게 차려 입고 폐하를 알현하러 가셔야 아랫것들의 체면도 서고……."

"알았네, 알았어! 무슨 사설이 그리 길어!"

복강안이 길보를 밉지 않게 흘겨보면서 웃었다. 그때 옆방에서 풍馮씨 성의 수행원이 건너왔다. 복강안이 그를 보고는 얼굴 가득 환한 표정을 지었다.

"지독한 '고약'을 이제야 떼어버리게 됐구먼. 내가 오는 길 내내 싫은 소리를 많이 했으나 본심은 아니었으니 너무 원망하지는 말게. 내가 거지 차림으로 궁상을 떨면서 가는데 뒤에서 찰거머리처럼 바싹 붙어 쫓아오니 짜증이 나서 그랬던 거네."

풍씨가 한쪽 무릎을 꿇으며 문안인사를 올리고는 일어서면서 대답했다.

"소인이 어찌 감히 원망의 감정을 품을 수 있겠습니까? 소인도 주인마님의 명을 감히 거역할 수 없어 그리 했던 것입니다. 도련님의 성정도 만만치 않으시니 마님께서도 이 사람 저 사람 집안의 남정들을 손꼽아 보신 후 그래도 이놈이 믿음직하다 생각하셨는지 소인을 보내신 것이 아니겠습니까? 하오니 어찌 소인이 게으름을 피울 수 있겠습니까? 왕소칠 집사가 그러는데 도련님께서는 성정이 급하시고 화를 잘 내셔도 아랫것들을 아낄 뿐 아니라 가난하고 불쌍한 약자들을 위하는 마음이 극진한 진짜 사내대장부라고 하셨습니다."

풍씨는 입에 기름이라도 발랐는지 매끄럽게 듣기 좋은 말만 골라 늘어놓았다. 속으로는 불평불만을 엄청 해댔을 법도 했건만 그런 내색을 전혀 하지 않았다. 복강안은 그런 풍씨를 보면서 못 이기겠다는 듯 고개를 저었다.

그 사이 목욕물이 데워졌다. 복강안은 주위를 물리치고 목욕을 한 다음 옷을 갈아입었다. 그러나 목욕이 끝나고 한참을 기다려도 철두교와 소호자가 돌아오지 않았다. 인내심을 잃은 복강안의 얼굴에 초조한 기색이 역력했다. 리아가 허리띠를 매주는 동안 복강안은 길보에게 역정을 냈다.

"이것들은 왜 아직도 안 오는 거냐? 풍씨에게 차비를 하라 이르거라. 더 이상은 못 기다리겠구나!"

리아는 언짢은 심기를 감추지 못하는 복강안의 눈치를 살폈다. 이어 꾀꼬리 같은 목소리로 아뢰었다.

"너무 조급해 마십시오. 워낙 설경이 좋아 역관의 주사主事가 어딘가로 설경을 감상하러 나가고 없을 수도 있지 않습니까?"

리아가 말을 마치고는 멋스럽게 차려입은 복강안의 늠름한 모습을 우러러봤다. 이어 그가 허리에 찬 장식용 하포荷包를 눈여겨보더니 놀라며 말했다.

"소녀가 알기로 금실을 박은 이런 하포는 황실 종친들이나 다는 것입니다! 고은대께서도 소중히 가지고 계시다가 귀한 손님이 올 때만 착용하는 것 같았습니다."

"이건 어사품御賜品이야. 나는 원단元旦(설날)이 생일이거든. 그때마다 폐하께서 항상 이런 하포를 하사하셨어. 고향에게야 있어봤자 하나밖에 더 되겠어? 나는 열 몇 개도 넘게 있어. 옥으로 된 여의如意도 많고……."

복강안은 리아와 도란도란 말을 주고받다보니 어느덧 화가 누그러진 모양이었다. 다시 웃음 띤 얼굴로 말을 이었다.

"너는 아직 식견이 부족해서 그래. 북경에 있는 우리 집에는 어사품이 수도 없이 많아. 아, 저기…… 빨리도 온다."

복강안이 말을 하다 말고 앞을 쳐다보며 혀를 찼다. 리아는 그의 느닷없는 말에 뒤를 돌아봤다. 아니나 다를까, 철두교가 들어서고 있었다. 리아는 황급히 복강안의 두루마기 자락을 매만지고는 뒷걸음친 다음 뒤에 시립했다.

철두교의 낯빛은 추위에 떨어서인지 분해서인지 시퍼렇게 질려 있었다. 곧 그가 거친 숨을 몰아쉬면서 허리를 굽혀 아뢰었다.

"복 도련님! 분부하신 일은 제대로 처리하지 못했습니다. 소호자가 사달을 일으켜 갇혀버리고 말았습니다."

철두교의 보고에 복강안의 낯빛이 변하며 목소리가 높아졌다.

"뭐라고? 어떤 놈이 감히 내 사람을 가둔다는 말인가? 설마 미친놈은 아니겠지?"

복강안의 가인들은 평소 부항의 수하에서 군법 못지않은 가법으로 훈련을 받아온 터였다. 그랬으니 그의 노한 음성에 바짝 긴장할 수밖에 없었다. 그 와중에도 주인에 대한 충성심이 남다른 길보는 도련님을 화나게 만든 놈들을 당장이라도 혼내주지 못하는 것이 한스러운 듯 씩씩거렸다. 철두교가 털어놓은 전후의 사연은 기가 막혔다.

과주도 역관은 수서호 북쪽의 역로로 가면 오통사에서 5리 길밖에 되지 않았다. 더구나 소호자로 불리는 호극경胡克敬은 양주에서 지낸 세월이 만만치 않았던 탓에 길을 나서면 웬만한 곳은 눈감고도 찾아갈 수 있었다. 실제로 그는 역로에는 들어서지도 않은 채 샛길을 이리저리 빠져나가서는 고작 2리 길을 걸었을 뿐인데 어느새 과주도 역관에 도착했다.

호극경이 도착했을 때 역관의 대문은 굳게 닫혀 있었다. 대문 옆에 있는 통로를 통해 그가 들여다본 마당은 눈이 두껍게 쌓여 있었다. 아무도 지나간 적이 없는 듯 발자국 하나 찍혀 있지 않았다. 그는 대문 앞 적수첨滴水檐 아래에서 눈을 털고 발을 살짝 안으로 들여놓았다. 순간 "왕왕!" 하는 우렁찬 소리와 함께 송아지만 한 검둥개 한 마리가 싯누런 이를 드러내면서 달려들었다. 다행히 쇠줄에 목이 매여 있어 봉변은 당하지 않았다. 그러나 호극경은 앞발로 땅을 후비면서 광기를 부리는 개의 서슬에 기겁을 하면서 뒤로 벌렁 넘어지고 말았다. 이어 한참 동안 정신을 못 차리고 대자로 누워 있었다. 그때 문간방에서 역졸들의 비웃음소리가 들려왔다. 그러나 문을 열고 맞으러 나오는 이는 없었다.

"이런 제기랄!"

호극경은 이를 악물었다. 화가 머리끝까지 치밀었다. 그는 부항의 집에서 길보와 함께 복강안의 신임을 가장 많이 받는 세노<sup>世奴</sup>였다. 주인마님인 당아가 아들의 고집을 꺾지 못해 마지못해 외지 출타를 허용하면서 길보와 호극경에게 모든 것을 맡기고 신신당부를 한 것은 다 그때문이었다.

어쨌거나 그는 거지 차림으로 이곳까지 오면서 온갖 험한 꼴은 다 당했다. 징그러운 인간들도 많이 만났다. 그러나 그에게 가장 가증스러운 인간들은 바로 사람 잡는 개를 키우는 자들이었다. 그런데 이번에는 밥을 동냥하러 온 것도 아니고 주인의 명을 전하러 온 터였다. 그럼에도 불구하고 다른 곳도 아닌 역관에서 문전박대를 당하자 그로서는 울화통이 터지지 않을 수 없었다.

그는 복강안의 수하에서 무예를 배웠다. 칼이든 활이든 꽤 괜찮은 실력을 갖추고 있었다. 그는 역졸들의 박장대소에 꾹 참고 툭툭 털고 일어났다. 이어 어차피 묶여 있어 사람을 덮칠 수 없는 검둥개를 혼내줄 요량으로 멀지도 가깝지도 않은 곳에 가서 섰다. 그리고는 손가락을 까닥이면서 개를 꼬드겼다. 그러자 검둥개는 잔뜩 약이 올라 으르렁대면서 덮쳐들었다. 순간 그는 검둥개의 치켜든 두 앞다리를 날렵하게 잡아 힘껏 꺾어버렸다. 검둥개는 고통스런 비명을 지르면서 저만치 나가 쓰러졌다. 그는 그래도 분이 풀리지 않은 듯 씨근대면서 입을 헤벌리고 침을 질질 흘리고 있는 검둥개의 주둥이에 커다란 눈덩이를 힘껏 쑤셔 박았다.

개는 사실 몽둥이에 맞아 다리가 부러져도 달포가 지나기 전에 저절로 뼈가 붙어 멀쩡해지는 특성이 있는 동물이다. 심지어 머리가 터져도 며칠 지나면 저절로 낫기도 한다. 유일하게 두려워하는 것은 딱 하나, 얼음뿐이다. 세상천지에 두려울 게 없는 개도 입안에 얼음을 물려놓으면

맥없이 죽어버리게 된다. 앞다리가 꺾여 맥을 못 추는 개에게 사람 머리만 한 눈덩이를 먹였으니 치명타가 아닐 수 없었다. 검둥개는 삽시간에 맥이 풀려 끙끙거리면서 온몸을 사시나무 떨듯 떨었다. 이어 눈에서 초점이 점점 흐려지면서 방 안에 있는 주인들을 원망스럽게 바라봤다.

방 안에서 낄낄거리고 있던 역졸들이 그제야 놀랐는지 모두들 허겁지겁 달려나왔다. 네 명이었다. 호극경은 그 와중에도 축 늘어진 검둥개의 주둥이를 벌려 계속 눈을 집어넣고 있었다. 개가 눈을 먹으면 위험하다는 사실을 모르고 있던 역졸들은 고통스럽게 몸을 뒤틀다가 한줌의 재처럼 스르르 그 자리에 뻗어버리는 검둥개를 보고는 눈에 쌍심지를 켰다. 그중 한 명이 다짜고짜 호극경에게 욕설을 퍼부었다.

"어디서 굴러온 잡종새끼야! 너 이 새끼, 미쳤어?"

그러나 그런 거친 욕설을 가만히 듣고만 있을 호극경이 아니었다. 대뜸 받아쳤다.

"내가 잡종새끼면 너는 화냥년새끼냐?"

"이런 빌어먹을……!"

욕을 얻어먹은 역졸이 손을 번쩍 치켜들고는 호극경을 한 대 치려고 했다. 호극경은 잽싸게 몸을 날려 피하면서 버럭 고함을 질렀다.

"누구든지 감히 내 몸의 솜털 하나라도 건드렸다가는 끽소리 못하고 뒈질 줄 알아라! 나는 부 중당의 사람이야! 너희들에게 명을 전하러 왔다!"

역졸들이 흠칫 놀라는 표정을 짓더니 호극경을 아래위로 쓸어봤다. 그러나 호극경의 차림새는 한마디로 가관이었다. 우선 이마로 흘러내린 머리카락에 눈이 잔뜩 쌓여 있었다. 또 돼지꼬리 같은 머리채는 가늘기가 젓가락 같았다. 솜옷이라고 입은 윗도리는 군데군데 구멍이 나 있었다. 또 비죽비죽 솜이 삐져 나와 있기까지 했다. 그뿐만이 아니었다.

대추씨처럼 양끝이 뾰족한 얼굴에서는 좀도둑의 그것을 방불케 하는 세모눈이 반들거리고 있었다. 앙상한 두 다리를 쩍 벌리고 서서 콧물을 후루룩 들이마시는 모습은 아무리 뜯어봐도 영락없는 '상거지'였다.

역졸 한 명이 실소를 터트리면서 코웃음을 쳤다.

"고추에 털도 안 난 놈이 어디서 몹쓸 짓은 꽤나 배웠구나! 꼴을 보니 분명 배 째라고 나올 놈이로군!"

호극경의 뺨을 때리려고 덤벼들었던 역졸의 욕은 그 정도에서 그치지 않았다. 다시 한 무더기 욕이 그의 입에서 쏟아져 나왔다.

"어가를 영접하기 위해 거지새끼들은 전부 성 밖으로 내쫓았거늘 저 놈은 어디 숨어 있다가 나타난 거야? 배고파 뒈지게 생겼으니 먹을 걸 찾아 내려온 게 분명해!"

역졸이 말은 그렇게 했으나 그를 포함한 그 누구도 섣불리 손을 쓰지는 못했다. 수많은 달관귀인達官貴人들과 친왕, 패륵 그리고 수행원들이 구름같이 경내에 머물러 있는 상황을 의식한 때문인 듯했다. 실제로 그들 중 누군가가 거지로 가장한 채 역관의 실태를 탐문하러 온 것일 수도 있었던 것이다.

역졸들과 호극경이 서로 욕지거리를 해대면서 그렇게 승강이를 벌이고 있을 때였다. 술에 취한 역승驛丞이 돌아왔다. 스무 살 가량 된 두 무관武官이 그를 부축하고 있었다. 말이 부축이지 실은 몸을 가누지 못하는 역승을 끌고 오다시피하며 무진 애를 쓰고 있었다. 역승은 손을 놓으면 그 자리에서 쓰러질 것처럼 위태롭게 서 있었다. 그중 한 무관이 거지를 에워싸고 승강이를 하는 역졸들에게 물었다.

"이 추운 날 밖에서 뭐 하는 거야? 이 거지는 또 어디서 나왔지?"

"시柴 순검巡檢!"

역졸들은 입가에 누런 침을 질질 흘리면서 곧 토할 것처럼 위태롭게

욱! 욱! 하고 구역질을 하는 역승을 넘겨받아 부축하면서 방금 있었던 일을 순검에게 들려줬다. 그리고는 덧붙였다.

"역관의 업무를 방해하고 질서를 교란시킨 이 잡종새끼를 어떻게 벌할까요?"

자초지종을 듣고 난 시 순검이 즉각 대답했다.

"꼴을 보니 예사 물건은 아니구먼. 허나 쥐어 팬다고 죽은 개가 되살아나는 것도 아니니 괜히 기운 빼면서 매질하지 말고 그냥 내쫓게!"

역승은 그 사이에 왝왝대면서 질펀하게 토악질을 했다. 그러자 어느 정도 정신을 차린 것 같았다. 그는 부축하고 있던 역졸들을 거칠게 밀치고는 밑동 잘린 나무처럼 위태롭게 서 있었다. 그러다 개가 죽었다는 말을 듣고는 게슴츠레한 눈으로 역졸들을 노려봤다.

"잠깐! 방금…… 뭐라고 했어? 우리 검둥이가 죽었다고? 저놈이 개고기를 처먹고 싶었던 게냐? 윽! 마구간에 가져다 묶어. 윽! 먼저 말똥부터 한줌 주둥이에 쑤셔 넣어!"

"예!"

그러지 않아도 손발이 근질거리던 네 명의 역졸은 역승의 명령에 일제히 신나라 했다. 이어 다짜고짜 호극경에게 덤벼들었다. 죽은 개에게 말똥을 물리라는 줄 잘못 알아듣고 전혀 싸울 채비를 하지 않고 있던 호극경은 꼼짝없이 당할 수밖에 없었다.

"왜 이래, 나는 진짜……."

호극경이 당황한 어조로 역졸들에게 손사래를 치면서 저항했다. 그러나 말이 채 끝나기도 전에 역졸의 가래 같은 손바닥이 그의 뺨을 사정없이 강타했다. 다급해진 호극경이 아픔을 참고 몸을 웅크리는가 싶더니 손을 휘두른 역졸의 가랑이 밑으로 쏙 빠져 나왔다. 일단 말이 먹히지 않으니 36계 줄행랑부터 놓으려는 심산인 듯했다. 그러나 곧 시 순검에게 덜미를 잡힌 그는 주먹으로 얼굴을 실컷 얻어맞았다.

악에 받친 호극경이 이를 악물고 눈을 매섭게 부라리면서 욕설을 퍼부으려고 할 때였다. 역졸 한 명이 그의 앞으로 다가왔다. 역졸은 방금 전 호극경이 검둥개에게 그랬듯 눈을 한 움큼 집어 그의 입안에 거칠게 쑤셔 넣었다. 결국 호극경은 널브러진 검둥개처럼 꼼짝없이 묶인 채 두 명의 역졸에 의해 안으로 질질 끌려 들어가고 말았다.

현장이 정리되자 남은 두 역졸이 역승을 끼고 안으로 들어가면서 시순검에게 인사치레를 했다.

"들어가서 따끈한 황주 한잔이라도 마시고 가세요."

철두교는 바로 그때 뒤따라왔다. 표창 날아드는 방향까지 제대로 맞힐 만큼 눈치가 빠른 그는 '거지'가 어쩌니, '검둥이가 죽었느니' 어쩌니 하는 말을 듣고 즉각 심상치 않은 분위기를 감지했다. 이어 조심스레 다가가 예를 갖추고 나서 물었다.

"이곳의 역승을 만나러 왔소."

"어…… 누구야? 윽! 내가 역승인데."

역승이 두 역졸의 부축을 받으면서 저만치 걸어가다 멈춰 서서 고개를 돌렸다. 얼굴에는 핏기가 하나 없고 눈도 반쯤 감은 상태였다. 술이 아직 깨지 않은 그는 하늘과 땅이 하나가 돼 빙글빙글 돌아가는 것 같았다. 그런 그에게 먼발치에 서 있는 철두교는 방금 전의 꼬마 거지와 똑같은 무리로 보일 수밖에 없었다. 순간 그의 눈에는 마치 한 무리의 꼬마 거지가 나란히 서서 히죽대면서 자신을 비웃고 있는 것 같았다. 급기야 잘 떠지지도 않는 눈을 끔벅거리면서 힘껏 고개를 저어봤다. 그러나 앞의 풍경은 여전했다. 결국 그는 양의 창자처럼 꼬부라진 혀로 거친 말을 내뱉었다.

"제기랄! 오늘 재수 옴 붙었구먼. 무슨 놈의 거지가…… 이리 많아!

너, 나에게 무슨 볼일이 있느냐?"

아무리 술에 취했다지만 참으로 불손한 말이 아닐 수 없었다. 철두교는 불끈 화가 치밀었다. 주먹에 잔뜩 힘이 들어갔다. 그러나 일단은 참았다. 호극경이 뭔가 사달을 일으킨 것이 분명하니 먼저 자초지종부터 알아봐야 했던 것이다. 그가 감정을 겨우 삭이고 담담한 표정을 지으면서 시 순검에게 말했다.

"역승이 취해서 사람 말을 못 알아듣는 것 같소. 좀 전에 어떤 아이가 역승을 찾아오지 않았소?"

"조금 전에 나는 미친개 한 마리만 봤을 뿐이오."

시아무개의 눈에도 철두교는 영락없는 중년의 거지였다. 그 역시 역승을 따라 머리 꼭대기까지 술을 마신 상태였다. 넘어지지 않고 용케 서 있는 것만 해도 대단하다고 할 수 있었다. 더구나 꼬마 거지 때문에 정신이 사나워 죽겠는데 어른 거지까지 나타났으니 말이 곱게 나올 리가 만무했다. 그가 다시 말을 이었다.

"역관의 검둥이를 때려죽이고도 모자라 꼴에 '부富 중당'이니 '궁窮 중당'이니 운운하면서 소란을 피우니 내가 잡아들였소. 그런데 그 거지와는 어찌 되는 사이요?"

철두교가 빙그레 웃으면서 대답했다.

"우리 막내요. 부 중당 댁에서 시중드는 가인이 틀림없소. 우리 모두 부 중당의 셋째도련님을 수행해 북경에서 남하한 가인들이오. 이제 열네 살밖에 안 된 아이가 이 역관의 역졸들에게 얻어맞으면 맞았지 '소란을 피웠다'고는 생각되지 않소. 나는 당신들이 억지를 부린다고 보오. 어찌 됐건 잡아들였다니 부 중당의 체통을 생각해서라도 풀어주었으면 하오. 나는 복 도련님의 지시를 받고 왔소. 이 역관에서 머물지 못한다면 다른 역관도 얼마든지 있으니 사람이나 풀어주오."

철두교는 시종 웃는 얼굴이었으나 말투에서는 자부심이 흘러 넘쳤다. 그러나 좌중의 역승과 구품 무관들은 모두 술에 취해 세상이 녹두알만 하게 보이는 터였으니 철두교의 그런 말은 아예 귀에 들어가지도 않았다. 연신 코웃음을 치면서 빈정거리기만 할 뿐이었다.

원래 청나라 제도상 역관의 관리들은 미관말직이기는 했으나 지방이 아닌 병부에 직접 예속돼 있었다. 때문에 역승과 역졸들에게는 기고만장한 면이 있었다.

'현령에서 총독, 순무, 재상에 이르기까지 역관을 거쳐 가는 사람이 얼마나 많은데, 재상도 아닌 재상 아들의 아랫것들이 함부로 역관에서 호통을 친다는 말인가!'

술김에 오기가 뻗친 시 순검은 그렇게 생각한 듯 다시 이죽거렸다.

"부 중당께서 오신다면 당연히 극진히 모셔야겠죠. 그러나 복 도련님은 우리를 부려먹을 자격이 없소. 자기가 뭔데 역관을 기웃거리겠다는 거요? 부 중당의 아들을 가장하고 사기를 치는 무리들인지는 모르겠으나 오줌 물에 꼬락서니나 비춰보시오. 그 꼴이 어찌 부상 댁의 가인이란 말이오? 내가 보기에는 오통사의 팔 없는 새끼귀신 같구먼!"

"이보시오, 순검 나리!"

철두교가 마침내 이성을 잃고 이를 악물면서 냉소를 터트렸다. 이어 준엄한 어조로 다시 덧붙였다.

"뒷감당을 어찌 하려고 이러는지 모르겠지만 이 역관을 알아보라고 하신 분은 분명히 복 도련님이오. 이 사람도 행색은 남루하나 엄연한 어전 시위요!"

시 순검은 철두교의 자신만만한 호통에 잠시 말문이 막힌 듯했다. 그 사이 철두교가 붉으락푸르락한 얼굴로 재차 말했다.

"둘 다 술이 어지간히 된 것 같아 무례한 언행에 대해서는 추궁하지 않겠소. 그러나 한마디만 충고하겠소. 좋게 말할 때 방을 비워놓고 사람을 풀어 주오. 그리고 복 도련님이 오시면 손이 발이 되게 비시오. 아니면 내가 이 빌어먹을 역관을 한주먹에 부숴 버릴 것이니 그리 아오!"

시 순검은 그러나 다시 평온을 되찾은 듯 눈썹 하나 까딱하지 않은 채 계속 이죽거렸다.

"네놈이 감히 역관을 부숴? 너 이 새끼, 네가 시위면 나는 시위 할아비다!"

시 순검이 침을 튕기면서 욕설을 퍼붓고 나더니 손가락을 입안에 넣고는 휘파람을 불었다. 순간 역관 한편에 줄지어 선 건물 안에서 몇십 명의 병졸들이 우르르 달려 나왔다. 이어 순식간에 대오를 정렬하더니 긴 창을 꼬나들고 눈길을 밟으면서 사기충천한 기세로 다가왔다.

철두교는 한때 한강漢江을 두려움에 떨게 만들었던 수적水賊의 두목이었다. 옹정 연간에는 셋째황자 홍시弘時의 사주를 받고 홍력(건륭)을 시해하려 하기도 했다. 그러나 우여곡절 끝에 홍력에게 투항해 새사람으로 거듭났다. 그것은 이미 10년도 더 지난 과거의 일이었다. 이후 그는 건륭의 총애를 한 몸에 받았다. 그러나 깨끗하지 못한 '과거' 때문에 매사에 근신하면서 주인에게 충성을 다했다. 항상 다른 사람을 공경했을 뿐 아니라 득이 될 것이 없는 말은 한마디도 내뱉지 않았다. 심지어 불필요한 걸음은 한 걸음이라도 아껴왔다. 그런데 이번에는 얼마나 화가 치밀었는지 역관을 부숴 버리겠노라 호언장담을 내뱉었다.

철두교는 순간 아차 싶었다. 하지만 이미 내뱉은 말이었으니 거둬들일 수도 없었다. 그는 갑자기 사태가 걷잡을 수 없이 크게 번지자 뒤로 한 발 물러서면서 안주머니에서 요패腰牌를 꺼내들었다.

순간 시 순검의 호기심 어린 눈길이 요패에 닿았다. 손바닥만 한 남색 판에 노란 테를 두른 그 요패에는 만한합벽滿漢合璧으로 '건청문乾清

『『 시위'라는 두 줄의 글씨가 새겨져 있었다. 시 순검은 헉하고 놀라며 바로 뒷걸음쳤다. 낯빛이 순식간에 창백하게 질렸다. 이어 병사들에게 더 이상 다가오지 말라는 손짓을 했다. 그러나 순순히 패배를 인정하기는 싫었다.

"먼저 역관에서 난동을 부리고 나중에 신분을 밝힌 것은 우리를 함정에 빠트리고자 졸렬한 수작을 부린 거요. 여기서 이러니저러니 다투기는 싫고 직접 병부에 보고해 끝을 볼 것이니 그리 아시오!"

철두교가 바로 맞받아쳤다.

"마음대로 하시오! 나도 우리 주인에게 이 사실을 아뢰어야겠소. 대장부라면 이름을 남기시오!"

"나는 시대기柴大紀요. 나는 내 이름 석 자는 책임지는 사내대장부요!"

시 순검이 턱을 치켜 올리면서 대꾸했다. 그리고는 역승을 가리켰다.

"저 사람은 술이 떡이 돼 있으니, 모든 책임은 나에게 물으시오!"

"그래, 좋아. 두고 볼 일이군!"


철두교의 얘기는 끝났다. 복강안은 자초지종을 전해 들으면서 입가에 경멸에 찬 냉소만 흘리고 있을 뿐 시종 말이 없었다. 뭔가 단단히 결심을 하는 눈치였다.

길보는 그런 그를 주먹을 꽉 쥔 채 쳐다보고 있었다. 명령만 내린다면 무슨 일이든 다 하겠다는 충성스런 자세였다. 실제로 그는 교육이 덜 돼 간혹 호가호위하는 나쁜 버릇은 있었으나 긴요한 용무를 그르칠 정도로 판단이 흐려지거나 충성을 바치기를 주저하는 사람이 아니었다.

'도련님은 틀림없이 역관의 무리들이 옷차림으로 사람을 구분해 먼저 소호자를 무시하는 언행을 보였을 것이라고 생각하고 계실 거야. 그러나 여기까지 오는 길 내내 거지 행색을 해왔어도 경유하는 지방마다 총독, 순무 등은 신발을 거꾸로 신고 나와 영접하는 극진한 예의를 보였어. 결코 도련님이 부항 대인의 아들이라는 이유 때문만은 아니었을 거야. 도련님이 이미 어전시위의 반열에 오른 데다 폐하의 반半 흠차欽差 노릇을 해왔기 때문일 거야. 그런데 이 손바닥만 한 과주도 역관의 놈들은 무슨 약을 잘못 먹었기에 감히 이런 무례를 범할 수 있다는 말인가? 아무리 너그럽게 봐주고 넘기려고 해도 도저히 짚고 넘어가지 않을 수 없어. 당대의 명상名相인 '부 중당'을 어찌 알고, 죽백竹帛에 이름을 남기고자 전력투구하는 우리 복 도련님을 뭐로 보고 감히 그런 짓을 한다는 말인가? 복 도련님에게 가노 하나 구해내지 못하는 '무능한 사람'이라는 딱지를 붙여주려고 작정이라도 한 것인가? 부항 대인이 군법으로 가문을 다스려 왔으니 우리 가노는 곧 복 도련님의 친병인 셈이야. 대장이 나 몰라라 하고 팔짱을 끼고 있으면 '병사'들이 어찌 대장을 믿고 따를 것인가? 그리고 앞으로 어떻게 '대군'을 통솔한다는 말인가? 이 치욕을 어찌 갚아야 할꼬?'

길보가 그렇게 생각하고 있을 때 복강안의 마음속에도 여러 가지 생각이 꼬리에 꼬리를 물고 있었다. 마음 같아서는 당장 역관으로 달려가 '부 중당의 아들 복강안'이라는 사실을 분명히 밝힌 다음 그 작자들을 무릎 꿇리고 싶었다. 그러나 다른 한편으로 이럴 때일수록 냉정하고 차분하게 응수해야 한다는 생각도 했다.

그때 아직 나이는 어리나 주인의 의중을 들여다볼 줄 아는 길보가 소매를 걷어붙이면서 입을 열었다.

"도련님, 이런 일은 망설이실 필요가 없습니다. 저들이 겁 없이 호랑이 코털을 뽑는데 우리가 어찌 가만히 있을 수 있겠습니까? 그놈의 빌어먹을 역관을 당장 엎어버립시다!"

복강안이 길보의 말에 담담한 목소리로 대답했다.

"여기는 양주야. 남경과 이웃하고 있는 양주라는 말이야. 사실상 제연帝輦(황제의 수레) 앞이나 마찬가지이거늘 결코 감정적으로 움직여서는 안 되네. 역관을 엎어버릴 수는 없어. 그러나 사람은 반드시 빼내 와야 해. 대세가 중요하지 내 체면이 문제가 아니야!"

그러자 길보가 투덜거렸다.

"도련님께서는 갈수록 담력이 작아지시는 것 같습니다. 재작년에는 산동에서 쌀가게에 불을 지르고, 작년 가을에는 아계 중당을 수행해 흑산黑山으로 갔다가 양민을 괴롭히는 무뢰한을 둘씩이나 잡아 죽였지 않습니까? 그래도 폐하께서는 죄를 묻지 않으셨잖아요!"

복강안이 고개를 저으면서 어이가 없다는 듯 웃었다.

"한쪽에서는 식량이 부족해 굶어 죽고 있어. 그런데 다른 한쪽에서는 돈벌이에 혈안이 돼 사재기를 하고 있었지. 그런 몰인정한 자들과 벼룩의 간을 내먹는 무리들은 죽어 마땅해. 그때는 난민 폭동을 미연에 잠재우고자 칼을 휘둘렀던 거네. 그랬으니 어지를 받지 않고도 감히 선참후주先斬後奏할 수 있었어. 그러나 이번엔 사정이 다르지 않은가!"

철두교와 길보가 복강안의 말에 귀를 기울이고 있을 때였다. 갑자기 초렴이 걷히면서 차가운 바람과 함께 두 사람이 들어섰다. 순간 바깥 설광이 반사되면서 안으로 들어선 이들의 얼굴을 잘 알아볼 수가 없었다. 복강안은 들어온 자들이 역승과 시 순검이라면 불문곡직하고 뺨부터 갈겨 주리라 생각하면서 주먹을 힘 있게 말아 쥐었다.

그러나 잠시 후 자세히 보니 앞선 사람은 역승도, 시 순검도 아닌 임시 지부 어등수였다. 그 뒤의 준수하게 생긴 젊은이는 군기처에서 아계의 필묵을 시중드는 화신和珅이었다. 복강안은 다소 실망한 듯 볼멘소리를 했다.

"이곳 양주는 조정 관할이 아닌가 보지? 나를 붙잡으러 왔나?"

"복 도련님!"

어등수와 화신은 아닌 밤중에 홍두깨 같은 말에 어리둥절한 표정을 지었다. 그러나 한쪽 무릎을 꿇은 채 감히 몸을 일으키지 못하고 그대로 엎드려 있었다. 먼저 어등수가 조심스레 아뢰었다.

"무슨 말씀을 그리 하십니까? 화신이 복 도련님을 의정으로 모셔오라는 연청 대인의 명을 받고 이제 막 도착했기에 문후도 올릴 겸 데리고 왔을 뿐입니다. 오늘밤은 저희 양주부아문에서 하룻밤 머무시고 내일 소인이 직접 수행해 길에 오르도록 하겠습니다."

"든든한 지부 나리께서 동행해주신다니 한걱정 덜었네그려. 이거 고마워서 어쩌나? 아니면 나까지 역관에 볼모로 잡혀 지부의 꼴이 볼만했을 텐데?"

복강안이 어등수의 말을 듣더니 차갑게 냉소를 퍼부었다. 순간 너무 말라 뼈가 드러난 어등수의 잔등이 흠칫 떨렸다. 곧이어 그가 뭔가 이상한지 복강안의 기색을 살피면서 조심스레 여쭈었다.

"도련님, 혹시 이곳 역관에서 도련님의 심기를 불편하게 해드린 일이라도 있는지요? 무슨 일이신지 말씀해주십시오. 분부만 내리시면 소인이 직접 나서서 처리해 드리겠습니다."

복강안은 그저 냉소만 지을 뿐 다시 입을 다물었다. 그러자 철두교가 과주도 역관의 횡포를 낱낱이 입에 올렸다. 그리고는 덧붙였다.

"역관에 미친개를 매어놓고 사람을 괴롭히는 경우는 천하를 다녀봐도 이곳밖에는 없었어요! 술에 취해 해롱대면서 멀쩡한 사람을 거지 취급하는 역관이 대체 뭐하는 곳인지 묻고 싶네요. 복 도련님께서는 민풍民風을 시찰하라는 어지를 받들어 이곳으로 내려오신 분이에요. 그런데 이런 불미스러운 일이 밖으로 새어 나가기라도 해봐요. 양주부는 그 책임을 어떻게 다 떠안을 생각인가요? 역승과 시대기라는 자는 해도 해도 너무했어요!"

어등수는 철두교의 말에 깜짝 놀랐다. 그는 어이가 없는지 멍해 있다가 한참만에야 겨우 정신을 추스르면서 아뢰었다.

"일단 도련님께서는 오늘밤 저희 아문에서 머무십시오. 소인이 직접 역관에 가서 도련님의 가인을 데려오도록 하겠습니다."

그러나 복강안은 고개를 세차게 내저으며 내뱉듯 쏘아붙였다.

"아니네. 나는 반드시 과주도 역관에 머물러야겠네! 호극경이 어디 다치기라도 했다면 의정에 조금 늦게 가면 되지. 뭐가 대수인가!"

화신이 안 되겠다는 듯 헤헤 하고 웃으면서 나섰다.

"복 도련님께서는 영웅 기질이 다분한 사내대장부이십니다. 천상의 호월晧月(맑고 밝은 달)과 같은 도련님께 비하면 한낱 구품 무관에 불과한 저자들은 썩은 풀숲의 개똥벌레에 불과합니다. 개 눈에는 똥밖에 뵈는 게 없습니다. 그런 자들과 시시비비를 따져 무슨 소용이 있겠습니까?"

복강안은 화신의 말에 설득이 된 듯 기세가 약간 누그러졌다. 사실 복강안은 어릴 때부터 부친 부항의 군대식 훈육과 어머니의 끝없는 잔소리를 듣고 자랐다. 그 때문에 숨이 막힐 때가 많았다. 그런데 화신은 귀에 살살 녹아드는 아부를 하고 있었다. 복강안은 그의 아부가 싫지 않았다. 급기야 그가 굳어진 얼굴 근육을 느슨히 풀면서 화신을 자세히 살펴봤다. 티 없이 맑은 얼굴에 까만 눈동자가 초롱초롱한 것이 무척 영리해 보였다. 가느다란 눈썹을 따라 귀밑까지 내려온 보송보송한 털은 속되지 않고 멋스러운 느낌까지 풍기고 있었다. 복강안이 그에게 은근히 호감을 느낀 듯 물었다.

"그러면 자네 생각에는 이 일을 어떻게 처리하는 게 바람직할 것 같은가?"

화신이 기다렸다는 듯 미소를 머금은 채 조용히 의견을 아뢰었다.

"복 도련님께서는 금존옥귀의 지체이십니다. 절대 저런 상종 못할 족속들과 왈가왈부해서는 아니 됩니다. 과주도 역관에는 현재 배흥인과 근문괴 두 대죄관待罪官과 가솔들이 구류 당해 있을 뿐 관리들은 아무도 없습니다. 분위기가 한껏 가라앉아 아무도 머물려고 하지 않기 때문이 아닌가 싶습니다. 하온데 장래가 촉망되고 일취월장하실 분이 어찌 그런 곳에 머무실 수 있겠습니까? 양주부아문의 서화청은 따뜻하고 널찍해 분위기가 그만입니다. 어가 영접을 위해 연습 중인 연극단도 있어 구경거리도 제법 풍성하답니다. 소인이 지금 역관으로 가서 교섭을 하겠습니다. 가인을 데려오지 못한다면 가차 없이 소인의 죄를 물어주십시오!"

화신의 말은 구구절절 맞는 것뿐이었다. 더구나 부친 부항은 말이 아니면 하지 말고, 길이 아니면 가지 말라고 누누이 가르침을 주지 않았던가. 다만 순순히 화신의 말에 따르자니 자존심이 허락하지 않았던 것이다. 복강안이 잠시 생각한 끝에 대답했다.

"나는 관풍觀風을 명받은 흠차이거늘 어느 역관이든 누가 감히 내 행보를 막을 수 있겠는가? 그러나 배흥인과 근문괴는 지은 죄가 있어 그렇다고는 해도 그 가솔들은 가엾지 않은가? 나 때문에 이 눈 내리는 날에 이리저리 옮겨 다니는 불편을 겪게 할 수는 없으니 오늘은 화신 자네의 뜻에 따르도록 하겠네. 어디서든 하룻밤쯤 나지 못하겠나? 오는 길 내내 황묘폐가荒廟廢家에서 새우잠도 잤거늘……. 자네 둘이 직접 역관에 가서 역승에게 전하게. 직접 호극경을 데리고 부아문으로 오라고 말이네. 시대기인가 시래기인가 하는 놈도 앞으로 조심하라 그리고!"

"예!"

어등수와 화신 두 사람은 이구동성으로 대답했다.

"그러면 우리는 떠날 채비를 하지!"

복강안이 말을 마치고는 자리에서 일어섰다. 이어 수행원에게 분부를 내렸다.

"리아는 나하고 타교에 동승하고, 나머지는 모두 보행을 하게!"

# 4장
# 뛰어난 지모의 화신和珅

어등수와 화신은 사인교四人轎를 함께 타고 역관으로 갔다. 무릎까지 빠지는 눈길을 힘들게 헤치면서 과주도 역관 앞에 당도했을 때는 눈발이 한결 약해진 뒤였다. 하지만 그 대신에 세찬 바람이 불어와 눈을 사방에 휘감아 뿌렸다. 가마에서 내려선 두 사람은 옷섶을 여미면서 고개를 한껏 움츠렸다.

한 무리의 역졸들이 문동門洞(양쪽 건물 사이의 통로)에서 모닥불을 에워싼 채 앉아 있는 모습이 보였다. 그들과 조금 떨어진 곳에서는 두 손가득 피를 묻힌 역졸이 입에 칼을 문 채 힘껏 개가죽을 벗기고 있었다. 역졸들은 장작처럼 깡마른 어등수와 문약한 서생 모습의 화신이 들어서자 모두 약속이나 한 듯 일어나 한쪽 무릎을 꿇고 깍듯이 문후를 올렸다.

"젖은 땅에 그러고 있을 거 없이 어서 일어들 나게. 서격舒格 역승은 안에 있나?"

어등수는 얼어붙은 표정으로 좌중을 둘러보면서 말했다. 역졸들은 어떻게 대답해야 할지 망설이는 기색이 역력했다. 그러다 곧 그들 중 한 명이 미소를 머금은 채 말이 없는 화신을 힐끔 쓸어보고는 어등수의 물음에 대답했다.

"저희 역승 나리께서는 지금 태준 나리를 맞이할 상황이 못 됩니다. 오늘이 시 순검의 의형제인 양자춘楊子春의 생일이라 그리로 초대받아 가셨다가 술이 좀 과하셨나 봅니다. 해주탕解酒湯을 드시고 서재에 누워 계십니다."

화신이 나섰다.

"우리가 긴히 드릴 말씀이 있어 먼 길을 왔으니 만나보게 해 줬으면 고맙겠네. 잠깐이면 되네."

역졸은 할 수 없다는 듯 순순히 어등수와 화신 두 사람을 역관 대원大院으로 안내했다. 세 사람은 곧이어 북향으로 앉은 두 개의 대문을 차례로 통과했다. 역관 내부는 겉보기보다는 상당히 컸다. 안으로 들어갈수록 지세가 높아 제법 경사도 있었다. 중간에 커다란 통로가 있었을 뿐 아니라 동서 양측에는 손님들이 묵어가는 별채 역시 길게 늘어서 있었다. 마당 곳곳에 눈을 하얗게 뒤집어쓰고 서 있는 나무들은 모두 한아름도 넘을 고목들이었다. 세월의 무게가 한눈에 느껴지는 역관이었다.

화신은 뒤에서 따라가면서 주변을 자세히 둘러봤다. 동쪽 복도를 따라 죽 걸어가면서 살펴보니 낡은 창호지가 펄럭이는 시커먼 방들에서 두런두런 나누는 말소리와 담배 연기에 사래 들린 장정들의 기침소리, 애들이 징징대는 울음소리 등이 들려오고 있었다. 화신이 걸어가면서 물었다.

"여기는 원래 사원이었는데 역관으로 고친 거 아닌가?"

역졸이 앞서 걸으면서 걸걸한 목소리로 대답했다.

"그렇습니다. 여기는 원래 양주에서 가장 큰 '오통신사'五通神祠라는 사원이었습죠. 향화香火가 극성할 당시만 해도 묘원廟院이 이보다 열 배는 더 컸습니다. 강희 연간에 양주 지부를 지내셨던 탕문정湯文正(탕빈) 공이 경내의 모든 '오통사'를 소각하라는 명을 내리자 이곳의 일만 향객들이 이곳만은 제발 남겨 주십사 집단으로 간청했다고 합니다. 그러나 탕문정 공은 천추의 음사淫祠를 남겨둬야 할 이유가 없다면서 이 사원을 때려 부쉈다지요. 워낙 향객들의 반발이 심하고 자칫 민변民變으로 번질 우려가 대두되자 그는 불을 지르기에 앞서 향객들에게 이렇게 약조했다고 합니다. '만일 열여덟 필의 건장한 노새를 동원해도 가운데 있는 신상神像을 끌어내지 못한다면 명을 거둬들이겠노라'고 말이죠. 그렇게 향객들의 동의하에 노새 열여덟 마리가 동원됐답니다. 그러나 채찍에 살점이 떨어져 나가도록 노새들이 죽을힘을 다해 끌었으나 한가운데 떡하니 버티고 선 '대통신'大通神은 꿈쩍도 하지 않았다고 합니다. 결국 향객들의 불같은 성화에 내몰리게 된 탕문정은 털썩 무릎을 꿇고 하늘에 기도했답니다. '음신淫神이 백성들을 유혹하도록 방치한다면 하늘이 의롭지 못하기 때문이요, 사신邪神이 끝까지 직립하는 것은 이 탕아무개가 정인正人이 아니기 때문일 것입니다. 과연 그러하다면 이 탕아무개가 오늘 사신邪神과 더불어 이 한 목숨을 버리겠습니다'라고 말입니다. 문정공의 하소연이 영험했는지 놀랍게도 열여덟 필의 노새가 끌어도 꿈쩍 않던 신상이 '뿌지직' 소리와 함께 기우뚱하더니 쿵하고 무너져 내렸다고 합니다. 팔은 팔대로, 몸뚱이는 몸뚱이대로 칼로 자른 듯 가지런하게 잘려져서 모두가 크게 놀랐다고 합니다."

역졸이 숨을 길게 들이마시면서 다시 말을 이었다

"그러자 문정공은 '그래도 청천青天은 있다'고 외치면서 즉석에서 외원外院을 불사르고 내원內院은 역관으로 쓰라고 명했다고 합니다. 어가를 영접하기 위해 갓 유칠油漆을 했기에 겉보기에는 괜찮아 보이나 오랫동안 손보지 않아 속은 다 썩었습니다."

역졸이 말을 마치더니 손닿는 대로 손톱으로 기둥을 슬쩍 후벼 팠다. 과연 붉은 칠을 한 석회가 우르르 떨어져 내렸다. 기둥이랍시고 세워놓은 나무들도 마찬가지였다. 다 삭아서 조금만 힘을 주어 밀면 넘어질 것 같았다. 화신은 속으로 혀를 끌끌 차지 않을 수 없었다.

어등수를 비롯한 세 사람은 대전大殿을 거쳐 월동문으로 들어갔다. 그곳에는 또 하나의 자그마한 정원이 있었다. 모르기는 해도 오통사의 도사道士들이 머물던 선방인 것 같았다. 푸른 기와를 얹은 건물은 그들이 오면서 본 여느 건물과는 달리 수리가 잘 되어 있었다. 나지막한 담장이 모두 새 벽돌로 바뀌었을 뿐 아니라 기름칠을 하지 않은 낙엽송 기둥도 새것처럼 든든해 보였다. 전체적으로 정교한 느낌을 주었다.

마당에 들어서자 북쪽 방에서 뭔가 상의하는 말소리가 들려왔다. 문 앞에서 걸음을 멈춘 역졸이 막 기척을 내려고 할 때였다. 서쪽 문간방 안에서 "앙!" 하는 울음소리가 터져 나왔다. 갓난아기의 찢어지는 듯한 울음소리였다. 이어 웬 노파의 쉰 목소리가 들려왔다.

"나왔다, 나왔어. 아이고, 튼실하네. 여덟 근도 더 되겠는걸!"

곧이어 울음을 잔뜩 머금은 여인의 끊어질 듯 미약한 말소리도 들려왔다.

"휴……, 또 계집애네. 고추 하나 못 달고 어쩌자고 이럴 때 나왔니?"

어등수 등 세 사람은 여자의 흐느낌 소리를 들으면서 잠시 멍하니 서 있었다. 그때 북쪽 방의 문이 벌컥 열리더니 기골이 장대한 사내가 나왔다. 9품 관리의 복장을 한 사내는 분해서인지 아니면 얼굴색이 원래 그런지 한껏 창백한 얼굴로 문이 닫힌 방을 돌아보면서 버럭 고함을 질렀다.

"정 가겠으면 자네 혼자 가! 폐하도 아니고 부항의 새끼를 내가 왜 시중들어? 내가 빚졌어? 그 앞에서 알랑거릴 만큼 한가하지 않아!"

사내를 눈여겨보던 어등수가 입을 열었다.

"저거 시대기 아니야? 자네, 지금 누구한테 그렇게 분통을 터트리는 건가?"

화신은 사내를 자세히 바라봤다. 턱이 주걱처럼 길고 이마가 좁은 데다 주먹코에 독수리눈이 여간 표독스러운 인상이 아니었다. 길들여지지 않은 야생마 같은 느낌이 다분했다. 사내는 5품 정당正堂 문관인 어등수를 똑바로 바라보고 있었다. 지위가 까마득히 높은 어등수 앞에서도 전혀 기가 꺾이지 않았다. 화신은 속으로 이 사내가 예사내기가 아니겠다는 생각을 했다. 시대기는 화신은 안중에도 없는 듯 어등수를 향해 허리 숙여 인사하는 시늉을 해 보이고는 대답했다.

"소인이 시대기입니다. 무슨 분부라도 계신지요?"

"잠시 방 안에 같이 들어가 줬으면 하네. 호극경의 일 때문에 왔네."

어등수의 얼굴에 일말의 불쾌한 빛이 스쳤다. 그때 방 안의 역승이 인기척을 듣고는 황급히 신발을 끌고 밖으로 나왔다. 시대기가 그 틈을 이용해 어등수에게 말했다.

"방금 역관의 순검들은 모두 회의에 참석하라는 지시를 받았습니다. 한두 마디로 끝날 말씀이면 지금 하시고, 아니면 하관이 회의가 끝나고 돌아온 뒤 부아문으로 가서 뵙도록 하겠습니다."

어등수의 얼굴 근육이 부르르 떨렸다. 그는 이 바닥에서 잔뼈가 굵고 가죽이 두꺼워진 늙은 관리라고 할 수 있었다. 어지간한 일에는 눈 하나 깜짝하지 않을 정도로 무뎌진 사람이었다. 게다가 그는 매사에 대사화소大事化小, 소사화무小事化無의 원칙을 고수하고 있었다. 그래서 이번에도 가급적 불협화음 없이 일을 원만하게 처리하려 했다. 그저 복강안에게 점수를 따고 싶었을 뿐 수하 관리들을 난감하게 만들 생각은 없었다. 그런데 이 시대기라는 자는 울고 싶으니 뺨 때려 달라는 식으로 나오는 것이 아닌가!

어등수는 불쾌한 표정을 애써 감추면서 차갑게 내뱉었다.

"알았네! 갈 길 바쁜 사람 붙잡지 않겠네."

이미 문밖에 나와 눈치만 살피고 있던 역승 서격은 시대기와는 달랐다. 얼굴에 아첨기 어린 웃음이 가득했다. 그러나 어등수는 역승에게는 눈길도 주지 않고 시대기를 향해 손사래를 치고는 화신을 데리고 방 안으로 들어가 버렸다. 잠시 망설이던 시대기 역시 고개를 홱 틀더니 밖으로 나가버렸다.

역승 서격은 체구가 큰 중년의 사내였다. 북경의 표준어를 쓰고 행동거지가 건들건들한 것이 척 보기에도 기인旗人임을 알 수 있었다. 아무려나 그는 이제 막 잠에서 깬 듯 푸석푸석한 얼굴에 함박웃음을 지으면서 어등수를 온돌로 안내하고 화신에게 걸상을 가져다줬다. 그리고는 큰 소리로 차를 가져오라고 명령을 내리더니 어등수를 향해 입을 열었다.

"그러지 않아도 지금 막 아문으로 가서 태준 나리께 죄를 청하려던 참이었습니다. 개들이 꼬랑지 쳐들고 똥 처먹을 줄이나 알았지 금옥金玉을 알아볼 줄이나 안답니까? 이 사람도 한참 정신없을 때라 무슨 말을 했는지 통 기억이 나지 않습니다. 술이 깬 뒤 복 도련님의 가인들이 다녀갔다는 말을 듣고 깜짝 놀랐습니다. 식은땀을 쫙 흘렸다니까요. 하관은 양황기鑲黃旗 소속입니다. 하오니 복 도련님이라면 바로 우리가 섬겨야 할 작은 주인이 아니십니까! 그런데, 이분은……?"

서격은 한참 말을 하다 말고 화신에게 시선을 돌렸다. 이어 다시 입을 열었다.

"우리 작은 주인을 시중드는 사람인가 본데 돌아가서서 하관을 대신해 잘 좀 말씀해 주셨으면 그 은혜는 잊지 않겠습니다. 우리 집은 북경의 난면爛麵 골목에 있으니 무슨 일이 있으시면 주저하지 마시고 불러주십시오. 우리 집은 곧 어르신의 집이고, 어르신의 일은 곧 저의 일이라고 생각하겠습니다!"

화신은 예상 밖으로 고분고분한 역승의 말을 듣고 일단 안심을 했다. 엎어진 김에 쉬어간다고 역승이 배 째라고 나오면 어쩌나 했던 걱정은 어느새 사라지고 없었다. 그가 말했다.

"나는 아계 중당을 모시는 사람이오. 초록은 동색이라고 우리 모두 큰주인의 아랫것 아니오? 괜히 서먹하게 서열을 따지지 말고 잘 지내봅시다!"

화신이 잠깐 말을 멈춘 사이 어등수가 끼어들었다.

"그런데, 호극경은 어디 있나?"

서격이 울상이 된 채 대답했다.

"아랫것들이 그 사람을 엄청 괴롭혔나 봅니다. 그런데 그 양반도 아직 나이가 어려서 그런지 고집이 만만치 않습니다. 포승을 풀려고 해도 못 풀게 하고, 몇몇 역졸이 손이 발이 되도록 빌면서 사정을 해도 요지부동인 모양입니다. 시 순검에게 가서 얘기 좀 해달라고 했더니, 그 역시 꺾이면 꺾였지 죽어도 무릎을 꿇지는 않겠다고 하지 뭡니까. 이제 복 도련님의 얼굴을 어떻게 대하나 걱정하고 있었는데, 마침 잘 오셨습니다. 여봐라, 그 양반을 모셔 오너라. 복 도련님이 사람을 보내셨다고 전하거라."

밖에서 누군가 대답하는 소리가 들렸다. 기다리는 동안 어등수가 물었다.

"시대기는 전에 뭘 하던 사람인가?"

서격이 어등수와 화신에게 직접 차를 따라주면서 대답했다.

"한때는 꽤 잘나갔나 봅니다. 열여섯에 무과 수재秀才 시험에 합격하고 백근이 넘는 돌도 장난감처럼 들어 올렸다고 합니다. 글공부도 많이 했고요. 장광사 대장군의 휘하에서 친병들을 거느렸다고 들었는데, 주인이 실각하니 집도 절도 없는 신세가 돼버리고 말았죠. 왕년에 잘나갔던 사람치고 콧대 높지 않은 이가 어디 있습니까? 그래도 저 사람은 좀 지나친 것 같습니다. 저래 가지고 어디 쓸 만한 자리 하나 꿰찰 수 있겠습니까?"

서격이 어등수를 힐끗 쳐다보더니 다시 덧붙였다.

"상판대기는 됐다 뭘 합니까? 웃는 얼굴에 침 못 뱉는다고, 돈도 들지 않는데 왜 좀 곰살맞게 웃어주지 못하냐 이 말입니다. 이 바닥에서 승승장구하는 자들치고 바람 부는 대로 돌아가는 팔랑개비 아닌 자가 어디 있습니까? 그 무릎은 됐다가 곰국 끓여 먹을 것도 아닌데 때와 장소에 따라 척척 무릎도 꿇어가면서 비위를 맞춰주면 떡이라도 하나 더 받아먹을 거 아닙니까! 계집은 튕길 줄 알아야 오래 가겠지만 이 바닥은 착착 감겨들어야 한다고 그렇게 일러줬어도 계속 저 모양이지 뭡니까?"

어등수와 화신은 우스꽝스럽게 손짓 발짓까지 하면서 주절주절 늘어놓는 서격의 말에 껄껄 웃었다. 이어 어등수가 입을 열었다.

"그렇게 이론에 밝은 자네는 왜 아직도 여기서 땅 짚고 헤엄치고 있나? 벌써 거물이 됐어야 했을 텐데!"

서격이 미처 대답하기도 전이었다. 팔을 뒤로 묶인 호극경이 머리로 문을 밀면서 엎어질 듯 들어왔다. 이어 고개를 번쩍 치켜들고 두 다리를 쩍 벌려 방 한가운데 서더니 목청을 돋워 소리를 쳤다.

"우리 도련님을 뵙게 해 줘! 복 도련님께서 포승을 풀라고 명하시기 전에는 아무도 내 몸에 손을 못 대!"

"자네들은 그만 물러가게!"

어등수가 난감해하는 두 역졸에게 명령을 내렸다. 이어 미소를 머금은 얼굴을 한 채 호극경에게 말했다.

"내가 복 도련님의 부탁을 받고 자네를 아문으로 데려가고자 왔네. 젊은 사람이 너무 고집을 부려도 안 좋은 법이네. 행색이 그런 마당에 미리 신분도 밝히지 않았으니 역졸들의 오해를 살 수밖에 없지 않겠나. 나라도 자네를 거지 취급했을 걸세. 모르고 한 건 죄가 되지 않는다는 말이 있네. 그만 돌아가세. 재상 댁 가인들이 칠품관이라면 나는 오품관이네!"

서격이 눈치 빠른 그답게 제격 온돌에서 내려와서는 호극경의 포승을 풀려고 했다. 그러나 호극경의 고집은 여전했다.

"그자들이 나에게 신분을 밝힐 기회를 주기나 했는지 아세요? 정자만 봐도 오품관인 줄 알겠으니 구태여 밝힐 건 없어요. 아무튼 나는 복 도련님을 뵙기 전에는 그 누구의 말도 듣지 않을 거예요. 복 도련님께서 내가 맞을 짓을 했다고 하시면 기꺼이 곤장을 맞을 거예요. 그 어떤 벌이라도 달게 받을 겁니다!"

그러자 화신이 웃으면서 호극경에게 다가가 어깨를 다독여주었다.

"이봐, 아우! 나는 화신이라고 하네. 군기처에서 아계 중당의 필묵을 시중들고 있지. 가끔 부상의 지시에 따라 움직이기도 한다네. 무작정 흥분하지 말고 내 말을 좀 들어주겠나? 듣고 나서 내 말에 일리가 있다고 생각되면 따라주고 아니다 싶으면 자네 고집대로 해도 돼. 어떤가?"

호극경이 두 눈을 왕방울처럼 치켜뜨면서 화신을 노려보았다. 그리고는 고개를 돌려 외면해버렸다. 들어볼 의사가 있다는 뜻으로 풀이한 화신이 빙긋 웃으면서 말을 이었다.

"역관은 손바닥만 한 아문이기는 하나 병부의 직속 부서라네. 지금은 바야흐로 어가가 양주에 당도하는 시점이지. 조정에서는 어지와 군기처 문서를 통해 거듭 강조했네. 역관에서 소란을 피우는 자는 누구를 막론하고 가차 없이 죄를 물으라고 말이네. 자네, 잘 생각해보게. 누구의 잘못인지 여부를 떠나 저쪽은 수십 명의 역졸들이 같은 편이네. 여차하면 그들이 말을 맞춰 사태를 원하는 방향으로 몰고 갈 수 있다는 걸 명심하게. 좋은 게 좋은 거라고 이쪽에서 그만 두는 것이 좋지 않을까? 자네의 일거수일투족에 복 도련님의 체통이 달려 있다는 도리쯤은 내가 말하지 않아도 자네가 더 잘 알 테지? 복 도련님의 심성이 아무리 부처님 같이 너그럽다고 해도 주인의 얼굴에 먹칠하는 자를 오냐오냐 받아줄 것 같은가?"

화신의 말에 방금 전까지 기고만장하던 호극경의 턱이 조금씩 아래로 내려가기 시작했다. 기세가 한풀 꺾인 것 같았다. 동요하고 있는 것이 분명했다. 어등수와 서격은 화신의 설득력에 속으로 탄복을 금치 못했다.

화신이 다시 천천히 말을 이었다.

"그리고⋯⋯, 이 역승은 만주족 양황기 소속이니 따지고 보면 역시 복 도련님의 수하이네. 그리고 보면 오늘 이 일은 홍수가 용왕묘龍王廟를 쓸어가듯 누가 뭐래도 집안 내부 일이네. 나중에 역승이 직접 도련님께 사죄하고 나면 다들 한솥밥 먹는 사이가 될 텐데 자네가 그리 뻣뻣하게 구는 건 돌 들어 제 발등 찍는 일이 아닐까?"

화신의 어조는 높지 않았다. 말투도 시종 차분하고 조용했다. 그러나 구구절절 복강안의 체통과 호극경의 자존심을 살려주는 말들이었다. 영리한 호극경이 말뜻을 이해 못할 리 만무했다.

서격은 이때다 싶어 재빨리 고개를 숙인 호극경에게 다가가 포승을 풀어주면서 사과했다.

"정말 미안하오. 내가 술에 취해 정신이 없었던 데다 아랫것들의 눈

구멍에 워낙 뵈는 게 없어서……. 싸우면서 친해진다고, 앞으로 우리 한 집 식구처럼 잘 지내보세."

화신은 호극경이 포승에 묶였던 팔을 흔들어 몸을 푸는 사이 따끈한 차 한 잔을 건넸다. 호극경은 사양하지 않고 받아서 꿀꺽꿀꺽 마셨다. 서격이 다시 덧붙였다.

"역시 화 나리시네요. 큰물에서 노시는 분은 다릅니다. 같은 생각을 하고 있었어도 저는 그렇게 말할 주변머리가 없었으니까요!"

서격이 말을 마치고는 고개를 돌렸다. 순간 면렴棉簾 사이로 드러난 흰 바짓가랑이를 발견했다. 그는 밖에 누군가 서 있다는 걸 알고 버럭 소리를 질렀다.

"밖에 누구야? 엿듣고 있지 말고 들어와!"

묵직한 면렴이 걷히다가 다시 내려졌다. 좌중 사람들의 시선은 일제히 문 쪽으로 쏠렸다. 궁금해진 서격이 다가가 면렴을 확 젖히려고 할 때였다. 삼십대 중반의 부인이 쭈뼛거리면서 들어섰다. 그리고는 사방을 향해 무릎을 낮춰 인사를 하고는 기어들어가는 목소리로 입을 열었다.

"나리들의 만복을 비나이다."

좌중의 그 누구도 여자가 밖에서 얼마나 오래 서 있었는지 알 수 없었다. 누군지 알 수도 없었다. 여자는 나이가 삼십대 후반쯤 되는 것 같았다. 화장기 없는 갸름한 얼굴은 초췌하고 낯빛은 어두웠다. 하지만 버들잎처럼 가는 눈썹과 곱고 섬세한 오관은 지극히 여성스러웠다. 눈밭에 얼마나 서 있었는지 발목까지 다 젖었을 뿐 아니라 입술도 파랗게 질려 있었다.

여자는 좌중의 사람들을 쳐다볼 엄두도 못 내고 고개를 푹 숙인 채 계속 서 있기만 했다. 그러자 서격이 미간을 좁혔다.

"아니, 근靳씨(근문괴)의 여부인如夫人(정실 대우를 받는 첩을 의미함)이 아니오? 여기는 어쩐 일이오?"

"나리, 채격彩格이…… 몸을 풀었습니다."

근문괴의 첩이 기어 들어가는 소리로 말했다. 서격이 대수롭지 않다는 듯 차를 마시면서 입을 열었다.

"채격이라……. 아, 근씨 방의 하녀? 경사 났네. 그런데 입이 하나 더 늘어서……."

근문괴의 첩은 발끝으로 바닥을 문지르면서 여전히 고개를 들 엄두를 못 냈다. 그러나 용기를 내어 조심스럽게 아뢰었다.

"방이 냉골이라……, 갓난아이도 그렇고 어미도 골병이 들 것 같아서……. 어디 마땅히 도움을 청할 데가 있어야죠. 생각다 못해 염치 불구하고 나리께 땔감을 좀 내주십사 하는 부탁을 드리러 왔습니다."

"글쎄, 그건 좀 어렵겠는데……."

서격은 복강안에게 죄를 청하러 갈 일만 생각해도 골치가 아픈 듯 귀찮은 투로 대답했다. 이어 변명을 늘어놓았다.

"땔감은 할당량이 다 따로 있소. 일품과 이품 관리는 일인당 하루에 서른 근, 삼품은 스물다섯 근. 나 같은 하졸下卒은 겨우 두 근밖에 안 되오. 지금 우리 역관에서도 오륙만 근이나 빚진 상태라서 어쩔 수가 없구먼. 일단 알았으니 돌아가오. 내가 나갔다 돌아오는 길에 집에 들러 조금 가져다 주겠소. 대신 솜이불을 몇 채 보내줄 테니 덮도록 하시오."

근문괴의 첩이 연신 사의를 표하고는 눈물을 훔치면서 돌아섰다. 그러자 화신이 여자를 불러 세웠다.

"부인, 잠깐만! 이보시오 역승, 방금 들어오면서 들으니 별채 여기저기에서 아이고 어른이고 울음소리와 기침소리가 끊이지 않았소. 어른들도 추위를 견디기 힘든데 애들이 오죽하겠소? 아무리 없어도 산사람을 얼어 죽게 할 수는 없지 않소? 탄炭이 비싸봤자 얼마나 되겠소. 나에게 요긴하게 쓰려고 모아 두었던 사백칠십 냥짜리 은표가 있소. 이걸로 전부 탄을 사서 방마다 따뜻하게 불을 피워주오. 이 정도면 추운 고비는 넘길 수 있을 거요. 없는 게 잘난 척한다고 비웃지는 마오. 저들의 신세가 너무 처량해서 그러니……."

화신이 말을 마치고는 서슴없이 은표를 서격에게 건넸다.

"아이고, 이걸 받으면 안 되는데!"

서격이 은표를 덥석 받아 쥐고는 행여 빼앗길세라 바로 주머니에 집어넣으면서 부산을 떨었다. 화신은 그저 웃기만 할 뿐 말이 없었다.

어등수 일행이 과주도 역관에서 양주부아문으로 돌아왔을 때는 날이 이미 어두워진 뒤였다. 눈발은 날리지 않았으나 쌓인 눈은 무릎을 넘었다. 아문은 사람들이 다 퇴근했는지 한산했다. 일행은 조용히 이당ᅳ뿔을 지나 서화청 월동문 앞으로 꺾어들었다. 그러자 문 앞을 지키고 서 있던 길보가 앞을 가로막았다.

"복 도련님께서는 설경을 벗해서 대금大笒 연주를 감상하고 계십니다."

호극경과 나이가 비슷한 길보는 얼굴에 장난기가 다분했다. 유리알 같은 눈을 반들거리면서 이 사람 저 사람의 눈치를 보는 모습이 마치 털 끝이라도 건드리면 그대로 튕겨나갈 것처럼 활발하고 귀여웠다. 그가 호극경을 향해 눈을 찡긋하고는 웃음 머금은 얼굴로 말했다.

"소호자도 잘 알지만 이런 상황에서는 부상과 마님을 제외한 그 누구도 도련님을 방해해서는 안 되죠! 이곳 복도에 있으면 바람도 안 들어오고 탄불까지 있으니 조금만 기다립시다."

호극경이 길보에게 입을 비죽거리면서 잘난 척 그만하라는 뜻으로 턱짓을 해 보였다. 둘이 그렇게 말없이 토닥거리는 사이 화청 저편에서 청아한 대금소리가 들려오기 시작했다.

'부의 아문을 통틀어 대금을 불 줄 아는 사람이 아무도 없는데, 이게 어찌 된 일일까?'

어등수가 그렇게 생각하면서 어리둥절한 얼굴로 고개를 갸웃거렸다. 그의 생각대로 대금을 부는 사람은 아문 사람이 아니었다. 복강안이 새로 받아들인 시녀 리아였다. 청아한 선율이 사람들의 가슴을 흥건히 적시면서 스며들었다. 모두가 조금씩은 흥얼거릴 줄 아는 〈청강회류〉淸江回流라는 곡이었다.

복강안은 서화청 처마 밑에서 뒷짐을 진 채 대금 선율을 감상하고 있었다. 머리에 붉은 술이 달린 과피모瓜皮帽를 쓰고 검푸른 양가죽 두루마기에 자주색 털조끼를 받쳐 입은 채로였다. 대금 연주는 점점 짙어지는 어둠 속의 흰 눈과 절묘한 조화를 이루면서 묘한 감흥을 불러일으키고 있었다. 가끔 바람이 불어올 때면 흰나비들이 사뿐사뿐 날아다니듯 지붕과 나무 위의 눈꽃도 가볍게 날렸다.

복강안은 리아의 대금 연주를 들으면서 여러 가지 생각을 하고 있었다.

'폐하를 알현한 자리에서 관풍觀風 소감을 어떻게 얘기해야 하나? 어떻게 해야 폐하의 흡족한 미소를 끌어낼 수 있을까? 폐하께서 기뻐하시는 틈을 타서 아버지를 따라 출정할 의사를 밀어붙인다면 과연 먹힐까? 자객 때문에 부상을 입고 사천에서 군사를 정돈하고 계시는 아버지께서 나를 받아줄지도 의문이야.'

복강안이 그렇게 생각하고 있을 때 대금소리가 느리고 무거워졌다. 그는 이번에는 북경에 있는 어머니가 그리워졌다.

'어머니는 어둠이 깃든 이 시각에도 관세음보살상 앞에 무릎을 꿇고 손바닥이 닳도록 나의 무사, 무탈만 기도하고 계실 거야.'

복강안은 자신도 모르게 코끝이 찡해지면서 눈물이 핑 돌았다. 전에는 알아듣지도 못할 소리로 중얼거리면서 경건한 자세를 취하는 모습을 훔쳐보고 키득거렸으나 지금은 어머니의 마음이 이해가 되었던 것이다. 복강안은 마음이 착잡해 눈시울을 끔벅거리다 밖에서 그를 기다리고 있는 길보 일행을 발견했다. 곧바로 손짓으로 불렀다.

"들어오게."

복강안은 말을 마치고는 앞장서서 면렴을 걷고 화청 안으로 들어갔다. 어등수를 비롯한 일행은 복강안에게 깍듯이 예를 갖추고 방 안을 두루 살펴봤다. 등촉을 환하게 밝힌 방 안에서 창가에 앉아 대금을 부는 리아의 모습이 보였다.

복강안은 리아 옆에 비스듬히 서서 일행을 둘러보더니 대뜸 행동거지가 유난히 어색한 서격을 향해 물었다.

"자네가 과주도 역관의 역승인가? 기인旗人인 것 같은데, 만주 성이 뭔가?"

"과이가瓜爾佳씨입니다!"

서격은 들어서자마자 복강안에게 지목을 당할 줄은 몰랐기에 흠칫 떨면서 대답했다. 이어 주절주절 사설을 늘어놓기 시작했다.

"처음에는 정홍기正紅旗였으나 소인의 고조부께서 전공을 세우신 덕분에 양황기로 이적했다고 합니다. 오배鰲拜 공과 성이 같다는 이유로 소인의 고조부께서 도통道統까지 지내신 적이 있습니다. 그러나 강희 팔년에 오배 공이 대역죄인으로 수치스러운 말로를 맞으면서 소인의 일가도 하마터면 멸문지화를 입을 뻔했습니다. 천만다행으로 성조께서 소인 고조부의 공로를 참작하시어 죄를 사해주셨으나 그 뒤로 병들어 죽고 화병으로 몸져눕는 등 소인의 일가는 쇠락의 길을 걸었습니다. 오늘 소인이 '말 오줌'(술)을 너무 많이 퍼마시고 큰 죄를 지었습니다. 아랫것들이 복 도련님의 가인에게 무례를 범하는 줄도 몰랐으니 말입니다. 소인의 가문은 이제 겨우 숨통이 트이기 시작했습니다. 복 도련님께서 너그러우신 아량으로 한 번만 용서해 주시기 바랍니다. 소인이 이렇게 간청드립니다!"

서격이 말을 마치고는 엎드린 채 연신 머리를 조아렸다.

"일어나게, 못난 사람 같으니라고!"

복강안은 별로 화가 나지 않은 어조였다. 서격의 불행한 과거사를 다 듣고 나자 어느새 가슴에 그득했던 분노도 스르르 녹는 듯했다. 아무래도 아직 나이가 어리고 마음도 여린 때문일 것이었다. 그가 발을 들어 서격의 엉덩이를 걷어차는 시늉을 하면서 말했다.

"우리 만주족들 중에 자네 같은 무지렁이도 있다는 사실이 서글프네. 성질대로라면 역관을 열 번도 넘게 부숴 버리고 싶으나 오늘 한 번만 참겠네. 조상이 굽어 살피셨다고 생각하고 정신 좀 차리게!"

"예, 그럼요! 도련님의 훈육을 명심하겠습니다!"

서격은 복강안의 마음이 이렇게 쉽게 풀릴 줄은 꿈에도 생각지 못했다. 당연히 연신 머리를 조아리며 고마움을 표했다. 이어 복강안의 마음이 변하기라도 할세라 서둘러 몸을 일으키고는 얼굴에 아첨기 가득한 웃음을 잔뜩 지은 채 아뢰었다.

"이제야 걱정을 덜게 되어 올리는 말씀이지만, 새옹지마라고 소인은 뜻밖의 계기로 도련님을 뵐 수 있게 되어 한편 기쁘기 그지없습니다. 도련님께서 대금을 좋아하신다니 소인이 최상의 음색을 자랑하는 대금을 물색해 한 배 가득 실어 보내드리도록 하겠습니다!"

복강안이 빙그레 웃었다.

"뭐라고 말을 꺼내기가 무섭군. 대금이 뭐 장작이라도 되는 줄 아는가? 한 배 가득 만들어 보내게."

복강안이 말을 마치기 무섭게 문득 뭔가 떠오르는 바가 있는 듯 웃음을 거둬들였다. 이어 화신에게 물었다.

"시아무개라고 한 명 더 있지 않았나?"

화신이 황급히 대답했다.

"예, 시대기라고……. 아직 술이 덜 깨 누가 업어 가도 모릅니다. 서격, 그대는 돌아가서 시대기에게 잘 전하도록 하오. 복 도련님의 크고 깊으신 은덕 덕분에 화를 면하게 됐다고 말이오. 우리 복 도련님은 실로 도량이 하해와 같으신 분이오. 잘못 걸렸더라면 오늘 같은 경우 큰 경을 쳤을 게 아니오?"

그러나 화신의 말에 옆에서 듣고 있던 호극경이 발끈했다. 화신이 시대기를 감싸주고 이번 사태를 두루뭉술하게 무마하려 드는 것이 괘씸한 모양이었다.

"흥, 나는 매도 맞고 욕도 배터지게 얻어먹어서 그런지 좋은 소리를 못해 주겠소! 그 자식은 '부富 중당'이니, '궁窮 중당'이니 하면서 우리 재상 어르신을 크게 욕보였소. 생각 같아서는 맷돌에 갈아버려도 시원치 않을 놈이오. 역승은 취했으니 모든 책임은 자기가 떠맡겠노라고 가슴팍까지 탁탁 치기도 했소! 그리고……."

"그게……?"

서격은 서서히 낯빛이 변해가는 복강안과 사발 깬 마당에 접시인들 못 깨겠느냐는 듯이 빠드득 이를 갈면서 나서는 호극경을 번갈아 쳐다봤다. 얼마나 다급했는지 얼굴이 완전히 울상이 돼 있었다. 겨우 달래놓은 복강안의 마음이 돌변하는 날에는 영락없이 다된 밥에 코 빠뜨리는 격이 될 거라고 생각했다.

그는 황급히 복강안에게 다가가더니 땀이 송골송골 맺힌 얼굴을 들이밀면서 간곡히 아뢰었다.

"무관 출신인 데다 먹물을 좀 먹었노라고 원래부터 콧대가 높은 자입니다. 그러나 장담컨대 본심이 나쁜 사람은 아닙니다. 요즘 이래저래 기분이 최악이더니 시어미 역정에 애꿎은 개 걷어찬 격이 된 것일 뿐입니다. 결코 부 중당이나 복 도련님을 욕보이려는 불순한 의도가 있어서 그런 것은 아니라고 단언할 수 있습니다. 도련님께서는 하해와 같으신 넓은 아량으로 소인을 용서하셨습니다. 그런데 그 벼룩 같은 구품관 때문에 대범한 형상에 티끌만큼이라도 해가 된다면 참으로 유감이 아닐 수 없습니다. 미친개가 짖어대는 것쯤으로 치부하시는 게 좋을 듯합니다!"

서격은 이어 시대기의 불행한 과거사에 대해서도 구구절절 늘어놓기 시작했다. 복강안은 시대기가 장광사의 휘하에 있었다는 말을 듣고는 코웃음을 쳤다.

"장광사라면 지상담병紙上談兵(책상 위에서 말로만 병법을 논하나 실제 병법에 대해서는 모름)의 대가가 아닌가! 제명에 못간 허풍쟁이 밑에 이 년 있었다고 콧대를 세우고 다닌다니 실로 한심하군."

복강안은 내친김에 부친이 포독고, 흑사산에서 비적들을 소탕한 용병의 방략方略에 대해 한바탕 자랑을 늘어놓고 싶었다. 그러나 억지로 꾹 참았다. 이어 냉소를 터트렸다.

"서격, 자네는 가서 그 시대기인가 시래기인가 하는 자에게 전하게. 나역시 구역질나는 고깃덩이를 볼 생각은 없다고 말이네!"

좌중의 사람들은 그제야 안도의 숨을 토했다. 아직 세상물정을 잘 모르는 공자公子가 생각이 짧아 성질대로 역관을 부숴버리지 않을까 전전긍긍하고 있던 어등수 역시 속으로 가슴을 쓸어내리면서 화제를 돌렸다.

"낙양성洛陽城도 식후경食後景이라 했습니다. 양주에는 새끼돼지를 통째로 구워낸 요리가 유명합니다. 복 도련님의 환영연을 돼지구이로 풍성하게 마련했습니다."

복강안은 좋다 싫다 반응이 없었다. 어등수는 그러거나 말거나 서둘러 "요리를 올려라!"고 명령을 내렸다. 이어 이부자리는 흐트러짐 없이 펴져 있는지, 찻물과 과일은 빠진 게 없는지 직접 복강안의 침실을 둘러봤다. 그리고는 탄불을 방 안으로 옮겨 덥지도 춥지도 않게 온도를 맞추라고 명령을 내렸다.

복강안은 음식이 올라오기를 기다리면서 뒷짐을 지고 여기저기 거닐었다. 그러다 저쪽에서 소리를 낮춰 말을 주고받는 화신과 마덕옥을 발견하고는 다가가 물었다.

"자네들은 무슨 비밀얘기를 그리 하는가?"

마덕옥이 즉각 대답했다.

"이 사람이 북경으로 돌아간답니다. 돈이 떨어졌다고 우는 소리를 하고 있는 중입니다."

복강안이 별일도 다 있다는 듯 미소를 지은 채 입을 열었다.

"아계 중당이 일을 맡기면서 노자도 챙겨주지 않았을 리는 없을 텐데? 그런데 어찌 그리 궁상인가?"

화신이 천천히 입을 열었다.

"북경과 남경을 오가는 노자는 관례대로 은자 마흔여덟 냥을 받아 충분합니다. 실은 아계 중당께서 선지宣紙와 호필湖筆을 사오라는 명령을 내리셨는데, 그 은자를 소인이 다른 곳에 써버리는 바람에 이렇게 되고 말았습니다."

복강안이 화신을 뚫어지게 응시하더니 천천히 입을 열었다.

"설마 기생질에 탕진한 것은 아니겠지? 그리고 자네는 언변이 좋고 머리가 명석해 일에 막힘이 없을 것 같은데, 언제까지 군기처에서 잔심부름만 하고 있을 건가? 다른 일을 찾아보지 그러나?"

화신이 기다렸다는 듯 대답했다.

"맹세코 그런 일에 돈을 뿌린 건 아닙니다. 복 도련님께서 변변치 못한 이 사람을 좋게 봐 주셨다니 황감해 몸 둘 바를 모르겠습니다. 도련님께서 좋은 곳에 천거해주신다면 소인으로서는 큰 복일 것입니다."

　복강안과 화신 등이 대화를 주고받는 사이에도 화청에서는 준비가 착착 진행되고 있었다. 연회석도 구색을 갖추어 팔선탁 한가운데는 없던 식욕도 생겨날 정도로 냄새가 기가 막힌 통돼지구이가 떡하니 자리를 잡고 있었다. 그 옆에는 육수가 끓어 넘치는 자기瓷器 냄비도 있었다. 육수에 넣어 먹을 양고기, 닭의 혀, 싱싱한 대하, 닭 가슴살, 얇게 저민 생선, 해삼, 표고버섯 등 식재료와 파, 마늘, 겨자, 후추 등 향신료 역시 완벽하게 갖춰져 있었다. 일명 '화과'火鍋(중국식 샤브샤브)로 불리는 요리였다.

　복강안은 상석에 자리를 잡았다. 그러자 요리사들이 등장했다. 이어 자기 냄비 언저리를 따라 주전자의 황주를 조금 부어넣고는 다진 생강과 파, 마늘을 집어넣었다. 두 가지 재료의 향이 어우러지면서 풍기는 기막힌 냄새에 좌중의 사람들은 모두 군침 삼키기에 바빴다. 복강안의 등 뒤에 시립해 있던 리아는 음식이 옷에 튀지 않도록 하얀 손수건을 꺼내 복강안의 목에 살짝 둘러주는 등 세심하게 시중을 들었다.

　곧이어 영가迎駕 행사 준비에 바쁜 희자戱子들이 등장했다. 동시에 서화청 한편에서 악기소리가 은은히 울려 퍼지기 시작했다. 요리사들이 종종걸음으로 팔선탁을 오가면서 술을 따르고 시중을 들자 복강안도 어느새 기분이 좋아졌다. 희자들의 앵앵거리는 노래 소리를 안주 삼아 술도 서너 순배 돌았다. 아직 희자들의 아양 따위에는 관심이 없는 복강안이 발갛게 상기된 얼굴을 한 채 한 사람 건너에 앉은 서격에게 말했다.

　"말을 들어보니 내무부에서 선발돼 나왔다고 하던데, 그게 사실이라면 명색이 명관命官인데 나가서 전사典史 자리라도 얻으려고 노력해보지 그러나? 역승은 오래 해봤자 별로 전망이 있는 것도 아니니 말일세."

"십 수 년 전이라면 든든한 주인도 있겠다 한번 팔을 걷어붙여 봤을 법도 합니다만 지금은 엄두조차 낼 수 없습니다. 역관에서 늙어죽도록 일해 봤자 어느 자리에 명함도 내밀기 구차한 역승에 불과하겠지만 나름 벌이는 쏠쏠합니다. 잠시 머물렀다 가는 조정의 대원大員들을 섬기다 보면 수고한다면서 이것저것 던져주고 가는 물건도 적지 않습니다. 전사보다는 넉넉하게 살 수 있어 더 이상 바랄 게 없습니다."

서격은 감히 술은 마시지 못하고 고기만 볼이 터지도록 집어먹으면서 대답했다. 복강안이 그의 말에 의미심장한 웃음을 지었다. 그때 어등수의 가인이 들어오더니 그에게 귀엣말을 했다. 어등수가 웃으면서 말을 전했다.

"내정內廷의 왕 태감과 연청 중당의 도련님 유용 공이 복 도련님을 찾아오셨답니다!"

복강안이 어등수의 말이 끝나기 무섭게 술잔을 내려놓으면서 반색을 했다.

"석암石庵(유용의 호) 형이 왔다는 말인가? 어서 안으로 모시게!"

복강안은 말을 마치기 무섭게 바로 자리에서 일어났다. 좌중의 사람들 역시 모두 따라 일어났다. 그때 밖에서 우비 벗는 소리가 들려왔다. 잠시 후 땅딸막한 태감이 얼굴 가득 웃음을 머금고 들어섰다. 그 뒤로 건장한 체구의 젊은 관리가 모습을 드러냈다.

팔망오조八蟒五爪의 백한白鷳 보복을 입은 그는 어깨가 떡 벌어진 것이 무척 튼튼해보였다. 대춧빛 얼굴에 크지 않은 세모눈은 날카로운 빛을 뿜고 있었다. 약간 안짱다리에 격무에 지나치게 시달려서인지 등도 나이에 비해 심하게 굽어 있었다. 이 젊은이가 바로 얼마 전 남경에서 황천패 등을 지휘해 백련교 일당을 일거에 소탕한 유용이었다. 관직만 따지면 한낱 어사御史에 불과했으나 명성은 이미 조야朝野를 뒤흔들고도 남음이 있는 인물이었다. 게다가 수정水晶 정자頂子와 파란 빛을 발하는 공작孔雀 화령花翎만으로도 충분히 돋보였다.

유용의 출현에 장내의 분위기는 순식간에 숙연해졌다. 물 뿌린 듯 조용한 방 안에 바람에 흩날리는 눈 소리가 유난히 크게 들렸다.

# 5장
# 기윤의 정무 능력

"석암 형, 왕렴王廉, 어서 오세요!"

복강안은 좌중의 모두가 잔뜩 숨을 죽이고 있는 가운데 자리에서 나와 유용을 향해 읍을 하면서 반갑게 두 사람을 맞이했다. 이어 손짓으로 자리를 안내하고는 너스레를 떨었다.

"요즘 석암 형의 명성은 하늘을 찌르더군요! 형의 이야기가 민간 연극무대에 단골로 오르고 있다면서요? 아무튼 부자 두 분 모두 참 대단하네요. 그런데 왕렴 자네는 어쩐 일인가? 어지라도 계시는 건가? 급한 용건이 아니면 석암 형과 함께 젓가락 들고 가까이 앉게. 천하일미 양주의 통돼지구이가 둘이 먹다 하나가 죽어도 모를 정도로 맛있다네!"

유용은 흐뭇한 미소를 머금은 채 복강안에게서 눈길을 뗄 줄 몰랐다. 부항은 듬직하고 언제나 무게가 있으면서 근엄했기에 사람들은 그를 함부로 대하기 어려워했다. 그런 부항에게서 어떻게 이런 아들이 나왔는지 신기할 정도였다. 사실 복강안은 용모와 언행에 남달리 귀티가 흘렀지만 성격은 소탈하기 짝이 없었다. 물론 유용은 그 이면에 날카로움이 있다는 것을 놓치지 않았다. 그런 복강안이 '어른 행세'를 하는 것을 보면서 별로 거부감이 들지 않았다. 그는 끝 간 데 모르고 이어지는 그런 생각을 일단 접고 소매 속에서 화칠火漆로 봉한 편지를 꺼냈다.

"기효람(기윤) 대인께서 복 도련님께 전해드리라고 부탁한 서간입니다. 안에 영존令尊의 가서家書도 들어 있다고 합니다. 폐하께서는 이미 남경을 뜨시어 모레 의정에 당도하시고 그런 다음 양주로 갈 것이라고 합니다. 왕 태감은 의정에서 어가를 영접할 관리 명단을 들고 왔어요. 나는 어가가 당도하기 전에 안전을 비롯한 준비사항을 점검하고자 내려왔습니다."

복강안은 기윤이 보낸 편지 외에 아버지의 편지도 있다는 말에 속으로 뜨끔했다. 그리고는 숙연한 표정으로 조심스레 편지를 받아 겉봉을 뜯었다. 그렇게 깨지기 쉬운 물건 다루듯 속지를 펴자 과연 단정하고도 힘이 느껴지는 해서체 편지가 들어 있었다. 내용은 생각한 것보다 길었다.


아들 복강안에게:

일전에 네가 보낸 가서를 받았다. 문필도 깔끔하고 필체도 성숙미가 엿보이더구나. 아비의 기분이 좋았음을 먼저 밝힌다. 허나 네가 준엄한 모훈母訓을 저버리고 무리하게 남행南行을 강행했다는 네 어미의 다급한 서찰을 받고 이 아비는 크게 실망했느니라. 또 네 어미는 네가 아비의 군중에서 종군從軍할 수 있도록 윤허해 주십사 폐하께 주청 올리려 한다고 하더구나. 이 아비는 그 사실에 크게 실망했느니라. 이유야 어찌 됐든 그건 참으로 멍청하고 아둔한 발상이다. 어미에 대한 지극한 불효라고도 할 수 있다! 너는 아직 이마에 피도 덜 마른 소년이다. 오로지 학문에만 정진해도 시간이 모자랄 시기임을 네 어찌 모른다는 말이냐? 토끼꼬리만 한 재학才學으로 종묘사직의 중요함을 모르고 어디를 함부로 나선다는 말이냐? 실로 무지몽매하기 이를 데 없구나. 스스로 자신의 치부를 드러낸 행위임을 알아야 할 것이야!

복강안은 아버지의 편지를 읽으면서 얼굴이 화끈거렸다. 콧등에는 땀이 송골송골 맺히고, 급기야 손바닥이 축축해져 편지가 젖지 않도록 두루마기 자락에 닦아 가면서 편지를 읽어야 했다. 이어지는 내용은 어조가 더욱 준엄했다.

우리 가문이 세대世代의 훈척勳戚임은 너도 익히 알 것이다. 우리는 일가 모두의 뼈를 갈아 바쳐도 폐하의 하해와 같은 은덕을 갚기에 부족하다. 은덕이 막중할수록 낭떠러지를 앞에 둔 듯, 살얼음판을 걷듯 항상 근신하고 삼가는 마음을 지녀야 한다고 누누이 가르침을 주지 않았더냐. 자타가 공인할 정도로 해박한 지식을 쌓은 후에 벼슬길에 올라야 하고, 절차탁마 끝에 시기가 성숙되면 그때 종묘사직을 위해 힘을 보태도 늦지 않느니라. 네가 거지행색을 하고 만리 길을 간들 천재天災에 농사를 망치고 가슴을 치는 농부의 아픔을 헤아릴 수 있겠느냐? 도탄에 빠져 허덕이는 백성들의 질고를 보듬을 수 있겠느냐? 도련님 행세를 하면서 지방관들의 아첨에 눈이 멀면 너의 장래에 독이 되면 됐지 득이 되는 일은 없을 것이다. 종군에 미련을 두고 있다면 당장 버리거라. 사활을 건 전장이 장난인 줄 아느냐? 이미 세 명의 조정대신이 한 움큼도 안 되는 사라분에게 두 번씩이나 얻어맞고 주살을 당했느니라. 그리고 수많은 장군들이 패가망신의 아픔을 겪었거늘 네가 어찌 감히 그런 천부당만부당한 생각을 품을 수 있었는지 모르겠구나. 이 아비가 보기에 너는 상사욕국喪師辱國의 불명예를 안고 형장의 이슬로 사라진 경복, 눌친, 장광사 등의 발뒤꿈치에도 미치지 못한다. 그러니 헛된 망상을 접고 속히 일상으로 돌아오기를 바란다!

복강안은 초조하고 불안한 기색을 감추지 못했다. 입이 마르는 듯 연신 침을 묻히며 잘근잘근 씹었다. 눈길은 빠르게 아래로 미끄러져 내려갔다.

스스로를 알 줄 아는 현명함이 없으면 남을 아는 현명함도 가지기 힘든 법이니라. 자질이 뛰어난 사람도 실수를 범하는 경우가 있거늘 너같이 부족한 자가 신성한 조정을 욕되게 하고 군부에 불충不忠을 범하지 말라는 법이 어디 있느냐? 무지몽매한 짓은 한 번으로 족하다. 주변의 만류를 뿌리치고 아비를 찾아 군전軍前행을 강행한다면 부자의 연緣은 물론이고 군법에 따라 엄벌에 처할 것임을 밝혀둔다!

복강안의 얼굴에는 가시 장작을 짊어진 듯 괴로운 기색이 역력했다. 온몸에 식은땀이 흘러 더 이상 편지를 읽어 내려갈 수가 없었다. 그는 아버지의 서찰을 조심스레 접어 한쪽에 내려놓고는 기윤의 서찰을 펼쳤다. 일단 내용이 짤막한 것이 다소 마음이 놓였다.

복강안 세형世兄에게:
부상의 부탁을 받고 세형께 서찰을 전하오. 부친의 책망은 애정의 표현임을 그대가 누구보다 잘 아시리라 믿어마지 않소. 이 서찰은 세형이 북경을 떠난 지 이십일 만에 성도의 흠차 행원에서 발송한 것이오. 이미 어람御覽을 거쳤소. 그대는 서찰을 받아보시는 대로 의정으로 가서 폐하를 알현하면 될 것이오. 그럼 이만 두서없는 붓을 놓겠소.

-건륭 00년 0월 0일

편지 말미에는 날짜가 씌어져 있지 않았다. 복강안은 이상한 생각이 들어 아버지의 서찰을 다시 펴봤다. 아니나 다를까, 거기에도 날짜와 주소는 적혀 있지 않았다. 그제야 복강안은 기밀을 지키기 위해 군중軍中에서 서신을 왕래할 때는 날짜와 행선지, 주소지를 밝히지 않는다는 사실을 깨달았다. 순간 대장군이지만 추호의 흐트러짐도 없는 아버지의 세심함에 절로 감탄이 터져 나왔다. 그는 가볍게 탄식을 하면서 좌중을 향해 말했다.

"부친께서 한바탕 욕설을 퍼부으셨네. 보아하니 내 뜻을 이루기는 글렀네!"

그리고는 고개를 돌려 태감 왕렴을 향해 물었다.

"의정으로 어가를 맞으러 가는 관리들에는 어떤 사람들이 있나?"

왕렴이 손가락을 꼽으면서 여자처럼 가늘고 높은 목소리로 대답했다.

"강회江淮 하독河督 노작은 어제 이미 양주를 떠나 의정으로 출발했습니다. 안휘 순무 격이제格爾濟는 고교高橋 역관에 머물고 있고요. 청강淸江 하독서리 육봉춘陸逢春도 도착했습니다. 윤록允祿 장친왕莊親王께서는 천녕사天寧寺에 계시고, 사도司道 이하의 관리는 두광내뿐입니다. 두 등급이나 강등당한 사람에게 영가迎駕하라는 특지特旨가 내려진 것이 이상합니다. 그 외에 강서 염운사鹽運使, 복건성 해녕海寧 양도糧道, 창주彰州 양도, 대만 지부 고봉오高鳳梧 등은 모두 영가교迎駕橋 역관에 투숙해 있습니다……."

왕렴은 숨 한 번 돌리지 않은 채 50명도 넘는 사람들의 직함과 머물고 있는 장소까지 술술 말했다. 어등수는 그의 말을 듣고서야 비로소 양주에 어마어마한 거물들이 쫙 깔려 있다는 사실을 알 수 있었다. 저절로 입이 딱 벌어진 채 놀라지 않을 수 없었다. 그때 미간을 좁혔다 폈다 하면서 왕렴의 말을 귀 기울여 듣고 있던 복강안이 천천히 입을 열었다.

"노장친왕께서도 양주로 내려오셨나? 알현하러 다녀와야겠군. 헌데 두광내는 고항을 탄핵하는 데 공을 세워 승진했다고 들었는데 강등이라니? 강등 처벌까지 받은 사람이 어가를 영접하는 영광된 자리에 불려가는 것도 석연치 않고……. 대체 세상 돌아가는 영문을 모르겠네!"

왕렴은 복강안의 말에 아무런 대답도 하지 않은 채 잠자코 있었다. 그러나 복강안은 굳이 대답을 강요하지 않았다. 건륭이 태감들 입단속에 가혹할 정도로 철저하다는 사실을 모르지 않았던 것이다. 그가 잠깐의 침묵이 흐른 다음 다시 입을 열었다.

"나는 식욕이 없어 그만 수저를 놓겠네. 석암 형과 왕렴, 두 분은 가까이 와서 많이 들어요. 못 먹을 음식을 받은 것처럼 그렇게 찡그리지 말고요. 석암 형, 나는 그쪽 가법家法을 모르지 않아요. 하지만 우리 집도 군대 못지않게 엄격한 집안이라는 사실은 알고 있을 거요. 이 자리는 내 주머니를 털어 마련한 자리니 부담스러워할 거 없어요. 깨끗한 돈이니까요!"

유용이 복강안의 말에 웃음 띤 얼굴로 완곡하게 거절의 뜻을 밝혔다.

"오면서 배고픈 김에 양주 호떡을 한 접시 다 비웠더니 배가 불러 앉아 있기도 힘이 듭니다. 왕렴, 자네는 신경 쓰지 말고 많이 먹게."

왕렴은 어지를 전하기 위해 눈길을 헤치고 온 터라 배가 고플 수밖에 없었다. 아니나 다를까, 유용의 말이 떨어지기 무섭게 냄비 안에서 양고기와 대하를 꺼내 접시에 수북이 담아놓고는 허겁지겁 먹기 시작했다. 유용은 빙그레 웃는 얼굴로 물러앉은 다음 화롯불을 쬐면서 책을 읽기 시작했다. 말로는 부담을 주지 않는다면서 그러고 앉아 있으니 흥을 다 깨놓고 있다고 해도 좋았다. 결국 그 때문에 다른 사람들도 대충 젓가락을 드는 둥 마는 둥하고는 "배부르다!"면서 하나둘씩 물러났다.

"마덕옥이 내일 나하고 동행할 것이네."

복강안이 서둘러 자리에서 일어나더니 작별을 고하는 사람들을 보면서 말했다. 그리고는 덧붙였다.

"밤에 가서家書를 써놓을 테니 화신 자네가 가모家母께 전해드리게. 리아도 딸려 보낼까 하니 가는 길에 잘 돌봐줬으면 하네. 아계 중당에게도 전할 서찰이 있네. 자네가 원하는 일자리에 대해서도 잠깐 언급할 것이네. 그리 알고 그만 물러들 가게!"

양주에서 의정까지는 한로旱路로 80리밖에 되지 않았다. 게다가 어가를 영접하기 위해 도로에 황토를 쏟아 부어 다지고 고르기를 거듭하여 노면 상태는 더 없이 좋았다. 그런데 복강안이 길을 떠났을 때는 공교롭게도 폭설이 내렸다. 공들여 다듬어놓은 도로는 아쉽게도 빛을 보지 못했다.

복강안은 마덕옥의 타교에 함께 올랐다. 그리고는 나머지 가인과 수행원들은 양주에 남겨두고 길보와 호극경 두 사람만 노새를 타고 따라나서게 했다. 이렇게 해서 날이 밝기 전에 출발해 의정현에 당도하니 미시未時가 끝나고 신시申時로 접어들고 있었다. 며칠 동안 지칠 줄 모르고 내리던 눈은 거의 멎어 있었다.

복강안은 예전에도 강남성江南省에 두 번 정도 내려온 적이 있었다. 그때마다 의정을 경유했었다. 때문에 의정은 낯설지 않은 곳이었다. 그러나 이번에 세 번째로 도착한 의정은 가마에서 내린 복강안이 자신의 눈을 의심할 만큼 변해 있었다.

무엇보다 성곽을 따라 덕지덕지 붙어 있던 호성하護城河의 진흙이 깔끔하게 씻겨나가 하나도 보이지 않았다. 또 허리를 넘게 자라던 수풀도 간 곳이 없었다. 대신 그 자리에는 커다란 청석青石으로 된 견고한 둑이 쌓여 있었다. 안전을 대비한 난간까지 설치돼 있었다. 자금성 밖의 금수하金水河와 다를 바 없는 모습이었다. 게다가 피폐하던 성벽은 기초는 그대로였으나 윗부분은 모조리 새 벽돌로 쌓아놓았다. 우뚝 솟은 성문의 전루箭樓 역시 정양문正陽門을 모방한 듯 주칠朱漆에 금장金裝까지 되어 있어 그 모습이 설광雪光에 유난히 돋보였다.

성城을 사방으로 둘러싼 역로와 성문에서 가까운 큰길도 평소와는 전혀 딴판이었다. 도처에 초소와 경계병들이 쫙 깔려 있었다. 모두 북경에서 어가를 따라 내려온 선박영 교위校尉들, 즉 이른바 우림군羽林軍이었다. 그들은 허리에 요도腰刀를 찬 채 무릎까지 빠지는 눈밭에 서서 눈하나 깜빡하지 않고 전방을 주시하고 있었다. 길옆의 점포들은 문을 활짝 열어놓아 백성들의 일상이 크게 달라진 것은 없어 보였다. 그러나 통금 시간도 아닌데 지나가는 행인들은 찾아볼 수가 없었다. 그 흔한 개 짖는 소리조차 들리지 않았다.

마덕옥은 반쯤 벌어진 입을 다물 줄 모르고 사방을 둘러보는 복강안을 향해 말했다.

"돈만 있으면 산도 뒤엎을 수 있죠. 은자가 없어서 그렇지, 그걸 자루째 가져다 쏟아 부으면 불과 두 달 만에 의정을 다 뜯어고칠 수 있습니다. 도련님께서 또 한 번 놀라시게 말입니다! 행궁은 성 북쪽의 현무강玄武崗에 있습니다. 저는 좌잡관佐雜官이라 도련님을 모시고 거기까지 갈 수가 없습니다. 저는 초교草橋 역관에 머물겠습니다. 도련님께서 분부가 계시면 그리로 사람을 보내십시오. 별다른 분부가 안 계시면 저는 모레쯤 남경으로 돌아가겠습니다. 도착하면 문후를 여쭙는 서찰을 보내겠습니다."

마덕옥은 그 자리에서 작별을 고했다. 이어 복강안은 이곳에서 가마를 타고 다니는 것은 너무 이목을 끄는 일이라 생각하고는 길보, 호극경과 함께 역로를 따라 천천히 걸어가기로 했다. 다행히 역도의 제설 작업이 끝나서 걷기가 편했다. 한담을 나누면서 걸어가자 금방 성 북쪽의 행궁에 도착할 수 있었다.

언덕 위에 지은 행궁 역시 장엄하기 이를 데 없었다. 또 그 아래로 쭉 뻗어 내려온 담장은 전부 한백옥漢白玉으로 기초를 닦아 붉은 벽돌을 쌓았고 노란 기와를 얹었다. 남쪽 담장만 해도 족히 2리는 될 것 같았다. 담장 안의 용루봉각龍樓鳳閣들은 백회설송栢檜雪松 사이에서 보일 듯 말 듯 모습을 드러내면서 행궁의 장엄함을 더했다.

복강안은 좌액문左掖門에서 패찰을 건넸다. 그러자 문지기 태감이 서쪽 편전偏殿을 가리켰다.

"저리로 가보시죠. 북쪽 끝방이 군기대신들의 임시 거처입니다. 도련님은 특지를 받으신 분이니 기윤 중당께서 친히 인견引見하실 것입니다."

복강안은 태감이 가리키는 쪽으로 눈을 돌렸다. 과연 서쪽 편전 북쪽 끝방 앞의 복도에 긴 걸상이 있었다. 낯익은 두 내무부 관리를 비롯해 접견을 기다리는 이들이 나란히 앉아 있는 모습도 보였다. 그는 자갈길을 따라 팔자걸음으로 걸어갔다.

문 앞에 시립하고 있던 태감 복지가 복강안을 알아보고는 바로 방 안으로 들어갔다. 이어 다시 나오더니 그에게 아뢰었다.

"복 도련님, 기윤 중당께서 복 도련님을 먼저 들라고 하십니다."

복강안은 가볍게 고개를 끄덕이고는 안으로 성큼 들어갔다. 훈훈한 느낌이 확 안겨왔으나 밝은 곳에 있다가 어두운 곳으로 들어서니 아무 것도 보이지 않았다. 그대로 조금 서 있으니 서서히 방안의 모습이 시야에 들어왔다. 먼저 저만치 앉아 있는 2품 대원이 보였다. 하도 총독 노작이었다. 동쪽 창가에 앉은 강남 순무 범시첩도 아는 얼굴이었다. 그밖에도 대여섯 명의 관리들이 더 있었으나 굳은 표정을 짓고 있는 두광내외에는 모르는 사람들이었다.

서쪽에는 길게 온돌이 있었고, 온돌 한쪽 편에는 서류뭉치가 산더미처럼 쌓여 있었다. 그 옆에 피부가 검고 덩치가 큰 중년 관리가 2품 정자가 달린 관모를 한편에 내려놓고 굵고 긴 머리채를 목에 감은 채 온돌 위에 다리를 괴고 앉아 있었다. 뭔가를 급히 쓰는 중이었다. 그가 바로 부씨 일가와 인연이 깊은 예부시랑 겸 군기대신 기윤이었다.

"어서 오시게, 세형! 이리 와 앉으시게. 예의가 어긋난 점이 많아도 밖에 나와 있으니 양해하게나."

기윤이 붓을 멈추지 않고 눈길을 편지지에 박은 채 입을 열었다. 이어 쓰기를 마친 듯 붓을 내려놓고는 훅훅 먹을 불어 말리면서 온돌에서 내려섰다. 그리고는 속지를 봉투에 넣고 화칠을 한 다음 노작에게 건넸다.

"안휘 포정사 곽명郭明에게 전해주시오. 은자 칠십만 냥을 확보했으면 됐지 뭘 더 바래? 청명절淸明節 전에 무호蕪湖를 개통시키지 못하면 내가 가만 놔두지 않을 거라고 일러주오! 민부 삼만 명에 하루 공전工錢(품삯)이 일전 칠푼인데, 칠십만 냥이 왜 모자란다는 건지 모르겠소. 추지秋池(노작의 호) 형이 전과가 있는 하독河督이라고 해서 우습게 보는 면도 없지 않아 있을 것이고, 아랫것들이 층층이 인부들의 공전工錢을 떼어먹을 수도 있을 것이오. 어제도 폐하께서는 나를 불러 접견한 자리에서 원숭이도 나무에서 떨어질 때가 있다는 속담으로 추지 형의 과거에 대해 너그럽게 평하셨소. 속 검은자들의 개소리나 꿍꿍이에 넘어가지 말고 대범하게 임하기를 바라오. 뒷걱정은 하지 말고 말이오."

건륭을 언급하는 기윤의 말에 노작은 자리에서 벌떡 일어나더니 공손히 아뢰었다.

"중당께서 대신 아뢰어 주십시오. 범관犯官 노작은 수치스러운 과거를 항시 분명히 기억하고 세심혁면洗心革面하는 마음으로 매사에 전력을 다해 폐하, 태후마마, 황후마마의 크고 높으신 은덕에 보답하겠노라고 말입니다. 이 편지는 청강에 도착하자마자 안휘 포정사 곽명에게 전하겠습니다. 황하와 운하가 만나는 무호 지역의 흙모래는 올봄에 반드시 깨끗이 쳐내도록 하겠습니다. 일부 탐관들이 하공河工 은자에 검은손을 뻗치고 있다는 의혹이 사실로 밝혀지는 날에는 왕명기패王命旗牌를 청해 그자들의 목을 칠 것입니다! 그리고 한 가지 기윤 공께 보고 드릴 일이 있습니다. 황하와 바다가 인접한 구간에 학전澗田이 새로 삼천 경頃 정도 생겼습니다. 절강 순무아문에서는 이를 해녕부 소유로 돌리게 해 주십사 부탁을 했지만 제가 이는 마땅히 호부에 돌려야 한다고 가차 없이 잘라버렸습니다. 지방에 넘기면 헐값에 팔아넘길 게 뻔합니다. 저의 주장이 옳은지 기윤 공께서 판단해 주십시오."

"일단은 추지 형의 아문에서 맡으시오. 호부도 현재 시끌시끌한 상태요. 성조聖祖 이래의 학전 매매 실태를 조사하는 과정에 이중장부 조작 혐의를 받는 당사자들끼리 물고 뜯고 한바탕 난리가 났다오."

기윤이 말을 마치고는 곰방대에 불을 붙여 물고는 힘껏 빨아들였다. 이어 자조하듯 말했다.

"이런 일은 앞으로 아계 중당과 상의를 하도록 하오. 나는 북경에 돌아가면 곧바로《사고전서》편수작업에 매달려야 하오."

노작이 대답을 하고 물러가려고 했다. 그러자 기윤이 그를 다시 불러 세웠다.

"왕명기패를 청해 몇몇 속이 검은자들을 응징하겠다고 했는데, 그건 폐하께서 추지 형에게 내려주신 특권이니 주저하지 말고 시행하시오. 그러나 사건의 경위보고서는 제때에 주명奏明해야 하오. 그래야 조정의 지공지정至公至正한 부패척결 의지를 온 천하에 드러내 백성들의 신뢰를 얻을 수 있소. 이 사실을 분명히 명심하기 바라오."

기윤은 대답과 함께 물러가는 노작의 뒷모습을 물끄러미 바라보았다. 그리고는 범시첩 옆에 앉은 관리에게로 시선을 돌렸다. 그런 그의 낯빛이 어두웠다.

"자네가 무호蕪湖 양도糧道로 있는 주극기周克己인가?"

기윤이 지목한 관리는 순간 당황한 듯 황급히 일어섰다. 그러다 나무 걸상의 삐져나온 못에 두루마기 자락이 걸려 넘어질 뻔했다. 그러나 비틀거리면서 겨우 중심을 잡았다. 그리고는 바싹 마른 입술을 덜덜 떨면서 대답했다.

"예……, 하관이 주극기입니다."

"채칠蔡七이라는 놈이 고작 부하 여덟 명을 데리고 식량선박을 덮쳐 은자 일천 냥을 다 빼앗아갈 때까지 자네는 콧구멍만 후비고 앉아 있었나? 스물여덟 명이 선박을 호위했다면서?"

"하관이 평소에 조련을 잘못시킨 책임이 큽니다. 하오나, 도둑들이 워낙 무예가 출중해 당해낼 재간이 없었다고 합니다."

"그때 자네는 어디 있었나?"

"양도아문에 있었습니다."

"비적들이 떴다는 급보를 받고 구원은커녕 되레 문을 닫아걸었다는 말이 사실인가?"

주극기가 두 다리를 심하게 떨다가 결국 털썩 자리에 주저앉았다.

"중……, 중당! 나중에는 백성들까지 식량 선박에 달려들었습니다. 누군가 이는 '대변大變의 조짐'이라고 하기에 아문을 지키는 것이 무엇보다 중요하다고 생각해……."

주극기가 입술을 덜덜 떨면서 더듬거렸다. 기윤이 그러자 범시첩을 향해 말했다.

"노형老兄을 부른 것도 이 때문이오. 채칠이 식량선박을 덮쳐 은자를 빼앗아 도주했는데, 어떤 사람이 상주常州에서 그자를 봤다는 제보가 올라왔소. 바다를 건너 도주하는 걸 막아야겠소. 그리고 임상문林爽文이 라고 하는 역영易瑛의 잔당이 있는데, 역시 성省에서 체포에 진력하고 있 는 요주의 인물이오. 생포하면 더할 나위 없이 좋겠으나 시체를 거두는 한이 있더라도 하루빨리 잡아들여야 하오. 일지화가 만들어낸 백련교도들은 채칠이 놈처럼 물불 안 가리는 극악무도한 흉악범도 있으나 대부분은 무지몽매한 백성들이오. 이들은 가능한 한 무휼撫恤(어려운 사람을 불쌍히 여겨 위로하고 물질로 도움)하는 쪽으로 나가야 할 것이오. 한 마디로 이들이 황은皇恩의 호탕함을 몸소 느끼고 사이비 종교의 정체를 간파할 수 있도록 도와주는 게 우리의 목적임을 잊지 말아야겠소."

기윤이 말을 마치고는 고개를 돌려 세 번째 자리에 앉은 고봉오를 바라봤다. 고봉오가 이제는 자기 차례임을 눈치채고 반사적으로 자리에서 일어났다. 기윤이 엷은 미소를 지은 채 말했다.

"어제 밤새워가면서 얘기했으니 더 얘기할 것도 없네. 대만臺灣은 물길이 험하고 왜구倭寇와 해도海盜, 바다를 건너 온 외상外商들이 자주 드나드는 곳인 만큼 사정이 내지內地와는 다르다는 점을 간과해서는 곤란하겠네. 민풍도 여타 지역과 달리 거칠다고 하니 힘이 곱절은 들 줄로 아네. 앞서 말한 일지화의 잔당 임상문도 대만 사람이고, 채칠도 궁지에 몰리면 대만으로 도주할 가능성이 커. 술잔 잡고 음풍농월을 즐길 여유가 없어. 대만 주둔군을 정돈해 상시 출전할 수 있도록 전투태세에 돌입하게. 식량도 적어도 반년 분은 여유 있게 비축해놓고. 만일을 대비하는 것이 만전을 기하는 길임을 명심하게. 무슨 말인지 알겠나?"

"예, 명심하겠습니다!"

"자네는 따로 폐사陛辭(황제에게 작별을 고하는 인사)를 할 것 없네."

기윤은 얼굴이 홍당무가 된 주극기를 애써 외면한 채 고봉오에게 퉁명스럽게 내뱉었다. 이어서 범시첩을 향해 고개를 돌렸다.

"범 대인이 나를 대신해 환송연을 베풀고 고봉오를 배웅해주도록 하오. 고봉오, 범 대인은 특기가 욕하는 것이니 달리 생각하지 말기 바라네."

기윤의 말에 옆에 있던 복강안이 풋! 하고 웃음을 터트렸다. 사실 범시첩은 옹정제 때부터 군주를 보필해온 얼마 남지 않은 조정 노신老臣 중의 한 명이었다. 일 처리가 노련하고 경험이 많은 데다 성격도 화통해 건륭의 신임을 받고 있었다. 그런데 워낙 욕하기를 즐겨 하는 것이 큰 단점이었다. 이삼일 욕설을 퍼붓지 않으면 입이 근질거려 못 견딜 정도였다. 관리로서 훌륭한 자질을 갖췄음에도 불구하고 조정의 중추 부서에 기용되지 못하고 평생 지방관으로 남은 것도 바로 그 나쁜 버릇 때문이라고 할 수 있었다.

고봉오 역시 기윤의 말을 듣고 터져 나오려는 웃음을 가까스로 참았다. 이어 범시첩의 귓가에 대고 아무도 못 듣게 한마디 귓속말을 했다.

"다 늙어빠진 쭈그렁 영감탱이, 오늘 술이나 실컷 퍼 먹읍시다!"

범시첩은 뜻하지 않은 욕설에 잠시 떨떠름해 있다가 이내 얼굴을 활짝 펴면서 웃었다. 그리고는 기윤에게 말했다.

"이 자식은 내가 직접 배웅할 테니 걱정하지 마세요."

범시첩이 말을 마치고는 고봉오를 앞세우고 나갔다. 그러자 기윤이 다시 주극기를 향해 말했다.

"난민이 난동을 부릴 것이 두려워 아문을 닫아걸었다는 말은 순 핑계로밖에 안 들리네. 청방靑幇에서 소식을 접하고 달려가 도둑들을 잡았는데, 자네가 조금이라도 호응해줬더라면 어찌 채칠 그 자식을 코앞에서 놓칠 수 있었겠나! 폐하께서 자네를 부의部議에 넘기라고 명하셨으니 정자를 벗어놓고 가서 처벌을 기다리게!"

"예, 예, 예……."

주극기는 사색이 돼 계속 "예, 예"만 연발했다. 이어 심하게 떨리는 두 손으로 청금석靑金石 정자를 떼어 온돌에 내려놓고는 쓰러질듯 휘청대면서 뒷걸음쳐 물러갔다.

"아휴, 저걸 그냥! 세상에 둘도 없는 폐물 같으니라고! 할 수만 있다면 내 눈을 찔러버리고 싶다. 저런 자를 문생門生이라고 추천했으니……. 어쨌거나 이대로 나가다간 어떤 형국이 초래될지 상상하기도 싫군. 벌건 대낮에 한줌도 안 되는 비적들이 도대아문의 코앞에서 식량선박을 탈취하고는 유유히 사라졌네. 사오십 명이나 되는 아역들이 웃음거리가 되었으니 폐하께서 분통을 터뜨리지 않으실 수 있겠나?"

기윤이 주극기를 흘겨보면서 길게 탄식을 내뱉었다. 이어 주전자에서 농차 두 잔을 따라 복강안에게 한 잔을 주고는 나머지 한 잔은 꿀꺽꿀꺽 마셔버렸다. 밤을 새웠는지 그의 두 눈은 벌겋게 충혈이 되어 있었다. 그때 마침 행궁 정침正寢 쪽에서 태감 왕팔치가 걸어오는 모습이 보였다. 기윤은 그가 어지를 전하러 온 것이리라 짐작하고 입을 열었다.

"여기서 두광내만 빼고 나머지는 인견引見이 끝났으니 내일 당장 부임지로 떠나도 되겠어. 섬서성은 현재 원장(윤계선)이 섬감陝甘 총독을 겸하고 있는 곳이야. 어제 도착한 상주문을 읽어보니 유림성楡林城에 유수楡樹(느릅나무)는 한 그루도 없고 풍사風沙가 하룻밤 사이에 우물을 메울 정도로 심각하다면서 하소연했더군! 서안에 가서 원장 공을 만나면 폐하의 어지를 전하게. 유림성에 황사 피해가 아무리 심하고 하루에 한 번씩 우물을 새로 파는 한이 있더라도 유림 양고糧庫를 철거해서는 아니 된다고 말일세. 산서와 섬서에서는 예전에 사구沙丘 방지 차원에서 대규모로 나무를 심었어. 그러나 강희 연간의 무분별한 벌채로 인해 지금은 무서운 속도로 사막화되어가는 실정이네. 지금 자리한 여러분은 모두 그곳의 신임 현령으로 발령이 난 사람들이니 잘 듣도록 하게. 삼 년의 임기 동안 조정에서 그대들의 치적을 평가할 때 어디에 착안점을 둘 것 같은가? 바로 풀과 나무를 심는 일일세. 은자는 호부에서 얼마든지 지원해 줄 것이야. 어려움이 있으면 군기처에 서찰을 보내도록 하게. 산뜻한 출발을 하려면 북경에 들러 이 무리 저 무리 만나고 다닐 것 없이 곧바로 임지로 떠나는 것이 좋을 거야."

기윤의 말이 길어지자 들어온 지 한참이나 된 태감 왕팔치는 초조한 기색이 역력했다. 그러나 방법이 없었다. 기윤이 정무에 대해 말하는 동안 내내 입술만 씹으면서 서 있었다. 그리고는 관리들이 물러가기 무섭게 아뢰었다.

"중당 대인, 폐하께서 들라 하십니다! 복 도련님과 두광내 나리도 함께 들라 하셨습니다."

복강안이 황급히 허리를 굽혀 대답했다. 두광내 역시 엄숙한 표정으로 깊숙이 몸을 낮춰 대답했다. 이어 복강안이 부채 끝으로 왕팔치의 뒤통수를 가볍게 두드리면서 웃음 띤 어조로 말했다.

"부도태감副都太監으로 승진했다면서? 이번에 폐하의 남순행까지 수행하게 됐으니 호가호위 한번 제대로 해보는구먼! 태감들 중에 사품 남령藍翎을 받은 사람은 자네가 처음이지?"

왕팔치는 원래 눈이 작았다. 그런데 웃으니 눈이 더욱 작아졌다. 어디로 갔는지 보이지도 않았다. 그런 그가 목을 빼들더니 입을 옆으로 찢었다. 그리고는 몸을 배배 꼬면서 대답했다.

"모두 폐하와 황후마마께서 주신 홍복 덕분입니다! 옥에 티라면 체면은 엄청 서는데 실속이 너무 없다는 겁니다. 양주에 죽치고 있는 왕의王

義는 수중에 은자가 물처럼 흘러 들어온다면서 좋아 죽는데 말입니다!"

기윤은 농담과 우스개의 달인이었으나 태감을 골려주면서 노닥거릴 여유는 없는 듯했다. 뭔가 말을 하려다가 이내 입을 다물었다. 이어 의관을 정제한 후 지시했다.

"출발하지!"

밖에서는 드문드문 하얀 눈발이 날리고 있었다. 기윤을 비롯한 세 사람은 왕팔치를 따라 행궁의 붉은 돌계단 아래에 이르렀다. 어전 시위 파특아가 궁전 앞에서 순찰을 돌다가 일행을 발견하고는 황급히 다가왔다. 이어 여전히 서투른 한어漢語로 무뚝뚝하게 말했다.

"폐하께서는 동전東殿에서 의생醫生을 접견 중이시니 그리로 들어가라!"

두광내는 파특아의 말에 깜짝 놀라 멍한 표정을 지었다. 듣기에 따라 명령조로 들리는 퉁명스러운 말투였던 탓이었다. 그러나 복강안은 파특아가 몽고족에다 우직하고 충성스러운 사람임을 잘 아는 터라 서투른 한어 억양에 신경 쓰지 않았다. 기윤 역시 개의치 않는 표정으로 미소를 지으며 고개를 끄덕였다. 얼마 후 동전 앞으로 다가간 세 사람은 다시 의관을 정제했다. 동시에 기윤이 큰 소리로 아뢰었다.

"신 기윤, 복강안, 두광내가 뵙기를 청하옵니다!"

안에서 건륭의 목소리가 들려왔다.

"들게."

태감이 곧 주렴을 걷어 올렸다. 기윤 등은 조심스럽게 삼영대전三楹大殿 안으로 들어섰다. 실내는 사방 벽壁이 모두 통유리로 돼 있어 훤하고 널찍했다. 동쪽 면에는 온돌이 있었다. 그곳에는 앉은키에 적합한 자그마한 책상도 놓여 있었다. 그 위에는 붓, 벼루, 먹, 종이 따위 문방사보文房四寶가 가지런히 갖춰져 있었다. 서류 역시 한 척尺 높이로 쌓여 있었다.

바닥에는 노란 방석이 깔려 있었는데, 그 위에 깡마른 늙은이가 엎드려 있었다. 얼마나 머리를 조아려댔는지 그의 이마는 벌써 시퍼렇게 멍이 들어 있었다. 또 두루마기라고 입은 옷은 남의 것을 빌려 입은 듯 크고 후줄근했다. 참으로 우스꽝스러운 몰골이었다.

한편 마흔 살 가량 된 중년 사내는 온돌 앞에 뒷짐을 진 채 서 있었다. 건장한 체격에 희고 갸름한 얼굴이 관옥冠玉 같은 사람이었다. 게다가 가느다란 눈썹 아래 까만 두 눈은 우물처럼 깊이를 모를 빛을 발하고 있었다. 코와 아래턱에 멋스럽게 자란 수염만 아니라면 서른 살 안팎의 귀공자라고 해도 믿을 용모였다. 깊은 생각에 잠긴 듯 조용히 서 있는 그는 바로 건륭이었다.

건륭은 기윤 등 세 사람이 행례를 마치기를 기다렸다가 일어나라고 손짓을 했다. 이어 무릎 꿇고 있는 의생을 향해 말했다.

"엽천사, 자네는 방금 황후의 맥이 팔회부제八會不齊라고 했네. 그게 태의원의 낙병심駱秉心이 말하던 삼초불취三焦不聚와 같은 얘기인가?"

엽천사로 불린 의생이 건륭의 말에 즉각 머리를 조아렸다. 이어 째질 듯 높은 목소리로 아뢰었다.

"꼭 그런 것은 아니옵니다. 곡기를 한 번 거르거나, 하룻밤을 자지 않고 지새우거나, 의복이 부실해 한기寒氣에 노출된 경우에도 절맥切脈을 하면 '삼초불취'三焦不聚의 맥상脈像이 나옵니다. 소위 '팔회'八會라 함은 부회腑會, 장회臟會, 수회髓會, 근회筋會, 혈회血會, 골회骨會, 맥회脈會, 기회氣會를 뜻하옵니다. '삼초'三焦는 기회를 지칭하는 것이오니, 사실상 '삼초불취'라 함은 '팔회부제'의 한 부분일 따름이옵니다. 황후마마의 맥상을 단지 '삼초불취'로 진단을 내렸다는 태의들의 의술이 심히 의심스럽사옵니다."

엽천사가 말을 마치고는 다시 머리를 조아렸다. 복강안은 고명한 의

술로 '천의성'天醫星이라고 불리는 엽천사를 모르지 않았다. 심지어 괴짜라는 소문까지 있었다. 성정이 자유분방하고 예의에 구속받지 않으면서 엉뚱한 면이 많은 의생이라고들 했다. 실제로 그는 본인이 싫으면 은자 1만 냥을 준다고 해도 거들떠보지 않고 마음이 동하면 엽전 한 푼 받지 않고 달려가 병구완을 하는 괴짜로 유명했다. 복강안은 이마가 시퍼렇게 멍들었는데도 계속 머리를 조아리는 엽천사를 보면서 속으로 웃음을 금치 못했다. 그때 건륭이 다시 입을 열었다.

"짐은 의리醫理에 대해서는 아는 게 별로 없네. 다만 황후가 식욕이 없어 기력이 쇠잔해지는 줄 알고 있었는데, 자네의 말을 듣고 나니 갑자기 가슴이 떨리네. 혹시 생명에 지장이라도 있는 것인가?"

엽천사가 즉각 대답했다.

"대체로 폐에 병이 들면 잘 울고 비위가 안 좋으면 곡을 좋아하옵니다. 또 콩팥이 부실하면 신음을 하고 간이 나쁘면 소리를 잘 지르옵니다. 심장이 약하면 망언을 하는 것이 다반사이옵니다. 황후마마께서는 이 다섯 가지 병에 모두 해당되오나 동반되는 증상은 하나도 없사옵니다. 그 이유는 황후마마께서 강한 의지로 고통을 참고 계시기 때문이옵니다. 물론 이 역시 황후마마의 성덕盛德이겠사오나 속에 느끼는 바를 표출하지 않고 쌓아만 두는 것은 병을 치유하는 데 도움이 될 수 없사옵니다. 짧으면 삼 개월 길면 일 년……."

엽천사가 한참 말하다 말고 갑자기 자기의 실수를 깨달았는지 "찰싹!" 소리가 날 정도로 자신의 뺨을 때렸다. 이어 덧붙였다.

"이놈의 주둥이가 방정이옵니다. 같은 말을 해도 '아' 다르고 '어' 다르다는데……."

복강안은 엽천사의 말을 듣는 순간 가슴이 철렁 내려앉았다. 황후의 병세가 그 정도로 위독할 줄은 생각도 하지 못했던 것이다. 얼굴빛이 삽

시간에 창백해졌다. 부친은 멀리 사천에 있고 모친은 북경에 있는데, 이곳에서 고모가 시한부 인생을 선고받았으니 '친정 조카'로서 어찌해야 한다는 말인가? 고모는 곧 부씨 가문의 기둥이자 광영이었다. 만에 하나 엽천사의 말이 불행히도 적중한다면 황후 없는 자리에 부씨 가문의 영화가 여전하리라는 보장은 없었다. 건륭이 자신의 생부임을 알 리 만무한 복강안은 이래저래 불안하기만 했다. 잠깐 사이에 수많은 생각이 그의 머릿속을 스쳐 지나갔다.

잠시 후 건륭의 탄식 섞인 목소리가 들려왔다.

"엽천사, 그리 불안해 할 거 없네. 자네의 말이 옳고 그른지의 여부에 대해서는 짐이 그 죄를 묻지 않겠네. 그러나 황후의 병세에 대해 입 간수를 잘못해 정국을 혼란에 빠뜨리는 날에는 결코 용서치 않을 것이네. 무슨 말인지 알아듣겠는가?"

엽천사가 즉시 머리를 조아리면서 대답했다.

"예! 알다마다요, 폐하! 이놈은 비록 배운 게 없고 변변치 못하오나 궁중 기밀을 발설하면 가차 없다는 것쯤은 알고 있사옵니다. 미친놈……, 아니, 자기 목숨 귀한 줄 모르는 무지몽매한 백치가 아니고서야 어찌 섶을 지고 불 속으로 뛰어들겠사옵니까?"

엽천사는 행동만 공손했을 뿐 말투는 상것들 저리 가라 할 정도로 거칠었다. 기윤과 복강안은 그가 뒷감당을 어찌할까 싶어 적이 가슴을 졸였다. 그러나 다행히 건륭은 화가 난 기색이 아니었다. 엽천사의 실수에는 개의치 않는다는 듯 탄식을 내뱉었다.

"황후가 자네에게 좋은 인상을 가지고 있네. 의술이 뛰어난 데다 사람도 꾸밈없이 솔직해서 인간적이라고 했네. 짐 역시 속에 든 것 없이 요란하기만 한 태의들보다는 은근히 진국인 자네가 훨씬 더 마음에 드네. 짐을 만난 것도, 황후를 만난 것도 자네의 복이네. 짐은 당분간 자네를 돌려보내지 않겠네. 그렇다고 태의원의 야비한 자들 속으로 자네를 들여보낼 수도 없고……. 짐의 초대를 받은 손님이라 생각하고 가까이에서 황후를 보살펴주게. 일 년만 무사히 넘기면 그때는 사례금을 주고 사가私家로 돌려 보내주겠네. 어떤가?"

엽천사가 드물게 황공한 표정을 지으면서 조심스레 대답했다.

"실로 성은이 망극하옵니다. 여부가 있겠사옵니까……. 아뢰옵기 황공하오나 황후마마의 병세는 실로 뭐라고 장담할 수 없사옵니다. 하오나 소인은 마지막 피 한 방울까지 다 쏟아서 황후마마의 쾌차에 전력을 다할 것을 약조 드리옵니다."

건륭은 엽천사의 말이 끝나기 무섭게 슬며시 뒤돌아섰다. 이어 아무 말도 하지 않았다. 엽천사는 다시 멍든 이마를 쿵쿵 찧고 나서 조용히 물러갔다. 건륭이 엽천사의 왜소한 체구가 저만치 사라져 가는 걸 보고는 돌아서더니 기윤에게 물었다.

"홍모국(네덜란드), 포르투갈과 영국에서 보내온 공품 목록을 가져왔나?"

"공물貢物은 이미 어지에 따라 왕팔치에게 보내 태후마마와 황후마마께 보여드리도록 했사옵니다."

기윤이 먼저 아뢰고는 황급히 소매 속에서 종이 몇 장을 꺼내 건륭에게 두 손으로 받쳐 올렸다.

"여기 있사옵니다. 이들 세 나라에서 올린 하표賀表는 어람하신 바와 같이 지극히 공손했사옵니다. 예부 사이관四夷館 관리들이 먼저 삼국의 특사를 접견하고 나서 군기처에 문의했사옵니다. 그들 특사들은 폐하를 알현할 때 우리 천조天朝의 요구에 따라 필요한 예의를 갖추겠다고 했사옵니다. 다만 양인洋人들은 자기들의 국왕 앞에서도 한쪽 무릎만 꿇는 데 습관이 되다 보니 여기에서도 두 무릎을 꿇는 것만은 하지 않으면 안 되겠느냐면서……."

"알았네. 그리 하라 이르게."

건륭이 기윤의 말허리를 잘랐다. 그리고는 공품 목록을 펼쳤다.

도검刀劍 여든 자루, 단향나무 마흔 그루, 서양 백우白牛(젖소) 스물네 마리, 네덜란드 말 스물네 필, 유리 상자 여섯 개, 모정향牡丁香 스무 근, 융단 오백 필, 육족귀六足龜 한 마리, 공작새 스무 마리, 조련을 마친 코끼리 열여섯 마리, 코뿔소 한 마리, 큰 산호구슬 열 꿰미, 전신거울 쉰 개, 호박琥珀 백여덟 조각, 자명종 열 개, 포도주 스무 통, 빙편 백 근…….

빼곡히 적은 글씨는 끝이 없었다. 모두 외국 물건이었다. 뒷면에는 산지와 용도도 적혀 있었다. 건륭이 무심코 몇 줄 들여다보더니 기윤에게 물었다.

"특사들 중에 '마나살다'라는 이름이 낯설지 않네. 어느 나라 사람인가?"

기윤이 바로 대답했다.

"아뢰옵니다, 폐하. 대서양 어디에 붙어 있는 작은 나라라고만 들었사옵니다. 강희 이십일 년에도 공품을 보내 왔사옵니다. 이번에 특사로 온 것은 그 마나살다의 증손자라고 하옵니다. 그때 당시 성조께서는 아직 우리 대청大淸을 잘 모르는 외이外夷들을 교화하고자 다른 특사들보다 배로 후하게 상을 내리셨다고 하옵니다."

그러자 고개를 들어 잠시 생각하던 건륭이 물었다.

"성조 때 이미 조정에 향화向化(귀화를 의미하나 여기에서는 복속을 했다는 의미)했다면서 어찌 해마다 공품을 올리지 않고 가뭄에 콩 나듯 올리는 건가?"

기윤이 즉각 아뢰었다.

"그 나라는 우리 중토中土와 수만 리나 떨어진 해역에 있사옵니다. 한 번 항해하는데 편도 사 년이 걸린다고 하옵니다. 도중에 해적이나 광풍을 만나 낭패를 보는 경우가 허다하다고 하옵니다. 이번에도 수차례의 시도 끝에 겨우 당도했다고 하옵니다. 비록 여건상 자주 오지는 못하나 그 충심만은 갸륵하다고 할 수 있겠사옵니다."

건륭이 고개를 끄덕였다.

"듣고 보니 그렇군. 성조 때의 예를 따라 여타 외이外夷의 두 배로 상을 내리도록 하게."

건륭이 말을 마치고는 다시 화제를 내부 정무 쪽으로 돌렸다.

"윤계선의 상주문은 올라온 게 없나? 누군가 밀주문을 올렸더군. 윤계선이 데리고 간 원매袁枚가 사사로이 법 규정을 고쳐 황산荒山과 황전荒田을 팔았다고 말이네. 현지 진신縉紳들의 불만이 이만저만이 아니라고 하네. 윤계선은 섬감陝甘(섬서성과 감숙성) 총독을 겸임하고 있으나 그건 임시직일 뿐이야. 그의 중점 임무는 서북 지역의 군무軍務를 지원하는 것이네. 금천金川 전역에 협력하고 서북의 준갈이부準噶爾部와 회부回部를 귀부시키기 위한 용병 환경을 만들어보라고 보냈거늘 지방의 정무에 지나치게 간섭할 이유가 없지 않은가? 지역마다 고유한 특성이 있고 저마다 살아가는 방식이 다르거늘 강남과 광동에만 있었던 사람이 서북 사정을 어찌 안다고 사방에 적을 만들어가면서 저리 무리수를 두는지 모르겠네."

기윤이 건륭의 힐책에 침착하게 자신의 의사를 피력했다.

"외람되오나 신은 윤계선은 역시 다르다고 감복했사옵니다. 그곳은 척박하고 가난한 지역이옵니다. 해마다 조정이 현지에 비축한 군량미에서 얼마 정도를 떼어 그곳 백성들을 구제해 왔사옵니다. 비록 불모지라고는 하오나 상대적으로 비옥한 옥토는 있사옵니다. 그런 관전官田을 묵혀 두지 않고 헐값에라도 백성들에게 내주면 그들이 해마다 구제양곡에 목 말라 하지 않고 자급자족의 희열도 맛볼 수 있지 않겠사옵니까? 그들에 게 생업에 종사할 수 있다는 자신감을 불어 넣어준 것만으로도 조정으 로서는 큰 수확이 아닐까 하옵니다. 윤계선은 관전官田을 헐값에 사들여 부호들에게 비싸게 되파는 자들이 많다는 사실을 간파하고 직접 백성 들에게 넘긴 것으로 사료되옵니다."

건륭은 토지 매매에 대한 얘기가 화제에 오르자 고항이 사사롭게 학 전을 팔았던 일을 떠올렸다. 바로 조소 어린 표정을 지었다.

"요즘 관가官街는 개나 소나 다 돈독이 올라 은자 챙기는 데만 혈안이 돼 있는 것 같네. 짐은 태평성대를 뛰어넘는 극성시대를 열고자 불철주 야 토혈吐血의 의지를 불태우고 있건만 조정에는 돈밖에 모르는 흑심黑 心의 신하들만 득실거리니 이를 어찌하면 좋다는 말인가! 고항과 전도 의 사건은 어찌 되어 가나? 죄를 쾌히 인정하겠다던가?"

기윤이 천천히 아뢰었다.

"유통훈 대인이 맡은 사안이라 신 역시 상세한 내막을 잘 모르겠사옵 니다. 일전에 연청 대인이 한담 중에 스치듯 하는 말을 들은 적은 있사 옵니다. 전도는 구리를 매매하고 공금으로 골동품 장사를 한 사실, 고 항과 함께 관염官鹽을 사사로이 팔았던 범행 일체를 순순히 자백했다고 하옵니다. 다만 자신은 '방조자'일뿐 주동자는 고항이라면서 발뺌을 한 다고 하옵니다. 구리와 소금은 워낙 매매가 엄격하게 금지된 물품이온 지라 이를 범했을 시 형률이 무거운 줄을 알기 때문에 그리 잡아떼는 것으로 사료되옵니다. 반면 고항은 기생치마폭에 싸여 음탕한 짓을 일 삼았던 사실만 솔직하게 털어놓고 다른 범행에 대해서는 완강히 부인 하고 있다고 하옵니다. 연청 대인의 말로는 평생 동안 별의별 죄인을 다

취조했어도 고항처럼 철면피한 자는 처음 본다고 하옵니다. 이 때문에 사건 해결이 난항을 겪고 있는 것 같사옵니다."

기윤의 말에 건륭의 안색이 무섭게 굳어졌다. 굉장히 화가 난 것 같았다. 건륭은 가슴이 답답한 듯 찻물을 벌컥벌컥 들이마시더니 탕! 하고 찻잔을 소리 나게 내려놓았다. 그리고는 빠른 걸음으로 방안을 배회하면서 떨리는 목소리로 욕설을 내뱉었다.

"야비한 자식 같으니라고!"

건륭은 거친 숨을 몰아쉬었다. 가슴이 심하게 오르내리고 벌겋게 상기된 얼굴에 굵은 핏줄도 두드러졌다. 당장 진노를 폭발시킬 것 같던 건륭이 시종 말없이 한쪽에 시립해 있는 두광내에게 시선이 닿자 애써 숨소리를 고르면서 말했다.

"기윤, 복강안! 경들은 걸상에 앉게. 두광내, 경은 그 자리에 무릎 꿇게. 짐이 할 말이 있네."

두광내는 건륭의 하문에 대비해 대답할 말을 골똘히 생각하다 갑자기 자신의 이름이 불리자 흠칫 몸을 떨었다. 그러나 이내 엄숙한 표정을 지으면서 두루마기 자락을 들고 꿇어 엎드렸다.

# 6장
## 의치醫癡와 서치書癡

건륭은 두광내를 불러놓고도 한동안 말이 없었다. 용암처럼 무섭게 끓어오르는 분노와 불만을 꾹꾹 눌러 참는 듯 계속해서 방안을 거닐기만 했다. 벼슬길에 들어선 이래 처음으로 건륭의 노기 띤 용안을 대면하는 두광내는 긴장한 나머지 가슴이 튀어나올 것만 같았다. 때문에 가벼운 단화를 신은 건륭의 크지 않은 발자국 소리 하나하나가 마치 우렛소리처럼 들렸다.

"고항을 탄핵하는 상주문을 읽어봤네."

건륭이 한참 후에야 비로소 입을 뗐다. 목소리는 나직했으나 넓은 대전 안에서 또렷하게 울려 퍼졌다. 그가 다시 말을 이었다.

"짐은 그걸 서랍 속에 눌러두고 있네. 그런데 벌써 소문이 무성하게 퍼져 별의별 얘기가 다 나돌고 있네. 고항의 사건이 아직 매듭을 짓지 않은 상황인데 경이 이미 서대어사西臺御史로 승진했다는 소문이 파다하네. 이에 대해 경은 어찌 생각하는가?"

"신은 금시초문이옵니다."

두광내가 건륭을 힐끗 바라봤다. 전혀 뜻밖이라는 표정이었다. 이어 건륭이 자신을 향해 돌아서자 황급히 머리를 조아리면서 대답했다

"고항이 관염을 사사로이 매매하고 전도와 결탁해 대청의 법을 어기고 탐묵을 일삼았다는 것에 대해서는 신도 다만 풍문으로 들었을 뿐이옵니다. 확증이 없었사온지라 이 부분에 대해서는 탄핵문에 반영하지 못했사옵니다. 신은 그가 양주에서 배흥인, 근문괴 등 불순한 무리와 결탁해 학전을 팔고 공금을 착복한 사실, 음탕한 창기들과 음란하기 이를 데 없는 행각을 벌여 항간의 빈축을 산 사실에 대해 탄핵했을 따름이옵니다. 조정의 신망을 한 몸에 입은 중신이 그리 난잡하고 졸렬한 행실을 일삼았으니 반드시 그 죄를 엄히 물어야 할 줄로 아옵니다. 일각에서는 신을 비난하며 공명을 탐내 아무나 물어버리는 미친개로 취급하고 있는 줄 아옵니다. 하오나 폐하께서 전후사연과 무관하게 대로하시어 신의 관품을 강등시킨 데 대해서도 사람들은 의견이 분분하옵니다. 하오나 신은 대청의 일취월장에 해가 되는 사악한 무리들을 뽑아내치는 것이 신하된 본분이라 생각해 돌팔매질 당할 각오로 진실을 밝힌 것이옵니다."

건륭이 가볍게 콧소리를 내면서 야유조로 쏘아붙였다.

"자네가 그리도 당당하다는 말이지? 과연 한림翰林 출신답군! 미리 답변을 준비했던 것처럼 입만 열면 청산유수로군. 일개 미관말직이 조정 대신을 탄핵하려면 엄연한 규칙을 따라야 하거늘 경은 어찌 도찰원都察院을 거치지 않고 짐에게 직주直奏했다는 말인가?"

건륭의 말은 달걀 속에서 뼈를 찾아내려는 것과 같은 억지였다. 그러나 원칙을 앞세우는 데야 반박할 여지가 없었다. 기윤과 복강안은 건

륭의 언성이 높지는 않았으나 어투가 비수 같은지라 슬슬 불안해졌다. 두 사람은 눈길이 마주치자 황급히 서로의 시선을 피하면서 고개를 숙였다.

그에 반해 정작 당사자인 두광내는 여유를 찾은 표정이었다. 그가 머리를 조아린 채 아뢰었다.

"신은 양주에서 고항이 편법으로 학전을 팔아 막대한 차액을 남긴다는 사실을 알게 됐사옵니다. 그런데 또 다른 움직임도 예상된 마당에 도찰원을 거쳐 어가가 머물러 계시는 남경으로 상주문이 전해질 경우 너무 늦을 거라고 판단했사옵니다. 신은 고항이 조정의 방죽을 더 갉아먹기 전에 이를 막아볼 일념으로 감히 제도를 어겨가면서 폐하께 직주直奏를 감행했던 것이옵니다! 신은 조정의 제도를 무시한 죄를 회피하고자 하는 마음은 추호도 없사옵니다. 이에 대한 죄를 물으신다면 달게 벌을 받겠사옵니다!"

건륭은 두광내의 말을 자르지 않고 끝까지 조용히 다 들었다. 그리고 나더니 어조가 한결 차분해졌다.

"제도라는 것은 아무리 사소한 것 같아도 필요하기 때문에 그 자리에 있는 거네. 도찰원을 거쳐 상주하는 제도는 일부 소인배들이 개인의 영달을 위해 상주문을 남발하는 짓을 막기 위해 시행하는 것이네. 안 그랬다가는 아무나 나서서 교언영색巧言令色으로 성총聖聰을 어지럽히려 들 테니 말일세. 경은 비록 정확한 근거와 논리에 입각해 바른말을 했다고는 하나 제도를 어긴 건 분명한 잘못이네."

두광내가 그쯤에서 머리를 조아리면서 사죄했더라면 아무 일도 없었을 터였다. 그러나 그의 물불을 가리지 않는 타고난 '배짱'은 이때에도 어김없이 튀어나왔다. 그가 머리를 조아리는가 싶더니 기어이 한마디를 더 덧붙였다.

"지당하신 말씀이옵니다. 하오나 대신들은 쉬쉬하면서 아뢰지 않을 것이 자명하온데, 어찌 소신小臣마저 쭈뼛거릴 수 있겠사옵니까? 일이 벌어지는 것을 두려워하고 무사안일에만 젖어있는 상하구안上下苟安(위 아래가 다 무사안일을 추구함)은 곧 문념무희文恬武嬉(문무 벼슬아치들이 다 편안하게 즐김)가 대두함을 뜻하옵고, 이는 나라가 병들어가는 시작을 알리는 신호이옵니다!"

기윤과 복강안은 두광내의 말에 머리카락이 쭈뼛 일어서는 것을 느꼈다. 자신들도 모르게 고개를 번쩍 쳐들어 건륭의 눈치를 살폈다. 아니나 다를까, 건륭의 얼굴에는 먹장구름이 끼고 관자놀이가 뛰는 모습이 금방이라도 발작할 것 같았다. 기윤은 어떻게든 불상사를 막아보고자 일단 무릎을 꿇었다. 분위기를 '희석'시키기 위해 어떤 말이든 하려 숨을 크게 들이쉰 그는 열었던 입을 힘없이 다물어버리고 말았다. 두광내가 말한 '대신'들 속에는 기윤 자신도 포함돼 있었으니 어떤 말도 할 수가 없었던 것이다. 그 사이 건륭의 분노는 결국 폭발하고 말았다.

"자네! 지금 그게 군부君父에게 할 소리인가? 자네의 소행은 남 잘 되는 꼴을 못 보는 소인배의 야비함이라고밖에 볼 수 없네. 소인배들끼리 물고 뜯는 간고諫告 바람을 일으켜 그 속에서 어부지리를 챙기는 것은 측천무후則天武后의 방식이야. 짐은 그런 꼴은 절대 좌시할 수 없네."

건륭의 위세에 잠시 눌리는 듯하던 두광내가 이내 머리를 조아리면서 차분한 어조로 아뢰었다.

"폐하! 측천무후에 대해서는 여러 가지 평가가 엇갈리는 것이 사실이옵니다. 하오나 측천무후가 이치吏治 정돈의 밑바탕을 깔지 않았더라면 당唐의 개원성세開元盛世는 나타나지 못했을 것이옵니다!"

"경은 감히 짐에게 끝까지 말대꾸를 할 참인가?"

건륭은 사적史籍에 통달한 사람이었다. 당연히 두광내의 말이 구구절절 맞는 말이라는 사실을 모르지 않았다. 그러나 친왕들도 자신의 용안을 우러르는 자리에서는 고분고분하지 않은가. 그런데 두광내 같은 미관말직이 감히 낯빛 하나 변하지 않고 꼬박꼬박 말대꾸를 하다니! 그는 그런 태도에 심기가 불편해진 것이었다. 건륭이 차갑게 냉소를 머금으면서 말머리를 약간 돌렸다.

"문념무희文恬武嬉는 맥없이 망해버린 송宋의 폐정弊政이거늘 경은 어찌 지금의 형세를 송에 비할 수 있다는 말인가!"

기윤은 다년간 건륭의 옆에서 시중을 들어왔기 때문에 그의 성격이 신하들을 벌하는 데 가차 없음을 누구보다 잘 알고 있었다. 그랬으니 두광내가 따박따박 말대꾸를 하다가는 치명적인 사태를 초래할 것이라는 생각을 했다. 문제는 건륭이 인내의 한계를 넘지 못하고 이 자리에서 두광내의 목을 치라고 명령이라도 하는 날에는 상황이 복잡해질 것이라는 사실이었다. 건륭은 역사에 '거간拒諫(간언을 듣지 않음) 황제'로 기록될 것이고, 과연 그렇게 된다면 사필史筆에 성군聖君의 오점을 남기게 방치한 재상의 책임은 어찌할 것인가?

복강안의 눈에 건륭은 언제 봐도 자애로운 스승처럼 온정이 넘치는 사람이었다. 가끔 알현할 때는 친자식을 대하듯 허물없고 자상한 모습만 보여주었다. 그래서 흔히 말하는 제위帝威를 한 번도 느끼지 못했다. 그런데 오늘 처음으로 건륭이 크게 노하는 모습을 보다 보니 사뭇 긴장하지 않을 수 없었다. 복강안은 손에 땀을 쥐며 두려움에 찬 눈빛으로 건륭의 일거수일투족을 뚫어지게 쳐다봤다. 그때 옆에서 기윤이 호통을 쳤다.

"두광내, 얼른 사죄하지 않고 뭘 꾸물대나?"

기윤의 호통이 떨어지기 무섭게 두광내가 두 손으로 바닥을 짚었다. 이어 침통한 마음을 주체할 수 없는 듯 쉬고 갈라진 목소리로 아뢰었다.

"폐하! '문념무희' 네 글자는 신의 망발이었사옵니다. 기꺼이 죄를 청하옵니다. 하오나 신은 죽을 각오로 간언하옵니다. 관료들의 부패는 실로 도를 넘고 있사옵니다. 지방에서는 폐하의 어가를 영접한다는 미명하에 강제로 백성들에게 전량錢糧을 기부할 것을 강요하고, 그 속에서 사리사욕을 챙기고 있사옵니다. 원명원圓明園 공사에 수억 냥의 은자가 필요하다고 들었사옵니다. 비록 정부에서 지출한다고는 하오나 지방으로 목재와 석재 등 건축자재를 구입하러 간 관리들이 지방의 탐관오리들과 결탁해 공금을 착복하고 있사옵니다. 무신도 문관도 믿을 구석이 없사오니 어찌 경계를 하지 않을 수 있겠사옵니까?"

건륭이 얼굴에 조소를 띠었다.

"자네는 실로 예사 인물이 아닐세. 자네처럼 영악한 사람이 짐이 원명원 재건축과 관련해 발표한 조서를 읽지 않은 것은 아니겠지? 짐이 언제 황실에 마음껏 뛰놀고 즐길 수 있는 유원지가 필요해 공사를 한다고 했던가? 경은 이에 대해 다른 불만이라도 있는 건가?"

"만국萬國이 중화中華의 기상을 우러러 예의관첨禮儀觀瞻하는 시점에 신은 성의聖意를 헤아리고도 남음이 있사옵니다. 신은 다만 원명원을 수리하는 틈을 타 쥐새끼들의 행진이 예사롭지 않은 것이 심히 우려될 따름이옵니다. 거국적인 공사가 거물급 탐관오리들의 치부 수단으로 전락해서야 되겠사옵니까?"

"경은 짐의 남순에 대해서도 그리 탐탁찮게 생각하는 것 같던데?"

"폐하의 남순 역시 나라의 막중대사이옵니다. 하오나 도처에 행궁이 들어서고 이참에 성은을 입고자 지방관들의 경쟁이 도를 넘고 있사옵니다. 폐하의 취지는 민심을 다독이고 성세를 구가하고자 하는 것이옵니다. 그런데 관리들의 부패와 횡포로 민심이 피폐해진다면 이는 폐하의 애민지덕愛民之德에 막중한 타격을 입힐 것이옵니다!"

두광내는 연신 머리를 조아리면서도 꿋꿋이 말을 이어나갔다.

"이번 의정儀征 행차만 해도 그렇사옵니다. 예정에도 없던 행보로 수십만 냥의 은자를 쏟아 부어 굳이 일회용에 불과한 행궁을 지을 필요가 있었사옵니까? 폐하께서 하룻밤 묵어가시는 대가로 백성들은 갖은 가렴주구에 시달려야 할 것이옵니다. 훗날 백성들이 잡초더미에 덮여 날로 피폐해져가는 행궁을 보면서 무슨 생각을 하겠사옵니까?"

언변을 따지자면 건륭 역시 보통이 넘는 인물이었다. 시사詩詞에 능하고 경사經史를 두루 섭렵하면서 해박한 지식을 쌓았던 터라 가끔씩 신하들과 학문에 대한 논쟁이 붙을라치면 삼언양어三言兩語(두세 마디 말, 또는 능란한 언변)로 상대를 오체투지의 경지에 몰아넣었다. 그런데 오늘처럼 대책 없이 말문이 막히고 진땀이 나기는 처음이었다.

건륭은 무릎을 꿇은 채 고개를 들어 자신을 바라보는 두광내를 보면서 문득 한 가지 사실을 깨달았다. 그건 여태껏 대단한 줄 알았던 자신의 언변이 실은 별것 아니라는 사실이었다. 신하들은 그저 황제의 비위를 맞춰왔을 뿐이었다. 그야말로 지고무상의 자존심이 일침을 맞고 피를 보는 순간이었다. 건륭의 심경은 뭐라 형언할 수 없이 복잡했다. 질투와 분노, 그리고 두광내의 담력과 재학에 대한 괄목상대의 심정이 뒤죽박죽되어 끓어올랐다.

그가 죽은 듯 엎드려 꼼짝 않는 두광내를 한참 노려보더니 이빨 사이로 내뱉듯 말했다.

"공자의 이론은 효를 근본으로 하고 있지. 짐 역시 효도를 정치의 기본으로 여기고 있네. 이는 세상이 주지하는 바이네. 의정에서 세 그루의 맞붙은 홰나무에 개나리가 피었다고 하니 이 같은 상서로움을 모친과 더불어 만끽하고자 했거늘 대체 뭐가 잘못됐다는 건가? 말해보게!"

건륭의 의중을 아는지 모르는지 두광내는 도무지 요지부동이었다. 곧

바로 쿵 소리 나게 이마를 찧고는 빠른 어조로 대답했다.

"예, 폐하! 꽃이 피는 나무는 흔하고 흔하옵니다. 하오나 홰나무에 개나리가 피었다는 소리는 금시초문이옵니다. 신의 소견으로 이는 폐하의 효도에 편승한 누군가의 수작에 불과하옵니다."

두광내는 전혀 흔들림 없이 하나를 물으면 열 가지 답을 했다. 죄를 청하거나 잘못을 시인할 생각은 전혀 없어 보였다. 끝까지 본인 말이 맞다고 박박 우기고 있었다. 건륭은 다시 화가 동하는 듯 덜덜 떨리는 손가락으로 두광내를 가리키며 고함을 질렀다.

"끌어내!"

건륭은 마음의 동요를 여실히 드러내면서 다시 덧붙였다.

"저기, 저기……"

건륭은 난생 처음으로 말까지 더듬고 있었다. 기윤과 복강안은 가슴이 오그라들 정도로 긴장하지 않을 수 없었다. 급기야 털썩 무릎을 꿇었다. 이어 기윤이 망설이면서 "잠시 분노를 고정하시옵소서……"라고 아뢰려던 때였다. 건륭은 즉각 생각을 바꿨다. 원래는 "형부로 끌고 가라!"고 명령을 내리려 했으나 말을 슬그머니 돌렸다.

"유통훈에게 가서 처벌을 기다리게. 경의 입으로 그들이 거짓으로 상서祥瑞로움을 보고했다고 했는데, 내일 어가를 따라 현장으로 가서 진실 여부를 밝혀보세. 경이 허튼소리를 한 것이 밝혀지면……, 짐은 자네를 벌봉罰俸 삼 년에 처할 것이네!"

'우렛소리는 커도 빗방울은 작다'는 옛말이 그대로 딱 들어맞는 순간이었다. 기윤과 복강안은 고작 '벌봉 삼 년'이라는 극히 미미한 처벌에 크게 놀랐다. 분기탱천한 건륭이 이 '겁 없는 서생'을 적어도 오리아소대나 흑룡강으로 유배 보내 피갑인披甲人(만주 팔기군)들의 노예로 전락시킬 줄 알았는데, 그게 아니었던 것이다. 사실 6품관의 3년 녹봉이라 해봤자 은자 200냥도 될까 말까 했다. 마덕옥이 손님을 초대할 때 쓰는 한 끼식사 값도 안 되는 액수였다. 그러니 녹봉을 압류한다는 것은 두 사람이 보기에 아무런 의미도 없는 일이었다. 그러나 건륭은 여전히 노여움이 가시지 않은 얼굴을 하고 있었다. 두광내 역시 놀란 표정을 감추지못하고 건륭을 힐끔 바라봤다. 이어 짐짓 외면하고 있는 건륭에게 머리를 조아리고 나서 조심스레 뒷걸음질을 치면서 물러갔다.

건륭은 한 손으로 턱을 잡고 유리창 너머로 멀어져 가는 두광내를 바라봤다. 이어 뭔가 생각에 잠겼다. 그가 입을 열지 않으니 기윤과 복강안도 감히 먼저 말을 꺼낼 수가 없었다. 대전 안은 물 뿌린 듯 조용했다.

"그러고 보니 오늘 연달아 두 백치를 봤네. 엽천사라는 의치醫癡와 두광내라는 서치書癡 말일세. 의치는 그렇다 치더라도 서치는 요즘 세상에거의 찾아볼 수 없지."

건륭이 오랜 침묵 끝에 빙그레 웃으면서 말했다. 기윤은 건륭의 말에쓸쓸한 웃음을 짓고 말았다. 그는 네 살 때부터 속발수교束髮修教(머리를땋고 스스로 공부함)해 경사자집經史子集을 거꾸로도 달달 외울 만큼 뛰어난 머리를 자랑하면서 군기대신의 반열에 오른 사람이었다. 지금도 독서를 게을리 하지 않아 스스로 자신은 공부를 위해 태어났다고 할 만큼 자부심이 강한 사람이었다. 건륭은 그런 사실을 누구보다 잘 알고 있음에도 기윤에게는 그런 '고어'考語를 내린 적이 없었다. 그런데 까마득한 '후발주자' 두광내에게는 서슴없이 '서치'라는 평가를 내렸다. 그것도방금 전까지 노기충천하고서 그러지 않는가…… 기윤이 질투를 느낌과동시에 실망을 금할 수 없었다. 그럼에도 기윤은 애써 건륭의 깊은 뜻을가늠하고자 다시 생각에 빠졌다. 그때 복강안이 말했다.

"하오면 폐하께서는 서치를 둘씩이나 가까이에 두고 계신 부자이시옵니다. '서치' 하면 기윤 공 아니겠사옵니까?"

"둘 다 일어나게."

건륭이 부드럽고 자상한 눈빛으로 복강안을 잠시 바라보고는 온돌로 돌아가 앉았다. 그리고는 물었다.

"기윤, 경은 스스로 생각하기에 경이 '서치'라고 부를 만하다고 생각되는가?"

서치! 기윤은 문득 머릿속으로 이 두 글자가 경우에 따라 한낱 야유에 불과할 수도 있다는 생각을 했다. 일단 무조건 스스로를 폄하하는 것이 상책이라는 생각이 들었다. 그는 건륭의 말이 떨어지기 무섭게 도리질을 치며 대답했다.

"신은 아직 서치의 경지에 이르기에는 까마득히 멀었다고 생각하옵니다. 신은 책을 보면 오금을 못 쓰는 한낱 '책벌레'에 불과할 따름이옵니다."

"책벌레도 아무나 되는 건 아니네. 고금의 충신열사들을 보면 모두 둘도 없는 책벌레들이었네. 우리 대청에도 많지는 않으나 곽수郭琇, 사이직史貽直, 손가감孫嘉淦 등 몇 손가락 안에 꼽히는 본보기들이 있지 않은가."

건륭이 말을 마치고는 무슨 생각이 들었는지 파안대소했다. 그러자 복강안이 못내 의아스러워 하면서 여쭈었다.

"하오면 폐하께서는 어찌 두광내에게 벌을 주셨사옵니까? 그가 없는 자리에서는 '서치'의 칭호까지 내리시면서 말이옵니다."

건륭이 바로 한숨을 섞어 대답했다.

"자네는 아직 나이가 너무 어려 짐의 깊은 의중을 헤아리지 못하네. 자네 아비 부항도 가솔들에게 엄격하기로 소문이 나지 않았는가? 설령 자네의 말에 일리가 있더라도 어린 녀석이 아비에게 꼬박꼬박 대들면 아비의 체통에 먹칠을 한 것 아닌가? 그러니 종아리라도 몇 대 때리는 시늉을 해야 하지 않겠나!"

건륭은 이번 일을 계기로 두광내에 대한 호감이 급상승한 듯했다. 아마 그를 제2의 '손가감'으로 키우고 싶은 마음도 없지 않아 있는 듯했다. 기윤이 그런 건륭의 의중을 헤아리고는 조용한 어조로 아뢰었다.

"두광내는 비록 충직한 신하이기는 하오나 폐하께 무례를 범하는 행위는 우매하다고밖에 볼 수 없사옵니다. 옥은 훌륭한 장인의 절차탁마를 거쳐야 비로소 기물器物이 되는 법이옵니다."

건륭이 중얼거리듯 대답했다.

"사람은 필경 옥돌과 다른 존재이지. 옥돌은 일단 기물로 다듬어놓으면 사람을 배신하는 일은 없지 않은가? 짐이 전도, 고항, 눌친……, 이들에게 쏟은 공이 좀 적은가? 밤을 새워가며 심혈을 기울여 갈고 닦아 '기물'로 만들어 놓았어. 그랬더니 어느새 변질돼 저리 뒤통수를 치고 있지 않은가? 사람은 수시로 변하는 동물이네. 대쪽 같던 장정옥도 말년에 치졸한 소인배로 변한 걸 좀 보게. 짐이 남경에 있을 때 여러 번 뵙기를 청하기에 한번 불러줬더니 북경에 있을 때의 추태를 영락없이 되풀이하더군. 더 이상 화낼 가치도 없었어. 서글픈 마음도 예전 같지 않았네."

건륭이 깊은 한숨을 내쉬면서 기윤을 향해 덧붙였다.

"그저께 들은 얘기인데, 장정옥이 짐의 냉대를 받고 상심에 겨워 식음을 전폐한 채 눈물만 쏟고 있다고 들었네. 미워도 삼조 원로, 고와도 삼조 원로이니 어쩌겠는가? 짐이 보냈다는 얘기는 하지 말고 경이 가서 위로를 해주고 오게."

"예, 폐하……."

기윤은 머리를 조아리고 정중하게 대답을 한 후 조용히 물러갔다.

기윤이 물러가자 커다란 대전 안에는 건륭과 복강안 단 둘만 남았다. 어느새 평온한 기색을 회복한 건륭이 고개를 돌려 복강안을 지그시 바라봤다. 한없이 부드럽고 자상한 눈길이었다. 그렇게 복강안을 그윽하게 지켜보던 건륭은 한참 후에야 입을 열었다.

"양주에는 언제 도착했느냐? 입성이 너무 얇아 보이는구나."

복강안은 어느새 자상한 '고모부'로 돌아온 건륭의 따뜻한 말에 온몸이 훈훈해지는 것 같았다. 형언할 수 없는 야릇한 감정이 불쑥 올라왔다. 곧 그가 몸을 낮춰 예를 갖추면서 나직이 아뢰었다.

"폐하의 관심과 애정에 몸 둘 바를 모르겠사옵니다! 소인은 정월 여드렛날 양주에 도착했사옵니다. 북경에서 출발할 때는 양주에 이 같은 폭설이 내릴 줄 몰랐기에 입성이 좀 부실했던 것 같사옵니다. 하오나 심려 놓으시옵소서, 폐하! 소인은 군법軍法으로 치가治家하시는 부친 덕분에 삼복의 더위와 삼구三九의 혹한에도 끄떡없을 정도의 튼튼한 체력을 키웠사오니 이 정도 날씨쯤은 아무렇지 않사옵니다."

복강안은 말을 마치자마자 머루 같은 눈동자로 건륭과 눈을 맞췄다. 그러다 솜이불처럼 부드러운 건륭의 눈길이 부담스러운 듯 이내 고개를 숙였다. 건륭은 말끝마다 "소인, 소인!" 하는 복강안을 바라보며 마음이 착잡하기 이를 데 없었다. 그렇다고 "내가 너의 아비이니라!"라고 진실을 밝힐 수도 없는 일이었다. 말 대신 침을 삼키니 목젖이 연신 오르락내리락하고 있었다. 건륭은 뚫어지게 복강안을 바라보다가 천천히 입을 열었다.

"부모 말을 너무 안 듣는구나. 앞으로 다시는 이렇게 위험천만한 모험을 해서는 아니 될 것이야. 알겠느냐?"

건륭의 말투와 표정은 영락없이 자식을 준엄하게 타이르는 부모의 그것이었다. 복강안이 내심 의아스러워하면서 건륭에게 아뢰었다.

"지당하신 훈육이시옵니다! 성세를 살아가는 백성들의 안거낙업安居樂業을 보고 싶은 욕심에 무리하게 길을 나섰다가 지방관들의 횡포와 탐묵에 기겁을 하고 말았사옵니다. 변변치 않은 재학을 믿고 사려가 짧아 경거망동한 적도 많사옵니다. 때로는 헐벗은 백성들이 가여워 현지 관료들을 협박해 의창義倉 문을 열게 만들었고, 때로는 힘없는 아녀자를 겁탈하는 무리들을 패주기도 했사옵니다. 비록 그때그때 자초지종을 폐하께 소상히 상주해 올렸사오나 역시 당돌하고 무모했사옵니다. 경거망동으로 소란을 일으킨 소인의 죄를 물어 주시옵소서, 폐하! 양주에서도 엊그제 하마터면 과주도 역관을 부숴 버릴 뻔했사옵니다……."

복강안은 역관에서 있었던 사건의 전말을 자세히 상주하고 나서 다시 덧붙였다.

"모친께서는 폐하의 남다른 성총을 입을수록 거만하고 방종해서는 아니 된다면서 준엄한 가르침을 주셨사옵니다. 오늘의 과오는 모두 소인이 독서를 통해 심성을 기르는 것을 게을리 한 대가이옵니다."

건륭은 복강안의 말을 들으면서 때로는 머리를 끄덕여가며 귀를 기울이더니 결국 흡족한 미소를 지었다.

"그건 아니야. 요즘의 종실 자제들은 이른바 '화광동진'和光同塵(세속에 물듦)에 빠져 나날이 퇴보하고 무너져 가고 있어. 이게 가슴 아픈 우리의 현실이야. 국사國事에는 전혀 무관심하고 음풍농월에만 빠져 허송세월하는 것이 그들의 일상이니 이제는 구제불능의 경지에 이르렀을 정도야. 한족들의 퇴폐를 비난하고 저열한 근성을 비웃던 사람들이 맞는가 싶구나. 비록 당돌하고 무모하기는 하나 짐은 그래도 우리 종실에 너 같은 아이들이 많았으면 좋겠구나!"

건륭이 말을 마치고는 책상 위의 문서더미에서 편지 한 통을 찾아내 복강안에게 건네주었다.

"너의 모친이 황후에게 보낸 서한이니라. 읽어 보거라!"

복강안은 모친이 황후에게도 서찰을 보냈다는 사실에 화들짝 놀라지 않을 수 없었다. 그러나 마음을 가다듬고 천천히 서찰의 속지를 꺼내봤다. 과연 또박또박 힘을 줘 쓴 필체는 모친이 쓴 것이 맞는 것 같았다. 그것은 이제 막 글씨 연습을 시작한 학동學童의 자첩字帖 같았다.

황후마마 전상서:

소인 당아는 멀리 북경에서 향을 사르면서 황후마마의 강녕을 기원하옵니다. 오늘 골치 아픈 가사家事를 아뢰고자 붓을 드는 마음이 실로 죄스럽고 무겁사옵니다. 다름이 아니오라 견자犬子 복강안이 수렵을 구실로 어제 가출을 하는 불상사가 생겼사옵니다. 급기야 소인은 귀밑머리가 하얗게 새도록 불면의 밤을 보내고 말았습니다. 속수무책으로 아계 중당에게 사정도 아뢰었사옵니다. 이후 순천부의 병력이 총출동해 경내를 발칵 뒤집었다고 하옵니다. 결국 통주에 있다는 소식을 접하고 소인이 달려가 보았사옵니다. 그랬더니 그놈이 글쎄 다 쓰러져 가는 절간에 웅크리고 누워 잠들어 있지 뭡니까! 달래고 으르고 쥐어박고 통사정도 했으나 전혀 먹히지 않았사옵니다. 죄송하지만 자신은 조롱에 갇힌 새가 아니라면서 시위로서의 충忠과 자식으로서의 효孝를 다해야 할 의무 때문에 어떻게든 부친의 군중軍中으로 가서 힘을 보태겠다면서 끝까지 고집을 부렸사옵니다. 소인은 그만 바닥에 주저앉아 통곡을 하고 말았사옵니다. 이 서찰을 받아 보시는 대로 황후마마께서 의지懿旨를 내리시어 그놈의 불효자식을 집으로 돌려보내 주십사 간곡히 청을 드리는 바이옵니다. 모두 소인이 아들을 잘못 키운 죄이옵니다. 소인의 죄를 엄히 물어주시옵소서.

-당아 올림

두 장의 엷은 편지지에서는 연한 지분脂粉 향이 묻어났다. 복강안은 모친의 향기를 맡으면서 지극한 모성애에 코끝이 찡해졌다. 그런데 뒷면에 놀랍게도 주비朱批가 있었다. 건륭의 어필이었다. 복강안은 그대로 무릎을 꿇은 채 두 손으로 편지를 높이 받쳐 들고 주비를 봉독奉讀했다.

이 서찰은 유통훈과 기윤에게만 전하고 다른 사람들에게 발설해서는 아니 되겠네. 복강안이 모친의 명을 거역한 것은 사실이나 단순히 풍류를 즐기기 위한 가출이 아니네. 군중으로 파견해 주십사 청명請命하기 위함이었으니 대례大禮에 크게 어긋남이 없다고 생각하네. 짐은 부씨 가문의 천리마이자 왕후장상의 호랑이 새끼인 복강안의 갸륵한 뜻을 가상히 여겨 마지않네. 즉각 부항에게 서찰을 보내 심려치 말라고 전하게. 금천행은 윤허할 수 없으나 대신 남경으로 짐을 알현하러 오는 건 대환영이네. 도중에 관풍觀風도 하고 민정民情과 이정吏情을 체험하는 좋은 계기가 될 것이네.

복강안은 주비까지 다 읽고 난 다음 편지를 접어 봉투에 넣고는 머리를 조아렸다.

"망극하옵니다, 폐하! 폐하께서 소인의 뜻을 가상히 여기신다고 하셨사오니 다시 한 번 부친의 군중으로 보내 주십사 주청을 올리옵니다. 부디 윤허해 주시옵소서!"

건륭은 그러나 그것은 두 번 다시 생각할 여지조차 없다는 듯 단호한 어조로 거부했다.

"그건 안 돼! 사실은 너의 아비도 너를 사막에서 조련시키고 싶다는 뜻을 피력했으나 짐이 윤허하지 않았느니라. 병서 몇 권 읽었다고 병사兵事를 우습게 여기면 곤란하지. 너는 병흉전위兵凶戰危라는 말의 무게를 실감하지 못하는 하룻강아지에 불과해. 세상에 무서운 게 없는 줄 아나 본데, 머리는 한 번 떨어지면 다시 붙일 수 없는 거야. 그런 무모한 생각은 두 번 다시 입 밖에 내지 말거라. 대신 며칠 동안 짐을 수행한 다음에 너의 고모를 알현하거라. 그리고 북경에서 이쪽으로 내려오면서 보고 들은 소회를 글로 적어 짐에게 상주하거라. 짐이 문재文才를 살펴 너에게 경국제세經國濟世에 일조할 수 있는 능력이 있는지 판단할 것이야. 그런 다음 너에게 열병관찰사閱兵觀察使 자격을 줄 테니 호주湖州에 가서 수사水師 훈련 현장을 구경하거라. 거기서 현지 적응에 빠르고 군사적 재능을 발휘해 두각을 나타낸다면 그때는 얘기가 달라지겠지. 연마에 게을리 하지 말거라. 능히 군사를 맡겨도 무난할 거라는 믿음을 준다면 총대 메고 나갈 기회는 얼마든지 만들어 줄 테니!"

복강안이 건륭의 말에 표정이 한결 밝아지며 힘차게 대답했다.

"망극하옵니다! 어지를 받들어 모시겠사옵니다, 폐하! 소인은 지금 당장 가서 주장 초안을 작성하겠사옵니다."

복강안이 말을 마치고는 흥분에 들떠 머리를 조아렸다. 이어 건륭의 눈치를 살폈다. 어서 물러가고 싶은 표정이었다. 건륭은 회중시계를 꺼내봤다. 벌써 신시가 다 지나가는 시각이었다. 건륭은 길게 팔을 뻗어 기지개를 켜면서 하품을 하려다 말고 손바닥으로 입을 가렸다. 그리고는 눈물 고인 눈을 끔벅이면서 웃는 얼굴로 말했다.

"짐을 따라 후전後殿에 가서 태후마마께 문후를 올리자꾸나. 너의 고모도 너를 자주 입에 올리니 이참에 문후를 여쭤야 하지 않겠느냐. 저녁은 짐의 수라상을 같이 먹으면서 너의 견문을 들려주려무나."

복강안은 추호도 주저하는 기색 없이 씩씩하게 대답했다.

"그리하겠사옵니다."

건륭은 편복便服 차림 그대로 궁전을 나섰다. 복강안이 말없이 그 뒤를 따랐다. 두 사람은 동쪽으로 돌아 후전으로 향했다. 길가의 눈을 치우던 시위와 태감을 비롯한 잡부들이 모두 공손한 자세를 취하면서 길 양옆으로 물러서고 있었다. 푸른 소나무를 가득 심은 뜰에는 눈으로 만

든 사자와 코끼리, 황소 등이 다양한 모습을 하고 서 있었다. 또 정침正
寢 양측으로는 편전이 길게 늘어서 있었다. 일반 아문의 건물보다 별반
높지 않은 이곳이 어가를 수행한 후궁들의 처소였다. 그때 정전 입구에
시립해 있던 왕팔치가 신참 태감에게 동쪽 편전에 기별을 넣으라고 이
르고는 종종걸음으로 달려와 굽실거렸다.

"폐하! 태후마마를 위시해 나랍 귀비와 진비陳妃께서도 모두 동편전
황후마마의 처소에 들어 계시옵니다."

왕팔치가 복강안을 향해서도 허리를 굽혀 예를 갖췄다. 이어 앞장서
서 길을 안내했다.

복강안은 건륭을 따라 편전에 들어섰다. 머리가 하얗게 센 태후가 목
탑木榻 앞의 등나무 의자에 앉아 있었다. 황후는 베개를 등에 받치고 앉
아 있었다. 나랍씨, 진씨, 대가씨戴佳氏, 그리고 몇몇 궁녀들은 모두 태후
의 우측에 무릎을 꿇고 있었다.

"삼가 폐하의 강녕을 비옵니다!"

건륭이 후궁들의 꾀꼬리 같은 목소리를 들으면서 미소 띤 얼굴로 일
어나라는 손짓을 보냈다. 그리고는 태후를 향해 한쪽 무릎을 꿇어 예
를 갖췄다. 복강안도 황급히 뒤로 물러나 엎드렸다. 건륭이 태후에게
말했다.

"오전에는 접견을 기다리는 관리들이 워낙 많아 문후를 여쭈러 오지
못했습니다. 왕팔치를 불러 물으니 어마마마께서 아침을 맛있게 드셨다
고 하기에 소자는 기분이 좋아 주방 일꾼들에게 상을 내렸사옵니다."

태후가 환하게 미소를 지으며 고개를 끄덕였다. 건륭이 이번에는 황
후에게 다가갔다.

"엽천사가 진맥한 바로는 황후의 병이 곧 호전될 거라고 하네. 조급
해 하지 말고 마음을 차분히 가지시게. 천천히 식이요법을 병행하다 보

면 조만간 완쾌될 거라고 하니 심려치 말고. 짐이 엽천사를 일 년 동안 궁중에서 시중들도록 붙들어 매뒀어. 늦어도 일 년 내에는 필히 완쾌할 거라 믿고 우리 함께 노력해보자고."

황후가 핏기 없는 얼굴에 한 가닥 미소를 지으면서 맥없이 고개를 끄덕였다. 복강안은 순간 새삼스럽게 고모가 대단한 미인이라는 생각을 했다. 그래서일까, 평소의 근엄하고 어렵기만 하던 모습은 온 데 간 데 없고 보호본능을 한없이 자극하는 약한 여인의 모습만 눈에 들어왔다. 복강안은 처음 보는 고모의 인간적인 모습에 갑자기 가슴이 뭉클해졌다. 그때 황후가 창백한 얼굴에 처연한 미소를 띠운 채 소리 없이 한숨을 내쉬었다.

"병을 오래 앓다 보면 반은 의생이 된다고 했사옵니다. 요즘 들어 기름진 음식만 보면 메슥거리고 비위가 뒤틀리옵니다. 그런 걸 보면 위장에 문제가 있는 것 같사옵니다. 태의들은 그래도 육식을 조금씩 하는 것이 좋다고 하지만 신첩은 북경의 정이鄭二가 해주는 육식이 그나마 입에 맞사옵니다."

"안 그래도 그럴 것 같아서 짐이 정이를 불렀어. 그런데 중풍에 걸려 침상 신세를 지고 있다더군. 다행히 그의 아들이 어깨너머로 배워 고기 요리를 제법 잘한다고 해. 그 아들이 대신 오기로 했어."

건륭이 자상하게 황후의 이불깃을 여며주었다. 이어 주변을 둘러보고는 다시 말을 이었다.

"이번에 절을 하나 물색해 태후마마, 황후와 더불어 셋이서 사흘 동안 문 닫아 걸고 오붓한 한때를 보내고자 계획했었지. 태후마마를 모시고 실개천이 흐르는 소리를 들으며 지나간 옛 얘기도 도란도란 나누는 천륜지락天倫之樂을 맛보고자 했었어. 그런데 '유행'遊幸이라는 말이 나오기 무섭게 신하들이 핏대를 세우면서 반대하는 바람에 결국 무산

되고 말았어."

　건륭이 두 손을 벌린 채 어쩔 수 없다는 듯 난감한 표정을 지어보였
다. 이어 태후에게 조용히 다가갔다. 그리고는 조심스레 등허리를 두드
려주면서 좌중을 향해 말했다.

　"이럴 때는 짐을 의식하지 말고 다들 편하게 행동하게. 태후마마께 아
양도 떨고 재주도 부려가면서 이 순간만큼은 짐을 무시해도 괜찮네. 태
후마마께서 즐거워하시기만 하면 그만이네. 강아, 오는 길에 무슨 재미
나는 일은 없었느냐? 있으면 어서 보따리를 풀어 태후마마와 너의 고모
님을 즐겁게 해 드리거라!"

# 7장
# 태평성대의 어두운 그림자

건륭의 말에 궁전 안의 분위기는 한결 편안해졌다. 복강안에게 우스 갯소리를 하라는 말에 태후 역시 흐뭇한 얼굴로 박수를 쳤다.

"한 번 웃으면 십 년 젊어진다는데, 우스갯소리라면 좋죠! 그런데 이 럴 때는 황제가 먼저 운을 떼야 하는 것 아닌가요? 강아가 먼저 하려면 너무 부담스러울 텐데."

태후가 어린아이처럼 좋아하자 건륭 역시 즐거웠다.

"소자, 어마마마께서 원하시는 대로 해 드리겠습니다."

건륭이 얘깃거리를 준비하는 듯 잠시 생각에 잠겼다. 그 사이 나랍씨 가 따끈한 우유 한 잔을 태후에게 받쳐 올렸다. 진씨 역시 경쟁하듯 건 륭에게 인삼탕을 받쳐 올렸다. 황후는 편안한 자세로 베개에 반쯤 기대 앉은 채 한없이 부드러운 눈매로 건륭을 조용히 응시했다.

건륭은 사실 배꼽잡고 웃을 만한 우스갯소리를 많이 알고 있었다. 그러나 장소가 장소인 만큼 황제의 체통에 금이 가지 않을 무난한 얘깃거리를 꺼내야 했다. 그가 그러느라 한참 고민을 하는가 싶더니 천천히 입을 열었다.

"전명前明 때의 모자를 보면 뒤에 두 줄의 댕기가 달려 있지 않습니까? 어떤 선비가 길을 가다 배가 고팠습니다. 할 수 없이 어느 가게 천막에 들어가 죽 한 그릇을 샀답니다. 이어 모자를 쓴 채로 죽을 먹으려는데 고개를 숙이기만 하면 댕기가 흘러내려와 죽 그릇에 빠져버리는 겁니다. 처음에는 짜증스러운 대로 댕기에 묻은 죽을 손바닥으로 쓱 닦고 댕기를 뒤로 밀어 보냈죠. 그런데 고개를 숙이니 댕기가 또 죽 그릇에 내려와 앉지 뭡니까? 그렇게 연거푸 서너 번을 하고 나자 화가 머리끝까지 치밀었겠죠. 급기야 선비는 씩씩거리면서 죽 그릇을 노려봤답니다."

건륭이 여기까지 말하자 장내의 여인들은 벌써 손수건으로 입을 가리고 킥킥 웃기 시작했다. 태후가 말했다.

"그 선비도 어지간하다. 모자를 벗고 먹지 않고?"

건륭이 빙그레 웃으면서 말을 이었다.

"결국은 벗었죠. 그러나 성질 급한 선비는 모자를 벗어 죽 그릇에 쑤셔 박으면서 악에 받쳐 말했대요. 뭐라고 했는지 아세요? '안 먹는다, 안 먹어! 너나 배 터지게 처먹어라, 이놈아!'라고 했다는군요."

건륭이 말을 마치고는 마침 앞에 놓여 있는 인삼탕 그릇에 모자를 쑤셔 박는 시늉을 했다. 장내의 여인들은 건륭의 그런 모습을 처음 보는 터라 배꼽을 잡고 웃었다. 태후는 웃다가 아예 사래까지 걸렸다. 그러자 진씨가 황급히 다가가 등을 두드렸다.

건륭은 무거운 짐을 벗어 던진 듯 홀가분한 표정으로 복강안을 바라봤다. 이제는 네 차례라는 뜻이었다. 그러자 복강안이 좌중을 향해 허리를 숙여 예를 갖추면서 말했다.

"소인도 선비들의 얘기를 해볼까 하옵니다. 차윤車胤은 반딧불이 불빛을 빌어 글을 읽은 것으로 유명하지 않사옵니까? 손강孫康은 설광雪光을 빌어 독서한 사람으로 알려져 있사옵니다. 하루는 손강이 차윤의 집을 방문했답니다. 그런데 차윤이 없었답니다. 어디 갔느냐고 물으니 하인들이 반딧불이를 잡으러 갔다고 대답했답니다. 그 이튿날 차윤이 손강의 집을 찾으니 손강은 할 일 없이 나무에 기어오르는 개미떼를 하염없이 바라보고 있더랍니다. 차윤이 왜 그리 한가하냐고 물으니 손강이 '여름에는 눈이 안 내리니 책을 못 읽겠네'라고 대답했다고 하옵니다."

이번에도 좌중의 사람들은 왁자지껄하게 웃었다. 그러나 건륭 때보다는 크게 웃지 않았다. 당황한 복강안이 황급히 덧붙였다.

"소인이 다른 걸 하나 더 하겠사옵니다. 소동파蘇東坡의 아들은 바보인데 손자는 기가 막히게 똑똑했다고 하옵니다. 하루는 소동파가 직접 감독관이 돼 부자에게 각자 문장을 지어내라고 했답니다. 손자는 단숨에 붓을 날려 문장을 지었으나 아들은 낑낑 댈 뿐 끝까지 한 글자도 쓰지 못했답니다. 이에 화가 난 소동파가 '우리 소씨 가문에 어찌 너 같은 바보천치가 났는지 모르겠군'이라고 하면서 땅이 꺼지게 한숨을 지었답니다."

복강안이 얘기를 더욱 재미있게 하려고 그러는지 눈을 굴리면서 잠시 바보 시늉을 했다. 이어 다시 입을 열었다.

"그러자 바보 아들이 우쭐거리면서 이렇게 대답했답니다. '내가 뭐 어때서요? 아버지의 아들이 나의 아들보다 못하고 나의 아들의 아비가 나의 아비보다 못하니, 나는 아버지보다도 낫고 아들놈보다도 나은데 뭐가 어쨌다고 그리 아우성입니까!'라고 말이에요"

좌중의 사람들은 속으로 복잡한 관계를 따져보느라 잠시 조용하더니 모두들 일제히 폭소를 터트렸다. 태후는 말할 것도 없고 후궁들 역시 모두 배를 끌어안고 웃었다. 물을 마시고 있던 황후는 뿜을 듯 황급히 손수건으로 입까지 막았다. 태후도 가슴을 쓸어내리면서 웃음을 금치 못했다. 건륭은 아예 발을 구르면서까지 웃었다.

"그런 얘기도 있지 않은가. 소동파의 손자가 뭘 잘못해 눈밭에 무릎을 꿇게 되자 바보 아들도 따라 꿇으면서 '아버지가 나의 아들을 얼게 하면 나도 아버지 아들을 동태로 만들어버릴 거예요'라고 했다지?"

좌중에서 나온 얘기는 모두 과거에도 수차례 나온 것들이었다. 그러나 들을 때마다 폭소가 터져 나오는 재밌는 얘기였기에 자꾸 들어도 좋았다. 아무려나 건륭이 복강안에게 "하나 더!"라고 말하려고 할 때였다. 갑자기 마당에 복지卜智와 복례卜禮 두 태감이 나타났다. 이어 뒤에 한 무리의 신참 태감들이 들고 온 커다란 나무상자 몇 개를 마당 한쪽에 내려놓았다. 외국에서 보내온 공물貢物 중에서 값지고 희귀한 것들을 가져온 것이 분명했다. 건륭이 명령을 내렸다.

"돌계단 위로 가져 오게. 태후마마께서 구경하시게."

태감들이 건륭의 명령에 따라 낑낑대면서 여섯 개의 바위처럼 무거운 상자를 편전의 돌계단 위로 옮겨 놓았다. 그리고는 천천히 뚜껑을 열었다.

후궁들은 궁금하고 기대에 찬 나머지 턱을 앞으로 쑥 내밀고 상자를 들여다봤다. 눈들이 하나같이 초롱초롱했다. 얼마 후 물품들을 포장한 노란 비단 보자기를 풀자 불란서 향수를 비롯해 서양 비누, 연지곤지, 물소 뿔로 만든 참빗, 손거울 등이 모습을 드러냈다. 향수와 지분脂粉은 향기가 얼마나 진한지 눈이 스르르 감기고 코가 절로 벌름거릴 정도였다. 그 밑으로는 옥으로 만든 쟁반, 관세음보살상, 미륵보살상, 여의 등이 영롱한 빛을 발하고 있었다. 그밖에 기琪, 임琳, 랑瑯, 구球, 경瓊, 요瑤 등 다양한 종류의 옥으로 조각한 사자, 코끼리, 기린, 봉황과 학도 하나

둘씩 정교한 자태를 뽐내면서 좌중 사람들의 시선을 끌었다. 여인들의 입에서는 주체할 수 없는 감탄사가 연신 터져 나왔다.

복지와 복례 두 태감은 가랑이에 바람을 일으키면서 공물을 일일이 태후와 황후 앞에 가져다 구경시키느라 정신없이 바빴다. 그러나 건륭은 여인들의 호들갑에는 전혀 관심이 없는 듯 서양문물을 소개한 화보 책자만 꺼내 뒤적였다. 몇몇 비빈들은 그럼에도 눈이 두 개뿐인 것이 안타까운 듯 온갖 금은보화들을 탐욕스럽게 들여다봤다.

그에 비해 황후는 건륭처럼 시종 담담했다. 그보다 가까이 앉은 복강안에게 자질구레한 집안일에 대해 묻기 시작했다. 우선 당아의 기거起居와 복강안 형제의 문장실력에 대해 물었다. 그리고는 마당의 포도 넝쿨은 그대로 있는지, 서재 뒤의 약재 밭은 여전한지, 화원의 화초는 병들어 죽지 않았는지 등등. 쓸데없고 사소한 것들에 지대한 관심을 보였다.

복강안은 처음에는 그럭저럭 잘 대답했다. 그러나 시간이 갈수록 슬슬 짜증이 나기 시작했다. 그럼에도 감히 내색은 하지 못하고 태감들이 하나둘씩 마루에 꺼내놓는 공품들을 몰래 훔쳐보았다. 그 역시 보도寶刀나 조총鳥銃, 마총馬銃 같은 무기가 없는지 못내 궁금했던 것이다. 그때 황후가 글공부에 대해 다시 집요하게 물었다. 복강안은 끝까지 인내심을 가지고 대답했다.

"아마(아버지)께서 안 계시니 어머니는 갈수록 저희 형제들에게 엄격해지는 것 같사옵니다. 이제는 학문의 깊이가 더해져 당신의 실력으로는 저희들의 수준을 가늠할 수 없다고 하시면서 식객 상공, 심지어 바쁜 한림들에게까지 찾아가 평을 부탁하고 다니십니다. 창피해 죽겠습니다. 평이 좋으면 좋아서, 나쁘면 나빠서 하루 종일 들들 볶는 게 일입니다."

"너희들이 어미 된 자의 마음을 반의반만이라도 알 수 있을지 모르겠다."

황후는 말을 마치고는 전혀 관심을 주지 않던 처음과는 달리 복지가 쟁반에 받쳐 올린 공물들 중에서 손가는 대로 끈 달린 관세음호신부觀世音護身符를 집어 들었다. 이어 복강안의 목에 친히 걸어줬다. 그리고는 건륭에게 말했다.

"신첩은 별로 욕심나는 물건이 없사옵니다. 강아는 사내라고 은근히 보도나 조총이 없나 기다리는 것 같사옵니다. 폐하께서 언제 한 자루 상으로 내려주시옵소서."

건륭은 그때까지도 서양 화보에 머리를 박고는 멋진 경물에 푹 빠져 있었다. 심지어 타다 남은 폐가 앞마당에 무성한 잡초들과 소담스레 피어 있는 들장미를 찍은 사진을 보면서 작가가 의도하는 바를 점치기도 했다. 그러다 황후의 말을 듣고는 웃으면서 대답했다.

"황후의 부탁이 아니어도 짐은 이미 강아에게 상으로 내릴 보배를 하나 남겨 뒀어. 러시아에서 보내온 손잡이가 짧은 화총火銃이야. 순식간에 여섯 발의 총알을 발사할 수 있는 선진 무기지. 작은 전투에 참전할 때 신변 보호에 적격일 것 같아. 도합 여섯 자루밖에 안 들어왔는데, 파특아에게 한 자루 상으로 내렸지. 강아에게 하나 주고 나면 네 자루가 남네. 나중에 임자가 나오겠지!"

건륭이 말을 마치고는 북쪽 모서리에 세워져 있는 덩치 큰 시계 쪽으로 다가갔다. 이어 시계의 유리문을 열고 그 속에서 목침 크기의 금테 두른 검은 상자를 꺼냈다. 그리고는 한 곳을 꾹 눌렀다. 순간 "찰칵!" 소리와 함께 튕기듯 상자 뚜껑이 열렸다. 상자 안에는 정교하게 만들어진 금박 마총馬銃이 들어 있었다. 손잡이는 쇠뿔에 진주와 청옥을 박아 만든 것이었다. 그러나 새까맣고 반지르르한 총자루는 그리 길지 않았다.

복강안은 자신도 모르게 총을 꺼내 무게를 가늠해봤다. 두 근 남짓했다. 그가 총을 빼내자 그 밑의 노란 보자기 위에 족히 300발은 넘을 실탄이 벌집처럼 빼곡히 박혀 있는 것이 눈에 들어왔다. 복강안은 무척이나 흥분한 듯 자기도 모르게 히죽히죽 웃음을 흘렸다. 그리고는 마치 어린 아기를 안 듯 소중하게 총을 받쳐 들었다. 애지중지 이리저리 뜯어보는 눈빛이 보석을 바라보는 것 같았다. 건륭이 빙그레 웃으면서 말했다.

"신기해서 이것저것 만지다보면 사고가 날 수도 있어. 나중에 파특아에게 총 다루는 법을 가르쳐주라고 할 테니 그때 가서 실컷 만져 보거라!"

"그리 하겠사옵니다, 폐하! 소인 복강안은 이 총으로 폐하를 지켜드릴 것이옵니다!"

복강안이 격앙된 목소리로 씩씩하게 대답했다. 순간 그의 가슴이 세차게 오르내렸다. 그 모습을 태후와 황후, 그리고 건륭이 서로를 번갈아 보면서 따뜻하게 지켜봤다. 이어 흡족한 듯 고개를 끄덕였다.

복강안은 자신을 좋게 보는 것이 확실한 세 사람의 시선에 온몸이 녹는 것 같았다. 쑥스러움에 고개를 살짝 돌렸다. 순간 산재한 공물더미 사이에서 자그마한 철제선박 모형이 그의 눈에 들어왔다. 작아도 오장육부가 다 갖춰져 있다는 참새가 뇌리에 떠오를 정도로 무척 정교하게 만든 배였다. 몸체는 철로 만들었으나 큰 돛과 작은 돛 일곱 개는 모두 나무로 돼 있었다. 선두船頭와 선미船尾에 한 문씩 버티고 서 있는 대포는 수사水師들의 군함용 대포와 모양도 비슷했다. 사방으로 창문이 훤히 열려 있는 선실에는 이불이나 집기 따위는 없었다. 그저 두 개의 철제 의자만 갑판과 한데 붙어 있었다. 또 완두콩 크기의 나침반 아래에는 단추만 한 장치가 두 줄로 나란히 배열돼 있었다. 용도는 알 수 없었다. 곧이어 뱃머리 방향으로 차바퀴 모양의 물체가 비스듬히 세워져 있는 모습도 그의 눈에 들어왔다. 가운데 축은 선창 밑바닥과 연결돼 있었다.

복강안은 호기심에 새끼손가락을 선실 창문 안으로 밀어 넣었다. 동시에 이것저것 만져봤다. 단추도 눌러봤다. 그러나 선체船體에는 별다른 움직임이 없었다. 대신 선박 아래의 잠자리 날개 같은 여섯 개의 팔랑개비와 죽비처럼 생긴 쇳조각이 조금씩 움직이기 시작했다. 뭔가 원리를 알아낸 듯 복강안의 앳된 얼굴에 자부심에 찬 미소가 번졌다.

그러자 태후가 웃으면서 말했다.

"강아는 덩치만 컸지 아직은 애야. 저런 장난감 같은 것이 저렇게도 좋을까!"

황후도 바로 입을 열었다.

"마음에 들면 가져가거라. 똑같은 것이 북경 나의 처소에도 두 개나 있느니라! 보기에는 제법 그럴싸해도 물에 넣으면 뜨지도 못하는데 빛 좋은 개살구지."

복강안은 때를 놓칠세라 황급히 무릎을 꿇으며 사은을 표했다. 그리고는 애정이 가득 담긴 표정으로 배를 어루만지면서 건륭에게 아뢰었다.

"이는 서양 군함이옵니다, 폐하! 소인이 작년에 어지를 받들어 사직고四直庫를 둘러볼 때 이런 공품을 본 적이 있사옵니다. 그때는 감히 만져볼 엄두를 못 내고 그 옆에 붙어 있는 팻말만 봤습니다. '화륜병선火輪兵船'이라고 적혀 있더군요. 이제 상으로 받았으니 집으로 가져가 어디에 어떤 장치가 있고 각자 어떤 역할을 하는지 뜯어보겠사옵니다. 이 쇠사슬은 배가 정박할 때 필요한 것 같사옵고, 돛대 가운데의 선반은 아직은 그 용도를 알 수가 없사옵니다. 그리고 이 철통은 길게 하늘을 향한 것이 굴뚝이 아닐까 싶사옵니다. 선체에 뚫린 이 작은 구멍들은 직경이 총의 구경과 비슷하오니 병정들이 안쪽에 숨어 총을 발사하는 구멍이 아닌가 싶사옵니다!"

복강안이 약간 상기된 표정으로 자못 진지하게 이곳저곳을 가리키면서 설명을 하더니 몇 마디를 덧붙였다.

"우리나라에는 아직 이렇게 선진적인 군함이 없사옵니다. 소인이 일전에 집 앞의 연못에서 비슷하게나마 군함을 만들어 이런 식으로 앞뒤에 대포를 설치해 본 적이 있사옵니다. 대포는 두 발 성공적으로 발사했사오나 선체가 알아볼 수 없을 정도로 망가져 버리고 말았사옵니다. 하온데 이들의 군함은 포구가 이렇게 작은데 과연 어떻게 해서 '철환'鐵丸을 발사할 수 있는지 의문이옵니다."

"네 말대로 가지고 가서 잘 연구해 보거라."

건륭이 흡족한 듯 빙그레 웃었다. 그는 줄곧 복강안에게서 눈을 뗄 줄 몰랐다. 생김새를 비롯해 기품, 행동거지…… 어디를 봐도 비슷한 연배의 다른 황자들은 비교가 되지 않을 정도로 출중했다. 건륭은 속으로 뜻대로 되지 않는 세상사를 개탄하면서 말했다.

"너 같은 금지옥엽의 소년이 군정軍政, 민정民政에 이토록 관심을 갖고 있으니 너의 청이라면 짐이 윤허하지 못할 게 없을 것 같구나. 다만 성현의 말씀에 완물상지玩物喪志(좋아하는 물건에 정신이 팔려 원대한 이상을 잃음)라는 가르침이 있으니 무엇이든 지나친 집착은 경계해야 할 것이니라. 인간의 근본은 역시 '입덕, 수신, 제가, 치국, 평천하'立德修身齊家治國平天下야. 도덕과 문장이 가장 중요하다는 얘기지. 이런 물건들은 언뜻 보기에는 대단히 정교하고 어마어마한 괴력을 지닌 것 같지만 세상 사람들이 전부 들고 일어나면 이까짓 고철덩어리가 무슨 소용이 있겠느냐? 군함을 아무리 잘 만든들 산 위에까지 몰고 올라갈 수 있을까? 반론할 생각은 말아라. 짐은 너를 훈계하는 게 아니라 올바른 가르침을 주고 있는 게야. 짐은 다만 네가 땅위에서는 사막을 종횡무진 누빌 수 있고, 물위에서는 군함을 장난감 다루듯 하면서 병법에도 해박할 뿐 아니라 덕도 깊어 백성들을 감화시킬 수 있는 문무겸전한 인재가 되어주기를 바랄 뿐이다. 부디 짐의 기대를 저버리지 않기를 바란다!"

건륭의 말은 평소 아버지 부항에게서 익히 들었던 훈육의 말이었다. 그러나 황제에게서 다시 들으니 구구절절 가슴에 와 닿았다. 건륭과 그는 여염집 같으면 고모부와 조카의 관계였다. 그러나 천가天家에서는 군신의 관계가 엄연했다. 그랬으니 그로서는 군부가 자신에게 그토록 큰 기대를 걸고 있을 줄은 생각조차 못했었다. 그런데 건륭은 그를 마치 조카가 아닌 아들처럼 대하면서 훈육을 내리는 것이 아닌가. 소년 복강안은 순간 감격이 물결치는 가슴을 달래느라 머릿속이 어지러울 지경이었다. 얼마 후 그는 겨우 숨을 고르고 정신을 가다듬으며 깊이 허리를 숙이며 아뢰었다.

"소인은 세세대대로 하늘과 같은 성은에 파묻혀 사는 부씨 가문의 자손으로, 태어나자마자 시위侍衛로 점지된 행운아이옵니다. 일심일신一心一身을 오로지 폐하와 종묘사직을 위한 위업에 바치려는 일념뿐이온데 어찌 감히 성인의 가르침을 한시라도 망각할 수 있겠사옵니까."

태후가 복강안의 말이 끝나자마자 바로 끼어들었다.

"됐네, 그만하게! 재미있는 얘기를 해준다고 해 놓고 또 분위기를 딱딱하게 몰아가고 있네!"

황후 역시 미소를 머금은 채 입을 열었다.

"만사에는 도度가 있으니 그 선을 넘지 말라는 경고로 삼기를 바란다. 얼마 전에는 하라는 글공부는 하지 않고 군함을 만든답시고 집안을 아수라장으로 만들었다면서? 연못에서 대포를 쏜 탓에 공들여 만든 배가 박살나고 짚으로 만든 허수아비 장군은 물에 빠져 물을 먹었다고 하더구나. 그 모습을 보고 너의 어미 당아는 울어야 할지 웃어야 할지 몰랐다고 하더군!"

황후는 웃으면서 말했으나 듣는 복강안의 고개는 점점 수그러들었다. 화기애애한 분위기는 한참 더 이어졌다. 건륭은 태후와 황후의 기분이 한결 밝아진 걸 보고는 회중시계를 꺼내보면서 말했다.

"강아는 여기 남아서 태후마마와 황후의 말벗이 돼 함께 수라를 받도록 하거라. 재미있는 얘기를 많이 해드리고 궁문이 닫히기 전에 물러가도록 해라. 내일은 황자들과 함께 개나리를 품은 상서로운 홰나무 구경에 따라 나서도록 하고."

건륭은 이제 신하를 접견하고 주장을 어람하고 싶은 눈치였다. 태후가 바로 손사래를 쳤다.

"이제 그만 가보세요! 그래야 우리가 활개를 치면서 떠들 수 있죠. 방금 어주방御廚房에서 유통훈의 저녁을 짓는다고 하던데, 여기 염려는 말고 얼른 가보세요."

건륭이 기다렸다는 듯 태후에게 작별인사를 올리고는 덧붙였다.

"아까 유통훈이 남경에서 오고 있다고 했으니 지금쯤이면 도착했을지도 모릅니다."

건륭이 후전後殿을 나섰을 때는 이미 땅거미가 내려앉기 시작할 무렵이었다. 왕팔치는 어린 태감들을 거느리고 등롱을 내걸고 각 방에 탄불과 찻물을 공급하느라 바쁘게 움직이고 있었다. 그러다 산책하듯 천천히 걸어오는 건륭을 발견하고는 황급히 아뢰었다.

"유통훈 대인이 도착해 군기처에서 기윤 중당과 얘기 중이시옵니다. 어선御膳도 이미 준비됐사옵니다. 어디에 자리를 마련하는 것이 좋겠사옵니까? 정전은 널찍하기는 하나 너무 휑뎅그렁해 추울 것 같사옵니다. 또 동전東殿과 서전西殿은 온돌이 넓어 따뜻하기는 하오나 비좁은 게 흠이라……"

"군기처를 놔두고 가기는 어디를 가? 접견을 기다리고 있는 사람은 누구누구인가?"

건륭이 참기 힘들다는 듯 왕팔치의 수다를 끊어버리면서 물었다. 왕팔치가 배시시 웃으면서 대답했다.

"그건 소인이 감히 물을 수 없었사옵니다. 방금 소인이 이리로 오는 길에 보니 서랑방西廊房에 열 몇 명이 기다리고 있었사옵니다. 그중에는 호광 총독 늑민과 복건 총독 진세관도 끼어 있었사옵니다. 더러는 얼굴을 본 기억이 있으나 이름은 알 수 없었사옵니다. 아, 그리고 허아무개라고, 강서성의 염도鹽道도 있는 것 같았사옵니다."

건륭이 걸어가면서 왕팔치의 말을 무심히 들어 넘기다 갑자기 머리를 갸웃거리면서 주춤거렸다.

'강서성 염도 허아무개라고? 그렇다면 호남 얼사아문 왕진중王振中의 사위가 아닌가?'

건륭은 그런 생각이 떠오르자 곧바로 과거의 일을 회상하기 시작했다.

황자 시절 그는 당시 하남 순유를 나섰다가 우연히 왕진중의 딸 왕정지王汀芷를 만나 한차례 잊지 못할 추억을 만든 적이 있었다. 그 뒤 미복 차림으로 산서성 태원에 갔다가 다시 왕정지와 해후했다. 손꼽아보니 왕정지 일가가 북경을 떠난 지도 어언 7년이 넘었다. 사실 그녀는 건륭이 잊지 말아야 할 여자였다. 하지만 그동안 번잡한 국사와 정무가 너무나 많았다. 때문에 왕정지를 거의 잊고 살 수밖에 없었다.

그는 갑자기 춥고 병든 자신에게 미음을 한 입씩 떠 넣어주면서 온정 어린 눈빛으로 바라보던 왕정지의 모습을 떠올렸다. 동시에 눈길이 마주칠 때마다 자신의 시선을 수줍게 피하던 그녀가 갑자기 그리워졌다. 약사발을 받쳐 든 가늘고 하얀 손을 비롯해 수수하면서도 고운 그녀의 생김새가 눈앞에 보이는 것 같았다.

건륭이 얼마 후 멍하니 추억에 젖은 채 속으로 한숨을 내쉬었다. 다시 한 번 인연이 닿아 자연스럽게 만날 수 있었으면 좋겠다는 생각이 뇌리를 스쳤다. 물론 그렇다고 해서 그게 허아무개를 접견할 이유는 아니었다. 건륭이 가볍게 기침소리를 내더니 먼 사색에서 돌아온 듯한 어조로 입을 열었다.

"가서 어지를 전하거라. 진세관만 남고 나머지는 돌아가서 어지를 기다리라고 하라. 그리고⋯⋯, 어가를 영접하기 위해 양주로 온 관리들의 가족은 내일 태후와 황후의 봉가鳳駕를 수행해 개나리 구경을 해도 좋다고 이르거라!"

건륭이 말을 마치고는 바로 군기처로 향했다. 창문 너머로 이제나저제나 건륭이 오기를 기다리고 있던 기윤, 유통훈과 범시첩 등이 한달음에 달려 나왔다. 건륭은 대례를 갖추려는 그들을 향해 멀리서부터 손을 저었다.

"예는 면해주겠네. 눈이 녹아 흙탕물인데⋯⋯."

건륭이 걸음을 재촉해 가까이 다가가더니 유통훈을 뜯어보면서 말했다.

"안색은 그럭저럭 괜찮아 보이네. 워낙 성정이 급한 사람이라 짐이 부른다니 불 끄러 달려오듯 허둥대면서 쫓아왔을 테지. 일 때문에 밖으로 도는 유용 대신 자네 시중을 들라고 태감과 궁녀를 몇 명 보냈는데, 마음에 들던가?"

"신이 무슨 덕이 있어 이처럼 성은에 겨워 사는지 모르겠사옵니다! 신은 이미 사은표謝恩表를 올렸사옵니다. 태감만 남겨두고 궁녀들은 돌려보내게 윤허해주시옵소서, 폐하!"

유통훈이 벌써부터 눈물이 고인 두 눈으로 건륭을 바라보면서 간곡하게 청했다. 건륭은 그 말에는 아무 대답도 없이 방 안으로 들어갔다. 이어 가운데 의자에 앉은 다음 유통훈을 비롯한 세 신하에게 자리를 내쳤다. 그리고는 밖을 내다보았다. 백발이 성성한 진세관이 태감의 부축을 받으면서 저만치에서 느리게 걸어오고 있었다. 왕팔치가 태감들을 인솔해 식탁을 옮기고 그릇을 놓는 등 식사 준비를 위해 바쁘게 돌아다니는 모습도 눈에 들어왔다. 곧이어 건륭이 고개를 돌려 기윤에게 물었다.

"경에게도 태감과 궁녀 몇 명을 상으로 내릴까 하는데……, 어찌 생각하나?"

기윤은 잠시 어정쩡한 표정을 짓다 얼굴을 건륭을 바라봤다. 그러나 곧 건륭이 자신을 떠보려고 농담을 한 사실을 알고 상체를 앞으로 숙이면서 아뢰었다.

"군부께서 내리시는데 신이 어찌 마다할 수 있겠사옵니까? 신은 태감이든 궁녀든 상을 내리시는 대로 받고 보은하기 위해 갑절의 노력을 기울이겠사옵니다. 부득이하게 돌려보내야 한다면 신은 태감을 보내고 궁녀를 남기겠사옵니다!"

건륭은 기윤의 솔직한 대답에 웃음을 금치 못했다. 그리고는 그 사이에 들어선 진세관을 향해 말했다.

"면례하네. 경은 나이가 나이니 만큼 앞으로는 조회 때도 대례를 면하도록 하게. 그리고 연청, 궁녀들을 보내고 태감만 남겨둔다는 생각도 짐이 보기에는 그리 타당치 못하네. 군주에 대한 예의도 예의거니와 군주와 더불어 동덕동심同德同心한다는 뜻에도 위배되지 않는가."

유통훈이 황급히 대답했다.

"궁녀들을 물리는 이유에 대해서는 신이 사은표에 주명奏明했사옵니다. 신에게 하사하신 여섯 궁녀에게 물었더니, 모두 입궁 오륙 년째를 맞은 아이들이었사옵니다. 관례상 앞으로 한두 해만 더 있으면 고향으로 돌려보내질 나이옵니다. 하오나 신에게 온 뒤 결백한 몸을 지키더라도 여염집으로 돌아가면 좋은 상대를 만나 혼인하기 어려울 것이옵니다. 신이 좀 편하게 살겠노라고 어찌 그들의 일생을 망칠 수 있겠사옵니까? 그런 연유로 신은 궁녀들을 집안으로 들이지 않고 비구니 암자에 묵게 했사옵니다. 폐하께서 신의 주청을 받아주신다면 즉시 궁으로 돌려보내겠사옵니다."

"과연 인자仁者의 말일세!"

건륭이 유통훈의 말을 듣고 크게 감명 받은 표정을 지어보였다. 그리고는 자못 진지한 어조로 말을 이었다.

"진정한 성인군자가 아니고서는 어찌 사려가 이다지도 깊을 수 있겠나. 허나 침선針線(바느질)부터 해서 쓸고 닦고 옷 갈아입는 시중을 들고 등롱을 내거는 등 자질구레한 일들은 아무래도 궁녀들이 태감들보다 훨씬 낫지. 부인이 세상 뜨고 나서 소실도 들이지 않은 사람이 옆에 시중드는 아녀자가 없으면 힘들 걸세. 정 궁녀들의 장래가 걱정되면 둘만 남겨 소실로 들이게. 짐이 상으로 내리는 거라 생각하게. 두말 말게. 일품 고굉股肱이 첩을 들인다고 누가 감히 뭐라고 입방아를 찧겠나?"

그 사이 수라 준비가 끝났다. 건륭은 관모를 벗고 자리에 앉았다. 양옆에는 진세관과 유통훈을 앉혔다. 기윤과 범시첩은 건륭과 비스듬히 마주 해 앉았다. 왕팔치는 물수건을 받쳐 들고 옆에 시립했다.

식탁 위에는 여러 가지 이름 모를 산해진미가 상다리가 부러지도록 가득했다. 제비집을 넣고 끓인 오리탕, 꿩구이, 거위찜, 사슴꼬리무침, 노루고기볶음 등 모두 일상에서 맛보기 힘든 궁중요리의 진수였다. 그 옆에는 각종 야채무침과 절인 고기, 알록달록한 만두와 궁중다과가 영롱한 옥그릇에 담겨 미각을 자극했다. 향도 향이지만 색깔 역시 화려하고 먹음직스러웠다. 짙은 묵향이 배어 있던 군기처 안에는 오래간만에 음식 냄새가 넘쳐흘렀다.

건륭이 젓가락을 들며 입을 열었다.

"짐이 알기로 진세관은 소식을 하기 때문에 새 모이만큼 먹는다지? 범시첩은 정반대로 호랑이 같은 왕성한 식성을 자랑한다고 하고. 기윤은 고기라면 여차할 경우 제 팔뚝마저 뜯어먹을 사람이지. 유통훈의 지병에는 또 육식을 자제하는 것이 좋다고 들었네. 다들 짐의 면전이라고 부담스러워하지 말고 편한 대로 하게. 기효람, 자네는 채소를 싫어하니 연청 공 앞으로 밀어주게. 짐은 북경을 떠나온 이래 대신들과 수라를 같이 한 적이 없네. 이번이 처음일세. 밖에서 고생들이 심하고 저마다 맡은 바 직무에 진력하는 모습이 갸륵해 오늘 특별히 이 자리를 만들었네. 이 눈치 저 눈치 볼 거 없이 양껏 들게. 자자, 뭣들 하는가, 수저를 들지 않고! 짐도 오늘만큼은 '식불어'食不語(식사할 때는 말을 하지 않음)를 강조하지 않을 테니 자유롭게 담소도 나누면서 들도록 하세."

건륭이 먼저 만두 하나를 집어 입안에 넣고 음미하듯 천천히 씹어 넘겼다.

"지금까지 맛있다는 만두는 다 먹어봤지만 양주의 만두는 뭔가 색다른 맛이 느껴지네!"

건륭이 분위기를 부드럽게 끌고 가자 어색하고 부자연스러웠던 자리는 차츰 활기를 띠기 시작했다. 기윤은 누가 먼저 집어 가기라도 할세라 소매를 한 손으로 잡고 팔을 길게 내밀더니 큼직한 노루다리를 집어 자기 접시에 옮겨 놓았다.

"폐하께서는 신이 게걸스레 뒷다리를 뜯는 모습만 보셔도 배가 부르다고 하셨사오니 신은 염치 불구하고 먹겠사옵니다."

말을 마친 기윤은 잘 익은 노루다리를 두 손으로 잡고 육즙을 줄줄 흘리면서 뜯어먹기 시작했다. 범시첩 역시 시합이라도 벌이듯 돼지 넓적다리 고기를 건져 올려 입안에 가득 밀어 넣었다. 안 그래도 식탁을 마주하고 앉자마자 군침이 돌아 참기 바빴으나 눈치를 보느라 감히 젓가락을 들지 못했던 그다웠다. 건륭이 굳이 '식불어'를 강조하지 않아도 입이 바쁜 그들은 쩝쩝 소리 외에는 아무 말도 하지 않았다. 건륭은 복스럽게 먹는 두 신하에게서 흡족한 시선을 떼지 못하면서 왕팔치에게 빈 접시를 채우도록 명했다. 유통훈은 야채를 조금 먹는 둥 마는 둥 하더니 이내 수저를 내려놓았다. 오후 나절에 다과를 먹어 별로 배가 고프지 않은 건륭 역시 수저를 드는 둥 마는 둥했다. 그러나 신하들이 불편해 할까봐 젓가락은 계속 들고 있었다. 건륭과 유통훈, 진세관 세 사람은 급기야 기윤과 범시첩이 고기 접시를 청소하듯 비워버리는 모습만 넋을 잃고 구경했다.

드디어 두 사람이 불룩한 배를 쓸어내리면서 입을 닦고 물러앉았다. 상을 물리라고 명령을 내린 건륭은 국물만 남은 빈 접시들을 가리키면서 너털웃음을 터트렸다.

"자네 둘만 있으면 궁중에 썩혀버릴 음식이 없겠네. 잘 먹는 것도 복일세."

기윤과 범시첩 두 신하는 번지르르한 서로의 입을 바라보면서 머쓱한 웃음을 지었다. 건륭은 내내 말이 없는 유통훈을 향해 물었다.

"경은 어째서 심사가 무거워 보이는 건가?"

유통훈이 조금 열이 있는 이마를 짚고 있다가 황급히 대답했다.

"신은 심사를 감추지 못하는 사람이옵니다. 일지화 잔당들 때문에 걱정이 많사옵니다. 일지화 사건은 몇몇 두목들이 분사焚死하는 것으로 일단락을 지었사옵니다. 그러나 소인의 아들놈 유용이 조사한 바에 의하면 잔당의 움직임을 무시할 수 없다고 하옵니다. 일지화 일당의 수뇌부에 있던 호인중이라는 자와 뇌검이라는 계집은 비록 막판에 '딴살림'을 차리기는 했으나 그대로 방치할 수는 없사옵니다. 대만에도 동조세력이 있사온데, 임상문이라는 자가 그 대표적인 인물이옵니다. 또 일지화 사건은 신이 형부에 내린 규칙에 따라 아직 사건 종결이 되지 않은 상태이옵니다. 하오나 공교롭게도 폐하의 남순과 맞물려 사건 종결을 서두르지 않을 수 없을 것 같사옵니다. 천하 백성들과 더불어 태평성대를 구가하고 민심을 안정시키는 것이 남순의 취지가 아니겠사옵니까. 더구나 일지화 사건에 대한 사건 종결을 하지 않으면 전에 백련교의 감언이설에 속아 가담했던 우민愚民들의 불안을 잠재울 수 없을 것이옵니다. 그리 하면 악순환이 반복될 소지가 있사옵니다. 이는 대국大局이오니 더더욱 신중을 기하지 않을 수 없사옵니다."

건륭이 입안에 물었던 양칫물을 꿀꺽 삼키더니 입을 열었다.

"듣고 보니 그렇군! 거기까지는 미처 생각이 미치지 못했네. 사건 종결을 서두르게. 결정적인 기여를 한 유용에게는 수공首功, 그 아래 황천패에게는 약조했던 대로 군공軍功을 내릴 것이네. 음……, 그리고 유용에게 어지를 전하게. 암암리에 수사의 강도를 높여서 그물을 빠져나간 일지화의 잔당을 반드시 색출하라고 말일세."

건륭이 잠시 말을 멈췄다가 다시 물었다.

"밖에서는 어떤 유언비어가 나돌고 있는가?"

유통훈이 잠시 주저하더니 아뢰었다.

"관풍루를 불태울 때 일지화가 불속에서 뛰쳐나가는 걸 봤다는 말이 있사옵니다. 어떤 자들은 한술 더 떠서 역영이 이미 남양南洋으로 사람을 파견했다고 하옵니다. 진짜 주삼태자를 데려다 놓고 새로운 천지개벽을 시도한다는 당치도 않은 유언비어도 돌고 있사옵니다. 이밖에도 주삼태자의 세자가 천만 대군을 거느리고 이미 대만을 수복하고 나서 지금 중원으로 진군하고 있다는 설도 있사옵니다. 또 폐하께서 남순을 마치고 귀경하시면 일지화의 잔당을 포함한 백련교의 신도들을 남녀노소 막론하고 모두 흑룡강으로 유배 보낸다는 흉흉한 소문까지 나돌고 있사옵니다. 어떤 곳은 피갑인披甲人들의 노예로 팔려가기 싫어 마을 전체가 텅 비었다고 하옵니다……. 이런 요언들은 아직까지는 암암리에 번지고 있어 대국에 영향을 끼칠 정도는 아니옵니다. 하오나 신속히 잠재우지 않을 경우 크게 번질 우려가 있사옵니다."

건륭이 유통훈의 말을 조용히 듣고 있다가 천천히 고개를 들었다. 그리고는 좌중을 향해 물었다.

"경들의 소견은 어떠한가?"

건륭과 시선이 마주친 진세관이 수염을 쓸어내리면서 무거운 음성으로 대답했다.

"백성들은 추울 때 동복冬服을 제공해주고 배고플 때 쌀죽을 끓여주기만 해도 그 은혜를 잊지 않을 선량한 사람들이옵니다. 신 역시 변변치 못하오나 일방의 부모관으로서 수십 년 동안 빈부귀천을 따지지 않고 굶어 죽고 얼어 죽는 사람이 없도록 진력을 다해 왔사옵니다. 민초들은 그들을 진심으로 아끼고 생각해주는 사람을 배신하지 않사옵니다. 신의 관할지역 백성들도 신이 이부吏部 고공사로부터 좋은 '고어'考語(평가의 말)를 받을 수 있도록 몸을 사리지 않고 불의와의 전쟁에 동참했사옵니다."

건륭이 흡족한 표정을 지었다.

"경이 번번이 짐을 알현한 자리에서 민초들을 위해 울더니 다 그럴 만한 이유가 있었던 게로군!"

건륭이 이번에는 기윤에게 눈길을 돌렸다.

"경은 좀 전의 유통훈의 말을 듣고 어찌 생각하는가?"

기윤이 대답했다.

"신의 소견으로는 일지화 잔당은 한낱 꺼져가는 잔불에 불과하옵니다. 아무리 강풍이 불어도 불꽃이 되살아나 화염으로 타오를 수는 없을 것이옵니다. 우리 대청은 땅이 넓고 물산이 풍부해 해마다 사천오백만 냥의 세수稅收가 보장되고 삼 년에 한 번씩 백성들의 부세賦稅를 탕감해주고 있사옵니다. 또 백성들이 안거낙업安居樂業하고 국력이 한당漢唐 이래 보기 드문 극성일로를 달리고 있사옵니다. 이럴 때 가장 두려운 것은 바로 이치가 쇠락해 안으로 무너지는 일이옵니다. 마치 겉으로는 견고하기 이를 데 없어 보이는 건물이 안으로 벌레 먹고 서서히 썩어가는 것처럼 말이옵니다."

기윤의 진지한 발언에 좌중은 숙연해졌다. 건륭 역시 허리를 곧게 펴고 자세를 고쳐 앉았다. 기윤이 다시 말을 이었다.

"연청 공의 말처럼 주삼태자에 관한 요언이 시도 때도 없이 난무하는 데는 이유가 있사옵니다. 백성들은 우리가 이자성李自成의 손에서 나라를 넘겨받은 것으로 알고 있사옵니다. 우리가 명나라를 멸망시키고 그 폐허 위에 대청을 세운 것임을 알지 못하고 있사옵니다. 이는 우리가 백성들에게 역사를 분명하게 일깨워 주지 못했기 때문이옵니다. 신은 《사고전서》 편수작업을 하면서 사적史籍이라는 사적은 모두 읽어봤사오나 우리 대청처럼 정통성이 강한 나라는 없었사옵니다. 선비라는 자들이 경전의 의미를 멋대로 해석하고 '외이外夷들도 화하華夏의 주인이 될 수 있다'라는 성인의 가르침을 왜곡한 것도 태평성대의 가도를 달리고 있는 우리 대청에 은근한 화禍의 씨를 뿌린 원인이라고 사료되옵니다!"

기윤은 거침없이 말을 하다가 잠시 숨을 돌리면서 좌중을 둘러봤다. 깊이 있는 그의 말에 좌중의 사람들은 모두 형형한 눈빛으로 귀를 기울였다.

"강남의 여러 부유한 성省은 풍요의 대명사인 동시에 인문人文의 요람이옵니다."

기윤이 담배 인이 발작했는지 무의식적으로 곰방대를 꺼내 불을 붙이려고 했다. 그러다 지금 황제를 면대하고 있다는 사실을 문득 깨우치고는 황급히 도로 집어넣었다. 그걸 본 건륭이 조용히 말했다.

"어서 불을 붙여 물게. 그리고 계속 말해보게!"

기윤이 황급히 사은을 표하고 숙련된 동작으로 담배를 재워 물었다. 이어 불을 붙여 양 볼이 쑥 들어가도록 힘껏 빨아들인 다음 뭉게뭉게 운무雲霧를 토해내면서 말을 이었다.

"대청이 입관入關하면서 전국 곳곳에 전화戰火가 치솟았사옵니다. 그중에서도 양주를 비롯한 강남에서 가장 참혹하고 치열한 전투가 있었음은 모두들 주지하는 바이옵니다. 전쟁의 공포가 하도 극심해 그곳 백성들은 태평성대를 살아가는 오늘날에도 그때의 상처를 지우지 못하고 있사옵니다. 세 치 혀끝에 올리기도 싫은 이름이기는 하나 주삼태자를 못 잊는 자들은 오늘날 각종 사회불안을 야기하는 주범이 되어 있사옵니다. 이는 부인할 수 없는 현실이옵니다. 이자들은 분명히 요언인 줄 알면서도 그 요언을 믿으려 하고 심지어 방방곡곡에 살포하고 있사옵니다. 물론 지금 당장은 무사하겠으나 어떤 계기가 주어지고 그들의 세력이 커지면 수습하기 힘든 사태를 초래할지도 모르는 일이옵니다!"

기윤이 다시 한 번 담배연기를 빨아들이고 나서 덧붙였다.

"어젯밤 신은 폐하께 어람을 청할 상주문 초안을 작성했사옵니다. 양주 지부 어등수의 상주문도 있었사온데 다리 보수공사를 하면서 사가법史可法(명나라 말기 반청反淸 장군)의 묘를 헐게 해달라고 주청올린 내용이었사옵니다. 신은 잠시 계획을 늦추고 명을 기다리라는 지시를 내렸사옵니다. 신이 이 자리에서 주청 올리옵니다. 사가법은 충신이옵니다. 풍절風節을 격려하고 성도聖道를 고무하는 차원에서라도 그의 묘를 헐어서는 아니 되옵니다. 이밖에 부끄러움을 모르는 문인의 전형인 전명의 전겸익錢謙益의 서적이 음지에서 유통되는 문제도 있사옵니다. 심지어 어떤 서원과 강당에서는 그의 이름 석 자가 적힌 서적을 신주단지 모시듯 버젓이 모셔두고 있사옵니다. 이는 결코 간과할 수 없는 일이옵니다. 금서禁書를 몰수해 일거에 불태워버려야 마땅할 것이옵니다. 일전에 연청 공은 남경에서 이런 얘기를 한 적이 있사옵니다. 각종 범죄수사에 투입되는 재력과 인력을 반으로 줄이는 대신 명절名節을 장려하는데 자금을 대폭 투입한다면 범죄가 오히려 줄어들고 사회 면모가 일신할 거라고 말이옵니다. 신은 그 말을 듣는 순간 큰 계시를 받는 것 같았사옵니다."

기윤의 설득력 있는 길고도 긴 사자후는 그제야 한 단락 매듭을 지었다. 좌중의 사람들은 저마다 깊은 사색에 잠긴 듯 오랫동안 입을 열지 않았다. 건륭 역시 연신 고개를 끄덕이면서 귀를 기울이고 있다가 가벼운 한숨을 내쉬면서 입을 열었다.

"효람의 폐부에서 우러나온 간곡한 청을 잘 들었네. 짐이 어찌 쾌히 받아들이지 않을 수 있겠나? 과거 얘기가 나왔으니 말인데, 우리 팔기 정예군이 남경을 공략한 역사적인 그날에 하늘은 폭풍취우暴風驟雨를 내렸다고 하네. 전명의 관리들은 파죽지세로 몰려오는 대군의 기세에 겁먹고 앞을 다퉈 허둥대면서 행원行轅(야전 지휘소)으로 달려왔다네. 그들이 투항을 받아 주십사 올린 청원서가 다섯 척尺이 넘었다고 하네. 소위 일방의 대원大員이라는 자들이 이마를 시퍼렇게 찧으면서 울고불고 항복을 청하는데 그 장면이 가관이었다지! 어릴 때부터 성현의 가르침으로 무장했다는 자들이 대변大變에 당면해 얼마나 졸렬하고 야비하게 행동했는지 그 본질을 엿볼 수 있는 대목이었지. 이는 또 전명이 평소에 명절名節에 대한 가르침에 얼마나 소홀했는지 극명하게 보여주는 것이기도 하네!"

진세관이 건륭의 말이 끝나기 무섭게 아부조의 말을 입에 올렸다.

"북경도 마찬가지였다고 하옵니다. 이자성은 숭정崇禎 십칠 년 삼월 십구일에 북경을 공략했사옵니다. 다급해진 숭정은 밤중에 죽어라고 경양종景陽鍾을 울려 백관을 소집하려 했으나 아무도 어명에 응해오는 자가 없었다고 하옵니다. 결국 홀로 동화문을 뛰쳐나간 숭정은 신하들의 철저한 외면에 절망한 나머지 산으로 올라가 자결을 하지 않았사옵니까."

건륭은 진세관의 말을 듣고 안색이 하얗게 질렸다. 망국을 초래한 군주가 하늘이 불응하고 땅이 외면하는 고립무원의 경지에 내몰려 처절한 삶을 마감하는 섬뜩한 장면이 갑자기 떠올랐던 것이다. 잠시 후 그가 뭔가 결심한 듯 무겁게 입을 열었다.

"사가법의 묘는 철거해서는 안 될 뿐더러 새롭게 단장해야 하네. 기윤 자네가 군기처의 명의로 명을 내리게."

건륭이 허리춤에 매단 장식용 한옥패漢玉佩를 만지작거리면서 마음을 진정시키고는 다시 소리 없이 한숨을 내쉬면서 덧붙였다.

"전명前明의 후은厚恩을 입었다가 나중에 우리 대청에 귀순한 명사名士들 중에 아직 《이신전》貳臣傳에 기록되지 않은 사람들이 있는지 알아보고 보충해 넣도록 하게! 그리고 짐이 다시 남경으로 돌아가 명 효릉明孝陵을 참배할 때 어가를 수행한 이신貳臣(두 왕조를 섬긴 신하)의 후손들은 능에 들어오지 말라고 하게. 밖에서 무릎을 꿇고 그들의 조상을 대신해 깊이 참회토록 하라고 예부에 이르게!"

기윤과 유통훈은 건륭의 말에 뜨악한 표정을 지었다. 전명이 남긴 이신貳臣의 후예들은 수만 명이 될 정도로 많았다. 더구나 전명이 망한 지 이미 100년이 지나 현재 재직 중인 관리들은 모두 그 증손자뻘이었다. 천수천안千手千眼을 가진 관세음보살도 아닌 예부에서 갑자기 그 많은 사람들을 어찌 다 뒤져낸다는 말인가? 게다가 사전에 아무런 예고도 없이 그 일을 추진하면 워낙 민심이 예민한 강남에서 예기치 않은 소동이 일어날 수도 있었다. 기윤과 유통훈은 눈빛만으로도 서로의 의중을 헤아릴 수 있는 사이였다. 순간 두 사람은 재빨리 시선을 교환했다.

기윤이 먼저 입을 열었다.

"폐하, 성조(강희제)께서는 풍절風節을 격려할 때 전형적인 본보기를 부각시켜야 한다고 유훈遺訓을 남기셨사옵니다. 세종(옹정제)께서도 그리 훈육을 하셨고, 폐하께서도 건륭 원년에 똑같이 언급하신 바 있으시옵니다. 가뜩이나 주삼태자 때문에 소란스러운 현시점에 수만 명을 헤아리는 이신의 후손들의 이력을 뒤진다는 것은 범사회적인 불안을 야기하기에 충분하옵니다. 설령 이신의 후손들을 가려낸다고 하더라도 복잡한 사연이 적지 않을 것이옵니다. 시세륜施世綸의 부친인 시랑施琅은 전명이 낳은 장군이자 정성공鄭成功의 휘하에서 이름을 떨쳤던 사람이옵니다. 그를 '이신'貳臣으로 간주한다면 그의 위패位牌를 현량사賢良祠에서 철거할 수밖에 없사옵니다. 삼번三藩의 난 때에도 적잖은 투항 장령들을 받아들였사온데, 그들을 '이신'의 범주에 포함시켜야 할지 말아야 할지에 대해서도 기준이 모호하지 않사옵니까? 그들을 이신으로 인정하지 않으면 홍승주洪承疇와 같은 사람들이 억울함을 호소할 것이옵고, 인정한다면 오삼계吳三桂를 일조一朝의 군주로 인정하는 셈이 되옵니다. 통촉해 주시옵소서, 폐하!"

"조회도 아니고 그저 의논하는 자리일 뿐인데 그리 심각하게 반응할 것은 없지 않은가!"

기윤의 말이 끝나기도 전에 건륭은 자신의 생각이 짧았다는 걸 깨닫고는 히죽 웃었다. 이어 짤막하게 결론을 내렸다.

"경의 말에 일리가 있으니 그 얘기는 없었던 걸로 하세."

건륭이 말을 마치고는 자리에서 일어났다. 이어 정좌한 네 신하들을 그윽한 눈길로 한참 바라보고 나서 감개에 젖은 어조로 덧붙였다.

"이번 남순 길에 보고 듣고 느낀 바가 참으로 많네! 《이십사사》二十四史를 다 읽고 《자치통감》資治通鑑까지 두루 섭렵했어도 눈앞에 안개가 낀 듯 분명하지 않던 것을 이번 남순을 계기로 깨달았네. 자고로 망국을 초래한 원인은 분명하네. 백성들의 질고를 아랑곳하지 않고 온갖 명목의 가렴주구를 만들어놓은 것이 크게 한몫을 해왔네. 진秦은 만리장성을 쌓으면서 쇠망의 길로 들어섰지. 또 수隋는 대운하를 개통시키면서 국력이 악화일로를 치닫기 시작했지. 이치吏治가 어지러워 검은 거래가 판을 치면 도처에 흑막이 독버섯처럼 번지게 되네. 결국 태생이 병약한 사람에게 백 가지 병이 침투하듯 나라는 난파선처럼 위태로워질 수밖에 없지. 서한西漢, 동한東漢도 그렇고 당송원명唐宋元明도 같은 병 때문에 망한 거지. 사람이든 국가든 근본이 바로 서지 못하면 천재天災도 더 많이 덮치고 외족外族들의 침범도 막아내지 못하는 법이네. 숭정황제는 죽으면서 '군주는 망국의 군주가 아니거늘, 신하는 모두 망국의 신하이다!'라고 읍소를 했다지? 다소 황당하게 들릴 법도 하지만 사실 그에게 충직하고 청렴한 신하들이 없었다는 건 유감이라 하겠네. 아무리 상명하복의 군신관계라고 하지만 상하가 진정한 의미에서 동심동덕을 해야 나라가 비로소 태평해지고 백성들도 안거낙업할 수 있을 게 아닌가."

건륭은 마치 마음 갈피에 켜켜이 쌓여온 울분을 이번 기회에 다 털어버리겠다는 어투였다. 이어 다시 깊은 한숨을 토해냈다.

"오늘날 우리 대청은 현縣에서 부府, 부에서 성省으로 층층이 썩어 들어가고 있네. 무릇 감투만 씌워놓으면 모두들 검은 돈을 쫓는 데 혈안이 돼버리지. 정무는 뒷전인 채 관상官商 결탁에, 형옥刑獄 비리에 온갖 구린내를 풍기지. 이런 자들이 열성조들께서 피 흘려 이루어낸 이 강산을 다 갉아먹고 있네. 짐은 상주문을 읽다가 화를 주체하지 못할 때가 많다네. 너무 화가 나서 다 집어던지고 뚜벅뚜벅 방황하면서 뿌옇게 밝아오는 동녘 해를 맞는 날도 허다하네. 생각 같아서는 탐관오리들을 한 구덩이에 처넣고 불살라버리고 싶지만……, 당장 정무가 마비상태에 빠질 것이 뻔하니 그럴 수도 없고!"

건륭이 갑자기 말을 끝맺지 못하고 연신 기침을 했다. 사래가 걸린 듯 관자놀이가 시퍼렇게 질리고 얼굴이 벌겋게 달아올랐다. 왕팔치가 황급히 달려가 조심스레 등을 두드려줬다. 순간 기윤 등의 네 신하는 중년을 넘어서는 건륭에게서 어쩔 수 없는 노태老態(늙은이의 모습)를 느끼지 않을 수 없었다.

# 8장
# 개나리를 품은 홰나무

개나리를 품은 홰나무는 의정에서 동북쪽으로 40여 리 떨어진 오십 리포五十里舖라는 작은 진에 있었다. 원칙대로라면 그 길에도 장엄한 행렬이 이어져야 했다. 그러나 건륭은 유통훈의 간권諫勸을 받아들여 대가大駕니 법가法駕니 하는 성대한 의장을 생략하기로 했다. 이렇게 해서 태후는 나랍씨와 두 비빈의 시중을 받으면서 수레에 올랐다. 또 황후는 따로 여덟 필의 노새가 끄는 수레에 홀로 앉아 목적지로 출발했다. 건륭, 기윤, 유통훈과 50세 이상의 관리들은 말을 타고 나머지 수행원들은 관품과 무관하게 모두 보행하도록 했다.

"짐은 효를 행해 태후마마를 위로하고자 만기萬機의 정무를 잠시 뒤로 했노라. 문무백관들은 군정과 민정 업무를 그르치지 않는 선에서 수행하기 바란다. 공무가 우선시돼야 하느니라. 짐을 수행하고자 무리하게 움직여 공무를 소홀히 해서는 절대 아니 될 것이야!"

건륭은 출발에 앞서 준엄한 구유口諭를 내렸다. 그러나 관리들에게
는 쇠귀에 경 읽기였다. 아무도 황제의 성총을 '동냥'하고 천가天家의 우
로雨露를 받아먹을 수 있는 절호의 기회를 놓치려 하지 않았다. 북경에
서 육부의 요원要員들이 대거 내려왔으니 이참에 눈도장이라도 찍어놔
야 앞으로 큰 도움이 될 것 아닌가……. 저마다 그렇게 꿍꿍이속을 갖
고 있는 지방관들이었으니 군정이나 민정이 무슨 대수냐고 생각할 수밖
에 없었다. 결국 문무백관들은 모두들 만사를 제쳐두고 아문을 뛰쳐나
왔다. 단출하게 출발했던 용거봉여龍車鳳輿는 시위, 태감에 이은 그들의
수행으로 인해 그렇게 점차 호호탕탕한 대오를 형성하게 되고 말았다.

건륭은 건장한 말 잔등에 높이 앉은 채 고삐를 꼭 감아쥐었다. 흔들
흔들 말의 움직임에 따라 움직이면서 백설이 애애皚皚(아주 흰 경우를 말
함)한 설경을 망연한 눈빛으로 둘러보았다. 옆에서는 문무백관들이 눈
을 밟는 빠드득 소리와 말발굽소리, 수레바퀴 소리 등이 한데 어우러져
무척 요란했다. 그러나 건륭의 귀에는 그 소리가 들리지 않는 모양이었
다. 그는 그저 깊은 생각에만 잠겨 있었다.

눈은 어느새 그쳐 있었다. 그러나 구름은 아직도 하늘을 온통 뒤덮
고 있었다. 쌓였던 눈이 바람이 불 때마다 눈보라처럼 휘날렸다. 오밀
조밀하게 들어앉은 촌락들과 높낮이가 일정치 않은 산과 언덕, 대나무
숲은 눈발 속에서 몽롱하고 신비로운 느낌을 주었다. 몇 십 보마다 하
나씩 세워진 채방彩坊들 역시 그랬다. 멀리서 보면 용처럼 구불구불하
게 이어져 있었다.

태후 앞에서 내색하지는 않았지만 출발할 때부터 약간 우울했던 건
륭은 성城을 벗어나 광대무변한 설야雪野를 달리자 비로소 기분이 차츰
풀리는 듯했다. 그가 그런 감정을 숨기지 않은 채 질주하는 말 위에서
채찍으로 동북 방향을 가리키면서 물었다.

"범시첩, 자네가 말하던 사가법의 묘가 저쪽 어딘가에 있지 않나?"

"예, 폐하! 그렇사옵니다!"

범시첩은 기윤, 절강 순무 여국성呂國成과 우스갯소리를 주고받으면서 뒤따르다 엉겁결에 건륭의 질문을 받자 순간 당황했다. 그러나 곧바로 정신을 차리고는 웃음기가 덜 가신 얼굴로 아뢰었다.

"신은 어젯밤 거처로 돌아오기 바쁘게 묘 철거작업을 중단하고 확장 보수작업을 서두르라는 명을 내렸사옵니다. 눈이 녹는 대로 공사를 개시할 것이옵니다."

건륭이 고개를 끄덕이고는 말을 멈추고 뛰어내렸다. 이어 말고삐를 태감에게 던져주고 태후의 수레 앞으로 다가가 무어라 낮은 소리로 몇 마디 아뢰었다. 그리고는 다시 돌아와 기윤과 범시첩에게 분부했다.

"경들은 짐을 따라 안으로 들어가 향배를 올리고 나와야겠네. 나머지 호종扈從(어가를 모심) 신하들은 여기서 잠깐 기다리라고 이르게."

기윤과 범시첩은 황급히 말에서 내렸다. 그리고는 건륭을 따라 동쪽으로 눈길을 헤치면서 걸어갔다. 얼마쯤 가서는 다시 북으로 꺾어들었다. 산문山門(절이나 묘당의 바깥문) 앞에 돌계단이 보였다. 뒤따르던 신하들은 뜬금없이 도중에 갑자기 말에서 내려 깊은 눈 속을 헤치면서 어디론가 가고 있는 건륭을 그저 멍하니 바라보고만 있을 뿐이었다. 그러나 그중에는 인근에 사가법의 묘가 있다는 것을 아는 관리들도 있는지라 소리 죽인 수군거림이 여기저기에서 들려왔다.

"사가법의 묘로 향하시는 것 같은데⋯⋯. 폐하께서 어인 까닭으로 저리로 가시는 거지?"

"향배를 올리려고 그러시는 거겠지."

"설마? 사가법은 전명의 유신遺臣이고, 폐하께서는 당금의 성군聖君이신데!"

"그게 아닌 것 같아. 폐하께서는 소피가 급하신 거야."

"어불성설! 채방 옆에 있는 천막이 무슨 용도인지 몰라서 하는 소리야?"

건륭 일행 셋은 신하들의 분분한 추측을 뒤로 하고 이미 산문 안으로 들어서고 있었다. 산문 안은 멀리서 볼 때는 지세가 완만한 언덕 같았으나 가까이 와보니 계단이 꽤 가팔랐다. 눈 덮인 계단이 빨래판처럼 아찔하게 높은 정전正殿까지 이어져 있었다. 또 신도神道 양측에는 한 아름이 좀 못 되는 마미송馬尾松들이 눈을 무겁게 뒤집어쓴 채 늘어서 있었다.

건륭은 두 신하의 부축을 받으면서 조심스럽게 계단을 올랐다. 곧 마당이 하나뿐인 우중충한 삼영대전三楹大殿이 일행의 눈에 들어왔다. 편액이 뜯겨나간 자국이 하얗게 남아있는 대전이었다. 양측 별채에도 창문틀이 하나도 없었다. 그래서인지 마치 사람이 시커먼 입을 크게 벌린 채 가쁜 숨을 몰아쉬고 있는 것 같았다. 주위의 담장 역시 볼썽사납게 허물어져 벽돌조각이 여기저기 나뒹굴고 있었다. 쥐죽은 듯한 고요가 감도는 마당에는 인기척에 놀라 푸드득거리면서 날아가는 새들만 간혹 보일 뿐이었다. 건륭은 새들이 날아간 자리에서 적설이 우수수 떨어져 내리는 모습을 보면서 이름 모를 두려움에 가슴이 쿵쿵 뛰었다. 이마에서는 식은땀이 배어 나왔다.

기윤은 그 자리에서 휘청거리면서 미끄러질 뻔한 건륭을 황급히 부축하고는 아뢰었다.

"폐하, 길이 가파르고 미끄러우니 조심해야겠사옵니다. 하온데 용안이 창백해 보이옵니다."

"아니네! 갑자기 미끄러질 뻔한 바람에 좀 어지러워서 그러네."

건륭이 기윤의 팔을 뿌리치면서 걸음을 떼어놓았다. 이어 눈 속에 묻힌 자갈을 밟았다. 그러다 다시 비틀거렸다. 겨우 중심을 잡은 건륭이 애써 웃는 얼굴로 말했다.

"사가법이 짐을 만나고 싶지 않은가 보지?"

건륭은 고개를 돌려 절의 입구를 바라봤다. 왕팔치가 향을 받쳐 들고 서 있는 모습이 보였다. 그 뒤로 파특아, 복강안과 색륜 등의 세 시위가 바짝 다가오고 있었다. 건륭은 그제야 다소 위안을 느끼면서 안도의 숨을 내쉬었다.

기윤과 범시첩은 사가법이 자신을 만나고 싶어 하지 않는 것 같다는 건륭의 말을 듣기 무섭게 서로 시선을 교환했다. 사실 '존이불론'存而不論의 공자孔子 사상을 받들고 있는 기윤은 처음에는 귀신의 존재를 부정했었다. 그러나 지금은 인정하는 쪽으로 생각이 바뀌고 있었다. 반면 범시첩은 처음부터 귀신이라면 무조건 믿어 의심치 않는 사람이었다. 때문에 기윤은 대전을 향해 허리를 숙여 숙연히 예를 갖출 뿐 말이 없었으나 범시첩은 대단히 진지한 자세로 공수를 하면서 말했다.

"사 각부閣部(명대의 재상을 칭함), 그대가 이 사람의 관할 경내에 있었어도 잘 보살펴드리지 못한 점을 용서하시오. 묘가 헐리기 시작한 것도 몰랐으니 불만이 있으면 나 범아무개에게 화를 내시오! 우리 폐하께서는 묘를 허무는 걸 반대하셨소. 다시 금신金身을 입혀주고 향화를 일으키라고 명하셨으니 조만간 곧 공사에 들어갈 것이오. 비록 우리 둘은 같은 시대를 산 신하는 아니지만 모든 걸 떠나 그대는 충신이었소. 그러니 이 사람도 주군에 대한 그대의 충정을 본받을 것이오. 그래서 오늘 우리 주군을 모시고 그대를 보러 왔소. 그대의 충정을 높이 평가하시는 우리 주군의 마음을 편하게 해주시오!"

"범시첩, 자네는 과연 현신賢臣을 공경할 줄 아는 사람이로군."

건륭이 농담을 건네면서 한결 평온해진 표정으로 대전에 들어섰다.

그리고는 명나라 복색을 한 사가법의 좌상坐像 앞에서 천천히 입을 열었다.

"자고로 망하지 않은 나라는 없었소. 선생의 충심은 명의 망국과는 무관하게 천고에 길이 빛날 것을 믿어 의심치 않소. 짐의 입장에서 선생은 적국의 신하요. 그러나 짐은 선생을 마음속 깊이 경배하오. 짐은 이 자리를 빌어 선생과 한 가지만 약조하겠소. 우리 대청이 존재하는 그날까지 선생의 뜻을 기려 외롭고 쓸쓸하지 않도록 향화가 계속 이어지게 해드리겠소!"

건륭이 말을 마치고는 뒤로 돌아섰다. 그러자 왕팔치가 황급히 향에 불을 붙여 받쳐 올렸다. 건륭은 얼룩덜룩하고 지저분한 향안香案을 보면서 미간을 찌푸렸다. 그러나 아무 말도 하지 않고 두 손으로 향을 잡아 향로에 꽂고는 잠깐 고개를 숙여 예를 갖췄다. 그리고는 한 발 뒤로 물러섰다. 이로써 명나라의 대표적 충절의 신하에 대한 인사는 끝난 셈이었다. 그는 밖으로 나와 계단 아래에 서 있는 신하들의 존재를 확인하듯 둘러보면서 범시첩에게 분부했다.

"묘만 있고 묘산廟産이 없어서는 아니 되네. 주위 백 장百丈 이내의 땅을 사원 소유로 상을 내리고 각종 부세를 면제시켜 향화를 재흥再興시켜야겠네. 사원에 주지나 도사, 혹은 거사居士를 두어서 살림을 꾸리도록 하게."

범시첩이 조심스러운 어조로 황급히 대답했다.

"명에 따르겠사옵니다, 폐하! 그리고 여기서 머문 시간이 꽤 길었사옵니다. 길을 재촉해야겠사옵니다."

건륭이 범시첩의 말에 회중시계를 꺼내보더니 홀가분한 표정으로 미소를 지었다.

"기윤, 자네는 돌아가서 검은 바탕에 금색으로 편액을 써서 범시첩에게 주게."

건륭은 기윤이 대답하는 사이 계단을 내려서면서 복강안에게 지시했다.

"편액이 있으면 영련楹聯도 필요한데, 자네가 즉석에서 만들어 보게. 길을 가면서 말이네."

색륜과 파특아는 양측에서 조심조심 건륭을 부축해 계단을 내려와서는 사원을 나섰다. 그 사이 복강안은 건륭의 뒤를 바짝 따르면서 뇌를 비틀어 짜다시피 한 것 같은 두 줄을 읊어냈다.

대장부는 목숨을 버리더라도 의義를 취하고,
선비는 죽음을 앞두고도 인仁을 따른다.

"너무 식상하군. 다시 생각해보게."

건륭이 고개를 가로 저었다. 복강안이 대답과 함께 골똘히 생각하더니 다시 읊었다.

춘추에 널리 빛나는 인과 의의 본보기이거늘,
죽백竹帛(서적書籍이나 사기史記를 달리 이르는 말)의 호연지기를 어찌 성패成敗로 논하리.

건륭이 복강안의 영련을 묵묵히 듣더니 한참 후 기윤을 향해 고개를 돌리면서 물었다.

"경이 듣기에는 어떠한가?"

기윤이 빙그레 웃으면서 아뢰었다.

"아직 나이가 어린 소년에게는 쉽지 않은 구절이라 생각되옵니다. 다만 깊은 뜻을 전달하는 데는 좀 부족하지 않나 싶사옵니다."

건륭이 고개를 끄덕였다.

"짐도 그리 생각하네. 그러면 기윤, 자네가 만들어보게."

기윤은 난감해하는 복강안 앞에서 문재文才를 과시할 그런 위인이 아니었다. 그는 복강안을 적당히 자극해 문재를 드러내게 하려는 건륭의 의중을 모르지 않았다. 결국 잠시 생각한 끝에 대답했다.

"명신名臣이 살다 간 시대를 돌이키면서 현재의 경물과 더불어 감정을 살려야 제대로 된 문구가 나오지 않을까 싶사옵니다. 신은 다만 풍화설월風花雪月과 초목조충草木鳥蟲에 대해서만 감흥을 토로해 왔사오니 당장 떠오르는 바가 없사옵니다."

총명한 복강안은 기윤의 말을 듣고 바로 자신에게 뭔가 암시를 주고 있다는 사실을 깨달았다. 곧 주위의 경관에 시선을 돌렸다. 이어 멀리 내다보자 창망蒼茫한 안개에 가려진 산봉우리와 푸른 띠를 두른 것 같은 하항河港이 한눈에 안겨왔다. 순간 사가법이 목숨을 걸고 양주를 사수하는 장면이 눈앞에 보이는 듯했다. 100년 전, 피 튀기는 전투에서 군사는 전멸하고 영웅은 고립무원의 경지에 빠져 처참하게 죽어가지 않았던가. 얼마 후 절로 깊은 탄식이 터져 나오는가 싶더니 복강안의 입에서 두 줄의 문구가 흘러나왔다.

일대흥망은 천운에 달려 있고,
천고 강산은 종묘 옆에 있노라.

"바로 이겁니다! 이거야말로 역사에 대한 바로 쓰기라 하겠습니다!"

기윤은 복강안이 영련을 읊자마자 크게 박수를 치면서 칭찬을 아끼지 않았다. 건륭도 이번에는 미소를 머금고 고개를 끄덕였다.

일행은 길을 재촉했다. 한 시간 정도 지나자 오십리포가 모습을 드러냈다. 아직은 정오 전이라 태양이 구름 사이에서 나타났다 숨었다 하면서 어두운 구름을 서서히 희석시키고 있었다. 멀리 보이는 진내鎭內는 벌써부터 인산인해를 이루고 있었다. 높이가 족히 여섯 장丈은 될 것 같은 채방 세 개와 벼이삭으로 만든 '만수무강'萬壽無疆, '성세태평'盛世太平, '해안하청'海晏河淸이라는 글자들이 일행의 시선을 끌었다. 채방 양측에는 눈으로 만들어 세운 용, 봉황, 사자 등 상서로운 동물들이 있었다. 알록달록 오색 댕기로 화려하게 장식된 그것들은 마치 살아 움직이는 것처럼 생동감을 더해주고 있었다. 채방 뒤에는 인파가 발 디딜 틈 없이 북적대고 있었다. 선박영 군사들과 남경 수사水師에서 파견 나온 병졸들이 인벽人壁을 치고 나서야 겨우 어가가 통과할 수 있을 만큼의 통로가 만들어졌다.

무릎을 꿇고 있던 사람들은 멀리서 봉가鳳駕를 앞세운 호호탕탕한 대열이 모습을 드러내자 흥분에 겨워 어찌할 줄 몰라 했다. 일부는 땅에 엎드린 채 절을 하다 엉거주춤 일어서기도 했다. 앞에서 고개를 들면 뒤에서는 아무것도 보이지 않기 때문인 듯했다. 그러다보니 뒤로 갈수록 아예 벌떡 일어나 발끝을 치켜 올리는 자들 역시 없지 않았다. 사실 이때가 아니면 언제 다시 천자天子의 용안을 친히 목격할 수 있으랴. 다들 얻기 힘든 기회를 놓치려 하지 않는 것은 당연한 일이었다.

아무려나 선박영 군사들은 뒤에서 밀물처럼 밀려드는 인파를 막아내느라 비지땀을 쏟고 있었다. 총독아문과 남경 지부아문에서 나온 아역들은 공판장에서 구경꾼들의 질서를 유지할 때 사용하던 특기를 살려 채찍질을 해대고 있었다. 그렇게 코앞에서 채찍질을 해댈 경우 몸에 닿지 않아도 폭죽을 터뜨리는 것 같은 끔찍한 소리가 터져 나오고는 했다. 겁을 주기에는 그저 그만이었다. 그러나 겁에 질려 조금씩 뒤로 후퇴

했다가도 다시 앞으로 나아가기를 반복하는 인파로 인해 아역들도 나중에는 지쳐 갔다.

　순간 사흘 전부터 현지의 사농공상 대표들을 대동하고 달려온 의정 현령이 사람들의 기세가 쉬이 꺾일 것 같지 않자 큰 소리로 외쳤다.

"만 발의 폭죽을 터뜨리고 머리를 조아려 만세를 외쳐라!"

　현령의 말이 떨어지자 81줄의 기다란 폭죽이 타당탕! 하는 소리와 함께 터지기 시작했다. 천둥이 치는 듯한 폭죽소리와 더불어 하늘땅을 진동시키는 "만세!" 소리 역시 파도처럼 밀려왔다.

"건륭황제 만세! 만세! 만만세!"

　자옥한 연기 속에서 머리를 조아리면서 만세를 연호하는 백성들을 멀리서 바라보는 건륭의 용안에는 웃음꽃이 만발했다. 기분이 그럴 수 없이 좋은 모양이었다. 그는 인파를 향해 연신 손을 흔들어 보이는 것도 잊지 않았다. 이어 고개를 돌려 등 뒤의 유통훈에게 말했다.

"의정현에도 제법 일을 잘하는 관리들이 있네그려. 사치스럽지 않으면서 제법 떠들썩한 분위기를 만들어낼 줄 아는 걸 보니. 오는 도중에 어쩐지 길에 백성들이 보이지 않는다 했는데, 다들 여기 모여 있었군."

　유통훈은 건륭의 칭찬에 감히 맞장구칠 엄두를 내지 못했다. 그저 머뭇거리면서 짧은 응답을 한 것이 고작이었다. 의정현에서 새로 역도驛道를 만들고 행궁을 짓느라 5년 동안 쓸 전량錢糧(돈과 곡식)을 전부 쏟아 붓고도 모자랐다는 사실을 익히 들어 알고 있었기 때문이다. 의정현 백성들이 앞으로 살아갈 길이 막막할 것은 두말 하면 잔소리일 터였다.

　건륭은 그 사이에 말에서 내렸다. 이어 태후의 수레 몸채에 한 손을 얹고 다른 한 손은 인파를 향해 흔들어 보이면서 사람들 사이로 난 통로를 걸었다. 그리고는 끝없이 늘어선 채 열광적인 환호를 보내는 백성들을 뒤로 하고 조금씩 앞으로 나아갔다.

그가 팔을 흔드느라 어깨가 뻐근하다고 느낄 즈음이었다. 갑자기 눈앞이 확 트였다. 성의 북쪽에 위치한 관제묘 공터에 다다른 것이었다. 그곳 역시 사람들로 가득했다. 그러나 조용히 무릎을 꿇고 있는 사람들은 모두 아녀자들이었다. 건륭은 그들이 태후와 황후의 봉자鳳姿를 배알하기 위해 모인 고명부인들임을 눈치챘다. 곧 수레의 발을 걷고 안에 있는 태후를 향해 말했다.

"어마마마, 이번 영가迎駕에 수행한 외성外省 관리들의 고명부인들입니다. 개나리를 품은 홰나무는 관제묘 뒤편의 숲속에 있다고 합니다. 소자의 소견으로는 어마마마와 황후는 수레의 창窓을 떼어내고 수레 안에서 부인들의 문후를 받는 것이 어떨까 합니다. 삼면이라도 바람을 막아주니 밖에 나오시는 것보다는 따뜻할 것 같습니다."

태후가 대답했다.

"그래서는 안 됩니다, 황제. 보아 하니 앞에 있는 몇몇 이, 삼품 고명부인들은 전에 입궐했을 때 본 적이 있는 얼굴들입니다. 품위가 더 낮은 고명부인들은 우리 모자를 한 번 보기가 하늘의 별 따기일 것입니다. 모두가 황제를 위해 열심히 일하는 신하들의 가족이니 갖춰야 할 예의는 갖추는 게 좋지 않겠습니까? 안 그래도 너무 오래 수레에 앉아 있었더니 답답해요. 찬바람을 쐬면서 좀 걷고 싶던 참이기도 했습니다. 황후는 병약한 사람이니 황제의 뜻대로 하는 것도 좋을 듯합니다. 저들에게 서두르지 말고 먼저 천자를 알현하고, 그 다음에 나하고 황후를 찾아뵙도록 순서를 지키게 하세요."

태후는 말을 마치자마자 곧바로 자리에서 일어났다. 이어 수레에서 내려서려고 했다. 그때 몇몇 태감들이 달려와 땅에 엎드려 등을 대줬다. 나랍씨와 왕팔치가 양쪽에서 태후를 부축해 수레에서 내리는 것을 도왔다. 뒤에서 수레를 타고 따르던 황후는 어지가 전달되기도 전에 태후가 내리는 모습을 보고는 따라 내렸다. 아무도 황후의 고집을 꺾을 수 없었다.

건륭은 어쩔 수 없어 나랍씨를 보내 황후를 시중들도록 했다. 그리고 자신은 직접 태후를 부축해 관제묘 앞에 있는 수미좌에 앉게 했다. 태후는 손수 담비가죽 방석을 깔아주는 아들을 보면서 흡족한 표정을 지었다. 황후의 자리는 태후 옆에 마련됐다. 나랍씨는 황후의 자리에 사슴가죽 방석을 펴놓고는 조용히 한쪽으로 물러섰다. 건륭은 태후와 황후가 자리에 앉은 다음 비로소 품위에 따라 움직이는 고명부인들로부터 삼궤구고의 대례를 받았다. 건륭에게 예를 행한 그녀들은 다시 태후와 황후를 향해 예를 갖췄다. 건륭은 여인들의 무리에서 혹시 왕정지의 모습이 보이지 않을까 자세히 살폈다. 그러나 모두들 고개를 숙이고 있어서 잘 보이지 않았다. 게다가 모두들 똑같이 팔기 복장 차림을 하고 있어서 더 알아보기가 어려웠다.

고명부인들이 대례를 행할 때 관리들은 관제묘 뒤편의 홰나무 숲으로 먼저 가서 기다리고 있었다. 예부에서 정한 의례儀禮에 따르면 고명부인들은 관리들과 함께 가지 못하고 모두 그 자리에서 명령을 기다리고 있어야 했다. 건륭은 태후와 황후가 자리에서 일어나자 망연한 눈길로 다시 한 번 그녀들을 쓸어보고는 아쉬운 발걸음을 돌렸다. 예부 상서를 겸한 기윤과 의정 현령이 홰나무 숲이 시작되는 길목에서 그를 기다리고 서 있었다. 건륭이 태후를 부축하면서 나랍씨에게 명령을 내렸다.

"황후를 부축해드리게. 눈을 말끔히 치웠다고는 하나 나무에서 녹아내린 설수로 인해 길이 미끄러울 수도 있으니 말이네. 자네가 의정 현령인가?"

"예, 신 곽지강郭志强은 건륭 육년에 향시鄕試를 통해 발탁된 현령이옵니다."

현령이 지극히 공경스러운 표정으로 길을 안내하면서 대답했다.

"혹시 한군 기인漢軍旗人인가?"

"실로 성명聖明하시옵니다, 폐하! 한군漢軍 정홍기正紅旗 소속이옵니다."

"오는 길에 보니 의정현의 영가 의례가 돋보였네. 의정현의 고은庫銀이 거덜이 났겠군?"

건륭이 빙긋 미소를 지어보였다. 곽지강은 건륭의 단도직입적인 질문에 속으로는 흠칫 놀랐으나 이내 아첨기 그득한 표정을 지은 채 아뢰었다.

"아뢰옵니다, 폐하. 신은 감히 기군죄欺君罪를 지을 수 없어 진실을 고하겠사옵니다. 은자는 모두 고은에서 지출했사옵니다. 다행히 생전 처음이자 마지막으로 천자를 가까이에서 알현할지도 모른다는 생각에 백성들이 십시일반으로 지원을 아끼지 않아 비어 있던 고은은 다시 원래대로 돌아오고 있사옵니다. 장담하기 황송하오나 석 달 후에는 고은이 원래보다 더 많아질 것이옵니다. 하오나 신은 일방의 부모관으로서 절대 가난한 백성들의 가죽을 발라내는 짓은 하지 않는다는 나름의 원칙을 가지고 있사옵니다!"

건륭이 잠시 다른 생각을 하다가 말했다.

"오오……, 나름의 원칙을 가지고 있다? 어디 한번 상세히 말해보게!"

"예, 폐하!"

곽지강은 기인 중에서도 미꾸라지처럼 유난히 약은 인물로 유명했다. 보고 들은 것도 많아 임기응변에 능했다. 삼교구류三敎九流와 두루 다 친하다는 소문이 파다할 정도로 꿍꿍이속 역시 깊었다. 그가 머릿속으로 재빨리 생각을 굴리고는 번지르르한 입술을 빨면서 아뢰었다.

"폐하의 남순을 기해 손바닥만 한 현에서 지나치게 사치를 부린 건 아닌가 하는 부정적인 목소리도 있사옵니다. 그러나 소인의 소견으로는 의정현의 앞날에 발전이 되면 됐지 독이 되지는 않을 것이라 생각되옵니다. 도로는 이번 기회에 잘 닦아놓았으니 십 년은 거뜬히 문제없을 것이옵니다. 또, 폐하께서 이곳에 걸음하신 이상 성省에서도 내키지 않겠지만 재주財主들로부터 거둔 '낙수樂輸' 은자의 일부를 의정현에 보내지 않을 수 없을 것이옵니다. 이 부분에서만도 적잖은 이익을 보고 들어가는 것이옵니다. 평소 같았으면 꿈도 못 꿨을 행궁, 역관, 접관청 같은 시설도 폐하의 홍복洪福 덕분에 다 갖췄으니 다음 남순 때 폐하를 더욱 잘 모실 수 있는 여력이 생긴 것이 아니겠사옵니까. 평소에도 방치해 두지 않고 학궁學宮으로 유용하게 사용할 예정이옵니다. 그러면 학궁을 지을 돈으로 공묘孔廟를 세울 수도 있지 않겠사옵니까. 물론 일각에서는 신이 대대적인 역도 보수작업을 한다고 주제파악도 못하는 아첨꾼이라면서 비난하고 있사옵니다. 그러나 그들이 어찌 신의 깊은 뜻을 알겠사옵니까? 오십리포에서는 해마다 열악한 도로 사정으로 인해 십만 무畝에 달하는 뽕밭의 뽕잎이 썩어나가고 있는 실정이옵니다. 뽕잎을 내다 팔아 은자를 벌어들이고, 그 은자로 방직기계를 사들인다면 의정현이 부자가 되는 건 시간문제이옵니다! 하오나 이 모든 것은 개나리를 품은 홰나무가 가져다줄 명성과 경제적 이익에 비하면 아무것도 아니옵니다. 폐하와 태후마마, 황후마마 세 분 지존이 한꺼번에 이곳을 찾아주셨으니 앞으로 이곳 오십리포가 방방곡곡에서 찾아드는 유람객들로 인해 행복한 몸살을 앓게 됨은 자명하지 않겠사옵니까? 벌써 섬서와 산서山西의 대지주들이 명당자리라면서 앞을 다퉈 이곳의 땅을 사고 있사옵니다. 땅값이 벌써 일 무 당 이천 냥으로 올랐사옵니다. 지금도 천정부지로 치솟고 있사옵니다. 분수에 맞지 않는 사치라면서 욕을 바가지로 퍼붓는 축들도 조만간 꼬리를 내릴 날이 올 것이옵니다!"

곽지강은 자랑을 섞어 의정현의 '밝은 미래'에 대해 열변을 토하다 갑자기 자신의 실수를 깨달은 듯 입을 다물었다. 얼떨결에 '개나리를 품은 홰나무'가 치밀한 계산에 의해 만들어진 가짜임을 드러냈다는 생각이 들었던 것이다. 그가 당황한 기색을 애써 감추면서 한풀 꺾인 목소리로 덧붙였다.

"이 모든 것은 폐하의 하늘과 같으신 홍복 덕분이옵니다. 우리 의정 백성들을 애중히 여기시는 폐하의 성심을 헤아리시어 하늘에서도 이 같은 상서로움을 내리시지 않았나 생각하옵니다."

건륭은 곽지강의 우려와는 달리 별다른 의심을 하지 않는 것 같았다. 기윤 역시 의정 현령이 똑똑하고 예사내기가 아닐 것 같다는 생각만 했을 뿐 말 속에 석연치 않은 구석이 있다는 사실은 간파하지 못했다. 건륭이 말했다.

"자네처럼 영특한 사람을 지방에 묻어둔다는 것은 엄청난 인재 낭비일세. 짐이 범시첩을 호부 상서로 발령 내기로 했으니, 자네는 번고사藩庫司의 주사主事로 가게."

건륭은 시종 흡족한 표정을 감추지 못했다. 그는 곽지강에게 분부를 마친 다음 고개를 돌렸다. 몇 십 보 밖에 한 무리의 관리들이 공손히 허리를 숙이고 서 있는 모습이 보였다. 빙 둘러선 관리들의 한 가운데에는 품자品字 형으로 세 그루의 홰나무가 빨간 띠를 달고 서 있었다. 가운데 삼각형 빈자리에는 작은 탁자가 놓여 있었다. 그 위에는 술과 다과가 풍성하게 갖춰져 있었다.

건륭을 따라 시선을 돌리던 태후가 갑자기 눈빛을 반짝이면서 소리치듯 말했다.

"황제, 황후! 저기를 보세요! 개나리가 얼마나 소담스레 피었는지!"

건륭과 황후도 태후가 가리키는 쪽에 시선을 박았다. 과연 홰나무의 늙은 가지에서 세 무더기의 화사한 개나리가 쏟아질듯 드리워진 채 하느작거리고 있었다. 멀리서 보니 마치 서양 여인의 찰랑대는 금발머리 같기도 하고 세 갈래의 노란 폭포 같기도 했다. 고목처럼 거무죽죽한 홰나무에 달린 그것은 분명 '황일점'黃一點이었다.

황후는 달려가듯 빠른 걸음으로 다가가더니 눈이 휘둥그레진 채 호들갑에 가까운 감탄사를 연발했다. 황후가 그런 모습을 보이기는 처음이었다. 그러나 그녀는 자신의 행동에 전혀 개의치 않는 듯 몸을 낮춰 아래로 드리운 꽃가지를 조심스레 모아 쥐고는 삼킬 듯이 들여다봤다. 큰 것은 서양 단추만 하고 작은 것은 완두콩만 한 꽃봉오리들은 갓 피어 연한 꽃술을 드러낸 것들이 있는가 하면 아직 수줍은 듯 웅송그리고 있는 것들도 있었다. 연두색에 노랑을 품은 꽃봉오리들은 영롱한 설수雪水까지 머금어 그런지 유난히 싱싱하고 고왔다. 황후는 섬섬옥수에 물기 머금은 개나리를 가지째 받쳐 들고 연신 입술과 코를 갖다 대면서 그윽한 향을 들이마셨다. 색과 향의 미묘한 조화에 도취된 듯 눈을 살며시 감고 있는 그녀의 얼굴 역시 꽃처럼 아름다웠다.

"아미타불, 관세음보살! 진정 보기 드문 상서祥瑞로구나!"

건륭의 팔을 뿌리치고 황후에게 다가간 태후 역시 탄성을 연발했다. 그리고는 두 손을 모아 합장을 했다. 백발이 가볍게 떨렸다. 그녀가 이어 입속으로 소원을 중얼거렸다.

"비나이다, 비나이다, 불조佛祖께 비나이다. 부디 우리 대청의 국운이 왕성하고 자손이 번창하게 살펴주시옵소서. 부디 황제, 황후와 천하 자민子民들 모두 안강安康하고 화기和氣롭게 지낼 수 있게 굽어 살펴주시옵소서. 관세음보살!"

태후가 소원을 빈 다음 손을 내밀었다. 눈치 빠른 나랍씨가 즉각 예주병醴酒瓶을 받쳐 올렸다. 술병을 받아든 태후는 태감들에게 명해 노란 손수건을 나무 앞에 펼쳐놓게 했다. 이어 황후가 친히 탁자 위의 다과들을 집어 하나씩 손수건 위에 내려놓았다…….

모두가 지켜보는 가운데 태후, 황후와 나랍씨는 더없이 공경한 자세로 술을 뿌리고 향을 사른 다음 예배를 올렸다. 모든 사람들의 이목이 세 사람의 일거수일투족에 집중됐다. 한쪽으로 물러나 백관들과 함께 말 없이 그 모습을 지켜보고 있던 건륭은 향 세 대가 전부 타서 재가 되는 것을 보고서야 만족스러운 미소를 짓는 세 사람을 향해 말했다.

"어마마마의 간절한 발원이 꼭 이뤄지기를 소자도 더불어 바라겠습니다. 황후가 모처럼 크게 즐거워하는 모습을 보니 짐도 이루 형언할 수 없이 기쁩니다. 오늘은 실로 모두가 크게 즐거워한 하루로 영원히 기억 될 것입니다! 이제 관리들이 번갈아 가면서 감상을 할 것이오니 어마마 마께서는 피곤하시면 관제묘 후전後殿으로 거동하시어 잠시 쉬십시오. 소자는 꽃을 감상하는 행사가 끝나는 대로 어마마마를 모시고 의정 성 으로 돌아가도록 하겠습니다!"

"그래, 그게 좋겠습니다. 우리가 있으면 저들이 오히려 불편할 테죠. 황제께서는 상서祥瑞를 잘 믿지 않으시지만 오늘 보셨다시피 상서라는 건 분명히 존재합니다. 신하들 중에도 상서를 믿지 않고 부처님을 믿지 않는 자들이 있으니 억지로 코 꿰어 구경시키느라 하지는 마세요. 다만 이 꽃을 욕보이는 자가 있다면 결코 용서하지 않을 것임을 분명히 해주 세요. 자, 그러면 우리는 자리를 뜨세!"

태후는 행여나 뒷말이 나올세라 단단히 못을 박았다. 이어 후궁과 품 위가 낮은 궁녀들이 태후를 모시고 자리를 떴다. 그제야 숲속의 분위기 는 한결 홀가분해졌다.

좌중의 문무관리들은 사실 모두 공맹孔孟을 숭상하는 사람들이었다. 경천법조敬天法祖나 인仁과 의義를 부르짖는 것 외에는 보살, 귀신이나 상 서 따위는 애당초 믿지 않았다. 다만 천자가 효를 행하는 자리인지라 숨

죽이고 가만히 지켜보았을 뿐이었다. 그런 상황에서 태후가 자리를 뜨고 똑같이 공맹의 도를 숭상하는 건륭만 남았으니 홀가분할 수밖에 없었다. 사람들은 약속이나 한 듯 거의 동시에 안도의 한숨을 내쉬었다. 누군가 먼저 기침소리를 내자 기다렸다는 듯 여기저기서 재채기소리도 연발해 터뜨렸다. 심지어 코를 풀고 옷섶으로 손을 집어넣어 등을 긁적이는 등의 행동을 하는 이들도 있었다. 한마디로 별의별 꼴불견이 속출했다. 건륭은 그들의 기분을 잘 알았기 때문에 짐짓 못 본 척하면서도 태후의 의지懿旨만은 분명히 전했다. 그리고는 덧붙였다.

"짐도 좀 지쳤네. 의자를 가져다 앉자. 경들도 오늘만큼은 짐의 면전이라고 특별히 구애받을 거 없네."

건륭이 말을 마치고는 문득 한 가지 생각이 떠오른 듯 몇 마디 말을 이었다.

"궁권宮眷(황실의 여인들)들은 떠났으나 밖에는 아직 관권官眷들이 명을 기다리고 있네. 부부가 함께 꽃을 감상하도록 하게. 모두 불러들이라!"

태감 한 명이 즉각 달려가 건륭의 어지를 전했다. 그러자 밖에서 여인들의 환호소리가 터져 나왔다. 나름 공들여 단장을 한 그녀들은 곧 백화가 흐드러진 화원을 그대로 옮겨놓은 듯 화려한 모습으로 몰려들어와 건륭에게 사은을 표했다. 그리고는 저마다의 남편을 찾아 함께 개나리 구경에 나섰다. 건륭은 그렇게 짝을 지은 모습들이 보기 좋아 온화한 미소를 머금고 지켜봤다. 그는 즉흥적으로 시라도 짓고 싶었으나 왠지 마음이 들떠 시흥詩興이 떠오르지 않았다. 순간 그는 어디선가 왕정지가 자신을 훔쳐보고 있지는 않을까 하는 생각이 들었다. 혹시나 하고 고개를 돌려봤지만 주위에는 온통 아첨 어린 얼굴을 한 사람들뿐이었다.

한참 시간이 흐르자 꽃구경을 마친 무리들이 설경을 감상하기 위해 숲속 여기저기로 흩어졌다. 이렇게 해서 홰나무 앞에는 머리에 금좌金

座가 달린 조관朝冠을 쓴 고명부인 한 명만 무릎을 꿇고 있게 됐다. 건륭은 답답한 마음에 자리에서 일어나 천천히 걸어가다 기화奇花의 정체가 궁금해 자세히 살펴볼 요량으로 쪼그리고 앉았다. 순간 건륭의 맞은편에 무릎을 꿇고 있던 여인이 작은 목소리로 아뢰었다.

"신첩 왕정지, 폐하께 문후 여쭈옵니다."

"아니, 자네가!"

건륭은 흠칫 놀라면서 손바닥에 올려놓았던 꽃가지를 놓쳤다. 그러나 곧바로 정신을 가다듬었다.

"짐은 어쩐지 자네를 만날 것 같은 예감이 들었네. 자네 남정네는?"

왕정지가 고개도 들지 못한 채 기어들어가는 소리로 대답했다.

"신첩의 남정네는 노작 대인의 분부를 받고 은자를 가져다드리러 갔사옵니다. 갑문閘門을 수리하기 위해 목재를 구입해야 한다고 했사옵니다. 신첩은 양주에서 그이를 기다리고 있던 중 태후마마와 폐하, 그리고 황후마마를 알현할 수 있는 기회를 윤허 받아 이렇게…… 오게 됐사옵니다."

건륭은 깊은 얘기를 나눌 수 있는 자리가 아니라고 생각을 한 듯 바로 왕팔치를 불렀다. 이어 명령을 내렸다.

"내무부에 필묵을 준비하라고 이르거라. 모든 문무관리들에게 회포영춘懷抱迎春을 주제로 작시를 하라고 명하게. 지필을 받는 대로 작시하면 짐이 우수작을 선별해 상을 내릴 것이야!"

"알겠사옵니다, 폐하!"

왕팔치는 어리둥절한 눈빛으로 왕정지를 힐끗 일별하고는 물러갔다. 건륭은 앞장서서 걸음을 옮기고는 왕정지에게 일어서서 따라오라는 눈짓을 보냈다. 건륭이 네 사람이 품어도 못다 품을 정도로 큰 아름드리 홰나무 뒤로 사라지자 왕정지 역시 사람들의 시선을 피해 몰래 그를 따라갔다.

두 사람은 한동안 아무 말도 없이 서로를 바라보기만 했다. 왕정지는 어느새 마흔 살을 넘긴 중년의 여인으로 변해 있었다. 얼굴에서는 처음 만났을 때의 풋풋함과 청순함은 더 이상 찾아볼 수가 없었다. 대신 한 치의 흐트러짐도 없이 빗어 올린 까만 머릿결과 어린魚鱗을 방불케 하는 가느다란 눈가 주름에서 성숙한 여성미가 물씬 풍겼다. 물기 촉촉한 눈빛은 여전히 고왔다. 살짝 웃을 때마다 깊이 파이는 양 볼의 보조개 역시 여전히 매혹적이었다. 왕정지는 건륭의 그윽한 눈길이 부담스러운 듯 얼굴을 살짝 붉혔다.

"폐하께서는 용안이 여전하옵고 기색이 강녕해 보이옵니다……."

왕정지는 말을 하다 말고 주위에서 부스럭거리는 소리에 포수의 총소리에 놀란 작은 산짐승처럼 불안해했다. 이어 겁에 질린 눈빛으로 몰래 주위를 살폈다. 건륭이 그런 왕정지를 안심시켰다.

"태감들이네. 신경 쓸 거 없네. 누구든 감히 망발을 입에 담았다가는 짐이 가죽을 벗겨버릴 것이네. 자네는 누가 뭐라고 해도 짐의 목숨을 구해준 은인이네. 문무관리들은 물론 자네 남정네 앞이라도 두려워할 게 없네. 자네는 많이 야위었구먼……. 그래, 사는 건 어떤가?"

"그런 대로 괜찮사옵니다."

왕정지가 발끝으로 땅바닥을 긁으면서 대답했다

"솔직히 말해 보게!"

"……."

"왜? 그자가 자네를 괴롭히나?"

그런데 건륭은 말을 마치자마자 바로 왕정지의 목 뒤에 있는 선명한 핏자국을 발견했다. 깜짝 놀랄 수밖에 없었다. 그것은 채찍으로 때린 자국이 아니면 대나무 가지로 후려친 흔적인 듯했다. 이제 막 딱지가 앉기 시작하는 걸 보면 오래된 것 같지도 않았다. 얼굴이 벌겋게 달아오른 건륭이 다그쳐 물었다.

"말해보게, 혹시 우리의 과거를 알기라도 했다는 말인가?"

왕정지의 고개가 점점 아래로 떨어졌다. 동시에 눈물이 후드득 발등에 떨어졌다. 그녀가 소리 죽여 흐느끼기 시작했다.

"북경에 있을 때부터 줄곧 못살게 굴었사옵니다. 실토를 하라면서 닦달을 하는데……, 너무 괴로워 죽어버리고 싶었사옵니다. 외임外任으로 나온 지금은 대놓고 때리고 입에 담지 못할 욕설을 퍼붓는 일이 다반사이옵니다……."

건륭이 마른침을 꿀꺽 삼켰다.

"그래, 자네는 어쩔 셈인가?"

왕정지가 흐느끼듯 대답했다.

"소실을 셋씩이나 들여 신첩을 여자 취급하지 않은 지도 오래 됐사옵니다. 그 사람은 그저 자나 깨나 승진하는 것밖에 모르옵니다. 어떻게 하면 보다 나은 자리로 비집고 들어갈까, 누가 거꾸로 처박히는 사람은 없는지, 그런 것에만 혈안이 되어 있사옵니다. 고항 국구의 사건이 터지자 이번에는 언감생심 부副자가 붙은 거라도 좋으니 염운사鹽運使에서 한 자리 차지했으면 하는 것 같았사옵니다……."

건륭은 침묵했다. 인사는 은자銀子나 택전宅田을 상으로 내리는 것과는 차원이 다른 문제였다. 더구나 돈과 관련이 있는 중요한 관직은 아무에게나 내릴 수 있는 것이 아니었다. 건륭이 잠시 침묵하더니 자신의 허리춤에서 장식용 한옥패漢玉佩를 풀어 왕정지에게 건네면서 씁쓸한 미소를 지었다.

"우리 둘은 비록 연분緣分은 끝났어도 정분情分은 아직 남아 있지 않은가. 이걸 간직하고 있게."

"폐하!"

왕정지가 두려움에 가득 찬 눈을 크게 뜨면서 뒷걸음질을 쳤다.

"받으라니까!"

건륭이 왕정지의 손을 낚아채듯 거칠게 잡아 당겨 기어이 옥패를 쥐어줬다. 이어 덧붙였다.

"간직하고 있게. 그자가 발견해도 상관없네! 필요할 때 분명히 일러두게. 그자의 영욕과 생사는 짐의 일념一念에 달려 있다고 말일세. 자네는 짐의 은인이네. 그 누구든 감히 자네를 괴롭히면 짐이 결코 좌시하지 않을 것이네!"

"폐하……!"

"두말 말고 받아두게. 모든 건 짐만 믿고 따르게!"

건륭이 말을 마치고는 주위를 둘러봤다. 저만치에서 왕팔치가 고개를 쭈뼛쭈뼛 내밀고 있는 모습이 보였다. 아마 관리들이 시를 다 짓고 기다리고 있는 모양이었다. 건륭은 왕정지를 향해 힘주어 머리를 끄덕여 보이고는 돌아서서 관리들 쪽으로 향했다.

왕정지도 뒤따라 홰나무 뒤에서 나왔다. 그녀는 저만치 무리지어 서있는 고명부인들 쪽으로 가고 싶었다. 그러나 쉬이 발걸음이 떨어지지 않았다. 그저 불안한 마음에 건륭이 두고 간 한옥패를 다시 한 번 손으로 꼭 감싸 쥐었다. 그러자 마음이 다소 안정되는 것 같았다. 그때 어디서 나타났는지 궁녀 두 명이 왕정지 앞으로 다가왔다. 이어 말없이 고개 숙여 인사하고는 앞장을 서서 걷기 시작했다. 그제야 왕정지는 건륭이 그녀들을 보냈다는 사실을 알아차렸다. 곧 그녀들의 뒤를 따라 고명부인들 쪽으로 향했다.

# 9장
## 충신의 직간直諫

건륭의 숙제를 받은 관리들은 잘 떠오르지도 않는 시흥을 억지로 끌어내느라 골머리를 앓았다. 꽃을 마주하고 침묵에 잠긴 사람이 있는가 하면 머리를 긁적이면서 중얼중얼 시구를 짜내는 사람도 있었다. 대부분은 상서로움을 찬미하느라 온갖 미사여구를 늘어놓았다.

기윤은 그런 관리들을 둘러보고 있다가 이쪽을 향해 걸어오는 건륭을 발견하고는 황급히 다가가 목소리를 낮춰 아뢰었다.

"아계가 주사갑奏事匣을 보내왔사옵니다. 신이 절략節略을 읽어보니 곽집점霍集占의 회족回族 부족이 난동을 부리고 있다는 내용이옵니다. 폐하께 지시를 청하는 상주문도 첨부돼 있었사옵니다. 이 밖에 구제양곡을 착복한 산동 순무에 대한 탄핵안, 감숙성에서 국채 환수작업의 진척을 보고올린 상주문과 지방관들의 청안請安 상주문들이 들어있었사옵니다. 소신이 군기처 등본처謄本處에 잠시 보관해두라고 했사옵니다. 폐하께서는 이 상주문들을 언제 어람하시겠사옵니까? 혹시 의정으로 돌아가시는 수레 안에서 어람하실지 여부를 여쭙고 싶사옵니다."

"짐은 돌아갈 때도 말을 타고 갈 것이네. 곽집점의 상주문은 등본처에서 몇 부 베껴 악종기와 윤계선, 부항에게 발송하라고 이르게. 지금은 시를 지으면서 즐기는 마당이니 자네는 괜히 잘난 척하고 나서서 저들의 아흥雅興을 깨지 않도록 조심하게!"

건륭이 다시 관리들을 향해 목소리를 높였다.

"기윤은 나서지 못하게 초장에 눌러버렸으니 자네들은 걱정하지 말고 마음껏 재주를 발휘해보게. 유통훈은 공사公事로 심신이 고달픈 사람이니 억지로 시를 지으라고 괴롭히지 않겠네. 나머지는 누구도 예외 없이 오늘 본 기화奇花의 상서를 주제로 시를 지어야 하네. 훌륭한 작품에 대해서는 상을 내리겠으나 졸작을 지은 자에게는 벌로 세 편의 팔고문八股文을 짓게 만들 것이니 그리들 알게나!"

기윤은 건륭의 기분이 좋아 보이는 틈을 놓치지 않고 듣기 좋은 말을 슬며시 꺼냈다.

"모처럼 군계일학의 솜씨를 뽐내보고자 했사온데 폐하께서는 어찌 신에게 작시할 기회조차 주지 않으시옵니까! 사실 신의 시재詩才도 이백과 두보에 비견되는 폐하의 시재에 비할 바는 못 되옵니다. 신하들 모두 이에 공감할 것이옵니다. 폐하의 옥음玉音을 들려주시면 아니 되겠사옵니까?"

건륭은 대놓고 하는 기윤의 아부가 싫지 않은 듯했다.

"솔직히 '이백과 두보에 비견된다'는 표현은 너무 과하네. 짐은 그저 그때그때 떠오르는 희로애락을 진솔하게 표현할 뿐이네. 아무개와 비견되고 아무개를 능가한다는 식으로 비교해본 적은 없네."

건륭이 말을 마치자마자 잠시 생각을 하더니 뒷짐을 진 채 카랑카랑한 목소리로 즉흥시를 읊어나갔다.

세인의 이목을 끌면서 상서로이 괴수槐樹에서 자생自生하니,
화사한 연노랑빛 동풍에 말이 없네.
황홀한 청향淸香은 요지瑤池에 넘쳐흐르니,
이 어찌 영춘迎春을 바라는 남국南國의 간절함이 아닐쏘냐.

좌중의 문무백관들은 건륭이 시를 다 읊기 무섭게 박수갈채를 터트
렸다. 건륭은 그러자 속으로 의기양양해 하면서 겉으로는 짐짓 대수롭
지 않은 투로 말했다.

"시사詩詞는 짐이 번잡한 정무에서 잠시 벗어나 성정性情을 도야하는
수단이네. 그저 소도小道(유학儒學 이외의 학문)에 지나지 않네. 물론 소도
라고는 하나 그 속에 대도大道를 품고 있으니 시사를 일정한 경지로 승
화시키는 것도 결코 용이한 일은 아니지."

기윤이 생각할 때 건륭의 시는 누가 뭐라고 해도 결코 뛰어난 작품
은 아니었다. 그러나 어떻게든 칭찬을 해야 했다. 비록 '잘난 척' 하지
말라는 어지가 있기는 했어도 명색이 '문단의 수령'이라는 사람이 이럴
때 침묵하는 것도 경우가 아니었다. 결국 그가 빙그레 웃으면서 먼저 입
을 열었다.

"폐하께서는 과연 시에 대해 일가견이 있으시옵니다. 신은 감복해마
지 않사옵니다. 대도가 소도에 녹아 있음은 성작聖作을 통해서도 엿볼
수 있었사옵니다. 앞의 두 구절은 '정'情을 표현하신 것 같사옵니다. '화
사한 연노랑빛 동풍에 말이 없다'라고 하셨는데, 미색을 타고난 '연노랑
빛'이 말이 없는 이유는 수줍은 기다림 때문이 아니겠사옵니까? 뒤의
구절은 요지瑤池에 넘쳐흐르는 청향淸香을 왕모王母에 비유해 태후마마

를 향한 폐하의 극진한 '효'를 뜻함이 아니겠사옵니까?"

한낱 평범한 시 구절은 재자才子의 윤색을 거쳐 제법 유원무궁悠遠無窮한 대도를 내포한 수작秀作으로 포장되었다. 옆에서 듣고 있던 복강안은 기윤의 기민함에 내심 감탄하지 않을 수 없었다. 자신의 재학은 기윤에 비하면 턱없이 부족하다는 자괴감이 들 정도였다. 그때 건륭이 말했다.

"짐의 효심은 타고난 본성이네. 시를 지을 때 그것까지 염두에 둔 것은 아니었는데, 기효람이 그렇게 해설을 붙이니 아주 괜찮아졌는데? 범시첩, 자네도 어째 가슴이 벌렁벌렁 끓는 걸 보니 북받치는 시흥을 주체할 수 없나보지? 한 수 읊어보게!"

그 사이 자신이 시랍시고 구상한 내용이 건륭과 기윤의 시론과 부합한다는 자신감이 생긴 범시첩이 제격 대답했다.

"신은 세무世務밖에 모르는 무식쟁이이오나 오늘따라 시사詩思를 주체할 수 없사옵니다. 참으려고 했으나 어쩔 수 없이 그만 실수로 시를 짓고 말았사옵니다. 오늘부터 이 마당쇠도 아인雅人의 반열에 오르는 건 아닌지 모르겠사옵니다!"

건륭이 범시첩의 말에 너털웃음을 터트렸다.

"실수로 시를 지었다? 그래, 우리의 마당쇠가 아인이 될 수 있을지 어디 한번 들어보세!"

범시첩이 황급히 사은을 표하고는 담배에 찌든 누런 이를 드러내면서 우스꽝스러운 태도로 시를 읊기 시작했다.

가지는 조수藻鬚처럼 면면히 길고,
색깔은 황국黃菊처럼 훤당萱堂(어머니)을 향하네.
대안국大安國의 황은皇恩에 영생토록 보은코자

상서祥瑞를 꽃피워 조양朝陽을 향하네.

건륭이 바로 고개를 끄덕였다.

"과연 괄목할 만한데? '아인'이 별건가? 그 정도면 충분하지! 다만 한 가지, '황은皇恩'을 '친은親恩'으로 고치는 것이 더 나을 것 같네. 그래야 효도를 제창하는 짐의 취지와 더욱 잘 어울릴 것 아닌가!"

건륭이 말을 마치고는 좌중의 사람들을 훑어봤다. 누군가를 찾는 듯했다. 이어 갑자기 눈빛을 반짝이면서 한 사람을 지명했다.

"두광내, 앞으로 나오게."

"예, 폐하!"

두광내가 몇 걸음 앞으로 나와 허리를 깊숙이 숙였다.

"찾아계셨사옵니까?"

"짐과 범시첩이 지은 시를 대한림大翰林께서는 어찌 들었는지 그 평을 듣고 싶어서 찾았네."

"폐하의 시도 범 대인의 시도 모두 흠잡을 데가 없었사옵니다."

두광내는 딱 한마디만 하고는 고개를 숙인 채 아무 말도 하지 않았다. 사자후를 토하듯 극찬을 아끼지 않던 기윤과는 정반대였다. 그런데 황제의 하문下問에 그렇듯 짧게 대답하는 것은 사실 대단히 불경스럽고 무성의한 태도라고 할 수 있었다.

아니나 다를까, 말이 계속 이어질 줄 알고 흐뭇한 표정으로 기다리고 있던 건륭의 얼굴에서 서서히 미소가 사라졌다. 그는 사사건건 시비를 걸고 나서는 두광내에게 은근히 호감을 갖고 있던 차였다. 그래서 오늘처럼 문무백관이 운집한 자리에서 그에게 특별히 성총을 내리겠다는 생각도 가지고 있었다. 그래야 앞으로 두광내를 중용해도 뒷말이 없을 것이었다. 그런데 두광내는 그런 그의 깊은 뜻을 헤아리지 못하고 모자라게 굴었다. 건륭은 삽시간에 흥이 산산조각 나고 말았다. 두광내는 정말로 눈치가 무딘 건지 아니면 알면서 일부러 그러는 건지 계속해서 입을 꾹 다물고 더 이상 아무 말도 하지 않았다.

건륭은 어이가 없어 그를 한참동안 뚫어지게 바라보더니 짧은 한숨과 함께 비아냥거리는 투로 말했다.

"왜? 짐이나 범시첩의 시를 들으니 뭐라 논평할 가치도 없는 졸작이었나? 그럼 대한림의 실력은 얼마나 대단한지 한번 들어보지!"

그러자 두광내가 낮게 내렸던 고개를 한 번 더 깊이 숙였다.

"신은 지금 문사文思가 메말라 있사옵니다. 자칫 폐하의 귀를 어지럽게 해드릴까 염려돼 감히 시를 지을 엄두가 나지 않사옵니다. 용서해주시옵소서, 폐하!"

"용서하고 말고가 어디 있나? 오늘 백지를 내는 사람도 적지 않을 텐데."

건륭이 말을 마치고는 왕팔치에게 손을 내밀었다. 왕팔치가 황급히 담비가죽으로 꽁꽁 싸두었던 은병에서 차 한 잔을 따라 받쳐 올렸다. 건륭이 차를 한 모금 마시더니 천천히 고개를 저었다.

"다 식었네. 다시 끓여 오게. 짐은 자네를 잘 알고 있네. 어려서부터 신동 소리를 들으며 자랐고, 이후 승승장구해서 오늘날 이 자리까지 온 사람이지. 그런 자네가 즉흥시 한 수를 못 지어서 짐의 심기를 불편하게 만들지는 않을 것임을 분명히 알고 있네."

분위기는 숨이 막힐 듯 팽팽해졌다. 기윤은 두 손에 땀을 쥐었다. 유통훈 역시 미간을 잔뜩 찌푸린 채 두광내를 뚫어지게 바라보고 있었다. 황제가 일촉즉발의 노기를 품고 있었으니 두광내의 입만 바라보고 있는 문무백관들의 속도 조마조마하기 이를 데 없었다. 다행히 오랜 침묵 끝에 두광내가 무겁게 입을 열었다.

가지의 부드러움은 수제류隋堤柳의 풍운風韻이요,
꽃술의 화사함은 대괴봉大槐峰의 뜻이니라.

기윤과 유통훈은 자신들도 모르게 길게 한숨을 내쉬며 안도했다. 이 정도의 무난한 시라면 건륭의 비위를 거스를 일이 없을 것이라는 생각이 들었던 것이다. 그러나 이어진 두 구절은 두 사람의 환상을 여지없이 짓밟고 말았다.

서원西苑이 너무나 적막하다고 탓해
난설暖雪이 흩날리는 이곳에서 꽃을 피워 봄을 재촉하는가!

혹시나 했더니 역시나였다! 두광내의 아집은 불가사의할 정도였다. 다른 문무백관들은 시의 뜻을 음미하느라 여념이 없었으나 기윤과 유통훈은 이미 시 속에서 신랄한 풍자를 느끼고 있었다. 그것은 건륭을 향한 인정사정없는 도전이었다!

"보아하니 목구멍에 가시가 단단히 걸린 게로군. 시도 때도 없이 토해내지 않고서는 배기지 못하는 걸 보니!"

건륭은 의외로 담담한 표정을 짓고 있었다. 그러나 말투는 고드름처럼 차가웠다. 그가 다시 말을 이었다.

"흥을 돋우라 했더니 찬물을 끼얹었군! 자네가 지금 비난하는 대상은 누구인가? 태후마마인가, 아니면 짐인가? 짐이 창춘원과 서원이 적막하다고 남순이라는 미명하에 강남의 산수를 구경하러 심심풀이 나들이를 하러 왔다는 말인가?"

두광내는 건륭의 준엄한 질책의 말이 떨어지기 무섭게 두 무릎을 꿇고는 연신 머리를 조아렸다. 이어 유약하기는 하나 또렷하고 분명한 어조로 대답했다.

"신이 어찌 그런 패광무례悖狂無禮한 생각을 품을 수 있겠사옵니까! 신 두광내 역시 군부의 신하이고 누군가의 자식이옵니다. 하온데 어찌 태후마마를 향한 폐하의 지성지덕至誠至德을 경시할 수 있겠사옵니까? 태후마마와 황후마마께서는 천하의 어머니시옵니다. 신은 두 분께서 독실한 신앙심을 갖고 계심을 잘 알고 있사옵니다. 대설 후의 잔한殘寒을 무릅쓰고 백리 길을 오가면서 서화瑞花를 감상하시는 데도 이의가 없사옵니다. 그러나 폐하께서는 의정현에서 삼구三九의 추위에 길을 수리하고 행궁을 짓느라 얼마나 많은 민부民夫들이 얼어 죽고 굶어 죽었는지 알고 계시옵니까? 자식과 아비를 잃거나 남정네를 잃은 백성들이 폐하의 애민지덕愛民之德을 어찌 생각하겠사옵니까?"

좌중의 사람들은 두광내의 말에 하나같이 그 자리에 얼어붙고 말았다! 두광내는 개인의 '효'를 위해 수많은 천륜을 희생시킨 건륭의 소인소자小仁小慈를 사정없이 질타하고 있었다!

건륭의 안색은 먹장구름처럼 어두워졌다. 문무백관들의 얼굴은 그보다 더 어두워져 사색이 된 채 부들부들 떨고 있었다. 다들 금방이라도 스르르 무너질 것 같았다. 그러나 그들은 어명이 없이는 군기대신이 앞장서지 않는 한 무릎도 마음대로 꿇을 수 없는 터라 죽을힘을 다해 버티고 있어야 했다.

기윤은 건륭이 순간의 화를 주체하지 못해 벼락같은 분노를 터뜨리고는 겁 없는 책벌레를 죽이기라도 할까봐 숨이 넘어갈 지경이었다. 바른말을 한 신하의 목을 칠 경우 의정행은 말할 것도 없고 남순 길에 지울 수 없는 오점을 남기게 될 것이다. 급기야 그는 있는 용기 없는 용기를 다 쥐어짜내 두광내를 질타했다.

"두광내, 책 속에 파묻혀 산다는 사람이 대의를 위해서는 작은 것을 버릴 줄 알아야 한다는 말도 못 들어봤는가? 어디 감히 망발로 폐하께 소인소자의 허물을 덮어씌우려는 건가? 자네 본심대로라면 태후마마께 서 서화瑞花를 감상하러 나오신 것이 과분한 거동이었다는 말인가? 그 렇다면 자네는 고당영존高堂令尊을 모시고 바깥나들이 한번 해본 적이 없다는 말인가?"

기윤의 입에서 '고당영존'이라는 말이 나오자 두광내는 황급히 머리 를 조아렸다. 그러나 여전히 침착하게 대답했다.

"하관의 두 번째 시구詩句는 귀에 걸면 귀걸이, 코에 걸면 코걸이이옵 니다. 하관은 그 꽃이 황가皇家의 서원西苑에서 피었으면 하는 간절한 바 람을 담아 그 같은 시를 쓴 것이옵니다! 원명원, 창춘원에 그 같이 상서 로운 꽃이 피었더라면 어찌 일각이 금싸라기 같은 폐하께서 태후마마 를 뫼시고 친히 이곳까지 걸음을 하셨겠사옵니까?"

두광내의 말은 듣기에 따라서는 무난하게 넘겨버릴 수도 있었다. 그러 나 건륭이 그 말 속에 든 뼈를 간과할 리가 만무했다. 결국 치밀어 오 르는 화를 주체하지 못하고는 솟구치듯 일어나더니 소름끼치는 웃음 을 지었다.

"결국 어찌됐든 짐의 남순이 문제였군. 자네는 짐이 명明의 신종神 宗처럼 이십 년 동안 출궁하지 않고 자금성에만 들어앉아 있었으면 좋 겠는가? 이치吏治의 부재에 따른 민간의 질고는 나 몰라라 한 채 나라 를 도탄에 빠뜨리기를 바라는 건가? 고얀 사람. 진부한 고물딱지 같으 니라고!"

건륭이 급기야 들고 있던 찻잔을 내동댕이쳐버렸다. 그리고는 더욱 목 소리를 높였다.

"역대의 제왕들은 모두 남순을 통해 천하의 번영과 화합을 이룩해왔 네! 성조께서도 여섯 차례씩이나 남순 길에 오르시어 오늘날 태평성대의 근간을 이룩하셨네. 그런데 자네는 어찌해서 유독 짐의 남순만은 백성들의 질고를 야기한다는 그런 얼토당토않은 소리를 할 수 있다는 말인가?"

"폐하……!"

두광내 역시 이제는 화가 나서 얼굴까지 벌겋게 달아오른 건륭에게 잠깐 두려움을 느끼긴 했다. 그러나 마음을 다잡은 그는 끝까지 물러서지 않고 침착하게 아뢰었다.

"신의 언사가 본심과 달리 불경스러웠다면 용서를 비옵니다. 하오나 남순은……, 천문학적인 재원이 투입되는 일인지라 백성들의 부담이 가중될 수밖에 없사옵니다. 신은 그저 폐하의 애민지덕에 금이 가는 것이 우려스러울 뿐이옵니다."

두광내는 이제는 아예 하소연을 하다시피 했다. 눈에서 두 줄기의 눈물이 흘렀다. 그가 다시 덧붙였다.

"통촉하시옵소서, 폐하! 신은 죽는 한이 있더라도 이번 의정행을 긍정적으로 바라볼 수가 없사옵니다!"

"짐은 남순을 결정하고 나서 무려 다섯 차례나 조서를 내렸네. 영가迎駕의 명목으로 부세賦稅를 늘려 백성들을 괴롭혀서는 아니 되고……."

건륭이 갑자기 말을 멈췄다. 당초 "거짓 상서祥瑞를 보고해서는 아니 된다"는 말을 하고자 했으나 그 말은 얼른 집어삼켰다. 대신 재빨리 다른 말을 입에 올렸다.

"……가진 자들이 황은에 보답하는 차원에서 자발적으로 기부한 것도 짐의 잘못이라는 말인가?"

"폐하께서는 요순지군堯舜之君이옵니다. 그러나 신하들이 전부 고요지신皐陶之臣(순 임금의 신하)이라고 할 수는 없사옵니다!"

마침내 건륭의 인내심은 바닥이 났다. 팔을 들어 두광내를 가리키는 손이 심하게 떨렸다.

"그래! 말대꾸 한번 잘했네! 요堯와 순舜에게는 그저 고요 같은 현명한 신하 외에는 없었으나 짐에게는 고요가 너무 많아 걱정이지."

기윤과 유통훈은 가시나무를 등에 짊어진 듯 조마조마해 견딜 수가 없었다. 물론 건륭이 화를 내는 일은 가끔 있었다. 눌친과 경복의 상사욕국喪師辱國의 죄를 묻는 자리에서는 문무관리들의 등골이 서늘해질 정도로 크게 화를 냈었다. 또 신하들이 일을 잘못했거나 게을리 했을 때도 호통을 치며 혼낸 적이 한두 번이 아니었다. 그런데 오늘처럼 무섭게 화를 낸 것은 즉위 후 처음이었다.

사실 미관말직에 불과한 두광내와 입씨름을 한다는 자체만으로 건륭의 체면은 이미 말이 아니었다. 그런데 태후와 황후를 지척에 두고 '경전'慶典에 참여한 수많은 대소 신하들 앞에서 두광내의 아집을 꺾어버리지 못한다면 앞으로 수많은 유언비어의 빌미가 될 것이었다. 기윤과 유통훈은 바늘방석이 따로 없었다. 버럭 소리를 지르며 질타하는 모습은 없었으나 느낌만으로 건륭의 심기가 여간 불편한 게 아니라는 사실을 알 수 있었기 때문이었다.

건륭은 소름끼치는 냉소를 연발하면서 무릎을 꿇고 있는 두광내의 주위를 맴돌았다. 금세라도 급소를 걷어찰 것처럼 발에 힘이 들어가 있었다. 결국 더 이상 두고 볼 수 없었던 기윤과 유통훈은 거의 동시에 무릎을 꿇었다. 가슴이 떨려 서 있기조차 힘들던 문무백관들 역시 기다렸다는 듯 털썩털썩 무릎을 꿇었다. 이어 유통훈이 머리를 조아리면서 먼저 아뢰었다.

"벽력같은 노기를 부디 거둬주시옵소서, 폐하! 두광내는 치기를 부리는 미관말직의 소리小吏에 불과하옵니다. 오늘 폐하의 안전에서 무례를 범한 점은 마땅히 죄를 받아야 하옵니다. 그러나 이 자리는 천하가 더

불어 경하하는 남순의 성회이옵니다. 부디 사해를 아우르는 폐하의 넓디넓은 포용력으로 저자의 무지無知를 용서해 주시옵소서!"

기윤 역시 머리를 조아렸다.

"두아무개는 실로 우매한 선비임에 틀림없사옵니다. 폐하께서 저자의 행동거지가 평소에 그리 나쁘지 않았던 점을 감안하시어 큰 것을 취하시고 작은 것을 버리는 현명한 판단을 하실 줄로 믿어마지 않사옵니다. 신들에게 따끔한 훈육을 하도록 맡기셔도 좋고, 직무를 박탈하고 폐문사과閉門思過의 시간을 갖게 하는 것도 좋을 것이옵니다. 아무쪼록 이 때문에 성노聖怒하시어 용체龍體를 다치시는 일은 없어야 할 것으로 사료되옵니다."

그러나 건륭의 분노는 신하들의 만류에도 쉬이 가시지 않았다. 얼마 후 그가 두광내를 노려보면서 다시 내뱉듯 말했다.

"고명조예沽名釣譽(갖가지 수단을 써서 명예를 추구함)의 적습積習은 여간 고치기 힘든 게 아니네!"

건륭의 말에 두광내가 다시 땅에 납작 엎드린 채 눈물을 흘렸다.

"폐하! 신은 폐하의 심기를 불편하게 해 드릴 생각은 추호도 없었사옵니다. 하오나 군부께서 하문하시는데 신이 어찌 속마음을 숨기고 거짓된 말을 아뢰겠사옵니까? 신은 진정 그런 기군죄만큼은 지을 수 없사옵니다."

"아니지! 경은 직간直諫을 한다는 평계로 군부의 체통을 짓밟고자 작정을 하고 덤볐던 거지. 명치에 칼이 들어와도 할 말은 한다는 충직한 신하의 명성이 그리도 탐이 나던가!"

"통촉하여 주시옵소서, 폐하! 신은 추호도 그런 졸렬한 생각을 해본 적이 없사옵니다."

두광내가 비수같이 날카로운 건륭의 말에 아픈 표정을 지었다. 고통으로 일그러진 얼굴에서는 눈물이 비 오듯 흘러내렸다. 곧이어 그가 처음보다 한결 미약해진 목소리로 흐느끼기 시작했다.

"신은 군부를 섬김에 있어 일말의 사욕도 없사옵니다. 건강은 건강할 때 지키고 재물은 있을 때 아끼라고 했사옵니다. 태평성대일수록 몸을 사려야 하옵니다. 재물과 백성들의 인명을 소중히 여겨야 함은 공의公義이지 결코 신의 사의私意가 아니옵니다……."

두광내가 급기야 말을 다 끝맺지 못하고 쉬고 갈라터진 목소리로 목 놓아 울음을 터뜨렸다. 이어 무릎걸음으로 홰나무께로 다가가더니 나무에 머리를 쿵쿵 찧었다.

"너는 어찌 어화원에서 피어나지 못하고 하필이면 멀고도 먼 강남, 그것도 의정 땅에 뿌리를 내렸단 말이냐? 왜? 왜!"

아름드리 홰나무가 충격에 흔들렸다. 동시에 가지에 내려앉았던 잔설이 분분히 떨어졌다. 깜짝 놀란 색륜과 몇몇 태감들이 황급히 달려가서 두광내를 뜯어말렸다. 그러나 이미 늦었다. 두광내의 얼굴은 이미 피투성이가 돼 있었다!

건륭은 놀라서 눈이 휘둥그레졌다. 그러면서 얼굴 표정도 많이 누그러들었다.

'저렇게 앞날이 창창한 젊은이가 목숨 아까운 줄 모르고 죽음으로써 간언하고자 하는 이유는 과연 무엇인가? 천자의 자존심을 지킨답시고 신성불가침의 위력으로 가차 없이 무시해버리는 것만이 능사는 아닌 것 같군.'

건륭은 갑자기 그런 생각이 들었다. 결국 속으로 탄식을 터뜨리면서 입을 열었다.

"빨리 응급처치를 해주게. 나중에 짐이 직접 훈육을 하도록 하겠네."

건륭은 말을 마치고는 곧바로 관제묘를 향해 발걸음을 옮겼다. 그의 얼굴에 분노의 그림자는 이미 사라진 후였다.

  유통훈이 어가를 수행해 의정으로 돌아왔을 때는 이미 날이 저문 뒤였다. 건륭은 곧장 행궁으로 들어갔다. 백관들은 인사를 고하고 뿔뿔이 흩어졌다. 그러나 아직 처리해야 할 공무가 많이 남은 유통훈은 지친 몸을 이끌고 군기처로 향했다. 얼마 후 터벅터벅 걸어가던 그에게 복강안이 등롱을 들고 다가왔다. 그는 무슨 일인지 몰라 잠시 멈추었다. 그러자 가까이 다가온 복강안이 어지를 전했다.

  "연청 공, 폐하께서는 내일 인시寅時에서 묘시卯時쯤 양주로 출발하실 거라고 하셨습니다. 기윤 중당만 수행하고 나머지 관리들은 원직으로 복귀하라고 명령을 내리셨습니다. 연청 공은 오늘 밤 입직하지 말고 일찌감치 잠자리에 들라고 하셨습니다. 내일 어가 출발 시에도 구태여 배웅 나오지 말고 의정에서 하루 쉬었다가 모레쯤 양주로 오라는 명을 내리셨습니다."

  유통훈이 알겠노라고 대답하면서 무릎을 꿇어 예를 행하려 했다. 순간 복강안이 황급히 말렸다.

  "폐하께서는 몸도 성치 않은 연청 공에게 예를 면하라고 명하셨습니다. 유연청과 같은 신하는 숨 쉬는 것이나 생각하는 것이 온통 군부를 위함이니 예의에 구애받을 필요가 없다고 하셨습니다. 연청 공, 저 복강안은 언제쯤이면 연청 공이 받으시는 것과 같은 고어考語를 받을 수 있을지 모르겠습니다."

  "무슨 말을……! 그대는 태어날 때부터 복을 받고 나온 사람이네. 어찌 이 사람과 비교할 수 있겠는가! 이 사람도 이제는 마음뿐이지 할 수 있는 일이 점점 적어지는 것 같아 속상하네. 비록 군기처에 몸담고 있으나 기윤과 윤계선에게는 비할 바가 못 되지. 공자의 부친인 부상과 아계처럼 젊고 유망한 사람들과는 더더욱 비교를 못하지. 세상은 이제 젊은 이들의 각축장이 되었네. 잘해 보게, 복 공자!"

복강안이 읍을 하며 감사의 뜻을 표했다.

"격려에 감사드립니다, 연청 중당! 그렇지 않아도 연청 대선배님께 한 가지 부탁을 드릴 일이 있었습니다. 폐하께서 아마(아버지)가 계시는 군 중軍中으로 보내 주십사 하는 저의 청을 윤허해 주시지 않으니 속이 타서 죽을 지경입니다. 어디 병사를 조련하거나 군사를 이끌고 나갈 수 있는 곳이 있으면 폐하께 저를 좀 추천해주십시오. 저를 위해 몇 마디 말을 해주신다면 두고두고 그 은혜를 잊지 않겠습니다. 저희 집 농장에서 일하는 아랫것이 장백산長白山(백두산)에서 산삼을 캤는데, 얼마나 큰지 족히 한 근은 되고도 남을 것입니다. 인편에 보내드릴 테니 술에 재워 산삼주를 만들어 드십시오. 모르기는 해도 그걸 마시면 백세까지는 건강하실 거라고 제가 장담합니다!"

유통훈이 아직 앳된 얼굴에 새끼호랑이처럼 부리부리한 눈을 반짝거리면서 늠름하게 말하는 복강안을 귀여운 듯 지그시 바라봤다. 이어 고개를 끄덕이면서 웃었다.

"과연 영웅의 기질이 다분하군! 공자의 뜻이 정 그렇다면 내가 도와주지. 채칠을 비롯한 일지화의 잔당 일곱 명이 이미 기산沂山 관파령觀波嶺으로 도주했다는 첩보가 들어왔어. 거기에는 예전부터 비적들의 성채가 있었어. 아마 백여 명쯤 되는 비적들이 채칠을 도와주려고 나선 것 같아. 내가 이미 주변 현들에 도주로를 차단하라고 하명한 상태이니 그자들은 갈 길을 잃고 궁지에 몰려 허우적거리고 있을 거야. 군마를 이끌고 나가 그자들을 소탕하고 오게!"

복강안이 유통훈의 말에 크게 실망한 듯 입을 쩝쩝 다셨다.

"고작 백여 명이요? 거기까지 갔다 오는 보람도 없겠네요."

그러자 유통훈의 얼굴에서 웃음기가 사라졌다.

"눌친과 경복 대인이 바로 공자와 같은 생각을 품었기에 패전을 했던 것이네. 공자께서 그리 생각한다면 이 사람은 아무 일도 맡길 수가 없어. 백여 명밖에 안 된다지만 상대는 극악무도한 비적들이야. 결코 어린아이들의 소꿉놀이가 아니라는 말이지! 영존令尊께 여쭤보게. 십 몇 만의 대군이 한 움큼도 안 되는 사라분에게 번번이 얻어맞는 이유가 무엇인지!"

유통훈이 말을 마치고는 멍하니 굳은 표정을 짓고 있는 복강안을 일별했다. 이어 온다간다 소리도 하지 않고 자리를 떠버렸다. 복강안은 발끈해서 뒤쫓아 가려다 말고 입술을 깨문 채 발을 쿵 굴렀다. 그리고는 휑하니 행궁으로 돌아왔다. 군기처로 기윤을 찾아갈 속셈이었다.

유통훈은 걸어가면서 뒤에 남은 소년 복강안을 생각하고 있었다. 그가 화가 나서 씩씩거릴 것을 생각하자 웃음이 절로 새어나왔다.

얼마 후 그는 수레를 타고 의정현 공진대拱辰臺 근처에 임시로 마련된 관택官宅으로 돌아왔다. 그때 미리 나와 기다리고 있던 태감 두 명이 부랴부랴 달려왔다. 이어 양쪽에 하나씩 붙어 거동이 불편한 그를 부축했다. 어려서부터 시중드는 법을 익힌 태감들은 역시 달랐다. 똑같이 겨드랑이에 손을 집어넣고 부축하는 것임에도 가인들의 부축을 받을 때와는 느낌이 사뭇 달랐던 것이다. 답답한 느낌은 전혀 없고 발밑이 둥둥 뜨는 듯 몸이 가벼웠다.

그렇게 편하게 '이끌려' 정방 침실로 들어오자 안에는 또 다른 세 명의 태감이 대기하고 있었다. 그들은 유통훈을 안락의자에 반쯤 뉘이고 화상을 입지 않도록 온도를 잘 맞춘 따끈한 물에 그의 지친 두 발을 넣었다. 온몸의 막혔던 혈관이 뻥 뚫리는 것 같은 시원한 느낌이 발을 타고 천천히 위로 전해졌다. 유통훈은 자신도 모르게 눈을 스르르 감았다.

그러는 사이에도 태감 한 명이 엎드린 채 종아리에서 발가락까지 꼼꼼하게 혈맥穴脈을 찾아 안마를 해주었다. 나머지 두 태감 역시 가만히 있지 않았다. 한 명은 목덜미에서 척추로 내려가면서 꾹꾹 눌러 안마를 하고, 다른 한 명은 더운 물수건을 가져다 얼굴을 닦아주고 면도를 해줬다. 태감들의 시중은 거기서 끝나는 게 아니었다. 그들은 유통훈의 양쪽 태양혈太陽穴에 부항을 하나씩 붙이고 은침으로 인당혈印堂穴을 가볍게 찔러 피까지 몇 방울 뽑아냈다……. 얼마 후 유통훈은 세 태감에게 몸을 맡기고 코까지 드르렁드르렁 골면서 잠에 빠져들었다.

얼마나 시간이 흘렀을까, 그는 한잠 푹 자고 나서 눈을 번쩍 떴다. 오래간만에 머리가 무척이나 맑았다. 늘 피곤하고 무겁기만 하던 몸도 그렇게 시원할 수가 없었다. 그야말로 날아갈 것처럼 홀가분한 느낌이었다. 그는 심호흡을 하면서 앞에 있는 태감에게 물었다.

"자네는 이름이 뭔가?"

태감이 웃어서 완전히 한 줄이 된 실눈으로 유통훈을 바라보면서 굽실거렸다.

"소인은 본명이 왕성량汪聲亮이라고 합니다. 언젠가 폐하께서 소인의 이름을 들으시더니 '개 짖는 소리가 우렁차다'라는 뜻이라고 하셨습니다. 기왕이면 부르기 좋게 '견폐'犬吠로 개명하라고도 하셨습니다. 대인께서는 '견폐'라 부르셔도 되고, '구규'狗叫라 부르셔도 됩니다."

유통훈이 왕성량의 말을 듣고 나더니 빙그레 웃음을 지었다. 이어 농담조로 말했다.

"같은 값이면 다홍치마라고, 그래도 '견폐'가 듣기에는 낫네. 우리 집으로 가서 내 곁에서 시중들고 싶은 생각은 없나?"

견폐가 바로 곰살맞은 웃음을 흘렸다.

"소인 같은 부류는 어딜 가든 사람대접을 못 받습니다. 한 마리 누렁

이처럼 어디로 끌려가면 거기가 집인데 생각이 있고 없는 게 어디 있습니까? 궁중의 태감들은 폐하와 황후마마 전에서 시중드는 경우를 빼고는 모두들 말이나 개보다도 못합니다."

유통훈이 알겠노라 고개를 끄덕이고는 다시 물었다.

"그 사이 왔다 간 사람은 없었나?"

유통훈의 질문이 떨어지기 무섭게 견폐 옆에 서 있던 키다리 태감이 대답했다.

"한 무리가 다녀갔습니다. 오전에 우르르 몰려온 것을 중당께서 어가를 수행해 오십리포로 가셨으니 밤중이 돼야 돌아오실 것 같다고, 무슨 일이 있으면 내일 오전에 다시 오라고 말해 돌려보냈습니다. 물난리가 난 회북淮北 지역의 주현관州縣官들이라고 했습니다. 점심때가 지난 뒤에는 도련님께서 다녀가셨습니다. 또 오후에는 배홍인이라는 전임 양주지부와 근문괴라는 전임 양주 성문령城門領이 와서 서재에 죽치고 있습니다. 갔다가 다시 오라고 해도 묵묵부답이더군요. 밥을 먹으라고 해도 배고프지 않다면서 고집을 부리고 있습니다."

유통훈이 키다리 태감을 한참이나 보고 있다 물었다.

"자네 이름은 또 뭔가?"

키다리 태감이 대수롭지 않게 대답했다.

"이놈은 '개자식'이라고 합니다. 태감들은 모두 천한 이름을 써야 한다는 폐하의 명이 계셨습니다."

키다리가 다시 주변의 나머지 세 태감을 가리키면서 말을 이었다.

"저치는 '왕본'王本(근본을 잃었다는 망본忘本과 발음이 같음)이라는 자입니다. 또 저기는 '선미'善媚(아첨꾼이라는 의미), 그리고 이자는 '왕은'王恩(배은망덕이라는 뜻의 망은忘恩과 발음이 같음)이라고 부릅니다. 귀찮으시면 개나 고양이, 생쥐 뭐 이런 식으로 부르셔도 됩니다."

"개자식이라…… 하하하! 재미있네, 재미있어."

유통훈은 개자식이라는 태감이 자신들을 개, 돼지처럼 비하하는 데 익숙해진 듯 아무렇지도 않게 말하자 터져 나오는 웃음을 금치 못했다. 순간 태감들은 그런 유통훈이 더 우습다는 듯 헤헤헤! 하고 따라 웃었다. 유통훈은 겨우 웃음을 멈추었다가 다시 크게 웃었다. 이어 눈물까지 찔끔거리면서 말했다.

"그래, 개자식만 내 옆에서 시중들고 나머지는 방안에서 각자 일을 분담해서 처리하도록 해라. 그런데 내가 너희들에게 미리 못 박아 둘 게 있다. 여기는 천하의 형벌을 관장하는 냉엄한 곳인 만큼 작은 착오만으로도 사람의 목숨을 하늘로 보내버릴 수 있으니 항상 조심해야 한다. 그리고 재해복구, 토목공사, 하공河工 업무도 겸하고 있으니 외관外官들이 검은 거래를 시도하고자 기웃거리는 일이 비일비재할 것이다. 그러나 태감의 본분을 절대 망각해서는 안 된다. 만약 그자들에게 매수돼 앞잡이로 나섰다가 내 눈에 걸리는 자는 그 자리에서 모가지가 달아날 줄 알아라!"

견폐, 왕본, 개자식 등의 태감들은 유통훈의 엄포에 연신 허리를 굽실거리면서 대답했다.

"중당께서는 살아 계시는 염라대왕이신데 이놈들이 어찌 감히 허튼 수작을 부릴 수 있겠습니까!"

유통훈은 피곤도 풀리고 머리도 맑아져 기분 좋은 듯 정색을 한 채 명령을 내렸다

"서재로 가겠다!"

그런데 유통훈은 서재로 오자마자 적이 놀라지 않을 수 없었다. 배홍인과 근문괴뿐만 아니라 신임 양주 지부 어등수와 낯선 얼굴 네댓 명이 더 보였던 것이다. 심지어 그들의 뒤로 아들 유용도 함께 자리하고

있었다.

"오래 기다리게 해서 미안하네! 여러분도 내 나이가 되면 알겠지만 숨 쉬는 것조차 중노동이라네!"

좌중의 사람들은 일제히 일어나서 유통훈을 맞았다. 유용은 한 걸음 앞으로 나서면서 더욱 공손히 예를 갖췄다.

"소자, 아버님께 청안請安을 올립니다!"

유통훈이 아들의 말에 즉각 미간을 찌푸렸다.

"네가 본연의 임무에 충실하면 이 아비는 저절로 안녕할 테지. 여기는 어쩐 일이냐? 인사만 잘하면 효자인 줄 알아?"

유용이 조심스레 대답했다.

"아버지! 소자가 어찌 공무를 게을리 할 수 있겠습니까? 소자는 기윤 공의 공문을 받고 왔습니다. 가짜 주삼태자의 목을 벤 뒤로 도서수집에 어려움을 겪고 있다고 합니다. 엎친 데 덮친 격으로 두광내까지 사고사四庫司를 뜨다보니 일손이 많이 부족하다고 합니다. 기윤 공은 소자가 겸직을 해줬으면 하는 생각이 있는 모양입니다. 저를 부른 것도 그것과 관련이 있었습니다. 또 채칠 사건과 고항 대인의 가산 처분 건에 대해서도 아버지의 조언을 얻고 싶었습니다. 그래서 아침도 말 위에서 먹는 둥 마는 둥하고 달려왔습니다."

유통훈이 천천히 입을 열었다.

"말 등에서 아침 한 끼 먹은 게 그리도 억울하고 분하더냐? 상방上房에 가서 기다려. 조금 있다가 건너갈 테니!"

유용은 알겠노라고 공손히 머리를 조아리고는 물러갔다. 유통훈은 그제야 관리들을 향해 웃음을 지어보였다.

"홍인과 문괴, 먼저 이 사람들의 용건을 처리한 후에 자네 둘의 일에 대해 논하는 게 어떻겠나?"

배흥인과 근문괴 두 사람은 황공해마지 않는 표정을 지으면서 대답했다.

"편하신 대로 하십시오. 이렇게 접견해 주시는 것만으로도 범관<sup>犯官</sup>들은 더 이상 바랄 게 없습니다. 혹시 공무에 방해가 된다면 범관들이 자리를 피해 드릴까요?"

"그럴 거 없네."

유통훈이 무표정하게 말했다. 이어 여러 관리들을 향해 물었다.

"누가 먼저 말할 텐가? 어등수, 자네는 내일 어가를 수행해 양주로 올라가야 하니 먼저 말해보게."

"감사합니다, 연청 중당."

어등수가 나무걸상에 앉은 채로 허리를 굽혔다. 이어 천천히 입을 열었다.

"역시 학전<sup>澗田</sup> 문제에 관해 중당 대인께 보고를 올리고자 합니다. 고항 대인은 실각하기 전에 하독아문으로부터 백칠십 경<sup>頃</sup>에 달하는 학전을 넘겨받았다고 합니다. 은자로 환산하면 총 가격이 이십삼만팔천 냥 정도라고 합니다. 문제는 고 대인이 이 학전을 헐값에 현지 염상<sup>鹽商</sup>들에게 팔고 그 돈을 전부 탕진해버렸다는 사실입니다. 고항 대인 사건이 도마 위에 오르자 호부에서는 그 학전을 압류하고 염상들에게 내줄 수 없다고 했다고 합니다. 사실 염상들이 이번 영가<sup>迎駕</sup>에 은자를 몇 십만 냥씩 낙수<sup>樂輸</sup>한 것도 학전을 되팔아 챙길 이문을 염두에 두었던 것입니다. 그런데 그랬던 꿈이 수포로 돌아가고 보니 땅을 내놓으라고 아우성을 치고 있습니다. 하관은 도저히 버틸 수가 없습니다. 이를 어찌하면 좋겠습니까?"

"그자들의 아우성에 놀아나서는 아니 되네. 눈 감으면 코 베어 가는 자들이고 지아비도 등쳐먹는다는 파렴치한들이네. 모르기는 해도 우는 소리를 잔뜩 늘어놓고 그 말이 내 귀에 전해지기를 기다리고 있을 것이네. 그리하면 내가 그자들과 고향의 연결고리를 캘 때 편의를 조금이라도 봐줄까 해서 그러는 거지!"

유통훈이 어림도 없다는 듯 단호하게 말했다. 그리고는 천천히 말을 이었다.

"가서 이르게! 본전도 못 건진 낙수 은자가 아깝거나 또는 하루아침에 날리게 된 땅값 때문에 배가 아파 사달을 일으켰다가는 내 손에 모조리 목이 날아갈 줄 알라고! 그건 잇속에 눈이 멀어 아무거나 받아 삼킨 죗값이야! 그리고 자네가 올린 보고서를 읽어봤네. 관리들의 양렴은도 주지 못할 정도로 양주 지부 사정이 어렵다고 우는 소리를 잔뜩 늘어놓았던데, 가만히 손 놓고 앉아 조정에 호소하는 것만이 능사는 아니지 않은가! 작년에 양주에서 뽕잎을 무려 삼십만 근이나 썩혀버렸다면서? 미리 손익계산을 따져 그걸로 양잠을 할 수는 없었는가? 지난번에 보니 관지官地랍시고 방치해둬 잡초만 무성하게 키운 땅뙈기들이 여기저기 널려 있던데, 그걸 가난한 백성들에게 소작을 줘서 과수果樹를 심는다면 왜 사정이 어렵겠나?"

어등수는 유통훈이 형부刑部 담당이니만큼 이재理財에는 어두울 거라 생각하고 있었다. 그러나 유통훈의 논리정연한 말을 듣는 순간 자신이 얼마나 단순하게 생각하고 있었는지 깨달았다. 그는 한바탕 훈계를 듣고 정신이 번쩍 든 듯 쑥스러운 웃음을 지으면서 간청하듯이 매달렸다.

"중당 대인의 지시에 전적으로 따르겠습니다. 하오니 어리석은 하관을 위해 구체적인 가르침을 좀 주십시오."

유통훈이 바로 답을 주었다.

"도삼행사리오년桃三杏四李五年이라고 했네. 복숭아나무를 심어 열매를 수확하는 데는 삼 년이 걸린다고 하니, 먼저 복숭아나무부터 심게. 그리고 산에 널린 게 산조酸棗(대추의 일종)나무가 아닌가. 산조 씨는 약재로 널리 사용되니 정성들여 키우면 그것도 돈이지. 안경安慶 사람들은 산조나무에 대조大棗를 접종해 일 무畝당 사백 근도 넘게 수확을 올린다고 하네."

"오늘 중당 대인을 뵙고 큰 가르침을 받았습니다. 하관에게는 엄청난 수확입니다. 민생民生, 민업民業에 유리한 것이면 뭐든지 가리지 않고 손발을 걷어붙이겠습니다!"

"그래야지! 일방의 부모관 노릇을 하는 것이 그리 쉬운 일은 아닐세."

유통훈이 잠시 말을 멈췄다 좌중을 쓸어보면서 다시 말을 이었다.

"이 자리에는 회북淮北에서 온 관리들도 몇몇 있는 것으로 알고 있네. 잘 듣게. 수마가 휩쓸고 갔다고 다들 울상인데 그렇게 맥 놓고 앉아 있으면 입에 거미줄밖에 더 치겠나? 농작물 피해는 염두에 두지 말고 다른 활로를 강구해보게. 부상이 서찰을 보내왔는데, 금천金川 지역은 습기가 많은지라 돗자리가 많이 필요하다고 하네. 수마가 할퀴고 간 자리에는 갈대가 무성할 테니 돗자리를 만들어 팔게. 판로는 내가 해결해주겠네. 물론 조정에서도 구제양곡은 배급할 것이네. 안휘安徽 쪽에는 일인당 은자 여섯 닢에 구제양곡을 넉 되씩 내주라는 어지가 내려졌네. 거기에 여러 가지 자구책까지 곁들이면 이번 춘궁기는 백성들이 아사하는 불상사 없이 넘길 수 있지 않을까 생각되네."

유통훈의 말에 좌중의 사람들은 하나같이 안도하는 기색이 얼굴에 역력했다. 그들 중 한 명인 회안부淮安府의 지부가 얼마 후 조심스레 입을 열었다.

"저의 회안부는 워낙 지세가 낮아 불어난 물이 빠질 기미를 보이지 않고 있습니다. 그러다보니 다른 곳보다 사정이 더 열악한 편입니다. 하룻밤 자고 나면 길거리에 굶주린 백성들이 떼로 생겨납니다. 당분간 의

창의倉義倉에 비축해 뒀던 식량으로 죽을 쑤어 먹여 살리고 있으나 마땅한 자구책이 떠오르지 않습니다. 염치없지만 중당께서 노작 하독河督에게 서찰을 보내시어 민부들이 필요한지 여쭤보시면 안 되겠습니까? 필요하다면 우리 지역의 굶주린 백성들을 데려가 주십사 하고 청을 드려 주셨으면 합니다. 오면서 둘러보니 초근목피草根木皮라도 먹을 수 있는 마을은 고작 몇 개에 불과했습니다. 다들 관음토觀音土를 파먹고 배가 퉁퉁 부어 죽어가는 것을 보니 비감한 마음을 금할 길이 없습니다. 구제양곡은 턱없이 부족하고 전염병 예방약도 시급히 필요합니다!"

유통훈은 회안부 지부의 말이 채 끝나기도 전에 말없이 일어났다. 이어 창가에 있는 책상 앞으로 가서는 선 채로 허리를 굽혀 붓에 먹을 묻혔다. 그리고는 물었다.

"정말 미안하지만 그대는 이름 석 자가 어찌 되나?"

회안 지부가 황급히 대답했다.

"하관은 소명小名이 두붕거杜鵬擧라고 합니다."

유통훈은 두붕거의 말이 떨어지자마자 바로 말없이 붓을 날리기 시작했다.

시첩時捷 아우에게:

회안부에서 구제양곡을 황급히 필요로 하고 있소. 그쪽 지부 두붕거의 말에 따르면 백성들이 관음토를 먹고 삼삼오오 죽어간다고 하오! 이 서찰을 받는 대로 반드시 닷새 내에 구제양곡을 재해지역으로 보내주기를 바라오. 부탁이오!

―유통훈 배상

유통훈이 붓을 내려놓고 종이를 두붕거에게 건네주면서 말했다.

"가서 범시첩 대인을 뵙게. 회북에서 온 여러분도 같이 가게. 모르기는 해도 다들 구제양곡 때문에 나를 보자고 한 것 같군. 내 말을 그대로 전하고 필요한 만큼 조달받도록 하게!"

유통훈이 감사를 표하고 물러가는 관리들의 뒤에 대고 다시 몇 마디를 더 건넸다.

"그런데 조정에서 구호식량을 조달했는데도 만약에 굶어죽는 백성이 한 명이라도 생긴다면 그때는 자네들의 죄를 물을 것이니 그리 알게. 내가 나중에라도 유용을 파견해 구호식량 배급 상황을 철저히 조사할 것이네!"

물러나려던 관리들은 얼른 돌아서서 대답을 하려고 했다. 그러나 유통훈은 이미 배흥인과 근문괴를 향해 고개를 돌리고 있었다. 이어 의자에 앉은 채 두 사람을 뚫어지게 바라봤다. 동시에 옷 안주머니에서 납작한 유리병 한 개를 꺼냈다. 그리고는 마개를 틀어 약주를 한 모금 마시더니 그대로 한참을 조용히 있었다. 약효가 나타나기를 기다리는 것 같았다. 어찌보면 두 사람을 훈계하고자 힘을 끌어 모으고 있는 것 같기도 했다.

얼마 후 빗자루처럼 생긴 그의 짙은 눈썹이 꿈틀거렸다. 오목하게 들어간 세모눈도 매서운 빛을 발했다. 이마에는 시퍼런 힘줄이 불끈 솟아났다. 그래서인지 대춧빛 얼굴은 등촉 아래에서 더욱 어두운 색깔을 띠고 있었다. 죄가 없는 사람도 벌벌 떨게 만들 정도로 강렬한 인상이었다. 그러지 않아도 죄수 신분으로 마주앉아 있던 배흥인과 근문괴 두 사람은 고개를 들 엄두조차 내지 못했다. 가시방석이 따로 없었다.

"왜 이 자리에 불렀는지 알겠나?"

유통훈이 한참 후에야 엄숙한 목소리로 물었다. 무거운 침묵이 불편했던 배흥인과 근문괴 두 사람은 유통훈이 입을 열자 비로소 혹형에서

해방되기라도 한 듯 동시에 고개를 쳐들었다. 그러나 비수 같은 눈빛을 감당할 수 없는 듯 이내 고개를 다시 푹 숙였다. 배홍인이 기어들어가는 소리로 먼저 입을 열었다.

"죄지은 범관들은 중당 대인의 문책을 받아 마땅하오니……."

"자네 두 사람은 참으로 파렴치한 행실을 저질렀네. 아마 죄를 용서받기가 그리 쉽지는 않을 것이네!"

유통훈은 화가 단단히 난 듯했다. 어조에서 노기가 물씬 느껴지고 있었다. 그의 힐책은 계속 이어졌다.

"마누라를 팔아 정자頂子를 물들이고, 염세와 학전을 탕진했다면서? 항간에서는 자네 둘을 비웃는 노래까지 만들어 부른다고 하더군."

배홍인과 근문괴 두 사람의 얼굴이 돼지 간처럼 벌겋게 달아올랐다. 근문괴가 입술을 달싹이다 먼저 변명을 늘어놓았다.

"그, 그게……. 입에 담기에도 부끄럽고 얼굴 쳐들고 다니기에도 수치스러운 짓이기는 하지만 그 두 계집은 춘매각春梅閣에서 사온 기생이었을 뿐 소인들의 소실은 아니었습니다."

근문괴는 일단 용기를 내서 입을 열자 없던 배짱도 생기는 듯했다. 나중에는 될 대로 되라는 생각을 했는지 뻔뻔스러운 말이 입에서 술술 잘도 나왔다.

"요즘 관가官街에서는 뭐 좀 하려고 하면 계집 아니면 돈이 필수입니다. 이는 공공연한 비밀입니다. 어떤 자들은 자신의 영달을 위해 첩실뿐 아니라 정실부인까지 한꺼번에 내돌리는 경우도 비일비재합니다. 믿기 힘드시면 암암리에 조사해보십시오. 관리들의 디러운 실체가 금방 드러날 것입니다."

"됐네!"

유통훈이 의자 손잡이를 힘껏 내리치면서 자리에서 벌떡 일어났다.

그러나 약병을 꺼내려고 반쯤 올라가던 손이 힘없이 떨어졌다. 그는 거친 숨을 몰아쉬면서 이를 악문 채 한참을 서 있었다. 그러더니 땅이 꺼지게 탄식을 내뱉었다.

"인과응보는 분명히 존재하니 하늘이 알아서 그 죄를 물을 것이네. 그 자들은 그렇다치고 먼저 자네들의 일에 대해 말해보세."

# 10장
# 떠오르는 별

　배홍인과 근문괴는 어떤 '처벌'을 받게 될까 전전긍긍하던 차였다. 그런데 둘의 생각과는 달리 유통훈은 뜻밖에 '일'을 거론하고 있었다. 둘은 유통훈의 말에 의아한 눈빛으로 그를 바라봤다. 유통훈이 짧은 탄식을 내뱉으면서 말을 이었다.

　"나는 이부에 있는 자네들의 고공考功 기록을 들춰봤네. 배홍인은 회안 지부로 있을 때 친히 민공民工들을 인솔해 홍수를 막느라 말도 못하게 고생했더군. 열세 개 촌락을 홍수로부터 구하고 본인은 하마터면 사나운 물살에 휘말려 목숨을 잃을 뻔했고 말이야. 지금 만 명이 넘는 회안 백성들이 자네를 범관犯官으로 인정할 수 없다면서 구명활동을 벌이고 있네. 근문괴 자네는 병사 출신이더군. 서해西海 전투에서 단 스무 명의 기병을 이끌고 나포장단증의 세 개 영營을 격파했다면서? 악종기를 따라 출전했을 때는 몸에 무려 일곱 군데나 부상을 당하고도 용맹하게 싸웠다는 전공이 기입돼 있었네."

배흥인과 근문괴는 유통훈의 말이 다 끝나기도 전에 온통 눈물 콧물 범벅이 되어 흐느끼기 시작했다. 이윽고 쭈그리고 앉아 머리를 다리 사이에 파묻은 채 세차게 어깨를 떨었다. 배흥인이 주먹으로 머리를 쥐어박으면서 후회를 했다.

"저는 성현의 글을 헛되이 읽었습니다. 더 이상 말씀하지 마십시오, 중당 대인. 저는 돌을 들어 제 발등을 찍은 놈입니다……."

근문괴 역시 눈물범벅이 된 채 흐느꼈다.

"이 못난 놈을 군중軍中으로 유배 보내 주십시오. 배운 게 도둑질이라 대죄입공할 기회는 그것밖에 없을 것 같습니다……."

유통훈도 개탄을 금치 못하겠다는 듯 길게 한숨을 내쉬며 말을 받았다.

"물이 너무 맑아도 고기가 살지 못한다지만 요즘 관가는 너무 혼탁하네. 그 정도로 썩어 있을 줄은 미처 몰랐네. 자네들은 비록 추잡스럽고 졸렬한 행각을 벌였으나 이부의 평가가 나쁘지 않아. 또 그게 사리사욕을 채우기 위해서 한 짓이 아님이 밝혀졌으니 부정부패나 뇌물 공여와는 성질이 다르다고 판단되네. 아계 중당도 같은 생각이라며 자네들을 가볍게 처벌해달라고 서찰도 보내왔더군. 악종기 대인은 근문괴 자네의 개과천선을 기대하고 있네. 그래서 여러모로 참작해 자네들을 혁직유임革職留任(자리에서는 물러난 상태에서 유임시키는 것. 비교적 가벼운 처분)시켜 주십사 폐하께 청을 드렸어. 그러나 폐하께서는 '이미 양주에서 평판이 바닥에 떨어진 자들이니 유임은 불가하다'라고 유임을 불허하셨네. 그래서 고심 끝에 자네들을 군중으로 보내야겠다는 결정을 내렸네. 부상의 휘하에서 힘을 보탤 수 있도록 하지. 자네들의 생각은 어떠한가?"

"제발 그렇게 해 주십시오!"

배홍인과 근문괴는 거의 동시에 대답했다. 유통훈은 시계를 꺼내봤다. 벌써 자시子時 이각二刻이 가까운 시각이었다. 순간 그는 아직까지 상방上房에서 자신을 기다리고 있을 아들 유용을 떠올렸다. 그가 먼저 자리에서 일어나면서 한마디 더 충고를 했다.

"치욕을 씻어내려면 공로와 시간이 필요하네. 이제부터는 입공건업立功建業에만 진력하게. 그리고는 세인들의 기억 속에서 치욕스러운 과거를 지울 수 있도록 하게. 사천으로 가면 부상께서 따로 훈계가 계실 것이네. 그분의 지시만 잘 따르면 반은 성공하고 들어가는 셈이네. 몰수했던 자네들의 가산은 되돌려주라고 지시를 내렸으니 곧 돌려줄 거네. 돌아가서 가족들을 안치시키고 늦어도 사흘 뒤에는 길을 떠나도록 하게. 됐네, 그리 알고 가보게나!"

배홍인과 근문괴는 연신 사은을 표하면서 물러갔다. 유통훈은 두 사람을 배웅하기 위해 서재 입구까지 나왔다가 문 밖에 나와 있는 유용을 발견했다. 그는 걸음을 멈추고 유용에게 물었다.

"상방에서 기다리라고 하지 않았더냐? 왜 밖에 그러고 섰느냐?"

"아버지께서는 숨 돌릴 틈 없이 바쁘신데 소자가 어찌 마음 편히 방 안에 앉아 있을 수 있겠습니까. 또 태감들이 너무 곰살맞게 굴어 다소 부담스러운 점도 있었습니다."

유용이 정중하게 대답했다. 유통훈은 그 말에 바깥까지 따라 나온 태감 '개자식'을 힐끗 쓸어보고는 소리 없이 웃었다. 사실 그는 한창 잠이 많을 나이에 연일 날밤을 새면서 일하는 아들이 안쓰러웠다. 그래서 재주 좋은 태감들의 시중을 한번 받아보라고 그를 상방으로 들여보낸 터였다. 그러나 아들은 누군가의 시중을 받는 것을 부담스러워하는 것마저 부전자전으로 닮았으니 어찌 하겠는가. 급기야 유통훈이 실소를 머금으면서 말했다.

"그러면 답답하게 방안에 틀어박혀 얘기하지 말고 산책이나 하자꾸나."

유통훈은 말을 마치고는 천천히 걸음을 옮겨놓았다. 서원西院의 월동문 앞에 노란 등롱이 걸려 있었다. 그래서일까, 눈 덮인 작은 화원花園 일대가 보름달이 비친 듯 훤했다. 유용은 말없이 아버지의 옆에 바짝 붙어 걸었다. 먼발치에서는 태감 개자식이 그림자처럼 둘을 따르고 있었다.

사실 유통훈 부자가 단둘이서 한가로이 산책을 하기는 참으로 오랜만이었다. 어쩐지 분위기가 어색했다. 더구나 둘은 부자간이기는 해도 상명하복의 주종관계가 아니던가. 뿐만이 아니라 아버지는 극품대신極品大臣, 아들은 미관말직微官末職이었으니 신분 차이도 천양지차였다.

물론 두 부자는 건륭을 수행해 북경을 떠난 뒤에는 집에 있을 때보다 얼굴을 부딪칠 기회가 더 많았다. 하지만 같이 있어도 공무 외의 사적인 대화는 거의 하지 않았다. 부자지간이 아니라 생판 남이라고 해도 과언이 아니었다.

유통훈은 고개를 들어 하늘을 쳐다봤다. 하늘을 가득 덮은 연화운蓮花雲이 마치 한 폭의 수채화 같았다. 반쯤 일그러진 조각달은 구름 사이로 느린 걸음을 옮기면서 화원과 정자, 무성한 죽림과 연못가의 잔설殘雪에 수은水銀 같은 회백색 빛을 입혀주고 있었다. 삼라만상이 잠든 화원에는 바람 한 점 없었다. 주변 연못의 검푸른 물, 청백색의 꼬불꼬불한 자갈길, 높낮이가 일정치 않은 방사房舍들은 몽롱한 야색夜色을 입어 낮과는 또 다른 풍치를 선사해주고 있었다.

두 사람은 묵묵히 걷기만 했다. 할 말은 많았으나 굳이 말할 것이 없기도 했다. 갑자기 유용이 아버지의 팔을 낚아채듯 잡아당겼다.

"아버지, 앞에 웅덩이가 있어요!"

"오오, 그래? 이제는 늙어서 시력도 나날이 부실해지는구나. 백수白

水도 안 보이니 심각하구나."

하마터면 물웅덩이에 빠질 뻔한 유통훈이 황급히 뒷걸음질을 쳤다. 그러자 유용이 안타까운 표정으로 입을 열었다.

"무슨 말씀을 그리 하십니까? 아버지께서는 아직 한창이십니다. 다만 일에 너무 매달리시고 건강을 돌보지 않으시다 보니 조금 피로하신 것뿐입니다. 아버지께서는 일은 일대로 잘하면서 보양保養을 게을리 하지 않는 윤계선 공이나 젊은 시절의 장정옥 대인을 본받을 필요가 있습니다. 자나 깨나 오로지 일밖에 생각하지 않는다면 당연히 건강을 해치게 될 것입니다. 부상 역시 아직까지는 기력이 왕성한 것 같으나 계속 저리 무리하다가는 언제 쓰러질지 모릅니다."

"너의 눈을 보고 무슨 말을 할지 알았다. 그 얘기는 그만하자. 네가 맡고 있는 일 중에 양주 방위防衛와 비적 채칠의 향방을 쫓는 일은 어찌 되어 가느냐?"

아들의 잔소리를 묵묵히 듣고 있던 유통훈이 그에 대해서는 가타부타 대답을 하지 않고 화제를 바꾸었다. 유용은 잠시 침묵하다가 입을 열었다.

"양주 방위는 수로水路와 한로旱路에서 동시에 시작했습니다. 한로는 남경과 마찬가지로 선박영의 숙위宿衛들과 어가를 수행한 스무 명의 시위들이 맡고 있습니다. 성내城內 방위는 양주부아문에서 책임지고, 성외城外 방어는 남경 총독아문에서 나온 두 개 중대의 녹영병과 복건 장군의 행원에서 파견한 두 개 소대의 병사들로 포진돼 있습니다. 태호太湖 수사水師에서 삼백 척의 함정과 삼천 명의 병사들을 보내 수서호瘦西湖를 비롯한 각 항만과 부두에 배치했습니다. 아버지의 명에 따라 모든 함정은 일반 선박으로 위장했습니다. 또 성에 들어온 군사들은 전부 암호로 움직이게 하고 있습니다. 오할자吳瞎子가 과주도瓜洲渡에서 청방青

幇과 홍방紅幇의 움직임을 예의 주시하고 있습니다. 황천패의 일곱째태보 황부광黃富光이 한때는 양주지역 흑도黑道 우두머리였던 데다 양주부두의 흑도 두목 육금생陸金生과 의형제 사이기도 하니 흑도의 동태를 누구보다 더 잘 파악할 수 있을 것입니다. 나름대로 치밀한 조치를 취했으니 폐하의 신변을 보호하는 데는 별 어려움이 없을 거라 생각됩니다."

유통훈은 아들의 조치가 만족스러운지 어둠 속에서 흐뭇하게 웃으며 고개를 끄덕였다. 그러나 짐짓 탐탁지 않은 말투로 반문했다.

"그래? 어등수가 며칠 전에 행궁 부근을 어슬렁거리던 수상한 자들을 스무 명도 넘게 붙잡았는데, 그건 어찌된 일이냐?"

유용이 침착하게 대답했다.

"청방, 홍방, 조운방漕運幇 등과 수사水師는 서로 공로 쟁탈전을 벌이고 있습니다. 그러다보니 자기들끼리 우습게 얽히는 경우가 있습니다. 어제는 수사에서 조운방의 사람을 붙잡았다가 풀어주더니 오늘은 황천패의 열째태보가 청방 무리에 잡혀 들어갔다가 풀려나는 웃지 못할 일이 벌어졌지 뭡니까? 모인 목적은 다 같아도 파벌이 다르다보니 그런 일이 자주 일어나는 편입니다. 아무튼 여러 파벌 간의 교류에 조금 더 신경을 쓰지 못한 소자의 책임입니다."

유통훈이 다시 물었다.

"채칠과 임상문이라는 자의 행방은 아직 묘연한가?"

유용이 가볍게 기침을 하면서 고개를 숙였다. 이어 잠시 생각하더니 침착하게 대답했다.

"채칠이라는 놈은 워낙 귀신처럼 산을 잘 타는 데다 백성들을 매수해 동에 번쩍 서에 번쩍 하는 자이기에 종적을 알 수 없다고 합니다. 쫓기는 와중에도 조운 선박을 두 차례나 기습하고 소금을 실은 선박도 여러 번 약탈한 자입니다. 은자에는 별로 욕심이 없는지 번번이 식량만 빼앗아갔다고 합니다. 어제 입수한 첩보에 따르면 누군가 산동성 미산호微山湖에서 그자를 봤다고 합니다. 소자는 이미 산동성 얼사아문에 지시를 내렸습니다. 미산호에 포위망을 쳐서 속전속결하라고 말입니다. 임상문 그자는 채칠과 같은 패거리는 아닌 듯합니다. 그자는 요술로 대만에서 민심을 고혹하는 걸로 알고 있습니다. 산음山陰현 현령이 요행히 그자를 붙잡았는데 남경으로 압송하는 도중에 그만 놓쳐버렸다고 합니다. 물살이 센 하구河口를 지나다가 갑자기 물이 크게 불어나 아역과 병사들이 물살에 휘말렸다고 합니다."

유용이 다시 침통한 어투로 말을 이었다.

"일지화의 잔당인 호인중과 뇌검은 아직 그물에 걸려들지 않고 있습니다. 그래서 소자는 심중의 불안을 떨칠 수 없습니다. 차라리 움직임을 보이면 동태를 파악하기도 쉬울 텐데 이자들은 죽은 듯이 숨어 있습니다. 그렇지만 어딘가에 잠복해 세력을 키우고 있을 것이 뻔합니다."

"너는 비록 미관말직의 하찮은 관리에 불과하나 폐하께서 특별히 발탁하셨으니 사실상 대원大員 대접을 받고 있어. 그걸 잊지 말거라."

유통훈이 천천히 걸음을 옮겼다. 이어 연못에 비친 구름 그림자를 바라보면서 근엄한 어투로 덧붙였다.

"적들이 어딘가에 잠복해 세력을 키울 것을 우려할 정도면 너도 상황을 파악하는 안목이 조금은 있는 것 같구나. 요즘이 한당漢唐 이래 보기 드문 극성시대極盛時代임은 주지하는 바이다. 그러나 산봉우리에 올라서고 나면 남은 건 내려가는 일뿐이지! 너는 《이십사사》二十四史를 읽어 문경지치文景之治 뒤에 '왕망王莽의 난'이 따랐다는 사실을 익히 알 것이다. 또 개원지치開元之治 뒤에는 또 '천보天寶의 난'이 이어졌지. 그러니 태평성대를 살아간다고 해서 두 다리를 쭉 뻗고 잘 수가 있겠느냐? 너는 이 아비를 걱정해 쉬엄쉬엄 하라고 하지만 나는 그 권유를 받아들일 수가 없다. 뿐만 아니라 나는 너도 목숨 걸고 일하는 아계와 부상을 본받기 바란다. 우리 부자는 평생 갚아도 못다 갚을 군은君恩을 입은 몸이니 쉬는 것도 죄가 되느니라!"

"명심하겠습니다, 아버지!"

유용은 진심으로 아버지의 말에 수긍하며 고개를 숙였다. 유통훈은 젊은 나이에 벌써 등이 조금씩 휘기 시작하는 아들을 보면서 가볍게 탄식을 터뜨리고는 다시 말을 이었다.

"너도 쉽지는 않을 것이다. 폐하께서는 네가 거물급 대원들을 상대하기에는 직위가 너무 낮다고 판단하시어 몇 번이고 너의 승진을 고려하셨다. 그때마다 내가 정중히 사양했느니라. 너는 어찌 생각할지 모르겠지만 이 아비는 구만리 같은 너의 장래를 위해 그런 것이다. 빨리 끓는 냄비는 식는 것도 순간이니라. 특히 너는 본의 아니게 주변에 적을 많이 두고 있느니라. 그러면 사람들의 표적이 되기가 쉬워. 아무리 매사에 빈틈없이 준비한다지만 인간인 이상 모든 면에서 항상 주도면밀할 수는 없지 않느냐! 너는 귀한 피를 타고난 복강안이 아니야. 무슨 말인지 알겠느냐?"

"예, 아버지! 소자, 무슨 말씀인지 명백히 알겠습니다."

"복강안은 곧 북경으로 돌아갈 거야. 너도 이쪽의 일은 범시첩에게 인계하고 황천패, 복강안과 함께 북경으로 가거라. 물론 출발 전까지는 추호도 방심해서는 아니 되겠지!"

유용이 의아하다는 표정을 한 채 물었다.

"복강안은 이미 군기처에 입직하지 않았습니까? 아버지께서는 어찌하여 소자더러 당면한 일을 뒤로 하고 북경으로 돌아가라고 하시는 겁니까?"

유통훈이 유용의 질문에 걸음을 멈추고는 흐릿한 주변의 경물景物을 바라보면서 대답했다.

"너는 아직 많이 부족해. 연마가 필요하다는 말이야. 권력은 막중하지만 직위는 턱없이 낮아. 자신의 그릇에 맞게 행동하는 의연한 자세를 배워야 하느니라. 복강안은 폐하로부터 관풍사觀風使의 임무를 부여받았느니라. 그를 곁에서 도와주면서 너도 더불어 거듭나는 기회로 삼기 바란다. 내가 아계에게 서찰을 보내 나의 완곡한 의사를 밝혔느니라. 그래서 아계는 너를 북경으로 불러 원명원 공사와 관련된 각종 비리를 색출하게 해 주십사 폐하께 주청을 올려 윤허를 받아냈다. 아계가 아직 젊고 만주족이라고 해서 우습게 봐서는 아니 될 것이야. 대단한 학문가이고 명민한 사람이다!"

유통훈은 한참을 말하다가 갑자기 입을 다물어버렸다. 문득 오늘따라 자신이 맺고 끊는 것 없이 구질구질하게 잔소리가 많았다는 생각이 들었던 것이다. 그는 일부러 무뚝뚝하게 말을 끝맺었다.

"내가 할 말은 이것뿐이야. 돌아가서 곰곰이 되새겨 보거라."

얼마 후 유통훈과 유용의 앞에 꽃이 흐드러지게 핀 울타리가 나타났다. 그 울타리 안쪽에는 무성한 월계화와 들장미에 둘러싸인 연못이 있었다. 유통훈은 더 이상 앞으로 가지 않고 뒤돌아 오던 길로 다시 걸음을 옮기기 시작했다. 이어 월동문 입구에 이르자 미련이 남은 듯 은은한 달빛에 비쳐 신비스러워 보이는 화원을 돌아보면서 실소하듯 웃었다.

"내가 네 나이 때는 오늘밤과 같은 야색夜色을 참으로 좋아했지. 달빛이 너무 교교해도 운치가 별로야."

월동문 안에서는 태감 견폐가 등롱을 쳐들고 기다리고 있었다. 유통훈이 한숨을 지으면서 아들에게 말했다.

"됐다. 이제 그만 들어가 쉬거라. 내일은 내가 하루 종일 별다른 일이 없으니 아침 일찍 문후 올리러 올 필요 없이 낮에 천천히 오너라."

유용이 유통훈의 당부에 황급히 허리를 숙였다.

"예, 아버지! 하오나 소자는 여기서 잘 수 없습니다. 황천패가 소자의 처소에서 소자를 기다리고 있습니다."

"그래, 알았다. 어서 가 보거라!"

유통훈이 손사래를 치면서 하품을 했다. 그리고는 상방으로 향하다 잠시 걸음을 멈추고는 한마디 덧붙였다.

"너도 내일은 푹 자도록 해라."

유용은 부친의 뒷모습이 이문二門 뒤편으로 사라지는 걸 보고 유통훈의 임시 관저를 떠났다. 그의 임시 처소 역시 그곳에서 멀지 않았다. 남쪽으로 몇 십 보 떨어진 골목에서 다시 서쪽으로 꺾어든 다음 조금 더 가면 보이는 남향南向의 작은 사합원四合院이 그의 임시 거처였다.

유용은 별생각 없이 대문 안으로 들어서다 흠칫 놀라고 말았다. 상방에 등촉이 휘황찬란하고 사람들이 북적거릴 뿐만 아니라 황천패와 십삼태보들이 머물러 있는 별채에도 등불이 대낮처럼 밝았던 것이다. 문간방 동쪽에 있는 큰 주방에도 불이 밝혀져 있었고, 그곳에서는 찻물을 끓이는 듯 흰 김이 문 틈새로 폴폴 새어나오기도 했다.

황천패는 유용이 들어서는 걸 발견하고는 즉각 십삼태보를 불러 마당으로 나오게 했다. 이어 제자들을 서열 순으로 나란히 세워놓고는 깍듯이 예를 갖춰 인사했다. 저마다 희색이 만면한 표정들이었다. 유용이 못내 의아스러워 하면서 물었다.

"사경四更이 가까워오는데 다들 자지도 않고 어찌된 일이오? 싫증나도록 매일 보는 얼굴인데, 새삼스레 다 같이 뛰쳐나와 인사하는 건 또 뭔가?"

황천패를 비롯한 사람들은 웃기만 할 뿐 대답이 없었다. 유용으로서는 무슨 일인지 몰라 고개를 갸웃거리고 있을 때였다. 등롱을 받쳐 든 두 태감을 앞세우고 복강안이 상방에서 걸어 나왔다. 그는 팔망오조八蟒五爪의 관포官袍에 백한白鵬 보복補服을 깔끔하게 차려입고 있었다. 새로 만든 듯한 관모에서는 수정水晶 정자가 반짝반짝 빛을 반사하고 있었다. 그는 적수첨滴水檐 밑에 멈춰서더니 장화를 신은 두 발을 모으고 근엄하게 말했다.

"어지가 계신다. 유용은 엎드려 어지를 받들라!"

"신 유용, 어지를 받들어 모시겠사옵니다!"

사경四更이 가까운 이 늦은 시각에 어지가 내려오다니……! 유용은 적이 놀라지 않을 수 없었다. 그러나 웃음을 감추지 못하는 주변 사람들의 표정을 보아 절대 나쁜 소식은 아닐 거라는 확신이 들었다. 그럼에도 무릎 꿇은 두 다리가 떨리고 심장 뛰는 소리가 크게 들리는 것은 어찌할 수 없었다.

순간 그런 황공해하는 유용의 모습을 지켜보는 복강안의 얼굴에 어린아이처럼 짓궂은 미소가 스쳤다. 그러나 그는 곧 엄숙한 표정을 지으면서 태감의 손에서 성지聖旨를 받아 선독宣讀하기 시작했다.


황제가 명하노라!

나라에 고굉양신股肱良臣이 많은 것은 사직社稷의 복이다. 유통훈, 유용 부자는 짐을 보필해 종묘사직을 위한 모든 일에 목숨을 아끼지 않고 충성심을 보여주고 있다. 충직하고 근면하면서도 의로운 신하의 귀감으로 손색이 없음은 세상이 주지하는 바이다. 짐은 연청 부자의 인간 됨됨이를 익히 알고 변함없는 충정에 항시 감명을 받아왔다. 다른 신하들 역시 두 사람을 경앙敬仰하고 있으니 짐은 대단히 흡족하게 생각한다. 물론 두 사람은 동료이자 부자지간이니 공사일체公私一體가 부담스러운 것은 자명한 일이다. 짐도 이 사실을 잘 알고 있기에 연청의 간곡한 청에 따라 유용 그대의 승진을 차일피일 미룰 수밖에 없었다. 허나 나라의 윤재掄才(인재를 발탁함) 제도는 오로지 공公이고 의義니 어찌 아비의 청에 의해 그 아들의 공로를 마냥 덮어 감출 수 있겠는가? 다만 짐은 보다 완벽하고 보다 큰사람이 되기를 바라는 아비의 뜻을 헤아려 유용에게 과분한 감투를 내리지는 않을 것이다. 이에 오늘 특별히 복강안을 파견해 유용의 승진 사항을 전하는 바이다. 유용의 관품을 두 등급 올려주고 태자소보太子少保 및 예부시랑의 계급을 하사하되 여전히 형부에 잠정 유임하기로 한다. 일단 순풍관찰사巡風觀察使의 신분으로 복강안과 함께 안휘, 하남, 산동, 직예 성省의 이정吏情과 민정民政을 순찰하고 짐이 귀경한 연후에 술직述職토록 하라. 이상! 이 어지는 여러 부 등사해 군기대신들과 각 성의 총독, 순무, 제독들에게 발송하고 이부에 기록으로 남기도록 하라.

유용은 복강안의 낭랑한 목소리를 들으면서 솟구치는 감격을 누르지 못했다. 마치 오장五臟이 비등하는 느낌이 그럴까 싶었다. 순간 일지화 일당을 추적하면서 겪은 그동안의 온갖 간난신고艱難辛苦의 편린이 뇌리를 스쳤다.

'얼마나 많은 불면의 밤을 보냈던가……. 그러나 그게 무슨 대수랴! 폐하의 옥음玉音 한마디에 그간의 피로, 억울함, 실망과 분노가 눈 녹듯 사라져버리는구나.'

유용은 그런 생각이 들자 복강안이 성지를 다 읽기도 전에 눈물을 쏟고 말았다. 그의 얼굴은 순식간에 눈물범벅이 되고 말았다. 그의 입에서는 넋두리하듯 띄엄띄엄 말이 흘러나왔다.

"여러모로 변변치 못한 신이……, 이토록 과분한 성총을 받게 되오니 신은 오로지…… 뼈를 가는 마음으로 성은에 보답하는 길밖에 없을 것이옵니다. 성은이 망극하옵니다."

"숭여崇如(유용의 호) 형, 어지 선독은 끝났어요. 이제 일어나요."

유용은 복강안의 말에도 몸을 일으킬 생각을 하지 않았다. 그 자리에 붙은 듯 계속 엎드려 있었다. 복강안은 평소 냉철하고 무뚝뚝하던 그가 하염없이 눈물을 흘리는 모습을 웃으며 내려다보다가 계단을 내려가 그를 부축해 일으켰다.

"세상천지에 이보다 더한 경사가 어디 있겠어요? 자다가도 저절로 웃음이 나올 일인데, 어째서 그렇게 눈물을 멈추지 못하는 거예요? 솔직히 나는 형이 부러워요. 또 연청 공이 형의 아버지라는 사실도 부럽고요. 연청 공이 있기 때문에 형이 재주를 한껏 과시할 수 있는 게 아니겠어요? 사내대장부가 용무用武의 무대에 설 수 있다는 것은 나에게는 꿈만 같은 일이에요. 형은 스물다섯 살이라는 젊은 나이에 진사에서 한림翰林, 주사主事, 관풍사觀風使로 차근차근 승진했어요. 그리고는 육품관에 동궁東宮의 소부少傅까지 됐잖아요? 물론 그건 형이 뛰어난 재주가 있고 부단히 학문을 닦아 쟁취한 것이죠. 그러나 회초리 들고 무섭게 등 떠미는 아버지가 있었기에 오늘날 이 자리에 서게 된 것도 아니겠어요? 그러니 누가 부러워하지 않겠어요?"

복강안은 극성맞은 어미 닭처럼 자꾸만 새끼를 품안에 가둬놓으려고만 하는 어머니를 떠올린 듯 다시 덧붙였다.

"우리 액낭額娘(만주어로 어머니라는 뜻)은……, 말도 말아요. 오죽하면 내가 이렇게 뛰쳐나왔겠어요? 중간에 숱한 우여곡절이 있었으나 덕분에 나도 하늘을 마음껏 날아다니는 새나 힘차게 물살을 가르는 물고기처럼 오래간만에 자유를 만끽할 수 있었죠! 앞으로 같이 민심을 살피면서 더욱 가까워졌으면 좋겠어요. 숭여 형으로부터 많은 걸 배우게 될 것 같아 기대가 커요."

유용은 그 사이 어느 정도 마음의 평온을 되찾은 듯했다. 서서히 눈물도 그쳤다. 순간 그는 앞으로 만인의 표적이 되지 않을까 하는 걱정도 슬며시 들었다. 막상 성은을 입고 보니 부담스러웠던 것이다. 더구나 그는 조정과 지방에 수많은 추종세력을 거느리고 있는 국구國舅 고항과 시랑侍郎 전도를 때려눕히기까지 했다. 연우蓮藕(연뿌리)처럼 얽히고설킨 그 무리들이 알게 모르게 그를 잡아먹으려 할 것은 불 보듯 뻔했다.

그는 굶주린 이리떼에게 포위돼 마구 뜯어 먹히는 자신의 모습을 떠올렸다. 그러자 감격으로 들끓던 마음이 어느새 얼어붙는 듯했다. 그는 그제야 부친이 평소에 늘 자세를 낮추고 잘난 척하지 말라면서 훈계한 이유를 알 것 같았다. 유용은 복강안의 겸손한 말을 듣고 눈물을 훔치면서 화답했다.

"나이만 헛되이 먹었지 요림瑤林(복강안의 호) 공자에 비하면 아직 갈 길이 멀기만 하네요."

복강안은 웃기만 할뿐 말이 없었다. 그러다 유용과 함께 자리에 앉더니 황천패를 향해 말했다.

"아무튼 각자 자신의 위치에서 최선을 다하면 되겠소. 폐하의 남순이 무사태평하게 끝나야 여러분의 임무도 성공적으로 마무리 짓게 된다는 걸 명심하오."

황천패는 언제나처럼 자신감 넘치는 표정이었다.

"여부가 있겠습니까? 숭여 나리께서도 항상 그렇게 훈육을 내리십니다. 이번에 일지화 처단에 일조했다고 폐하께서 소인에게 야전 군공軍功을 내리셨습니다. 우리 황씨 가문이 조정을 위해 지속적으로 강남의 우려를 덜어주라는 성의聖意로 알고 앞으로도 몸 바쳐 진력할 것을 맹세합니다! 황씨 일문의 영광은 유 태자소보太子少保(유용을 일컬음)께서 살펴주신 덕분이고, 이 자리에 함께 한 여러 형제들이 적극 밀어준 덕분이라고 생각합니다. 저들도……."

황천패가 잠시 말을 끊은 다음 수하의 십삼태보를 가리키면서 다시 말을 이었다.

"모두 이번 기회에 공로를 인정받아 적어도 천총千總 자리 하나씩은 얻어가졌습니다. 돌아가신 우리 아버지께서 말썽꾸러기 아들 녀석이 거기교위車騎校尉에 봉해졌다는 소식을 알면 구천九泉에서도 얼마나 좋아하실지 모르겠습니다. 강호에서 거칠게 뒹구는 가문치고 이 같은 영광은 우리가 처음일 겁니다! 바다와 같은 황은을 망각하고 기대를 저버린다면 그날로 우리 황씨 일문은 절손絶孫되어 멸망할 것입니다. 심려 놓으십시오!"

황천패가 다시 잠시 말을 멈췄다가 덧붙였다.

"소인의 생각에는 이번에 두 분 나리께서 관풍 길에 나서실 때 소인의 수하 황부양黃富揚을 데리고 가셨으면 좋겠습니다. 무예가 특출하지는 않지만 강호 바닥에서 발이 넓고 약삭빨라 여러모로 도움이 될 것 같습니다. 두 분 나리께서는 어찌 생각하십니까?"

유용이 복강안에게 시선을 돌렸다. 그러자 복강안이 물었다.

"누가 황부양인가?"

복강안의 말이 끝나기 무섭게 대열의 맨 끄트머리에 서 있던 까만 피부에 체구가 왜소한 젊은이가 큰 소리로 대답하며 한 발 앞으로 나왔다. 머리카락이 고슴도치처럼 빳빳하게 뻗쳐있을 뿐 아니라 낮은 코를 비롯한 작은 눈과 뾰족한 턱이 영락없는 원숭이 상의 청년이었다. 온몸에 용수철이라도 달려있는지 어디로 튈지 모를 뭔가 어수선해 보이는 인상이었다.

"어느 마을인지 짐승들이 남아나지 않았겠구먼. 시간을 벌기 위해 역영 앞에서 배를 끌어안고 데굴데굴 뒹굴면서 울었다는 자가 자네인가?"

복강안의 말에 황부양이 팥알 같은 눈을 깜빡이면서 헤헤거렸다.

"제대로 보셨습니다. 소인은 남의 물건을 슬쩍하는 데는 강남에서 둘째가라면 서러워할 도둑 출신이었습니다. 개 ×먹는 버릇을 고치느라 죽을 ×을 쌌다는 거 아닙니까!"

황부양은 상스러운 말을 하면서도 복강안 앞으로 다가가는 것은 잊지 않았다. 이어 한쪽 무릎을 꿇고 예를 갖추고 나더니 일어서면서 복강안의 두루마기 자락을 슬쩍 건드렸다. 그리고는 웃음 띤 어조로 말했다.

"두루마기 자락에 흙이 좀 묻어서 털어드렸습니다."

복강안은 황부양의 말에 두루마기 자락을 내려다보면서 의아한 표정을 지었다. 그러다 갑자기 대경실색하고 말았다. 허리춤에 달려 있던 궁중 하포荷包를 비롯해 한옥패漢玉佩와 소매 속에 들어있던 금과자金瓜子(해바라기씨 모양의 금 조각) 등이 흔적도 없이 모두 사라졌던 것이다!

황부양은 곧 눈이 왕방울처럼 휘둥그레져 입을 다물지 못하는 복강안을 보면서 '슬쩍'한 물건들을 하나씩 탁자 위에 올려놓았다. 그리고는 여전히 히죽거리면서 말했다.

"감쪽같았죠? 헤헤헤! 잠깐 시범을 보여드렸을 뿐 금분金盆에 손을 씻은 지는 옛날입니다!"

그러자 황천패가 이내 굳어진 얼굴을 한 채 버럭 고함을 질렀다.

"그것도 재주라고 깝죽대는 거야? 썩 물러가지 못해!"

황부양이 즉각 혀를 홀랑 내밀면서 자라처럼 목을 움츠렸다. 복강안이 웃음을 터트렸다.

"좋았어! 나는 바로 자네 같은 사람이 필요해. 데리고 가겠네!"

멀리서 닭이 홰를 치는 소리가 들려왔다. 황천패가 허리를 낮춰 유용에게 말했다.

"사경四更입니다. 복 도련님도 폐하를 알현하기에는 너무 이른 시각이고, 숭여 나리께서도 날 밝으면 하루 종일 바쁘실 텐데 이제 그만 주무셔야죠. 양주에 남을 아우들에게 달리 지시사항이 없으시다면 소인은 그만 물러가겠습니다."

유용이 고개를 끄덕였다. 그러자 황천패가 태보들을 데리고 공손히 인사를 하고는 물러갔다.

방 안에는 유용과 복강안 두 사람만이 남았다. 잠 때를 놓쳐서 그런지 정신이 말똥말똥한 두 사람은 각자 안락의자에 앉은 채 멍하니 자기 생각에 잠겨 있었다.

둘은 오래 전부터 잘 알고 지낸 사이였다. 유용의 경우 북경에 있을 때 부항의 집으로 곧잘 아버지 심부름을 다녔었다. 그러나 그때 당시 그는 이름만 걸고 실질적인 업무를 책임지지 않았기 때문에 복강안과는 간단히 인사 정도만 나눴을 뿐이었다. 복강안 역시 고귀한 혈통을 타고난 귀척貴戚이기는 했으나 유용을 깍듯이 예우했다. 유용의 아버지 유통훈의 체면을 봐서가 아니라 그의 재학과 소양이 마음에 들었기 때문이었다. 여러모로 썩 괜찮은 사람이라 필히 장래에 대성할 것이라고 생각해왔다.

아니나 다를까, 유용은 골치 아픈 숙적인 일지화를 박멸하는 데 결정적인 기여를 했다. 복강안으로서는 그런 유용을 더욱 주목하지 않을 수 없었다. 한번 물었다 하면 놓을 줄 모르는 그 의지와 뚝심에 감탄하지 않을 수 없었던 것이다.

유용 역시 그랬다. 타고난 천성이 활달하고 명민한 데다 호기심이 많아 어디로 튈지 모르는 복강안에 대해 상당히 긍정적인 평가를 내리고 있었다. 특히 감히 어머니의 명령까지 거역하고 군중에 들어가겠다는 뜻으로 아비를 찾아 천리 길을 나선 그 패기, 어명을 받고 양주로 방향을 틀면서 오는 길 내내 과감히 불의에 맞서 싸운 용기에 크게 탄복했다. 그것은 조상들의 은음<sup>恩蔭</sup>에만 기대어 날로 해이해져가는 만주 족의 여타 자제들에게서는 눈 씻고 찾아봐도 찾을 수 없는 호연지기라 할 수 있었다.

야심한 밤에 똑같은 임무를 명받고 동행을 앞둔 두 사람은 서로에게 할 말이 많아 보였다. 그러나 평소에 아주 스스럼없이 지낸 편이 아니 었는지라 둘 사이를 가로막는 다소 어색한 느낌도 없지 않았다. 밖에는 여명을 앞둔 어둠이 칠흑처럼 무겁게 드리워져 있었다. 목이 쉰 닭울음 소리가 간간이 들려왔다. 새벽 찬바람이 창호지를 때리는 소리 역시 단 조롭게 들렸다.

"요림."

유용이 먼저 침묵을 깼다. 이어 본론을 꺼냈다.

"공자는 폐하의 근신<sup>近臣</sup>이에요. 여기 내려올 때도 '관풍'을 명받았으 니 이번 '관풍순열'<sup>觀風巡閱</sup>에는 당연히 내가 공자의 명령에 따라야 할 것 같아요. 폐하께서 어의를 내리실 때 구체적인 업무에 대해 언급하셨 으리라 생각해요. 네 개 성의 이정<sup>吏情</sup>과 민정<sup>民政</sup>을 살피려면 그곳의 재 정과 군정, 치안도 포함시켜야 할 거예요. 그중에서도 특별히 중점을 둬 야 할 부분이 있을 겁니다. 네 개 성 가운데에서 어느 곳에 역점을 둬야 할지, 우리 둘에게 어느 정도의 권한이 부여되는지 궁금하네요."

복강안이 몸을 앞으로 숙인 채 유용에게 가까이 다가왔다. 이어 차 분한 어조로 대답했다.

"언제 그걸 물어오나 계속 기다렸어요. 역시 형의 인내심은 대단하네 요. 물론 폐하께서는 나름대로 상세히 어지를 내리셨어요. 아니, 일어설 거 없어요. 나는 폐하의 말씀을 전하는 게 아니고 어의에 대한 내 나름 대로의 해석을 말하는 것이니 말이에요. 혹시 어지를 곡해한 부분이 있 다면 그건 어디까지나 내 책임이에요. 내일 폐하께서는 우리를 접견하실 시간이 없으세요. 그러나 이틀 후 우리가 과주도에서 북상할 때는 폐하께서 접견을 하실 거예요. 폐하께서는 이번 '관풍순열'에 숭여 형을 앞에 세우셨어요. 물론 나도 관풍사라는 신분을 공유하지만 형에게 많이 배우라고 하셨어요. 또 '관풍'觀風을 할 때 동서남북을 가리지 말고, 선풍旋風일지라도 회오리의 한가운데까지 들어가 봐야 한다고 지시하셨어요. 그러나 태풍이 아닌 이상 '관망'만 할뿐 건드리지는 말라는 어명도 계셨어요. 때에 따라, 상황에 따라 임기응변할 수 있는 권한은 일반 흠차들이라도 누구나 다 갖고 있는 거죠. 물론 우리도 예외는 아니에요. 그밖에 우리의 '관풍순열'의 목적은 폐하께서 우리를 '연마'하시려는 것으로 풀이되네요. 우리의 미행微行을 각 성의 총독, 순무 그 누구에게도 알리지 않은 걸 보면 그런 의도가 있지 않을까 싶어요. 한마디로 폐하께서는 우리 두 사람에게 큰 기대를 걸고 계세요!"

등불 아래에서 복강안의 눈빛이 반짝거렸다. 그러나 이어진 그의 말에는 나이와 어울리지 않는 우울함이 잔뜩 배어 있었다.

"폐하께서는……, 당신께서 대단히 지치셨다고 말씀하셨어요. 뼛골까지, 마음속까지 말이에요. 꼬리에 꼬리를 무는 크고 작은 사건들 때문에 자금성紫禁城에 있을 때보다 열 배는 더 바빴다고 하셨어요. 모처럼 태후마마와 황후마마를 모시고 며칠 동안 '은둔'하면서 천륜을 누리고자 했던 계획이 수포로 돌아갔다고 하시며 아쉬움을 금치 못하셨어요. 구중궁궐에서 내려와 만났던 십인십색의 사람들에게서 희망보다는 실망, 믿음보다는 불신이 더 커졌다고 하시면서 상심에 겨워하셨어요!"

유용은 복강안의 말을 들으면서 다시 한 번 이번 '관풍'의 의미를 되새겨 봤다. 어떻게든 건륭의 기대에 부응하면서 황제의 심려를 조금이나마 덜어주고 싶은 마음이 굴뚝같이 샘솟았다.

# 11장

# 쫓는 자와 쫓기는 자

사라분의 부인 타운을 태운 함거檻車(죄수나 짐승을 실어 나르는 수레)는 건륭의 어가가 의정을 출발해 양주로 향한 사흘 뒤에야 비로소 의정 부근에 이르렀다.

어명에 따라 이곳 의정에서 하루를 더 묵은 유통훈은 배홍인과 근문괴를 접견한 다음 부항에게 서찰을 띄웠다. 건륭이 오십리포에서 금천金川 군사軍事에 대해 지시했던 사항과 부항에 대한 어명을 전한 것이다. 대략 "준비는 철저히 하되 서두르지 말고, 요행을 바라서는 안 되며, 절대 기회를 놓치지 말라", "장군은 전쟁터에서 불가피하게 군명君命을 어길 수도 있다"는 등의 내용이었다. 그리고 윤계선과 악종기에게도 서찰을 보내 건륭의 뜻을 전했다. 내용은 "전력을 다해 부항을 지원하라", "사라분이 청해를 통해 서장西藏으로 도주하지 못하도록 막아라", "곽집점의 회족回族 부락 동태를 면밀히 주시하고 유사시에는 강남 행궁으로 육백리 긴급보고를 올리라"는 것들이었다.

이어 저녁 무렵에는 해관海關 도대道臺, 동정사銅政司와 염정사鹽政司의 관리들, 원명원 공사에 쓸 자재를 구입하러 내려온 당관堂官, 하도河道의 관리들까지 수십 명을 접견했다. 하루를 쉬기는커녕 밤이 늦도록 평소보다 훨씬 더 바쁘게 보내야 했다. 그랬으니 몸이 천근만근 무거웠다. 그럼에도 그는 유용이 외차外差를 나온 사이 양주의 방위에 구멍이 뚫린 건 아닌가 하는 노파심 때문에 기어이 그날 밤으로 대충 채비를 하고는 양주로 향했다.

그렇게 어가를 영접하느라 한 달 동안 북적거렸던 의정현은 어가가 떠난 뒤 비로소 일상을 되찾기 시작했다. 한껏 들떠 있던 분위기도 차분하게 가라앉았다. 관부官府와 일반 백성들, 심지어 동물들까지도 잔치를 치르고 몸살을 앓는 노파처럼 후줄근해졌다.

타운을 태운 함거는 정오가 지나서야 성 안으로 들어섰다. 강남성 얼사아문은 거의 비어 있었다. 주관主官들은 전부 어가를 호종하러 떠나고 순포청巡捕廳 당관만 혼자 남아 아문을 지키고 있었던 것이다. 그런데 갑자기 안찰사로부터 "타운을 폐하의 행재行在로 압송하고 있으니 협조를 요망한다"라는 내용의 공문서가 날아들었으니 당관은 당황하지 않을 수 없었다. 어찌 됐건 '흠범欽犯'을 압송한다는데 가만히 죽치고 앉아 있을 수는 없는 노릇이었다. 그렇다고 아문을 비울 수도 없었다.

그가 그렇게 이러지도 저러지도 못하고 속이 타고 있을 때였다. 강남성 산하의 남통南通현 현령 요청신姚淸臣이 사건보고를 위해 와 있다는 소식이 들려왔다. 그는 즉각 요청신을 자기 대신 보내기로 했다. 이어 요청신에게 부탁했다.

"사정이 이러니 어쩌겠소. 수고스러운 대로 그대가 다녀와 줬으면 좋겠소. 폐하께서 의정을 출발하시어 양주로 향하고 계실지 모르니 중간

지점에서 만날 수도 있소. 무사히 유용 나리에게 '물건'을 맡기고 돌아오면 되오. 내가 아역 서넛을 붙여줄 테니 크게 걱정은 안 해도 될 거요. 명색이 '흠범'인데 우리가 나 몰라라 해서는 안 되지 않겠소, 안 그러오?"

한낱 7품관에 불과한 요청신은 순간 잘하면 유용은 말할 것도 없고 그 유명한 유통훈까지 만나볼 수 있을지 모른다는 생각을 했다. 갑자기 욕심이 생긴 그는 추호의 망설임도 없이 당관의 부탁을 받아들였다.

말이 '함거'일 뿐이지 타운은 항쇄도 쓰지 않고 포박도 당하지 않은 상태였다. 심지어 수레에는 바람을 막아주는 천막까지 있었다. 그녀의 표정은 덤덤했고, 등받이에 반쯤 기대앉은 모습이 죄인이라기보다는 고관의 행차라고 해도 과언이 아니었다.

거리에는 지나다니는 사람들이 간혹 보였다. 그러나 무리지어 다니는 이들은 없었다. 요청신은 먼저 역관에 들러 유통훈 부자의 행방을 탐문했다. 역졸은 그들이 이미 양주로 떠났다고 했다. 끼니때가 지난 시각이라 역관 식당에는 밥이 없었다. 말단 관리였던 그로서는 상을 차려내오라고 호통을 칠 수도 없었다. 그는 어쩔 수 없이 수행한 세 아역들 중에서 가장 서열이 높은 막계부莫計富와 상의를 했다. 결국 밖에 나가 관자館子(음식점의 옛 이름)에서 끼니를 때우기로 결정했다.

그러나 가는 날이 장날이라고, 이제 막 어가를 떠나보낸 성 안은 한산하기 이를 데 없었다. 약속이라도 한 것처럼 가게마다 문도 굳게 닫혀 있었다. 함거를 끌고 사방으로 찾아다녔음에도 평소에 그리 흔하던 물만두 장수조차 보이지 않았다.

정자頂子를 드리우고 말을 탄 관리, 세 명의 아역, 그리고 무릎까지 오는 긴 장화를 신고 장족藏族 복장을 한 여인까지 섞인 그들의 이상한 조합은 행인들의 호기심을 자극하기에 충분했다. 급기야 조무래기 한 무리가 호기심에 찬 눈길로 바라보더니 와와! 함성을 지르면서 일행의 뒤를 따라오기 시작했다. 그렇게 해서 가게 위치를 묻느라 잠시 멈추면 아이들도 저만치에 떨어져서 멈춰 서서는 재잘대고, 일행이 다시 떠나면 뒤따르기를 반복하는 묘한 광경이 만들어졌다. 그때 노인 한 사람이 일행이 주린 배를 안고 식당을 찾아다니는 모습이 보기에 안쓰러웠던지 어딘가를 가리키면서 말했다.

"현아문에 가보시오. 여기서 서쪽으로 꺾어들면 큰길이 나온다네. 거기에서 북으로 쭉 들어가면 현아문이 보일 거요. 그 앞에 간단히 한 끼 때울 수 있는 먹을거리를 파는 노점이 있을 거요. 밥 때를 놓친 아역들을 상대로 장사하는 집이라 아마 지금도 영업을 할 거요."

"고맙습니다, 어르신!"

요청신은 친절한 노인에게 감사 인사를 하고는 서쪽을 향해 돌아섰다. 그러다 문득 떠오르는 바가 있는 듯 이마를 툭 쳤다.

"맞아, 여기 의정현에 곽지강郭志强이라는 사람이 있어. 지난번에 나에게 시간 나면 놀러오라고 했지. 내가 왜 진작 그 생각을 못 했을까? 자, 어서 현 아문으로 쳐들어가자고!"

허기진 배를 움켜쥐고 있던 일행은 요청신의 말을 듣고서야 비로소 활기를 띠기 시작했다. 막계부도 맞장구를 쳤다.

"뱃가죽이 등에 가 붙었습니다! 현아문 사람들은 일 때문에 성省에 올라올 때가 많으니 아마 가보면 낯익은 얼굴들이 적지 않을 것 같습니다. 왜 여태 그 생각을 못 했죠?"

막계부가 말을 마치고는 몰려드는 사람들을 구경하기 위해 함거 안에서 엉거주춤 몸을 일으키는 타운을 향해 버럭 고함을 질렀다.

"뭘 봐? 앉아!"

타운이 혀를 내밀어 입술을 적시면서 고개를 내렸다. 그리고는 기어

들어가는 목소리로 변명을 했다.

"다리가 저려서……. 배도 고프고……."

타운이 혼잣말처럼 중얼거리더니 갑자기 누구도 알아듣지 못할 장족의 말을 입에서 흘렸다. 그러나 요청신을 비롯한 그 누구도 타운에게서 이상한 낌새를 눈치채지 못했다. 그러나 사실 타운은 북경에서 남경으로 이송되고 있을 때부터 사라분이 파견한 첩자들이 일행의 뒤를 쭉 미행하고 있다는 사실을 알고 있었다. 그들은 바로 괄이애刮耳崖의 수령 인파仁巴, 그리고 타운이 부리는 가인 알파嘎巴와 한어에 능통한 장족 다섯 명 등이었다. 그들은 미리 석두성石頭城 부자묘夫子廟 근처의 객잔에 도착했다가 수시로 타운의 행방을 파악하고 있었다.

금천 지역은 예로부터 식량과 소금이 귀한 곳이었다. 그래서 사천을 비롯한 내지의 도움을 받지 않으면 안 됐다. 대신 황금은 도처에 널려 있었다. 괄이애 동굴에도 주먹만 한 금덩이가 가득했다. 길에 가다 발길에 채일 정도라고 해도 과언이 아니었다. 타운은 북경으로 오면서 가져온 그런 금덩이의 덕을 톡톡히 봤다. 과연 내지內地의 옥졸들은 금덩이만 보면 침까지 질질 흘리면서 환장을 했다. 그래서 타운은 감옥에 갇혀 있는 동안 끼니마다 고깃국에 흰 쌀밥을 말아먹을 수 있었다. 옥졸들은 나중에는 타운에게 기침약까지 구해다 바칠 정도로 상전 대접을 해줬다. 덕분에 타운은 '옥살이'를 편하게 할 수 있었다.

의정에 들어선 타운은 한가로이 지나다니는 행인들 속에서 인파의 모습을 곧바로 발견할 수 있었다. 무리지어 쫓아다니는 아이들 틈에서는 알파의 모습도 보였다. 타운이 장족 말로 중얼거린 내용은 그저 뜻 없는 혼잣말이 아니라 사실 그들에게 내리는 명령이었다.

"내가 지금 여기까지 끌려왔어도 보거다 칸을 만날 가능성은 희박하다. 오늘이야말로 도망갈 수 있는 절호의 기회다. 알파야, 절대 무모하게 행동해서는 안 된다. 인파하고 머리를 맞대고 방책을 강구하거라."

타운이 끝에 덧붙인 한마디는 의미심장했다.

"이자들은 나를 유씨 부자에게 넘기려고 한다. 그 둘은 이미 여기를 뜨고 없다."

그런 타운의 말을 안타깝게도 요청신과 막계부 일행은 단 한 마디도 알아듣지 못했다.

현아문 입구에는 과연 간단한 먹을거리를 파는 자그마한 난전이 있었다. 그러나 곽지강을 찾아볼 마음이 더 급했던 요청신은 서둘러 의문儀門으로 들어갔다. 그러나 마침 오침午寢 시간이라 당직을 서던 아역은 기지개를 켜고 입을 길게 찢어 하품을 하면서 느릿느릿 걸어 나왔다.

마음이 급한 요청신은 늑장을 부리는 아역의 엉덩이를 걷어차고 싶었으나 최대한 성질을 참았다. 그리고는 곽지강에 대해 물었다. 아역이 공손히 대답했다.

"곽 태존께서는 다른 곳으로 승진발령이 나셨습니다. 지금은 어가를 수행해 양주에 계십니다."

"곽지강이 승진발령이 났다고? 어디로?"

요청신이 다그쳐 물었다.

"호부 주사主事로 발령이 났습니다."

"그러면……, 여기 일은 인수인계를 마쳤나?"

"그렇지는 않습니다. 아직 신임 현령이 누군지도 모릅니다."

"그러면 현령서리쯤 되는 사람은 없나? 오, 나는 남통현 현령이네. 업무를 마치고 이곳을 지나면서 끼니나 좀 때울까 했더니 밥집마다 문을 닫아버렸지 뭔가. 아문에서 뭘 좀 얻어먹을 수 없을까 해서 말이네. 곽 현령과는 호형호제하는 사이였는데……."

"아이고, 되고말고요. 여기서 한 끼 때우는데 그 정도 직함까지는 없어도 돼요.”

아역이 기어들어가는 소리로 덧붙였다.

“그런데 주방에 사람이 있는지 모르겠습니다…….”

아역이 자신이 없는지 말끝을 흐렸다. 그때 한 중년사내가 나뭇가지로 이를 쑤시면서 팔자걸음으로 중문으로 들어서는 것이 보였다. 검은 비단으로 만든 과피모瓜皮帽를 쓰고 회색 비단 두루마기를 입고 있는 사람이었다. 끈으로 근시 안경을 묶어 목에 드리우고 허리에는 빈랑檳榔하포荷包를 찬 모습이 영락없는 막료 차림이었다. 한눈에 상대를 알아본 막계부가 손짓까지 하면서 소리쳐 불렀다.

“어이, 소邵 부자夫子(선비에 대한 존칭)! 그놈의 팔자걸음은 여전하군. 여기야, 여기! 일전에 황류씨 사건 때문에 나를 찾아왔었던 일 기억나지 않는가?”

소 막료가 부랴부랴 안경을 쓰고는 한참이나 막계부를 뜯어봤다. 이어 비로소 그를 알아보고는 반색을 하면서 빠른 걸음으로 다가왔다. 그리고는 얼굴 가득 웃음을 지었다.

“아이고……, 막 나리께서 여기는 어인 걸음이시오? 내가 워낙 시력이 부실해서 못 알아봐서 그렇지 막 나리의 은혜는 잊지 않고 있다오!”

소 막료가 말을 마치고는 요청신을 바라보더니 반갑게 알은체를 했다.

“이분은 요 태존이 아니십니까? 태존께서는 저를 모르시겠지만 저는 고향이 남통이라 일방의 부모관이신 태존 나리를 여러 번 뵌 적이 있습니다. 안 그래도 사소한 문제가 좀 있어서 어떻게든 태존 나리를 알현하려던 참이었는데, 이렇게 뵙게 됐습니다그려.”

소 막료는 대단히 반가워하면서 수레꾼들에게까지 일일이 인사를 했다. 잘 보이기 위해 무척이나 애를 쓰는 모습이었다.

“여러분, 아직 식전이시죠? 가만히 있자……, 어이 유씨! 퍼져서 낮잠 잘 생각 말고 어서 주안상이나 봐오게. 곽 태존을 찾아오신 분이야. 여덟 냥짜리로 한 상 준비하라고! 자, 자……. 밖에서 이러고 있을 게 아니라 널찍하고 따뜻한 동화청으로 갑시다."

정신 사납게 수선을 피우던 소 막료는 곧 타운까지 끌고 일행을 동화청으로 안내했다. 이어 예빈禮賓을 상대하듯 깍듯이 예를 갖추었다.

"이렇게 귀한 손님이 오실 때 드리려고 뒤뜰에 소흥주紹興酒를 한 병 묻어뒀습니다. 한 병으로는 모자랄 것 같으니 가서 한 병 더 얻어 오겠습니다."

소 막료가 가랑이에 바람을 일으키면서 나갔다. 그때까지도 사람들은 여전히 소 막료의 지나친 환대에 정신을 못 차리고 얼떨떨해 했다. 그사이 막계부가 황급히 뒤따라 나가 소 막료의 귓전에 귀엣말을 했다. 순간 소 막료가 싯누런 이를 드러내면서 말했다.

"어쩐지 이상하다 했어! 무슨 계집이 발이 저렇게 제멋대로 자랐나 했지. 그런데 아문에는 저 계집을 맡아볼 인간 새끼가 없어. 어디 믿을 만한 놈이 있어야 말이지. 다 어가를 쫓아가버렸지 뭔가. 명색이 '흠범'이니 하대할 수도 없고. 에이, 같이 앉아서 먹지 뭐. 만일을 대비해서 술은 적당히 마시자고. 술자리를 파한 뒤 내가 요 태존께 부탁드릴 일이 있거든. 우리 그 못난 형이 또 사달을 일으켰지 뭔가. 그때 곁에서 좀 거들어 줘."

소 막료는 말을 마치자마자 호들갑스러운 그답게 다시 바쁘게 걸음을 옮겼다.

동석한 타운 때문에 일행들 모두가 썩 편안한 술자리는 아니었다. 특히 요청신, 막계부, 소 막료와 함께 자리를 하다 보니 신분의 차이가 극명한 아역들과 수레꾼들은 허겁지겁 배를 채우기에만 바빴다.

그러나 타운은 놀라운 주량을 과시하면서 한번 잡은 술잔을 놓을 생각을 하지 않았다. 심지어 다른 사람들은 가볍게 술을 홀짝이는데 반해 그녀만은 알아듣지도 못할 소리로 무어라 지껄이면서 흔쾌히 자작을 하기도 했다. 그녀는 얼굴에 홍조가 피어오르고 기분이 좋을 정도가 되어서야 비로소 술잔을 내려놓았다. 소 막료는 그들의 내력을 잘 아는지라 더 이상 술을 권하지 않았다. 그러다 보니 술자리는 의외로 일찍 파하게 됐다.

사람들이 손을 닦고 입을 문지르면서 자리에서 일어설 때였다. 문지기 아역이 종종걸음으로 달려 들어오더니 요청신에게 말했다.

"태존 나리, 연청 중당께서 사라분의 부인을 데려오라고 사람을 보냈습니다."

아역은 말을 마치자마자 돌아서서 대문 쪽을 가리켰다. 사람들의 시선이 일제히 그쪽으로 향했다. 서쪽으로 조금씩 기울어지기 시작하는 태양 아래 대여섯 명의 사내가 녹아서 질척거리는 잔설을 밟으면서 다가오는 모습이 보였다. 모두 6품관인 내무부 사무관 차림이었다. 앞장 선 사내는 마흔 살쯤 되어보였다. 관모에 청금석青金石 정자를 달고 설안雪雁 보복을 입고 있었다. 기골이 장대하고 대춧빛 얼굴에는 아무런 표정도 없었다. 다만 관모가 이마를 다 덮을 정도로 큰 것이 무척 불편해 보였다. 척 보기에도 성문령城門領 정도 되는 무관이었다.

타운의 눈빛이 그들을 보는 순간 반짝였다. 그러나 곧 주위를 의식하면서 담담한 척했다. 앞장 선 사람은 다름 아닌 인파였던 것이다.

사람들은 모두들 엉거주춤 일어나 보무도 당당하게 걸어 들어오는 '윗사람'을 맞았다. 요청신도 한쪽 무릎을 꿇으며 마제수馬蹄袖(말굽형 소매)를 말아 올리는 인사를 했다.

"하관 요청신은 건륭 십오 년의 진사 출신으로, 현재 남통 현령으로 재직 중입니다."

"묻지 않았소!"

인파가 서투른 한어로 요청신의 말허리를 잘랐다. 그리고는 몽고 억양이 짙은 한어로 자신의 소개를 했다.

"나는 몽고 영웅 파특아의 부하요! 타운은 지금 어디 있소?"

타운은 이를 악물면서 터져 나오려는 웃음을 참았다. 짐짓 딴 데를 보는 척하면서 시선을 피했다. 그러자 요청신이 아부 어린 웃음을 지으면서 타운을 가리켰다.

"이 부인이 바로 타운입니다."

인파가 손사래를 쳤다.

"유 중당은 이미 양주에 당도하셨소! 복강안 도련님과 유용 대인은 다른 일이 있어서 내가 대신 왔소. 의정까지 무사히 데려오느라 수고가 많았소. 죄인은 나에게 넘기고 그대들은 푹 쉬도록 하오. 복 도련님께서 그대들에게 며칠 동안 휴가를 내주신다고 하셨소!"

말을 마친 인파는 두 수행원에게 턱짓을 했다. 두 사람은 다짜고짜 타운에게 다가가더니 일부러 심하게 반항하는 그녀를 끌고 갔다.

순식간에 벌어진 일이었다! 방 안에 남은 몇 사람은 서로를 번갈아봤다. 어쩐지 석연치 않은 느낌이 들었던 것이다. 그렇다고 인파의 언동에 마땅히 흠잡을 만한 곳이 있는 것도 아니었다. 다만 범인을 인수인계할 때는 증명을 떼어주고 받는 것이 기본인데 그런 절차를 생략하고 무작정 사람부터 끌고 가는 것이 조금 이상했다. '뭘 모르는' 시위의 행동으로 치부해버리기에는 어쩐지 마음에 걸렸다. 그렇다고 관품이 높고 신분이 귀한 사람을 감히 불러 세울 수도 없었다.

그들이 막 대문을 나서려고 할 때였다. 요청신이 용기를 내어 달려가 그들의 앞을 가로막았다. 이어 연신 허리를 굽실거렸다.

"나리, 먼 길을 오시느라 힘들고 시장하실 텐데 잠시 쉬어 가시는 셈

치고 차나 다과라도 조금 들고 가시죠."

요청신이 순간 절묘한 생각이 떠오른 듯 천천히 말을 이었다

"하관도 양주에 볼일이 있는데, 가는 길에 말동무도 할 겸 동행하시는 게 어떻겠습니까?"

막계부가 눈치 빠르게 제꺽 요청신의 말을 받았다.

"나리, 헤헤……. 저희들의 입장도 좀 헤아려 주셨으면 합니다. 이런 경우에는 연청 중당이나 숭여 나리의 신표信票가 필요하거든요. 그것도 확인하지 않고 함부로 사람을 내줬다가 만에 하나, 이건 어디까지나 만에 하나입니다. 사람이 중간에 증발해버리는 사고라도 나는 날에는……, 저희들은 그날로 끝장입니다."

"거리지룽바格力吉隆巴!"

잠깐 당황한 기색을 보이던 인파가 욕설이 분명한 단어를 거칠게 내뱉었다. 그러더니 안주머니에서 청색 바탕에 노란 글자가 선명한 패찰을 꺼냈다. 요청신과 막계부는 가까이 다가가 턱을 내밀고 그것을 자세하게 들여다봤다. 패찰에는 만한합벽滿漢合璧의 글씨가 적혀 있었다.

乾淸門 三等 侍衛
건청문 삼등 시위

요청신을 비롯한 사람들은 아무도 그런 노란 패찰을 본 적이 없었다. 당연히 진위를 가릴 수가 없었다. 그렇다고 무조건 의심만 할 수도 없었다. 문제는 노란 패찰 역시 신표는 아니라는 사실이었다. 신표가 없는 한 사람을 풀어줄 수는 없는 노릇이었다. 인파는 그들의 속내를 짚은 듯 노란 패찰을 거둬들이면서 엄포를 놓았다.

"이게 가짜라는 거야? 거리지룽바!"

옆에 서 있던 타운이 인파의 말이 끝나기 무섭게 갑자기 소리를 질렀다.

"나도 믿지 못하겠어요! 나는 여기 남아 있을 거예요. 아녀자의 겨드랑이를 그리 바싹 당겨 잡으면 어쩌겠다는 거예요, 망측하게!"

타운은 또다시 꼬부랑 장족 말로 마무리를 지었다. 인파는 처음보다 기세가 많이 누그러든 것 같았다. 그러나 여전히 단호한 어투였다.

"나는 연청 중당의 지시를 받고 왔단 말이야! 더 이상 뭐가 필요해? 같이 가자고? 그래 좋아, 같이 가지!"

인파가 말을 마치더니 뭐라 씨부렁대면서 타운과 일행을 데리고 밖으로 나갔다. 그러나 요청신은 막료와 아역들에게 아문의 일을 부탁하느라 한참이 지나도록 나가지를 못했다. 그러자 인파가 발을 구르면서 포악하게 굴었다. 요청신은 정신이 하나도 없었지만 서둘러 밖으로 따라 나갔다. 하지만 그 와중에도 소 막료는 형의 일이 급한 듯 그의 소매를 잡고 한참이나 하소연을 했다. 요청신은 그 바람에 또다시 진땀을 뺐다.

그러나 이번에는 의문을 벗어나기도 전에 타운이 쭈뼛거리면서 걸음을 멈췄다. 이어 어딘가 불안한 낯빛을 보였다.

"갈 길이 바쁜데 뭘 그리 꾸물거려?"

인파가 앞서 가면서 고함을 질렀다. 요청신이 타운의 안색을 살피며 물었다.

"왜 그러오? 어디가 불편하오?"

타운이 쑥스러운 듯 고개를 숙인 채 말했다

"소……, 소피가 급해서…….."

이번에도 영락없는 장족 말이 이어졌다. 어쨌거나 누구도 어쩔 수 없는 생리현상이었으니 세상 무슨 일이 있어도 해결하지 않으면 안 됐다. 그런데 아문에는 여자 측간이 없었다. 있다고 해도 남자들이 따라 들어갈 수도 없는 일이었다. 그때 요청신을 배웅하러 나온 소 막료가 동쪽 담장 근처를 가리켰다. 돗자리로 지붕을 얹은 곳이었다. 사방은 막혀 있었다.

"측간은 저기 있소. 안에 사람이 있나 없나 내가 가보고 올게."

소 막료가 측간으로 가까이 다가가더니 나지막하게 인기척을 내봤다. 이어 돌아와서는 히죽 웃으면서 말했다.

"들어가시오. 아무도 없소!"

"고마워요!"

타운이 감사를 표하며 고개를 살짝 숙였다. 얼마나 참았는지 다리를 꼬면서 걸어가는 자세가 넘어질 것처럼 위태로워 보였다.

타운과 동행하기로 한 사내들은 측간에서 그리 멀지 않은 곳에서 기다렸다. 이유야 어찌됐든 간에 글공부깨나 했다는 사내들이 아녀자가 들어간 측간을 뚫어지게 쳐다보고 있자니 어색하기 짝이 없었다. 그때 행여 누가 볼세라 측간 쪽을 외면하고 있던 요청신이 배웅 나온 소 막료에게 인사를 했다

"곽 태존이 돌아오면 내가 다녀갔다고 전하게. 그리고 여기서 남통현은 멀지 않으니 짬을 내서 놀러오라고 하게."

"그리 전하겠습니다. 그러나 이임을 앞두고 계신지라……."

"북경으로 가는 길에 우리 남통현을 거쳐 가도 좋지. 얼굴이나 한번 보려고 그러네."

"예, 꼭 전하겠습니다. 제가 모시고 찾아뵙도록 하겠습니다."

"자네 형 사건은 내가 염두에 두고 있을 테니 걱정하지 말게. 그 여자는 자네 형이 죽인 게 아니라 자살했다면서? 그래도 혹시 모르니 여차할 경우 여기저기 인사할 정도의 은자는 준비해두는 게 좋겠네. 그 이유에 대해서는 막료인 자네가 더 잘 알 테지만."

"여부가 있겠습니까!"

요청신을 수행한 세 아역들 역시 측간을 등지고 자기들끼리 머리를 맞대고 몰려 서 있었다. 그리고는 누가 술을 사고 어떤 이가 계집을 품은 얘기 등의 수다삼매경에 빠져 들어갔다. 타운은 소피를 보려다 '큰 것'까지 보는 듯 한참이 지나도 나오지 않았다. 사람들은 다리가 뻐근해질 정도로 오랜 시간이 지나서야 비로소 의혹에 찬 시선으로 측간을 향해 돌아섰다.

"큰 걸 봐도 열두 번은 봤을 텐데……?"

막계부가 고개를 갸웃거리면서 중얼거렸다. 그제야 모두의 마음속에 의심스러운 생각이 떠오르기 시작했다. 요청신은 불길한 예감에 안색이 확 변했다. 황급히 담장 너머를 가리키면서 물었다.

"소 막료, 저쪽 너머에 뭐가 있지?"

소 막료 역시 당황한 얼굴로 자신의 머리를 쥐어박았다.

"설마 담을 넘지는 않았겠죠? 담을 넘으면 바로 관도官道인데!"

아역 한 명이 소 막료의 말이 끝나기 무섭게 측간 바로 앞으로 다가가 나지막하게 타운을 불렀다.

"이봐, 끝났어? 안에 있는지 없는지만 대답해봐!"

안에서는 아무런 대답이 없었다.

"젖혀!"

다급해진 요청신이 바로 측간의 가리개를 젖히라고 고함을 질렀다. 불안한 예감은 적중했다. 아역이 왹 걷어 올린 측간 안에는 아무도 없었다.

"그년이 담을 넘어 도망갔어요!"

아역들은 기절할 듯 놀라 이구동성으로 소리를 질렀다. 조용하던 아문 마당은 삽시간에 벌집을 쑤셔 놓은 듯 소란스러워졌다. 어지러운 발소리가 여기저기를 헤집고 다녔다. 요청신은 절망한 나머지 스르르 그

자리에 주저앉고 말았다.

"어서 추격해! 어서! 순포방巡捕房 아역들을 다 풀어. 안 되겠다, 먼저 성 전체에 비상령부터 내려야지!"

요청신이 땅을 치고는 머리를 쥐어뜯으면서 소리쳤다. 막계부도 다급한 목소리로 입을 열었다.

"그년이 날개가 돋치지 않은 이상 멀리 도망가지는 못했을 겁니다. 복장이 워낙 눈에 띄어 비상령만 내리면 금방 잡히게 돼 있습니다."

막계부의 말이 채 끝나기도 전이었다. 아역이 측간 구석에 벗어놓은 타운의 장족 복식의 옷을 집어 들고는 울상이 되어 나타났다. 그새 옷을 갈아입고 도망갔다는 얘기였다!

아역들은 모두들 관도로 뛰쳐나갔다. 넋을 잃은 요청신은 다람쥐 쳇바퀴 돌 듯 제자리에서 빙빙 도는 인파를 향해 울상을 지었다.

"뭐 마려운 사람처럼 그러고만 있지 말고 대책을 좀 생각해보세요, 예?"

인파는 속으로 연신 쾌재를 불렀다. 그러면서도 겉으로는 짐짓 심각한 표정을 지은 채 대답했다.

"멀리 도망가지는 못했을 거네. 소 막료는 아역들을 데리고 북쪽으로! 요 뭐라고 했나, 자네는 서쪽으로 바짝 추격하게! 나는 동쪽으로 가볼 테니까. 뿔뿔이 흩어졌다가 유시酉時에 여기서 다시 만나자고. 그때까지 아무런 소득이 없으면 그때 가서 연청 중당에게 보고해도 늦지 않아!"

날은 점점 어두워지고 있었다. 사람들이 전부 출동하자 정적이 깃든 아문의 밤은 소리 없이 깊어갔다. 얼마 후 조용하던 아문 마당이 말발굽소리와 인기척으로 시끌벅적해졌다. 유시가 되어 요청신과 소 막료가 아무런 소득도 없이 아역들을 거느리고 돌아온 것이다. 그러나 아무리 기다려도 인파는 돌아오지 않았다. 100여 명이 마당에 서서 이제나저제나 고개를 빼들고 기다리는데 인파는 끝내 모습을 드러내지 않았다.

그래도 요청신 등은 마지막 희망을 놓지 않고 학수고대하고 있었다. 그때 갑자기 말발굽소리가 멀리서 가까워지기 시작했다. 사람들은 모두 흥분을 주체하지 못하고 문밖으로 뛰쳐나갔다. 그러나 말에서 뛰어내린 사람은 곽지강을 수행해 양주로 갔던 순포방의 나극가羅克家일 뿐 사람들이 눈이 빠지게 기다린 인파는 아니었다.

"다들 이 밤에 무슨 일이에요?"

나극가가 이마의 땀을 옷소매로 문질러 닦으면서 넋을 잃은 소 막료에게 물었다.

"타운이라는 여자를 압송한 함거가 도착했소? 오늘 점심때 연청 중당께서 곽 태존에게 특별히 이 일이 어찌 됐는지 물으셨소. 그럴 리는 없겠지만 혹시 무슨 차질이라도 빚을까봐 곽 태존이 나더러 먼저 가보라고 해서 왔소."

"아이쿠! 속았다, 속았어!"

요청신은 나극가의 말이 끝나기 무섭게 외마디 비명을 지르며 그 자리에 무너져 내리고 말았다.


"개자식들 꼴 좋다!"

그 시각 타운을 비롯한 인파, 알파는 이미 양자강 하류인 의정 부두에서 10리쯤 떨어진 강 한가운데에 있었다. 셋은 의정현 아문이 있는 방향을 향해 걸쭉한 욕설을 퍼붓고는 널찍한 선실 안에서 밥을 지어먹었다. 이어 계획을 세울 때는 세상없이 진지하고 엄숙하던 사람들답지 않게 드러누운 채 시간 카는 줄 모르고 담소를 즐겼다. 그리고는 지금쯤 머리를 쥐어뜯으면서 절규하고 있을 요청신 무리들을 한껏 비웃으며 웃음을 터트렸다.

"한구漢狗(한족을 비하하는 말)들은 정말 웃겨! 손바닥만 한 금덩이만 내밀면 마누라와 새끼는 물론 자기 자신까지 팔아먹는다니까. 그러니 우리에게 당할 수밖에!"

인파가 다시 한족들을 싸잡아 비하했다. 이어 알파를 가리키면서 말을 이었다.

"요놈도 금 한 덩이를 던져주고 꽤 높은 명함을 샀는걸! 우리 금천 사람들이 한구들 사이에 들어가 한자리 해먹는 것은 식은 죽 먹기겠어. 우리가 데리고 간 누렁이에게도 현령 감투를 씌워달라면 씌워줄걸?"

"하하하하……."

참기름을 한 숟가락 마신 것 같은 고소함이 그럴까? 뱃전의 웃음소리는 그칠 줄을 몰랐다.

한참 후 타운은 규칙적으로 뱃전을 철썩철썩 때리고 지나가는 파도소리를 들으면서 점차 마음의 평정을 찾기 시작했다. 선체의 움직임에 따라 흔들흔들 몸을 맡긴 채 생각에 잠기기도 했다. 이어 일정한 파도소리 속에서 유난히 또렷한 목소리로 말했다.

"장군(사라분)께서 나를 위하시는 깊은 뜻을 내가 어찌 모르겠소. 그러나 천신만고 끝에 보거다 칸을 만나고자 여기까지 왔는데, 그 목적을 달성하지 못하고 빈손으로 돌아간다면 내 스스로가 용납할 수 없을 것 같소. 장군께서 무사하시고 내 새끼들이 건강하다니 아직은 돌아갈 수 없소. 나는 반드시 보거다 칸을 만나고야 말 거요! 우리 민족의 존망을 위해……."

알파가 타운에게 고개를 조아렸다.

"마님! 인착과 상착 활불께서도 다들 걱정하고 계십니다. 그자들이 마님을 부항에게 인질로 보낼까봐서요. 건륭 보거다 칸도 마님을 만나줄 의향이 있었다면 벌써 만나줬을 거예요. 그렇게 오래 갇혀 있는 동안 아무런 언질도 없었다고 하지 않으셨습니까?"

타운이 알파의 검불 같은 머리카락을 쓸어내리면서 입을 열었다.

"대국의 황제가 그 정도로 치사하지는 않을 것이다. 아니, 그럴 수는 없을 것이다! 사람이 손바닥만 한 낯짝만 아니라면 무슨 짓인들 못하겠냐. 전쟁이라는 건 반드시 승자와 패자가 갈리게 마련이야. 모든 면에서 우리보다 월등한 대국과 맞서 싸운다는 건 우리로서는 흉다길소凶多吉少일 수밖에 없어."

알파가 바로 눈을 깜빡이면서 물었다.

"그러면 마님께서는 무엇 때문에 우리의 구출작전을 수락하신 겁니까? 내친김에 감옥에서 좀 더 버티면 보거다 칸을 만날 수 있는 확률이 더 높았을 텐데요?"

타운이 피곤기가 역력한 얼굴을 들었다. 이어 검은 강물과 출렁이는 파도를 바라보면서 한숨을 지었다.

"문제는 내가 건륭의 의중을 정확히 짐작하기 어렵다는 거야. 그가 나를 서둘러 죽이지 않은 이유는 대국 황제가 이족夷族의 아녀자를 죽였다는 비난을 피하기 위한 것일 수도 있어. 또 아직 여지가 있는 일을 극단으로 몰고 가지 않기 위한 것일 수도 있지. 그러나 그의 신하들은 이 부분에 있어 보거다 칸과 뜻이 다를 수 있어. 그자들은 자신들의 영달을 위해서라면 무슨 짓이든 서슴지 않을 거야. 나의 목을 떼어들고 공로를 얘기하려 들지도 모르지. 나는 나중에 죽게 된다 하더라도 반드시 보거다 칸을 만나고 나서 죽고 싶어. 장군께서 전하라던 말만 전해주고 나면 여한이 없겠어……."

타운은 말을 채 끝맺지 못하고 하늘을 향해 두 팔을 쳐들었다. 그녀는 머리를 풀어헤치고 뭔가 기도하는 자세를 보였다. 이어 눈에서 굵은 눈물을 흘렸다.

인파 역시 눈물 같기도 하고 화광和光 같기도 한 것이 그득한 두 눈으로 타운을 바라보면서 위로의 말을 건넸다.

"그리 비관하지 마세요, 부인! 송번松潘 서쪽에 청해로 통하는 비상통로가 있어요. 한구들은 아직 모르고 있죠. 장군께서는 이미 노약자들을 괄이애로 피신시키라는 명을 내렸어요. 괄이애에는 우리가 일 년은 넉넉히 먹고 살 수 있는 식량이 비축돼 있어요. 소금이 좀 부족하긴 하지만 그것 역시 비밀통로를 통해 내지로부터 가져오고 있으니 걱정할 필요 없어요. 혹시라도 괄이애가 함락되는 극단적인 상황이 생기더라도 우리는 송번을 통해 청해로 들어가면 되죠. 달라이 라마가 파견한 사람들과 접선해 서장으로 피신하면 만사대길이에요. 우리에게는 분명 활로가 있어요!"

인파는 말은 씩씩하게 했으나 표정은 어쩔 수 없이 침울했다. 말이 쉽지 노약자들을 거느리고 빙설이 뒤덮인 수천 리 협곡을 넘는다는 것은 만부득이한 선택이 아닐 수 없다고 생각하는 듯했다. 잠시 후 인파가 다시 입을 열었다.

"장군께서는 건륭이 장군에게 스스로를 묶은 다음 투항을 하라고 권하는 이유가 우리 금천인金川人의 자존심을 여지없이 짓이겨버리기 위한 것이라 강조하셨어요. 부인께서 만에 하나……, 만에 하나……."

"만에 하나 내가 그의 굴욕적인 요구를 들어준다면 나는 더 이상 장군의 처자가 아닐 것이오!"

타운이 대신 결심을 밝히고는 고개를 번쩍 쳐들었다. 고운 얼굴이 어느새 눈물범벅이 돼 있었다. 그러나 입가에는 여전히 미소가 걸려 있었다. 한참 동안 침묵한 끝에 그녀가 알파에게 물었다.

"황금은 얼마나 남았지?"

알파가 선실 뒤편의 나무 상자 두 개를 가리키면서 대답했다.

"두 상자 합쳐 오천 근 정도 될 겁니다. 수중에 은표도 십만 냥짜리가 있습니다."

"이 많은 금을 계속 가지고 다닌다는 건 위험천만해. 양주에서 으뜸가는 화원을 사들이고 해녕海寧, 과주瓜洲, 소주, 항주 등지에서 경관이 빼어난 곳의 최고급 화원들을 빌리자고. 아마 일만 오천 냥 정도면 충분할 거야. 우리가 쓸 것은 남겨놓고 나머지로 동상, 풍습, 감기, 각종 전염병 등에 좋다는 약과 소금을 구입해 금천으로 보내야겠어. 부항은 한다면 하는 자야. 마음만 먹으면 언제든지 금천과 내지의 연결고리를 완전히 차단시킬 수 있어!"

인파와 알파는 내심 사라분의 부인 타운의 지혜와 용기에 감탄해마지 않았다. 알파가 그래도 약간의 의문이 남는다는 듯 타운에게 물었다.

"약과 소금은 부항의 전략에 대비하기 위해서라고 하지만 화원은 대체 무슨 용도로 쓰시려는지요?"

타운이 흥! 하고 코웃음을 치면서 웃음을 터트렸다.

"건륭이 나를 부르지 않으면 언젠가 자기 발로 찾아와서 나를 만나게 만들 거야. 내가 감옥 안에서 들은 바가 있어. 건륭이 사족을 못 쓰는 게 몇 가지 있대. 작시作詩, 기마騎馬, 사냥, 그리고 여자……."

인파와 알파는 그래도 무슨 말인지 잘 모르겠다는 표정을 지었다. 더불어 타운을 멍하니 바라봤다.

"잘 빠진 계집들을 왕창 사다 집어넣고 건륭을 유혹하는 거야."

타운이 갑자기 생각지도 못한 엉뚱한 소리를 했다. 그러나 그녀의 목소리는 자신감에 차 있었다. 인파가 어이가 없다는 듯 물었다.

"그게……, 먹힐까요?"

"그건 나에게 맡겨. 둘 중 한 사람은 금천으로 돌아가서 장군께 이곳 상황을 소상히 보고 올리도록 해!"

타운과 인파는 상의 끝에 알파를 금천으로 보내기로 결정했다. 사실 알파는 한족과 장족의 혼혈아였다. 열다섯 살의 나이로 그리 크지 않은 키, 부드러운 얼굴선, 피부색 등이 한족을 닮았다. 그러나 유난히 크고 부리부리한 눈과 조금 밖으로 벌어진 코는 장족의 특징이었다.

그의 아버지는 원래 한군漢軍 정홍기正紅旗 소속 포의노包衣奴로, 옹정 연간에 '모범총독' 악이태 문하에서 일을 했었다. 옹정 12년 악이태가 운남雲南에서 '개토귀류'改土歸流를 추진했을 때는 그를 따라 종군까지 했다. 그러나 당시 악이태는 묘족苗族들의 강력한 반발에 부딪혀 한동안 각 부현府縣들과의 연락조차 끊긴 채 오도 가도 못하는 신세가 되어버리고 말았다. 다행히 알파의 아버지는 악이태의 연락책 노릇을 아주 잘했다. 그러다 한번은 인근 대리현大理縣에 편지를 전해주고 오다 묘족들에게 포로로 잡혀가 묘채苗寨에서 갇혀 지냈다. 그 세월이 무려 3년이었다. 그 사이 악이태는 병으로 죽고 말았다. 지휘봉을 이어받은 이는 장광사張廣泗였다.

하루는 장광사의 친병들이 닥치는 대로 묘채에 불을 놓았다. 덕분에 알파의 아버지는 혼란한 틈을 타서 지옥 같은 그곳을 빠져나올 수 있었다. 그러나 다시 기旗로 돌아갈 엄두를 내지 못했다. 장광사라는 사람이 이유야 어찌 됐건 한동안 '증발'했다가 다시 돌아온 사람을 받아줄 만큼 마음이 넉넉한 사람이 아닌 탓이었다. 알파의 아버지는 어쩔 수 없이 운남, 귀주, 사천 일대에서 유리걸식을 했다. 그러던 중 다시 하첨대下瞻對의 반곤班滾에게 잡혀갔다. 이어 어찌어찌해서 금천까지 흘러들어갔다. 결국 그곳에서 대금천 수령의 시중을 들던 여노女奴와 눈이 맞아 알파를 낳게 됐다.

아무려나 한어에 능숙한 알파는 돈 주고 산 '천총'千總 임명장 덕분에 무한武漢에서 병사들이 묵어가는 역관에 버젓이 묵을 수 있었다. 이어 일부러 금천 전선을 지원하러 가는 변관弁官(상부의 결정사항을 실무담당 자에게 전달하는 역할을 맡은 관리)으로 위장했다. 그렇게 해서 한양漢陽부 터는 매 50리마다 군함과 군마로 번갈아 가면서 배웅해주는 사람들도 있었다. 그 정도에서 그치지 않고 머무는 역관마다 그의 신분을 생각해 맛좋은 음식을 비롯해 따끈한 우유와 차를 무상으로 제공하면서 극진 하게 대접해줬다.

그는 그렇게 몇 천 리 길을 신선놀음이 따로 없을 정도로 달려 사천 성 경내로 들어섰다. 때는 2개월 뒤인 양춘陽春 3월이었다. 자연은 눈길 이 닿는 산과 들판마다 봄소식이 한창이었다. 그에 반해 성내에서는 도 처에 전쟁 분위기도 살벌했다. 어린 알파는 그제야 두려움이 밀려왔다.

그는 행여 자신의 거짓 신분이 탄로날까봐 감히 성도成都의 성 안으 로 들어갈 엄두를 내지 못했다. 자신이 소지한 호조護照(신분증명서)가 여기서도 유효할지 의심스럽고 걱정됐던 것이다. 그는 그래서 일단 성 밖 쌍류진雙流鎭에서 병사들이 주로 찾는다는 역관을 찾아 하룻밤 묵 어가기로 했다.

알파는 저녁을 배불리 얻어먹고 일찍 자리에 누웠다. 그리고는 입안에 빈랑檳榔 한 알을 넣고 질겅질겅 씹으면서 생각에 잠겼다.

'여기까지는 무사히 왔는데 앞으로가 문제야. 제발 첩첩이 쌓인 난관 을 무사히 통과해야 할 텐데. 이제부터는 민부民夫의 차림새를 하고 부 딪쳐봐? 아니야, 아니야! 돈을 주고 호조를 사서 안전하게 통과하는 게 나아……'

알파가 이런저런 생각을 하다 겨우 눈을 붙였을 때였다. 갑자기 대문 을 벌컥 걷어차는 소리가 들렸다. 이어 한 무리의 사람들이 몇몇 병졸 들에 의해 떠밀리듯 뜰안으로 들어왔다. 동시에 제발 목숨만 살려달라는 둥, 두 번 다시 이런 짓거리를 안 하겠다는 둥 애걸복걸 비는 소리와 병졸들의 거친 욕설이 뒤섞여 들려왔다.

"벽에 붙어. 두 손 올려! 이런 새끼, 똑바로 서지 못해? 사타구니에는 뭘 쑤셔 넣은 거야?"

"뭘 해 처먹을 게 없어 사라분 그 자식에게 약을 갖다 바쳐? 이런 빌 어먹을!"

"너희들은 내일 부 장군 손에 들어가면 끝장이야, 끝장!"

악에 받친 병졸들의 욕설은 밑도 끝도 없었다. 알파는 온몸에 소름 이 쫙 돋았다.

# 12장
# 눈보라 몰아치는 금천 전선

　알파는 밖의 상황이 궁금해 미칠 것만 같았다. 급기야 신발을 꿰어 신고는 슬그머니 밖으로 나왔다. 아니나 다를까, 역관은 등롱 불빛이 환하고 방마다 사람들로 꽉 차 있었다. 여럿이 식탁에 마주앉아 떠나갈 듯이 웃고 떠드는가 하면 어느새 잠이 들었는지 코를 고는 소리가 우레처럼 들려오는 방도 있었다. 마당 한편에서는 군관 한 명이 찌르고 베는 동작을 하면서 아닌 밤중에 검술 연습에 열을 올리고 있었다. 또 다른 쪽에서는 한가로이 별을 보면서 오음五音이 맞지도 않는 콧노래를 부르는 사람도 있었다.

　알파는 그들에게는 시선도 주지 않고 조금 전 한바탕 소란스러웠던 앞뜰로 나갔다. 그러자 동쪽 담장 근처에서 검은 그림자들이 보였다. 모두들 두 손을 머리 위로 올린 채 턱으로 어깨를 긁거나 엉덩이를 움찔거리면서 서 있었다. 가까운 다방茶房에서는 몇몇 역정驛丁들이 수다를 떨고 있었다. 알파는 그들에게 다가갔다. 이어 손가락으로 담장 모퉁이를 가리키면서 물었다.

"저 사람들은 왜들 저러고 있소?"

"예, 나리."

수숫대처럼 키가 겅충한 역정驛丁이 입안에 넣고 까먹던 해바라기씨를 황급히 퉤퉤 내뱉고는 굽실거렸다. 그러면서 장황하게 대답했다.

"말씀을 들으니 틀림없이 부상(부항)의 지시를 받고 과이심에서 파견 나오신 군관이신가 보군요. 저자들은 내지와 서부를 오가면서 물건을 해다 파는 장사치들입니다. 약재와 소금을 사라분에게 팔아 부상의 '자적칠살령'資敵七殺令(적에게 일곱 가지 필수품을 제공하는 사람은 죽인다는 규정)을 어겼지요. 전에는 초소에서 잡힌 경우 그 자리에서 목을 쳤습죠. 그러나 이 사람들은 그나마 운이 좋습니다. '영令을 어긴 상인과 양민들은 일단 행영行營으로 압송하라, 수사를 거쳐 정죄定罪할 것이다'라는 새로운 영令이 나왔기에 잠시나마 목숨을 부지하고 있는 겁니다. 밖이 하도 소란스러워서 나오셨군요. 헤헤헤……."

알파는 짤막하게 응대하고는 바로 돌아섰다. 이어 호기심에 찬 눈빛으로 무리들 옆으로 다가가 자세히 눈여겨봤다. 그러나 등불 빛이 닿지 않는 모퉁이인지라 사람들의 얼굴은 잘 알아볼 수가 없었다. 다만 얼핏 봐도 쉰 살은 넘긴 것 같은 노인네 한 명과 서른 살 가량 된 젊은이 일곱 명까지 모두 여덟 명이라는 사실은 알 수 있었다. 소리를 낮춰 소곤소곤 나누는 얘기를 가만히 엿들어보니 다행히 금천 사람들은 아니었다. 알파는 속으로 안도의 한숨을 크게 내쉬었다.

그가 다시 걸음을 되돌리려 할 때였다. 저만치에서 다른 목소리가 들려왔다. 아직 앳된 티를 채 못 벗은 어린 군인이 군관 복색을 한 사내 뒤를 쫄래쫄래 쫓아오면서 부탁하는 소리였다. 사천 말투였다.

"어떻게 안 되겠습니까……? 이 역관에서 일반인을 받지 않는다는 것은 알아요. 하지만 저자들은 부 장군께서 압송하라고 명령하신 범인들이잖아요! 근처에는 마땅히 묵어갈 역관이 없습니다. 부 장군의 금령禁令 때문에 객잔에 머물 수도 없어요. 방 두 칸, 딱 두 칸이면 돼요! 내일 아침 일찍 비워드릴 테니 제발 한 번만 사정을 봐 주세요. 부 장군의 훈령에 '동심협력해 사라분을 치자! 협력을 거부하는 자는 목을 친다'라는 말도 있지 않습니까? 제가 역관을 찾아 헤매다 범인을 하나라도 놓치는 날에는 나리도 책임을 면할 수 없을 것 아닙니까?"

군관은 사내의 말이 마땅치 않은 듯 미간을 찌푸렸다. 그러나 곧이어 하는 수 없다는 듯 허락을 했다.

"알았어, 알았다고. 고향 사투리가 친근해서 봐주는 거야. 그러나 이번뿐이다!"

군관이 말을 마치고는 다방 앞에 서 있는 키다리에게 지시했다.

"이봐 조씨, 북쪽 끝에 있는 방 두 개를 내줘. 주방에 말해서 저녁에 먹다 남은 반찬도 좀 데워 주라고 하고!"

군관은 말을 마치자마자 곧 자리를 떠버렸다. 굽실굽실하던 꼬마 군인은 그의 모습이 저만치 어둠 속으로 사라지자 언제 그랬느냐는 듯 허리를 곧게 폈다. 그리고는 고개를 돌려 수하들에게 명했다.

"마씨, 하씨! 저것들을 북쪽 끝방에 몰아넣고 잘 지키라고. 저녁도 번갈아가면서 먹어!"

말을 마친 꼬마 군인은 그제야 등 뒤에 서 있는 알파를 발견하고는 흠칫 놀랐다. 이어 희미한 불빛을 빌어 알파의 청금석靑金石 정자와 7품관 복색을 확인하고는 황급히 그 자리에 한쪽 무릎을 꿇으며 군례를 올렸다.

"아이구, 천총 나리, 몰라 뵈어 죄송합니다!"

"저자들은 뭐 하는 자들인가? 어디에서 뒹굴다 왔는지 구린내 때문에 정신을 못 차리겠네."

알파가 끌려가는 검은 무리들을 가리키면서 물었다. 꼬마 군인은 척 보기에도 아부를 잘할 것처럼 약삭빠르게 생겼다. 아니나 다를까, 알파의 비위를 맞추기 위해 일부러 몽고 말투를 섞어 대답했다.

"약장수들입니다. 사라분 그 자라새끼(중국말에서 '자라'는 최고의 욕임) 한테 약을 팔았습니다. 뒈질 놈들! 저는 청수당淸水塘 초소의 오장伍長입니다. 저자들을 잡아 장군 군막으로 압송하던 중입니다."

"자네 이름은 뭔가?"

알파가 자연스럽게 천총 행세를 하면서 꼬마 군인의 이름을 물었다.

"소명小名은 백순白順입니다."

꼬마 군인이 이어 약재 장사꾼들을 끌고 가는 두 사람을 가리키면서 덧붙였다.

"저치는 마쇄주馬鎖柱, 끄트머리에 붙어서 가는 저 작자는 하구何狗라고 합니다."

알파가 알겠다는 듯 고개를 끄덕이고는 웃었다. 그리고는 백순의 어깨에 손을 얹은 채 다정스레 말했다.

"나는 옆 뜰 동쪽 끝방에 있으니 저녁 먹고 심심하면 놀러오게!"

알파는 말을 마치고는 몸을 돌렸다. 그러자 백순이 잽싸게 두어 걸음 뒤따라오면서 물었다.

"천총 나리 존함을 여쭤도 되겠습니까?"

알파가 뒤도 돌아보지 않고 아무렇게나 갖다 붙였다.

"격니길파格尼吉巴를 찾으면 돼……."

"격니길파(중국 발음은 '거니지바'로, 이는 생식기를 떼어낸다는 뜻임)? 으하하하……."

백순이 알파의 말을 듣고는 잠깐 떨떠름해 있더니 갑자기 어깨를 떨면서 웃음을 터트렸다. 그는 상대의 정체를 전혀 의심하지 않는 것 같았다.

잠 잘 시간을 놓친 알파는 내친김에 역관 근처를 돌았다. 그리고는 통닭 네 마리, 땅콩 한 봉지와 다른 먹을거리를 사들고 방으로 돌아왔다. 그는 땅콩을 손으로 비벼 껍질을 깐 뒤 입안에 던져 넣고 씹으면서도 머릿속으로는 어떻게 하면 첩첩산중의 초소를 무사히 통과할 것인지에 대한 생각만 하고 있었다.

'아까 백순이라고 자기소개를 한 꼬마 군인은 청수당 초소에서 왔다고 했어. 청수당이라? 나에게는 너무나도 익숙한 곳이지. 청수당에서 조금만 더 가면 대금천이야. 그렇다면 이자들을 이용할 수는 없을까? 그런데 청수당에 초소를 설치했다? 뭔가 이상한데? 그쪽은 전부 개펄이라 금천 토박이 아닌 외지인들은 감히 건널 엄두조차 못 내는 곳인데! 부항은 대체 무슨 꿍꿍이를 꾸미고 있는 걸까?'

알파는 그런 생각을 하면서 계속 고개를 갸웃거렸다. 그러나 답은 나오지 않았다. 부항의 머리를 갈라 그 속을 들여다보지 못하는 것이 한스러울 정도였다.

그가 이런저런 생각으로 머리가 복잡해질 즈음이었다. 밖에서 발자국 소리가 들려오는가 싶더니 백순의 말소리가 이어졌다.

"격<sup>格</sup> 나리, 안에 계세요?"

"들어오게!"

잠시 멍한 표정을 짓고 있던 알파가 뒤늦게 환대를 했다.

"어서 오게!"

백순이 안으로 들어섰다. 그러면서 키득키득 웃음을 멈추지 못했다. 영문을 모르는 알파가 물었다.

"뭐가 그리 좋아서 실실 쪼개는 거야?"

"나리, 그게 말입니다……."

백순이 탁자 위에 가득한 먹을거리가 든 종이 꾸러미를 힐끗 쳐다보면서 입맛을 쩝쩝 다시면서 말을 이었다.

"소인이 무례해서가 아니고 나리의 존함이 듣기에 좀 거북해서……."

"내 이름이 뭐가 이상한가?"

"그게……, 그게 한어 발음으로는 욕이거든요!"

백순이 손짓발짓을 곁들여 겨우 알파가 말해준 이름의 뜻을 설명했다. 알파 역시 배를 끌어안고 웃었다. 나중에는 눈물까지 찔끔대면서 겨우 입을 열었다.

"한어는 참 웃기는 언어야. 우리 아버지께서 '하늘을 비상하는 어린 독수리'라는 뜻으로 지어주신 이름인데, 뭐? 'ㅈ'을 깐다고? 으하하하!"

백순이 함께 눈물을 찔끔대더니 감탄을 했다.

"오오, 몽고어로 그런 위대한 뜻이 담겨 있네요! 어쩌면 그렇게 판이하게 뜻이 다르죠? 헌데 나리는 과이심에서 오신 분인가요?"

"온도이溫都爾 대초원에서 왔어!"

알파가 호기롭게 두 팔을 쫙 벌리면서 대답했다.

"나는 장가구張家口에서 군사를 훈련시켰었지. 아버지는 과이심 좌기左旗 장군이시고!"

"예에에……."

백순은 아직도 김이 무럭무럭 나는 통닭 쪽에 온통 시선이 가 있으면서 건성으로 고개를 끄덕거렸다. 이어 작심한 듯 아부를 했다.

"나리께서는 머지않아 꼭 하늘을 비상하는 용맹한 독수리로 장성하시리라 믿어마지 않아요!"

"그럼, 그럼. 이거 먹게나!"

눈치 빠른 알파가 말을 마치고는 침을 질질 흘리는 백순에게 통닭 한 마리를 건네줬다. 이어 자신도 닭다리를 들고 크게 한입 베어 먹으면서 잘 알아듣지 못할 소리로 중얼거렸다.

"역관 밥은 목구멍으로 넘어가야 말이지. 돼지죽도 그보다는 낫겠어. 나는 하루라도 남의 고기를 못 먹으면 입안에 가시가 돋쳐. 그런데, 아까 그 친구들은 안 와?"

백순이 기름기가 번지르르한 손을 들어 출입문을 가리키면서 대답했다.

"저치들은 때려죽여도 상전은 못 돼요, 벌써 왔잖아요! 발소리를 들어보니 마쇄주가 틀림없어요!"

아니나 다를까, 백순의 말이 떨어지기 바쁘게 마쇄주가 주먹코를 벌름거리면서 들어섰다. 이어 의례적인 인사를 끝내고 자리에 앉았다. 그리고는 헤헤 웃으면서 알파에게 아부부터 떨었다.

"나리는 틀림없이 대성하실 분 같아 보입니다! 기골도 사라분은 저리 가라 할 정도로 장대해지실 거고요!"

알파가 발라먹던 닭 뼈를 툭 던지면서 지나가는 말처럼 물었다.

"자네는 사라분을 만나본 적이 있는가?"

"아니요!"

"그런데 어떻게 사라분이 어쩌고저쩌고 하는 거야?"

"히히…… 그냥 귀동냥한 소리예요."

그러자 알파가 고개를 저었다.

"나는 키다리는 싫어. 사라분은 사라분이고, 격니길파는 격니길파인 거야!"

백순과 마쇄주는 '격니길파'라는 발음의 이름이 우스운지 다시 한 번 낄낄대면서 웃었다. 배도 부르고 분위기도 무르익자 기회는 이때라고 여긴 알파가 화제를 군정軍情 쪽으로 넌지시 돌렸다.

"나는 이제 막 동부에서 온 사람이라 이곳 사정에 대해서는 잘 몰라. 궁금해서 그러는데 사라분의 무리들은 주로 어디에 많이 포진해 있지? 남로南路? 북로北路? 아니면 서로西路? 부 장군께서 나를 어느 부대로 보낼지 모르겠네?"

"남로군은 조혜 군문, 서로군은 해란찰 군문, 북로군은 곰보 마광조 군문이 각각 주장主將을 맡고 있습니다."

마쇄주가 말을 끝내기 무섭게 닭 뼈를 쪽쪽 소리 나게 빨았다. 이어다시 말을 이었다.

"오시면서 보셔서 아실 테지만 이 근처에 널린 군막들의 병사들은 모두 북로군과 남로군을 지원하기 위해 대기하고 있는 천군川軍(사천성 현지 군사) 녹영병綠營兵들입니다. 부 장군의 지휘에 따라 도움이 필요한 곳에 지원을 가는 이들이죠. 지금 부 장군께서는 성도에 계십니다. 여름에 흠차欽差 행영行營을 문천汶川으로 옮겼습니다. 가을이 지나 금천에 장역瘴疫이 없어질 무렵 삼로의 군사들이 일제히 확 덮쳐버리려는 거죠!"

마쇄주가 손에 들고 있던 닭 모가지를 확 비트는 시늉을 하면서 다시 덧붙였다.

"사라분은 독 안에 갇힌 쥐예요, 이제! 대, 소금천 지역에서는 쥐새끼 한 마리도 도망갈 수 없을 걸요?"

알파는 자신의 입장에서는 악담을 하는 마쇄주를 보면서 속으로 이를 빠드득 갈았다. 그러나 겉으로는 전혀 내색하지 않고 넌지시 다시물었다.

"마광조와 해란찰 둘 중에서 누가 더 입김이 세지?"

마쇄주가 닭 모가지를 입안에 넣고 우물우물 씹으면서 대답했다.

"당연히 해란찰 군문이죠. 해란찰 군문은 무적영웅, 대호걸인 걸요!

마광조와 요화청, 두 군문은 전에 사라분에게 얻어맞았던 패장들이잖아요. 북로군을 이끌고 나갔다가 형편없이 얻어터지고 장군의 깃발까지 사라분에게 빼앗겼다니 말 다했죠, 뭐! 조혜와 해란찰, 두 군문은 '홍포쌍장'紅袍雙將으로 불리는 대단한 인물들이에요. 해란찰 군문은 전에 아계 중당을 따라 괄이애로 잠입했던 적이 있어 그곳 지리에도 대단히 밝다고 들었어요. 아무튼 불세출의 장군이에요!"

알파는 말없이 고개를 끄덕였다. 조혜와 해란찰이 천하의 맹장이라는 사실은 세상이 주지하는 바였다. 알파는 부항이 그들을 이용해 어떻게 진을 칠 것인지를 대충 생각해봤다. 그리고는 슬쩍 백순과 마쇄주에게 그에 대해 물어볼까도 생각했다. 그러나 둘에게 물어봤자 그들이 부항의 군사 기밀까지는 알 수 없을 것 같았다. 급기야 얼른 말머리를 돌렸다.

"부 장군은 참으로 대단한 분이신 것 같아. 엉망진창인 군사를 넘겨받아 일사불란한 대오로 정돈했으니 말이야. 말 안 듣는 자들의 목을 쳐내느라 팔깨나 아팠겠는데?"

"부 장군이 도착했을 때까지도 성도는 계엄이 풀리지 않은 상태였어요."

마쇄주가 어느 정도 배가 부른지 열 손가락을 번갈아 빨더니 계속 말을 이었다.

"패망한 북로군의 잔병들은 사천성 전체를 완전히 아수라장으로 만들어 놓았죠. 문이 열려 있는 곳이면 무조건 쳐들어가 약탈과 방화를 저지르고 계집이라는 계집은 모조리 겁탈했으니, 민심은 당연히 악화일로로 치달았죠. 그래서 부 장군은 도착하시자마자 공고를 내붙였어요. '사천성 경내의 북로군 잔병들은 사흘 안으로 모두 천군 녹영에 귀대하라. 이를 어기는 자는 잡히는 대로 무조건 정법에 처할 것이다'라고 말입니다. 추상같은 군령은 효과 만점이었죠. 무법천지 사천성이 불과 하루 만에 안정을 되찾기 시작했다는 것 아닙니까! 녹영군은 도처에서 사달을 일으키던 패잔병들을 전부 수용해 성도 서쪽 교장校場에 집결시켰대요. 제 시간에 귀대하지 않은 이백 명은 가차 없이 목을 쳤다고 하더라고요!"

마쇄주는 신이 난 표정으로 잘도 지껄이고 있었다.

"그날은 음력으로 십일월 삼일이었어요. 무지 추운 날이었죠. 교장 서쪽에는 부 장군의 삼천 중군이 두툼한 솜옷과 갑옷, 투구 차림으로 질서정연하게 열을 지어 서 있었어요. 동쪽에는 거지떼처럼 행색이 초라한 패잔병들이 끌려와 있었고요. 그때 멀쩡하던 하늘이 갑자기 컴컴하게 흐려지더니 눈발이 날리기 시작했어요. 기온도 영하 몇 십 도로 뚝 떨어졌죠. 어찌나 추운지 침을 뱉으면 땅에 떨어지기도 전에 얼어붙고 삭풍도 채찍이 후려치는 것처럼 매서웠어요. 쉴 새 없이 움직이지 않으면 순식간에 몸이 동태가 될 지경이었죠. 드디어 부 장군이 단상에 올라 훈화를 했습니다. '제군들! 이번 금천 전역의 패망은 눌친과 장광사 두 무능한 장군의 전횡이 불러온 비극이지 이 자리에 있는 삼군 장병들의 책임이 아니다. 조정에서는 이미 상사욕국喪師辱國의 죄를 물어 눌친과 장광사를 처형했다. 그리고 나머지 장병들에 대해서는 패망의 죄를 묻지 않기로 했다. 다만 패잔병인 주제에 참회는커녕 방화, 약탈과 겁간을 감행해 백성들을 괴롭힌 자들의 죄는 반드시 물을 것이다. 나 부항은 일방을 초무招撫하라는 엄명을 받고 이곳에 왔다. 따라서 반드시 정백지심精白之心으로 성주聖主와 삼군 장사들을 대할 것이다. 삼군과 더불어 화복영욕禍福榮辱을 같이할 것임을 미리 밝히는 바이다'라고 말입니다. 말을 마친 부 장군은 다짜고짜 겉옷을 훌렁훌렁 벗어버리더니 짧은 속옷 차림이 됐습니다. 부 장군의 친병들과 삼천 중군들도 일제히 옷을 벗기 시작했습니다."

마쇄주의 이어진 얘기는 가히 감동적이기까지 했다.

"목을 자라 모가지처럼 잔뜩 웅크리고 두 손을 소매 속에 집어넣은 채 덜덜 떨고 있던 동쪽 무리의 패잔병들은 그 모습을 보고 깜짝 놀라고 말았습니다! 그 사이 중군 병사들은 모두 웃옷을 다 벗고 맨살을 드러냈습니다. 그 추운 날씨에 패도佩刀를 들고 살을 에는 삭풍을 맞받으며 돌기둥처럼 꼼짝 않고 서 있었던 겁니다! '추운가?' 부 장군이 크게 소리치자 중군에서 우렁찬 대답이 들려왔습니다. '장군께서 춥지 않으시면 저희들도 춥지 않습니다!'라는 대답이었죠. 그 모습을 보니 진짜 열혈남아라는 것이 어떤 모습인지 알겠더라고요. 장군이 이번에는 동쪽 무리들을 향해 '추운가?'라고 물으셨어요. 그러자 다들 기어들어가는 목소리로 마지못해 '안 춥습니다'라고 대답했어요. 그런 가운데 밤중에 귀신 만난 듯 째지는 목소리 하나가 다른 대답을 했어요. '서쪽의 것들이 춥지 않다면 이 할아비도 춥지 않아!'라는 말이었죠. 패잔병 무리들은 눈이 휘둥그레져 목소리의 임자를 대신해 가슴을 졸였습니다. 그러자 '방금 할아비라고 자칭한 자는 앞으로 나와!'라는 부 장군의 벽력같은 말소리가 터져 나왔습니다. 순간 술렁이는 무리 속에서 땅딸보 한 명이 씩씩하게 걸어 나왔습니다. 이어 단상 아래에 이르러 고개를 번쩍 쳐들더니 다분히 도발적인 목소리로 묻는 겁니다. '부 장군, 부르셨습니까?'라고요. 부 장군이 '어느 부대 소속인가?'라고 물었죠. 그러자 그가 '장광사 군문 수하의 사경화沙更和 참장 밑에서 열심히 일해 온 좌이영左二營 수비 하육賀六입니다!'라고 대답을 했어요. 곧 '하육? 관명官名은? 관명은 없나?'라고 부 장군이 물었어요. 그가 '없습니다!'라고 대답했죠. 부 장군은 즉시 '그런데 뭐가 잘났다고 할아비니 뭐니 하는 거야?'라고 물었습니다."

마쇄주는 마지막 대목에서 잠시 숨을 고르면서 눈치를 살폈다. 알파는 얘기 속으로 완전히 빨려 들어간 것 같았다.

"하육은 조금도 주눅이 들지 않은 표정으로 대답했습니다. '부 장군, 제가 인솔한 백 명은 사라분과 용감히 맞서 싸웠을 뿐만 아니라 사상 자를 한 사람도 내지 않았습니다! 젠장, 윗대가리들을 잘못 만나 이 모양 이 꼴이 됐지만 우리는 서쪽에 있는 저치들보다 못한 게 하나도 없다고요!'라고요. 참 겁 없는 자식이었습니다. 부 장군 면전에서 소리소리 지른 것도 모자라 이번에는 뒤돌아서서 자신의 부하들에게도 옷을 다 벗으라고 명령을 하는 겁니다. 부 장군과 장병들이 잠시 멍해 있는 사이 동쪽의 무리들은 어느새 겉옷을 다 벗었습니다. 어떤 성질 급한 자는 속옷까지 벗어던지고 알몸뚱이를 버젓이 내놓고 서 있지 않겠습니까! 부 장군은 한참동안 말없이 무리들을 뚫어지게 바라보더니 큰 소리로 외쳤습니다. '좋았어! 과연 부항의 병사들답다! 하육은 즉시 귀대하라! 자네에게 참장의 계급을 주고 유격遊擊의 벼슬을 내리겠다!'라고요. 토씨 하나 안 보태고 정말 그렇게 말씀하셨습니다. 그 소리를 듣고 패잔병 무리들은 난리가 났죠. 패잔병이라는 이유로 가는 곳마다 사람 대접을 못 받고 울분에 차 있던 자들이 그 자리에서 모두 혈서로 충성을 맹세했답니다!"

마쇄주는 자신의 얘기를 듣느라 넋이 나간 듯한 알파와 백순을 향해 마지막으로 덧붙였다.

"부 장군께서는 아직도 군사 정돈의 고삐를 늦추지 않고 있습니다. 특히 자기 집 앞이라고 텃세를 부리고 갖은 횡포를 행하는 천군川軍들에 대해서 말입니다!"

알파는 순간 백순과 마쇄주를 앞세운다면 청수당 초소를 통행증 없이 통과할 수도 있을 것 같다는 생각을 했다. 그러나 그는 그런 생각을 애써 감추고는 물었다.

"그래? 그럼 자네들은 청수당으로는 언제 돌아갈 건가? 나도 청수당으로 한번 가보고 싶은데!"

그러자 백순이 눈을 동그랗게 뜨면서 반문했다.

"농담 아니시죠? 거기 가봤자 뭐 볼 게 있다고 그러세요? 위험하기만 하지! 부 장군과 긴히 의논할 용무가 있어 오셨다면서요?"

"그거야 그렇지! 하지만 소털처럼 많은 날에 뭐가 걱정인가? 먼저 여기저기 둘러보고 찾아뵈어도 늦지 않을 텐데!"

알파가 주머니에서 구운 떡처럼 납작한 은병을 꺼냈다. 이어 덧붙였다.

"이거 하나면 우리 셋이 거기까지 가는 동안 통닭은 배터지게 먹을 수 있겠지? 은자는 얼마든지 있으니 먹고 싶은 대로 먹고, 쓰고 싶은 대로 써도 돼. 알겠지?"

알파가 내놓은 은병은 색깔과 무늬가 진짜 대주臺州 원보元寶임에 틀림없었다. 백순과 마쇄주는 족히 서른 냥은 넘을 것 같은 묵직한 은병을 보자 두 눈이 튀어나올 듯 휘둥그레졌다. 급기야 은병을 도로 주머니에 집어넣는 알파를 보면서 백순은 연신 입맛을 다셨다.

"안 될 것도 없죠. 군정사軍政司로 가서 관방關防 도장만 쿡 찍어 오면야……"

순간 돈독이 단단히 오른 마쇄주가 몰래 백순을 툭 치면서 입을 열었다.

"일을 크게 만들지 마! 그까짓 일로 군정사까지 가? 천총 나리께서 병영을 둘러보고 싶으시다는데 관방은 무슨……. 제기랄! 우리가 있는데, 우리가! 우리 얼굴이 곧 통행증 아니야?"

"자네들이 불편하다면야……. 에헴!"

알파는 일부러 주머니에 손을 넣고는 잘그락잘그락 은병 부딪치는 소리를 냈다. 그리고는 다시 덧붙였다.

"그러면 먼저 부 장군을 찾아뵙지 뭐. 청수당에는 가도 되고 안 가도 되니까."

백순이 황급히 입을 열었다.

"아닙니다, 천총 나리! 청수당에도 한 번은 꼭 가보셔야죠! 이렇게 만난 것도 큰 인연인데 우리 초소가 어디에 있는지도 구경하시고……. 거기서는 우리가 곧 통행증이에요. 우리를 따라 가시면 관방 따위는 필요 없어요!"

"글쎄, 자네 두 사람이 그쪽에서는 힘이 있다니 가보고 싶긴 한데……, 부 장군이 그 사이에 나를 부르시지 않을까 그게 좀 걱정되네. 에라, 모르겠다! 전투가 시작되면 언제 뒈질지 모르는데 그 전에 시원하게 바람이나 좀 쐬고 와야지."

알파는 느긋하게 말하며 속으로는 연신 코웃음을 쳤다. 목적은 이미 달성됐다고 해도 좋았다.


부항의 흠차 행영은 성도 성 서쪽에 위치해 있었다. 원래 사천성 순무 아문으로 쓰던 곳인데 옆에는 지부아문이 있었다. 혁직유임된 전임 순무 김휘가 몇몇 막료들을 거느리고 머무르면서 부항의 지시를 대기하고 있는 곳이었다. 김휘가 원래 부리던 친병과 아역들은 그 때문에 모두 부항 쪽에 가 있었다. 김휘는 혁직유임으로 사실상 관직을 잃은 상태인 데다 대죄입공 차원에서 종군從軍하라는 명을 받고 풀이 팍 죽어 있었다. 그러나 흠차 행원을 새로 지으려면 큰돈이 들 거라면서 자신의 순무아문을 순순히 부항에게 내줄 정도로 마음씀씀이는 썩 괜찮은 사람이었다. 부항은 김휘가 짐을 싸들고 나가는 모습을 보면서 적이 감동을 받기도 했다.

알파가 백순, 마쇄주와 더불어 부항에 대해 얘기를 나누고 있을 때 부항은 총독아문 서화청에서 성도 지부 선우공鮮于功, 성문령 장성우張誠友 등과 함께 성도 치안과 관련한 회의를 하고 있었다. 회의는 별로 오래 걸리지 않았다. 이어 북로군 부도통副都統 요화청과 김휘를 제외한 다른 사람들은 다 물러갔다.

김휘는 물러가야 할지 말아야 할지 몰라 화청 가운데 있는 금천 지도 앞에서 한참 서성였다. 다행히 부항은 김휘를 쫓아낼 생각이 없는 것 같았다. 그제야 김휘는 안심하고 왕소칠을 도와 창문을 열어 환기를 시킨다, 더럽혀진 식탁 위를 치운다 하면서 바쁘게 움직였다. 그 와중에도 주방 일꾼을 불러 명령을 내리는 것을 잊지 않았다.

"장군께 은이탕銀耳湯 한 그릇을 끓여 드리거라. 장군께서는 오늘도 밤을 새우실지 모르니 차도 진하게 끓여 내오고."

부항이 김휘의 말을 듣더니 말했다.

"김형, 그런 자질구레한 일들은 소칠이나 아랫것들에게 맡기면 되오. 사실 오늘처럼 이런 회의에는 김형이 안 나와도 되지만 유임 순무이니 같이 앉아 듣는 것도 나쁘지 않을 것 같아서 불렀소. 자, 여기 와서 좀 앉으시오."

"예, 중당!"

김휘는 그제야 가까이 다가가서는 두루마기를 걷고 자리에 앉았다. 이어 말없이 부항과 요화청에게 찻잔을 건넸다. 부항이 김휘의 어깨를 다독이더니 요화청을 향해 말했다.

"이 형이 지금은 이러고 있으나 한때는 잘 나갔네. 운남에서 묘족들이 반란을 일으켰을 때 운남성 전체가 마비된 적이 있었지. 동천부東川府 산하 아홉 개 현이 전부 아비규환의 현장으로 변해버렸다면 믿을 수 있겠나? 그때 다른 현령들은 제 한 몸 챙기느라 도망가기에 바빴지만 이 형은 아역들과 백성들을 거느리고 석 달 동안이나 버텼다는 것 아닌가! 더구나 가산을 다 털어 성을 지키는 군민들에게 나눠주면서 지원병이 도착할 때까지 용케 버텨줬지! 김형, 허구한 날 된서리 맞은 가지처럼 그리 기죽어 있지 마시오. 하늘이 무너진 게 아니지 않소. 인간이 한 번쯤 실수할 수도 있는 거지. 폐하께서도 김형에게 혁직유임의 처벌만 내리신 걸 보면 아직 형에 대한 기대를 접지 않으신 것 같소. 나도 김형의 인품과 능력을 믿소!"

성격이 내성적인 김휘는 부항의 말을 듣고 금세 콧마루가 찡해지는 것 같았다. 이런 사람을 지기知己라고 하는 걸까? 그는 진정 자신을 알아주는 부항에 대한 고마움에 가슴속에서 감동이 밀려오는 것을 어쩌지 못했다. 그러나 황급히 감정을 추스르면서 웃는 얼굴로 나지막이 입을 열었다.

"다 지나간 일입니다. 부상께서 이렇게 힘을 실어주시니 몸 둘 바를 모르겠습니다. 부상의 기대에 어긋나지 않게 저도 미력한 힘이나마 보태겠습니다. 믿고 맡겨 주십시오. 군사와 관련된 모든 것은 부상의 지시에 따르겠습니다."

그 사이 은이탕이 올라왔다. 왕소칠이 김휘와 요화청의 빈 찻잔에 찻물을 따르고 나서 부항에게 아뢰었다.

"대인, 성도 지부와 성문령이 공문결재처에서 기다리고 있습니다."

"잠깐만 기다리시라고 해라. 내가 요 장군에게 몇 가지 지시할 것이 있으니 끝나고 곧 건너간다고 하거라."

왕소칠이 대답과 함께 물러가려고 하자 부항이 다시 불러 세웠다.

"요 장군은 지난번 하채下寨에서 총상을 입어 폐를 다쳤어. 폐에는 은이가 좋다고 하니 두어 근 챙겨 드리거라. 더 있으면 마광조에게도 두어 근 보내고."

부항의 얼굴에는 피곤기가 역력했다. 아니나 다를까, 그는 피곤을 떨

쳐내려는 듯 자리에서 일어나더니 대야의 찬물을 얼굴에 몇 번 끼얹었다. 이어 수건으로 얼굴을 닦으면서 자리로 돌아와 앉았다. 그리고는 요화청에게 말했다.

"마광조에게 먼저 쇄경사로 가서 인마人馬를 배치하라고 했네. 자네는 회의에 좀 늦었기에 몇 마디 당부할 말이 있어서 남으라고 한 거네."

요화청이 엉거주춤 일어나 예를 갖추려고 했다. 그러자 부항이 앉으라는 손짓을 하면서 말을 이었다.

"다른 계절에는 금천 지역에서 장기瘴氣(풍토병)가 기승을 부린다고 해. 그러니 반드시 늦가을이나 초겨울에 작전을 개시해야 할 것이네. 조혜가 인솔한 남로군은 조금씩 소금천으로 전진하고 있네. 그쪽은 개펄이 너무 많아 수비가 쉬운 반면 공격이 어렵거든. 그래서 이번에도 북로北路가 주요한 전장戰場이 될 것 같네. 그쪽에는 하채가 있어 퇴각하기에 이로우니까. 따지고 보면 눌친의 계획에 큰 착오가 있었던 것은 아니었네. 다만 적에 대한 정보가 부족하고 지리에 익숙하지 못한 것이 문제였어. 각 병영 간 연락방법이 너무 원시적이었던 것도 문제가 아니었나 싶어."

요화청이 고개를 끄덕이며 동의했다.

"바로 그겁니다! 눈이 빠지도록 신나게 싸우다 보면 적들은 어느새 다 빠져나가고 우리끼리 맞불을 놓을 때가 많았습니다. 서로 간에 연락이 제대로 안 이뤄지니 사라분이 우리를 죽은 뱀 취급을 하고 뭉텅뭉텅 허리를 자를 수밖에요!"

"사라분은 이미 식량, 소금, 피복 그리고 노약자들을 모두 괄이애로 이동시킨 걸로 알고 있네."

부항이 은이탕 그릇을 들고 촛불을 뚫어지게 응시했다. 그의 커다란 눈이 유난히 푸른빛을 발하고 있었다. 그가 다시 천천히 말을 이었다.

"거기에서 총력전을 펴겠다 이거겠지. 아니면 그곳에 청해나 서장으로 통하는 비밀 통로가 있는지도 모르고. 나는 이미 악종기 장군에게 서찰을 보냈네. 샅샅이 정탐해서 통로가 발견되는 즉시 막아버리라고 말일세!"

요화청이 말을 받았다.

"보아하니 사라분은 죽어도 투항은 못하겠다 이거네요? 모든 걸 떠나 장족들의 기개와 의지만큼은 탄복하지 않을 수 없습니다. 저는 그들이 막다른 골목에 이르면 종족 전체가 자결을 해버리지 않을까 하는 걱정도 있습니다."

부항 역시 한숨을 내쉬었다.

"나도 솔직히 그 점이 염려스럽기도 하네. 아직 본격적으로 전쟁을 시작하지도 않은 마당에 이런 얘기는 좀 이른 감이 없지 않지만 아무튼 사상자 수를 최대한 줄이고 모조리 생포할 수 있다면 더할 나위 없을 텐데……. 그건 그렇고, 해란찰이 비둘기 편에 서찰을 보내왔네. 그들의 병영에서는 천총 이상의 군관들이 모두 꽹과리를 울려 부하들을 소집한다더군. 조혜는 우각호牛角號를 부니 대단히 효과적이라고 하고. 꽹과리 소리도 악보에 따라 다 다르니 유사시 아군 부대를 찾아가는 데 문제가 없을 것 같네. 그러고 보니 자네들은 총소리로 신호를 보내지 않은가? 그건 별로 좋은 방법이 아닌 것 같네. 사라분에게도 화총이나 조총 따위의 총이 많거든. 서로가 총질을 해대면 어느 것이 신호인지 헷갈리잖아. 개소리를 내든, 닭소리를 내든 그건 상관하지 않겠는데 아무튼 총소리는 안 되네. 그리고 적어도 나와는 세 가지 이상의 방법으로 연락이 돼야 하네. 천군川軍들과도 적어도 두 가지 연락방법이 있어야겠지. 군량미 공급에 대해서는 이미 여러 차례 논의가 됐으니 이 자리에서 더는 말하지 않겠네. 한마디로 '유비무환'有備無患은 천고의 진리이네.

도로 탐측探測이나 군수물자 운반 등 세부적인 사항에 대해서는 돌아
가서 마광조와 잘 상의하게. 나의 도움이 필요한 게 있으면 즉시 보고
하도록 하고."

요화청이 부항의 말을 다 듣고서 한 손을 가슴에 대고 군례를 올리
면서 씩씩하게 대답했다.

"예, 알겠습니다!"

요화청은 대답이 끝나기 무섭게 부항이 지시한 사항들을 토씨 하나
틀리지 않고 그대로 따라 읊었다. 부항이 만족스레 고개를 끄덕였다.
그러다가 갑자기 무슨 생각이 들었던지 물러가려는 그를 불러 세웠다.

"자네에게 대포가 다섯 문 있다고 했나? 조총은 얼마나 있지?"

"조총은 현재 스물다섯 자루 있습니다."

"나에게 마흔 다섯 자루 정도 있어. 열다섯 자루를 더 보내줄게!"

"감사합니다, 장군!"

요화청은 기쁨을 감추지 못했다.

"저는 한 자루도 가지지 않을 것입니다. 마광조에게도 농담처럼 말했
습니다만 이번에 이기지 못하면 스물다섯 자루의 조총이 일제히 저와
마광조를 향해 불을 뿜을 것입니다!"

"어허! 그런 소리는 말게. 나는 사라분을 원할 뿐 자네들이 잘못되는
건 원치 않네! 좀 늦더라도 대포를 전장으로 끌고 가게!"

"예! 청수당에서 대포를 수로로 운반하면 그리 느리지 않을 겁니다.
화약은 장군의 명령에 따라 전부 유포油布로 포장하고 납봉蠟封했습니
다. 사라분에게도 대포가 있습니다. 이 점을 유의하십시오!"

"금천에는 화약을 만들 수 있는 원료가 거의 없네. 그자들이 비축한
화약이 많아봤자 얼마나 되겠어? 조총도 열 몇 자루 갖고 있다지만 그
것 가지고는 우리 군용 비둘기를 대처하기에도 힘들 거야. 걱정하지 말

고 가서 일 보게."

부항과의 대화를 마친 요화청은 씩씩한 걸음으로 패검이 허리띠에 부딪치는 소리를 내면서 물러갔다. 그때 기다리고 서 있던 왕소칠이 선우공과 장우성을 불러들였다. 부항이 김휘에게 말했다.

"패장이 무슨 무용담을 논하느냐고 하는데, 나는 그렇게 생각하지 않소. 마광조와 요화청은 둘 다 사라분에게 패했던 북로군 주장들이오. 그러나 현재의 북로군은 예전과 다르오. 정돈을 거쳐 사기가 하늘을 찌를 듯하오. 아마 조혜의 군사에 못지않을 걸? 두 번의 패배는 있을 수 없다면서 무서운 집념으로 명예 회복을 다짐하는 두 사람의 기세가 대단하다오."

부항이 말을 마쳤을 때였다. 선우공과 장성우가 서류를 들고 종종걸음으로 들어왔다. 그러자 부항이 김휘에게 다시 말했다.

"이번에는 김형이 나를 대신해 저 두 사람에게 명령을 내리시오. 성안에 들어와 난동을 부리는 천군들을 전부 쫓아내라고 말이오."

부항이 말을 마치고는 찻물로 입을 가시고 책상 앞에 마주앉았다. 이어 북경과 남경에서 보내온 서찰을 뜯어보면서 선우공과 장성우의 인사치레에도 알은체를 하지 않았다. 김휘가 알겠다는 듯 천천히 입을 열었다.

"천군 이만 명은 마광조와 조혜, 두 군문을 돕기 위해 파견 나온 녹영병들이야. 성도에 와서 사방을 들쑤시고 다니면서 풍기나 문란하게 만들라고 파견한 군사가 아니지. 내가 어제 돌아다니면서 보니 길에는 일반인 반, 천군 녹영병 반이었어. 시장이나 극장 같은 번화가에서 군인들의 행패는 말이 아니었지! 부 장군께서는 절대 이런 일이 있어서는 안된다고 누누이 강조하셨어. 그런데 두 사람은 여태 보고도 못 본 척, 알면서도 모른 척하고 있소. 대체 그 의도가 뭔가?"

선우공과 장성우는 두 손을 앞에 모으고 고개를 숙인 채 슬쩍 부항을 훔쳐볼 뿐 대답이 없었다. 다짜고짜 시작된 김휘의 훈계에 기분이 나쁜 표정이 역력했다.

선우공이 눈꺼풀을 올렸다 내렸다 하면서 입을 꾹 다물고 있자 장성우가 먼저 입을 열었다.

"천군 대장이 찾아와서 하소연을 했습니다. 병사들이 성 밖에 머물러 있으면서 먹는 게 부실해 사기가 떨어지고 하다못해 설사약을 한번 지어먹으려고 해도 여의치 않다고 말입니다. 이곳에 머물러 있는 동안만큼은 군인들의 사기 진작을 위해 성 안으로 들어갈 수 있도록 허락해달라고 했습니다. 그래서 하관이 선우 태존께 보고를 올리고 풀어줬던 것입니다."

김휘가 선우공에게 시선을 돌렸다. 선우공은 삼십대 중반의 깨끗한 인상의 젊은이였다. 모난 얼굴은 잡티 하나 없이 깨끗하고 팔자수염도 정갈하게 다듬어져 있었다. 겉옷 사이로 노란 띠가 살짝 보였다. 종실 자제임이 틀림없었다.

선우공이 꼿꼿하게 선 채로 허리만 약간 숙이는 시늉을 하면서 대답했다.

"중승 나리, 군인들이 채소만 먹고 견딜 수는 없지 않습니까? 면역력이 떨어진 상태에서 습한 천막에서 지내다 전염병이라도 돌면 누가 책임을 지겠습니까? 단체로 몰려와 항의하는데 규제를 풀어주지 않을 방법이 없었습니다."

"마광조의 병사들의 식단은 입으로 불면 저만치 날아가는 붉은 수수밥에 오이지무침이 고작이야. 조혜 군문의 군사들도 열흘이 넘도록 기름 구경을 못하는 경우가 숱하다고 했네. 그래도 그대들은 며칠에 한 번씩 콩 한 근에 닭 한 마리씩 바꿔 먹지 않는가! 아무튼 내일부터는 성

밖의 천군들을 절대 성 안으로 들여보내서는 안 되네!"

　김휘는 잔뜩 기가 죽어 있던 최근 그의 모습이 아니었다. 매섭게 몰아붙이는 서슬이 사기충천하던 그 옛날의 모습으로 돌아간 것 같았다. 부항은 불만으로 볼이 부은 선우공과 고개를 잔뜩 숙인 장성우를 힐끗 쓸어보면서 김휘에게 흡족한 미소를 보냈다.

**〈11권에 계속〉**